Paul O'Rourke ist ein Mann voller Widersprüche: Er verachtet die Welt der sozialen Medien, ist aber abhängig von seinem iPhone, er ist ein Zahnarzt, der heimlich raucht, ein glühender Fan des Baseballteams der Red Sox, der es nicht ertragen kann, wenn sie gewinnen, und er ist ein Atheist, der Gott nicht ganz aufgeben will. Kurz, der Zahnarzt mit gutgehender Praxis an der Park Avenue in Manhattan liebt zwar das Leben, weiß aber nichts Rechtes damit anzufangen. Als Paul eines Tages feststellt, dass jemand in seinem Namen eine Website, eine Facebook-Seite und einen Twitter-Account eingerichtet hat, verfolgt er mit ohnmächtigem Entsetzen die Entwicklung seines virtuellen Alter Ego. Und es wird noch schlimmer: Dieser »Online-Paul« hat nicht nur seine Identität gestohlen, sondern beginnt ein sehr interessantes Eigenleben zu führen – manchen ist er sogar sympathischer als der echte … Joshua Ferris' dritter Roman ist eine herrliche Satire über die Sinnsuche des modernen Menschen in einer Welt der unbegrenzten Möglichkeiten.

Joshua Ferris, geboren 1974 in Illinois, lebt mit Frau und Kind in New York. Sein erster Roman »Wir waren unsterblich« wurde mit dem Hemingway Foundation/PEN Award ausgezeichnet und für die Shortlist des National Book Award nominiert. Mit seinem zweiten Roman »Ins Freie« kam Joshua Ferris auf die renommierte Auswahlliste »20 Under 40« des Literaturmagazins *The New Yorker*. »Mein fremdes Leben« wurde 2014 ausgezeichnet mit dem Dylan Thomas Prize und kam auf die Shortlist des Man Booker Prize.

Joshua Ferris bei btb
Ins Freie. Roman (74399)

Joshua Ferris

MEIN FREMDES LEBEN

Roman

Aus dem Amerikanischen
von Marcus Ingendaay

btb

Die Originalausgabe erschien 2014 unter dem Titel »To Rise Again at a Decent Hour« bei Little, Brown and Company, New York.

MIX
Papier aus verantwortungsvollen Quellen
FSC® C014496

Verlagsgruppe Random House FSC® N001967

1. Auflage
Genehmigte Taschenbuchausgabe Oktober 2016
btb Verlag in der Verlagsgruppe Random House GmbH,
Neumarkter Str. 28, 81673 München

Umschlaggestaltung: semper smile, München, unter Verwendung
eines Motivs von © plainpicture/Oote Boe
Druck und Einband: GGP Media GmbH, Pößneck
CP · Herstellung: sc
Printed in Germany
ISBN 978-3-442-71410-0

www.btb-verlag.de
www.facebook.com/btbverlag
Besuchen Sie auch unseren LiteraturBlog www.transatlantik.de

Grant Rosenberg gewidmet

Hui!

Das Buch Hiob 39,25

Sohn eines Fremden

Kapitel 1

Der Mund ist eine seltsame Körperstelle. Nicht ganz innen, nicht richtig außen, weder Haut noch Organ, sondern ein Zwischending: dunkel, feucht, Einlass zu einem Inneren, das sich die meisten lieber nicht vorstellen – dort, wo Krebs entsteht, wo das Herz bricht und wo sich am Ende vielleicht doch keine Seele bemerkbar macht.

Ich rate meinen Patienten dringend, Zahnseide zu benutzen. Zuweilen keine leichte Aufgabe. Aber sie hätten eben Zahnseide benutzen sollen. Regelmäßiger Gebrauch von Zahnseide verhindert Parodontose und kann lebensverlängernd wirken, immerhin bis zu sieben Jahren. Natürlich kostet das Zeit und Mühe und kann einem auch sonst ziemlich auf den Sack gehen. Das sagt aber nicht der Zahnarzt, sondern der Normalmensch in mir. Der Kerl, der nach einem lustigen Abend mit viel Hui (haben wir gelacht) und nach vier, fünf Drinks nach Hause kommt und jetzt auch noch seine Zahnzwischenräume reinigen soll. In dieser Situation sagt so ein Kerl natürlich: Was soll der Quatsch? Irgendwann bleibt sowieso das Herz stehen, die Zellen sterben, und bei den Neuronen geht das Licht aus. Bakterien zersetzen die Bauchspeicheldrüse, Fliegen legen ihre Eier, Käfer fressen sich durch Sehnen und Bänder, die Haut verwandelt sich in Hüttenkäse, Knochen zerbröseln, und Zähne werden ins Meer geschwemmt. Doch am nächsten Tag kommt jemand in die Praxis, der in seinem ganzen Leben noch nie einen Zentimeter Zahnseide benutzt hat und auch genauso aussieht, abschreckendes Beispiel für Vernachlässigung und vermeidbare

Schmerzen, mit verrotteten Zähnen, chronisch entzündetem Zahnfleisch und einem Infektionsstrang vom Zahnschmelz direkt in den Nerv. Liegt so einer in meinem Behandlungsstuhl, ist mir plötzlich nicht mehr alles egal, erneut regt sich Hoffnung, so etwas wie Lebensmut, ja tollkühner Trotz, und ich bin wieder bei meiner alten Leier: »Zahnseide! Bitte, Sie müssen Zahnseide benutzen. Zahnseide ist das A und O.«

Eigentlich ist ein Zahnarzt immer nur ein halber Arzt. Seine Tätigkeit weist nämlich Ähnlichkeiten mit der eines Leichenbestatters auf, was er aber nicht offen sagt. Was schmerzt, macht er wieder heil. Was tot ist, flickt er so zurecht, dass ein lebensechter Eindruck entsteht. Er bohrt ein Loch, entfernt die Fäulnis, spachtelt das Loch wieder zu und versiegelt das Einfallstor gegen Erreger. Er reißt Zähne heraus, macht Abdrücke, passt die falschen Dritten an und sorgt für die entsprechende Färbung. Zahnlücken sind die Augenhöhlen des knöchernen Schädels, Molaren stehen aufrecht wie Grabsteine.

Wir nennen es Praxis, niemals einen Betrieb, doch jede erfolgreiche Zahnarztpraxis arbeitet nach betriebswirtschaftlichen Grundsätzen. Meine Anfänge lagen in einer fensterlosen Praxis mit zwei Behandlungsstühlen in Chelsea. Irgendwann wechselte ich in eine Seitenstraße der Park Avenue. Ich mietete das halbe Erdgeschoss in einer Apartmentanlage namens Aftergood Arms. In der anderen Hälfte saß die Steuerberatungsfirma Bishop & Bishop, gegen die seinerzeit wegen Beihilfe zur Bilanzfälschung ermittelt wurde.

Die Park Avenue ist die zivilisierteste Straße der Welt. Die Empfangsportiers mit ihren Handschuhen und Schirmmützen sehen immer noch aus wie in den vierziger Jahren und halten Milliardärswitwen und ihren Hündchen die Tür auf. Die Vordächer reichen bis an die Straße, damit niemand nass wird, der mit dem Wagen vorfährt. Ein Teppich, in der Regel grün, zuweilen auch rot, dämpft den Tritt. Nostalgisch gestimmte Menschen werden mühelos das Kutschenzeitalter heraufbeschwören können, als mancher reich gewordene Siedler nebst Gattin auf dieser Prachtstraße noch Schlammpfützen ausweichen musste. Manhattan ist eine Region im permanenten Umbruch, die einzelnen Viertel wechseln ständig ihre Bewohner, die Stadt verändert sich über Nacht – nur die Park Avenue bleibt die Park Avenue, im Guten wie im Schlechten. Hier wohnt das Geld, vor allem das alte, hier residiert das klassische New York.

Ich nahm Kredite auf ohne Ende, um die neue Praxis meiner Klientel entsprechend zu sanieren. Um diese Riesensumme möglichst schnell abzutragen, schlug ich sowohl den Rat der Trockenbaufirma als auch die Einwände von Mrs. Convoy, meine eigenen Bedenken sowie jegliche Standesusancen in den Wind und verzichtete auf ein privates Büro. Stattdessen nutzte ich die frei gewordene Fläche für ein weiteres Behandlungszimmer und leide seit zehn Jahren darunter. Ich verdiene zwar das große Geld, aber für mich persönlich bleibt keinerlei Rückzugsort.

Etwas war also immer, und Jammern brachte nichts. An manchen Tagen haderte ich richtig mit meinem Schicksal. Doch dann sagte ich mir: Reiß dich zusammen. Was könnte besser sein als eine gutgehende Praxis mit dir an der Spitze der Organisationsstruktur? Mit Ausnahme des langen Donnerstags waren meine Arbeitstage nicht länger als Ihre. Nur an manchen Donnerstagen kamen wir erst um zehn Uhr abends aus der Praxis. In diesen Nächten schlief ich fast von allein, und die Tabletten waren beinahe überflüssig. (Das Erste, was sich bei einer medikamentösen Insomnietherapie verabschiedet, sind die Träume. Aber ich sagte mir: Auch das hat seine Vorteile, denn so bin ich nicht mehr gezwungen, nach dem Erwachen zwanghaft von meinem überreichen inneren Erleben zu berichten.)

Etwas war immer, aber ein bloßes Etwas konnte eben nie

alles sein. Sogar eine gutgehende Praxis konnte nicht alles sein. Ein Leben im Dienst der Patienten oder der Mocaccino am Nachmittag oder die Pizza am Freitag, nichts davon konnte alles sein. Auch ein Banjo konnte leider nicht alles sein. Filme direkt auf den heimischen Fernseher zu streamen war bei seiner Einführung fast alles, wurde dann jedoch so schnell normal, dass es auch nur irgendetwas war. Lange Zeit waren die Red Sox für mich alles, bis sie zur Enttäuschung wurden. Und die Enttäuschung meines Lebens war jener Tag im Jahr 2004, an dem die Red Sox den Yankees den Sieg stahlen, dadurch in die World Series einzogen und diese ebenfalls gewannen.

Einmal dachte ich einen halben Sommer lang, Golf könnte alles sein. Ich glaubte allen Ernstes, ich könnte für den Rest meines Lebens alle Kraft, alle Leidenschaft in den Golfsport fließen lassen, und das tat ich auch, aber gerade einmal zwei Monate lang. Denn dann merkte ich, dass ich tatsächlich meine ganze Kraft, meine ganze Leidenschaft, jede freie Minute in das Golfen stecken konnte. Ich glaube, ich war noch nie in meinem Leben so deprimiert. Als ich meinen letzten Ball versenkte, trudelte er zunächst um das Loch, und genau so sah ich auch mein mickriges Leben: Unentschlossen lässt es sich von der Schwerkraft ergreifen und in die Tiefe ziehen.

Halten wir fest: Weder Arbeit noch Freizeit, noch die totale Hingabe an eine höhere Sache (meine Arbeit, Golf, die Red Sox) konnten alles sein, auch wenn sie den Augenblick perfekt ausfüllten. Sollte ich erklären, warum es mir eine solche Befriedigung verschafft, einen verfaulten Zahn durch eine Brücke zu ersetzen und dem Patienten sein unbeschwertes Lachen zurückzugeben, es wäre in etwa so, als wollte ein Träumer seinen Traum beschreiben. Einem Menschen die Würde zurückzugeben ist keine Kleinigkeit. Die Pizza am Freitag war nicht zu verachten. Auch ein Mocaccino gehörte ohne Zweifel zu den Freuden des Alltags. Und ein denkwürdiger Abend im Jahr 2004, als David Ortiz ein 2-Run Home Run gegen die Yankees gelang und die Red Sox das größte Comeback in der Sportgeschichte einleiteten, sorgte für pures Lebensglück.

Gern hätte ich an Gott geglaubt. Das wäre einmal etwas, das nicht nur alles wäre, sondern auch besser als alles andere. Mit dem richtigen Gottesglauben kann man sich beruhigt fallenlassen und weiß immer, woran man ist. Furchtlosigkeit ist eine zusätzliche Option, denn das ewige Leben wäre mir ja sicher. Auch schwebende Orgelregister sowie die tiefsinnigen Betrachtungen anglikanischer Bischöfe dürfte ich zu meinem geistigen Besitzstand zählen. Um all das zu erlangen, müsste ich lediglich meine Zweifel über Bord werfen und einfach glauben. Doch immer, wenn ich kurz davor stand, riss mich die Vernunft zurück. Nein, ohne gedankliche Klarheit ging es nicht. Letztlich konnte ich, durfte ich mich nur an mich selbst halten. Wenn die Welt so schön war, wozu brauchte ich dann einen Gott? Welche Steigerung wäre durch die Unterwerfung unter Gott möglich? So mein ewiger, wohlbegründeter, zäher Skeptizismus. Und damit war die Frage nach Gott leider jedes Mal schnell erledigt.

Non serviam!, rief Luzifer. Er wollte keine kleinen Babys fressen, er wollte bloß Gott nicht dienen. Hätte er es getan, wäre er nicht mehr gewesen als ein x-beliebiger Engel, dessen Namen nicht einmal die Frommen kennen.

Ich habe versucht, die Bibel zu lesen, aber ich kam nie über den Anfangsteil mit dem Himmelsgewölbe hinaus, also all das, was über Tag eins und Tag zwei geschrieben steht. Jenes Gewölbe, das Wasser von Wasser scheidet. Da habt ihr euren Himmel, gleich neben dem Wasser. Einfach das Wasser entlang, dann stoßt ihr irgendwann wieder an den Himmel. Ich kann mir nicht helfen, aber schon das war sterbenslangweilig. Ungeduldig blätterte ich weiter, doch es wurde nicht spannender. Erst Himmelsgewölbe, dann ein elend langer Mittelteil, dann Jesus. Man kann sein halbes Leben damit zubringen, über unfruchtbare Frauen und brennende Dornbüsche und den Zorn Gottes zu lesen, ehe man zu den offiziellen Highlights vordringt: *Was ihr getan habt einem von diesen meinen geringsten Brüdern …* Natürlich kann man das auch anders sehen. Was mich betrifft, ist das wahre Highlight das Zweite Buch der Könige. Aber so weit muss man erst mal kommen, schon das Erste macht es einem nicht leicht. Was mich immer wieder erstaunt: wie oft ich in der U-Bahn neben Leuten sitze, die gerade die Bibel lesen – und zwar richtig, sie stecken mittendrin, so ungefähr auf Seite einhundertfünfzigtausend. Damit nicht genug. Jeder Vers ist entweder unterstrichen oder mit Textmarker hervorgehoben. Ich kann mir zunächst nicht vorstellen, dass der junge Hispanic mit den Tattoos den Rest seiner Bibel derart totmarkiert hat wie den Schluss des Zweiten Buchs der Chronik. Doch weit gefehlt. Sobald er umblättert, sehe ich, es geht so weiter, sogar in Multicolor und mit den handschriftlichen Anmerkungen eines Klosterbruders. Und er blättert auch nicht einfach so weiter, dieser Typ sucht gezielt nach Bezügen am anderen Ende der Bibel, auf Seiten, die genauso textmarkergesättigt sind wie die vorigen. Ich schwöre bei Gott, es gibt immer noch Leute, die ihr ganzes Leben der Bibel widmen. Entweder alte schwarze Ladys oder schwarze Männer mittleren Alters. Oder Hispanics mit Schlips und Kragen. Oder weiße Männer, die überraschenderweise wirklich weiß sind. Tausende Stunden des Bibelstudiums und des sorgfältigen Markierens, während ich nur schlief, Baseball guckte oder im Fernsehsessel Unzucht mit mir selbst trieb. Manchmal denke ich, ich habe mein Leben vertan. Man kann sogar davon ausgehen, dass ich mein Leben vertan habe. Aber hatte ich eine Wahl? Natürlich – zwanzig Jahre lang jeden Abend die Bibel studieren. Aber wer kann sagen, dass ein frommes, gottesfürchtiges, keusches Leben, das jede Entscheidung mühevoll an den Launen des Herrn ausrichtet, in irgendeiner Weise sinnvoller gewesen wäre als mein reales Dasein, einschließlich der durchsoffenen Nächte mit der Labsal des hl. James aus Dublin und entsprechend getrübten Linsen am folgenden Morgen? Die Pascalsche Wette, was für ein Unding: die wackelige Chance auf die Ewigkeit gegen die Gewissheit eines limitierten Zeitrahmens ohne Verlängerung.

Ich erinnere mich an die Zeit, in der ich hin und wieder an einer Stadtbesichtigung teilnahm. Der Sinn einer Stadtbesichtigung ist die Bestandsaufnahme sämtlicher Veränderungen. Was hat sich verändert, was verändert sich gerade, was wird sich weiter verändern und wie zahlreich sind die Veränderungen im historischen Maßstab, also von den Anfängen bis hin zu einer Zukunft, die wir nicht mehr erleben werden? Irgendwann deprimierten mich diese Stadtbesichtigungen so sehr, dass ich nie wieder hinging und stattdessen mit Spanisch anfing. Aber da hatte ich bereits alles über die verschiedenen Einwanderungswellen und ihre ethnische Zusammensetzung gelernt, welche den Vierteln ihr spezifisches Gepräge gab und selbst Gotteshäuser im Lauf der Zeit nicht von einer Umwidmung verschonte. Gut sichtbar zum Beispiel in der Lower East Side, wo einst eine Vielzahl von Synagogen die religiöse Grundversorgung der frühen jüdischen Einwanderer sicherstellte. Synagogen, die später zu Kirchen wurden, weil christliche Einwanderer nachrückten. Was jedoch blieb, waren die architektonische Hülle und Teile der Fassade, so dass auf manchen Kirchenwänden bis heute der in Stein gemeißelte Davidstern oder der siebenarmige Leuchter zu sehen ist. Oder unter einem Kirchdach mit Kreuz oder der Statue der Gottesmutter findet sich überraschend ein Gesims mit einer Inschrift aus hebräischen Lettern.

Genau deshalb, rief ich, ist Klarheit so wichtig. Klarheit und Eindeutigkeit. Wisse, wie leicht eine Gebetsstätte zum gegnerischen Glauben überlaufen kann. Deine Seele ist in Gefahr, in

Gefahr durch den demographischen Wandel und das unendliche menschliche Talent zur Nutzungsänderung.

In einer Kirche war ich zuletzt in Europa, zusammen mit Connie. Während der zwölf Tage besichtigten wir mindestens neunhundert Kirchen. Wenn man Connie fragt, waren es zwar gerade einmal vier, aber selbst vier Kirchen in zwölf Tagen betrachte ich als Overkill. Dauernd musste ich wegen irgendeiner berühmten, einzigartigen Kirche meine Red-Sox-Kappe abnehmen, dabei sahen sie am Ende alle gleich aus, die Kirchen. Vor allem überkam mich, egal zu welcher Tageszeit und egal auch, wie viel Espresso ich bereits zu mir genommen hatte, jedes Mal das große Gähnen. Dass es so laut sein musste, fand Connie überflüssig. Sie verglich mein Gähnen immer mit dem Brummen eines elektrischen Gartengeräts. Fehlte eigentlich nur, dass mir Grünschnitt aus dem Mund flog, sagte sie und warf mir einen giftigen Blick zu, sobald ich es mir auf einer Kirchenbank gemütlich machte. Ich gähnte, was war schon dabei? Ich verzichtete immerhin auf obszöne Gesten und schlug auch nie vor, dass wir in einer Kirche Party machten. Nur einmal forderte ich sie zu einem Blowjob *hinter* der Kirche auf, dort, wo die Abfallcontainer standen. Aber das war, für jedermann erkennbar, ein Witz, denn da gab es gar keine Abfallcontainer. Eine europäische Kirche war eben kein amerikanischer Supermarkt. Ich stehe auf Blowjobs hinterm Supermarkt. In Manhattan ist das gar nicht so einfach. Am ehesten geht so etwas in New Jersey, wo es sogar legal ist. Meiner Meinung nach nahm Connie dieses Europa viel zu ernst. Schwermütig betrachtete sie die Fresken und ging jeder Kleinigkeit nach, denn die Unendlichkeit verpflichtet. Dichter sind ein gedankenverlorener Haufen. (Connie ist Dichterin.) Aber sie sind auch große Heuchler. In Amerika machen sie einen Bogen um jede Kirche, aber in Europa rennen sie vom Flieger gleich ins nächste Querschiff, als hätte der wahre Gott nur auf sie gewartet. Der wahre

Gott, das ist der Gott Dantes und des Chiaroscuro, der Gott von Johann Sebastian Bach und der Strebebögen. Davor kann eine amerikanische Dichterin nur sabbatfromm in die Knie gehen. Dabei war Connie Jüdin. Ab Tag drei nannte ich Europa nur noch Eupora und hörte erst damit auf, als wir wieder in Newark landeten. Da wir schon in New Jersey waren, schlug ich übrigens vor, noch einen Abstecher zum Supermarkt zu machen, aber bis dahin hatte Connie endgültig die Nase voll von mir. Für mich ist eine Kirche eben nichts weiter als ein Ort der Langeweile. Ich sage das bei allem Respekt für gläubige Menschen. Ich selber bin ja für die Tröstungen einer Gemeinschaft der Gläubigen nicht unempfänglich. Ich würde gern an Sakramenten teilnehmen, meines Nächsten Hand ergreifen und aus ganzer Seele Lieder aus dem Gesangbuch schmettern. Aber ich wäre verdammt, wahrlich verdammt, wäre dem Gott meiner Wahl an meinem Gehorsam gelegen. Mein Gott verachtet die Hostien und lacht über den Wein. Die Symbole der Sterblichen können ihm nur leidtun. Aber was weiß ich schon? Nur dass die Langeweile, die mich in Kirchen übermannt, keine passive Langeweile ist, sondern aktive, nagende Unruhe. Für manche ist die Kirche der Ort der letzten Dinge und der ungezwungenen Zwiesprache, für mich ist er die dunkle Endstation der Seele. Beim Betreten einer Kirche erscheint mir jeder Gedanke an den Lobpreis des Herrn absurd.

Mein Name ist Paul O'Rourke. Ich lebe in New York in einer Doppelhaushälfte mit Blick auf die Brooklyn Promenade. Ich bin Zahnarzt und Facharzt für Prothetik. Meine Praxis hat sechs Tage die Woche geöffnet, am Donnerstag auch abends.

Es gibt auf der Welt keinen schöneren Ort zum Leben als New York. New York hat die besten Museen, Theater, Nachtclubs, die besten Shows und die besten Konzertsäle der Welt, von der internationalen Küche gar nicht zu reden. Gegen die

Weinvielfalt in New York nehmen sich sämtliche Weine des Römischen Reiches aus wie das Angebot einer Tanke im hintersten Kansas. New York bietet Wunder ohne Ende. Die Frage ist nur, wer kann daran teilhaben, wenn sich alle nur dumm und dämlich arbeiten, um in dieser Stadt nicht pleitezugehen? Und wer, wenn er sich nicht gerade dumm und dämlich arbeitet, hätte dann noch die Kraft dazu? Seit meinem stolzen Zuzug aus Maine war ich in zwölf Jahren vielleicht ein Dutzend Mal in einem Programmkino, zweimal in einer Broadway-Show, einmal auf dem Empire State Building und einmal in einem Jazzkonzert, an das ich mich auch nur deshalb erinnere, weil ich bei dem Trommelsolo vor Müdigkeit beinahe eingeschlafen wäre. Im Metropolitan Museum, diesem Eldorado menschlicher Sammelwut, nur wenige Blocks von der Praxis entfernt, war ich exakt null Mal. Meine Freizeit verbringe ich am liebsten vor den Schaufenstern von Maklerfirmen, wo ich mir im Verein mit anderen finanziell überforderten Träumern vorstelle, wie es wäre, so schön, so großzügig zu wohnen, dass sich die abendliche Flucht aus der Stadt auch wirklich lohnte.

Als ich Connie kennenlernte, gingen wir etwa drei- bis viermal die Woche schön essen. Schön essen bedeutet in New York mindestens Starkoch mit mehreren Michelin-Sternen, Kindheit im Rhônetal und einer eigenen Kochsendung im Fernsehen. Natürlich steht der Starkoch nicht selber in der Küche, das machen Hispanics aus den Armenhäusern der Welt. Dennoch wird Wert auf frischeste Zutaten der Saison gelegt, die entweder jeden Morgen eigenhändig auf Bauernmärkten gekauft oder über Nacht eingeflogen werden. Die Restaurants selber sind entweder elegant und intim mit eindrucksvollem Lichtdesign oder laut und brechend voll mit exklusiver Klientel. In beiden Varianten war für gewöhnlich kein Tisch zu bekommen, es sei denn, man blieb stur und verstand sich auf die Kunst der Einschüchterung, der Bestechung, der Lüge. Einmal behauptete Connie dreist, sie habe Magenkrebs im Endstadium und hätte das fragliche Restaurant für ihren letzten Abend vor dem Krankenhaus ausgesucht. Saßen wir endlich an unserem Tisch, studierten wir aufgeregt und gleichzeitig völlig erschöpft die Speisekarte, in der jedes Hauptgericht gut dreistellig kostete, bestellten, was zu bestellen war, und tranken, was uns empfohlen wurde. Dann zahlten wir und gingen heim und fühlten uns leer und dumm, aber schon am nächsten Morgen war unser erster Gedanke, in welches Restaurant wir als Nächstes wollten.

Nach der Trennung von Connie spielte ich, wenn ich durch die Straßen von Manhattan lief, immer ein kleines Spiel mit mir. Es war das Es-könnte-alles-noch-viel-schlimmer-sein-Spiel. Es könnte alles noch viel schlimmer sein, sagte ich mir, etwa beim Anblick von manchen Gestalten auf der Straße. Es könnte alles noch viel schlimmer sein, beispielsweise könnte ich der Kerl da hinten sein. Denn Manhattan ist auch der Laufsteg der Entstellten, Obdachlosen, der erbarmungslos Hässlichen, laut Weinenden, der Selbstverletzten, der unrettbar Angepissten. Es könnte wirklich alles viel schlimmer sein. Aber dann kam mir eine Frau entgegen, eine von Tausenden New Yorkerinnen, mit unbekümmert langen Beinen in unmöglich hohen Stiefeln, immer allein oder zu zweit oder zu dritt mit Freundinnen unterwegs und von einer Schönheit, die wehtat, weil sie nicht im Geringsten beabsichtigt wirkte. Dann starb ich ein wenig vor Sehnsucht und Schmerz und musste mir eingestehen: Es könnte aber auch sehr viel besser sein.

Es könnte alles viel schlimmer, es könnte aber auch viel besser sein – dieses Spiel war mein fortlaufender Kommentar zum Tagesgeschehen auf Manhattans Straßen, und ich war darin so gut wie jeder andere arme Idiot.

Mein Leben begann eigentlich erst wenige Monate vor dem schicksalhaften Red-Sox-Sommer von 2011. Im Januar dieses

Jahres kam Mrs. Convoy zu mir und meinte, in Behandlungszimmer 3 gingen seltsame Dinge vor sich. Ich schaute selber nach und erkannte den Patienten vage wieder. Ein Mann, der anfangs regelmäßig kam und dann immer seltener, bis eine Notmaßnahme nötig wurde, die ihn eine Weile disziplinierte, ehe der alte Schlendrian wieder einsetzte. Eine vermurkste Plombe (nicht von mir) hatte den Nerv entzündet, trotzdem konnte er sich nicht, wie von mir empfohlen, zu einer Wurzelbehandlung durchringen. Jetzt trieb ihn der Schmerz wieder her, der große Motivator. Doch stöhnte und klagte er nicht, sondern sang nur leise vor sich hin. Dabei lagen seine Handflächen offen im Schoß, Daumen und Mittelfinger berührten sich, und er intonierte etwas, das sich anhörte wie »Om-mm ... om-mm ...«.

Ich setzte mich auf meinen Zahnarzthocker, und wir gaben uns die Hand. Ich fragte, was er da mache, und es stellte sich heraus, dass er einmal tibetischer Mönch werden wollte. Zwar läge diese Phase mittlerweile hinter ihm, erklärte er, doch in bestimmten Situationen greife er gern auf die alten Meditationstechniken zurück. Im Augenblick bereite er sich darauf vor, sich den Zahn ohne Betäubung ziehen zu lassen. Er war bei einem Guru in die Schule gegangen, der die Kunst der Schmerzausschaltung beherrschte.

»Ich habe den Zustand vollkommener Leere erreicht«, sagte er. »Man muss sich nur immer wieder sagen: Auch wenn man den Körper verliert, so stirbt man doch nicht.«

Auf jeden Fall hatte sein Eckzahn den Zustand fortgeschrittenen Verfalls erreicht. Der Zahn war farblich etwa teebraun, jedoch allem Anschein nach noch nicht nervtot, und kein Zahnarzt, der noch bei Verstand war, würde so ein Ding ohne Lokalanästhesie extrahieren. Das sagte ich ihm auch so, und er willigte ein, nahm aber gleich seine Meditationshaltung wieder ein. Ich verpasste ihm seine Dosis und machte mich mit demonstrativer Hemdsärmligkeit ans Werk. Schon nach zwei Sekunden stöhnte er auf. Offenbar gehörte das Stöhnen zum Zustand vollkommener Leere. Aber das Stöhnen wurde immer lauter, bis es selbst im Wartezimmer zu hören gewesen sein dürfte. Ich blickte auf Abby, meine Zahnarzthelferin, die mit rosa OP-Maske auf der anderen Seite des Patienten saß. Sie sagte nichts. Ich nahm die Zange aus seinem Mund und fragte, ob alles in Ordnung sei.

»Ja. Warum?«

»Weil Sie Schmerzlaute von sich geben.«

»Ach wirklich? Habe ich gar nicht gemerkt. Ich bin nämlich körperlich nicht anwesend«, sagte er.

»Dafür, dass Sie körperlich nicht anwesend waren, hat es sich aber ausgesprochen körperlich angehört.«

»Das soll nicht wieder vorkommen«, sagte er. »Bitte fahren Sie fort.«

Umgehend setzte das Gestöhne wieder ein und steigerte sich zu einem verhaltenen Heulen. Ein Heulen, so unmittelbar und blutig wie bei einem Neugeborenen mit einer noch untrainierten Lungenfunktion. Ich hielt inne. Ihm standen Tränen in den Augen.

»Sie tun es schon wieder«, sagte ich.

»Was tue ich?«

»Sie stöhnen«, sagte ich. »Sie heulen. Wirkt die Betäubung nicht?«

»Ich denke drei bis vier Wochen über diese Schmerzen hinaus«, sagte er. »So bin ich vier bis sechs Wochen weit weg.«

»Mit Betäubung sollten Sie aber überhaupt keine Schmerzen haben«, sagte ich.

»Habe ich auch nicht. Ich habe keinerlei Schmerzen«, sagte er. »Und jetzt bin ich still.«

Ich setzte die Behandlung fort, aber er brach sie sofort wieder ab.

»Könnte ich bitte Lachgas haben?«

Ich setzte ihm die Nasenmaske auf, entfernte den Zahn und vernähte die Wunde. Als die Wirkung des Gases nachließ, waren Abby und ich schon beim nächsten Patienten. Doch dann kam Connie herein und sagte, der Mann habe sich erholt und wolle sich verabschieden.

Ich hätte Connie sofort nach unserer Trennung entlassen sollen. Ich hätte es auch tun können, ließ es aber sein, weil sie als Dichterin permanent Geldsorgen hatte. Letztlich tat sie nicht mehr, als Patientennamen zusammen mit dem nächsten Termin auf ein Kärtchen zu schreiben, und zwar volle acht Stunden lang, donnerstags auch länger. Daneben half sie Mrs. Convoy, mit den Patienten Termine abzusprechen. Und Rechnungen, Rechnungen schrieb sie auch ein paar. Doch den Großteil davon erledigte ohnehin ein externer Dienstleister, und den konnte sie nicht ersetzen. Habe ich etwas vergessen? Ach ja, sie nahm Anrufe entgegen. Kurz und gut, acht Stunden lang war sie mit kleinen Kärtchen und Telefondienst beschäftigt, kritzelte Namen in den Terminkalender und schrieb nicht genügend Rechnungen, dass ich auf den externen Büroservice verzichten konnte. Die übrige Zeit verbrachte sie festgeklebt an ihrer Ich-Maschine.

»Wo ist er?«, fragte ich.

»Drüben«, sagte sie.

Mein Patient erhob sich, als ich ins Wartezimmer trat.

»Ich wollte mich nur noch bedanken. Danke für alles. Und ich möchte mich von Ihnen verabschieden. Ich fliege nach Israel!«

Seine verwaschene Stimme deutete darauf hin, dass die Wirkung des Gases nicht vollständig abgeklungen war.

»Erholen Sie sich doch noch ein paar Minuten.«

»Nein, das geht nicht, ich muss zur U-Bahn. Ich wollte Ihnen nur sagen, wie sehr Sie mir fehlen werden. Wie übrigens jeder hier. Alle sind immer so nett. Diese Frau zum Beispiel, sie ist supernett. Und dabei so sexy. Ich meine, sie ist wirklich … ungelogen, ich würde sie auf der Stelle ficken.«

Er deutete auf Connie, die wie alle anderen im Wartezimmer das Geschehen sprachlos verfolgte.

»Okay«, sagte ich. »Sie sollten sich noch eine Weile erholen, kommen Sie mit.«

»Das geht nicht!«, rief er und machte sich von mir los. »Keine Zeit.«

»Dann bis zum nächsten Mal.«

»Ich sagte doch, es wird kein nächstes Mal geben«, sagte er. »Ich gehe nach Israel.«

Ich bugsierte ihn langsam zur Tür, Connie reichte mir seine Jacke.

»Ich gehe aber nicht nach Israel, weil ich Jude bin. Sie denken das womöglich, ist es nicht so?«

»Warten Sie, ich helfe Ihnen in die Jacke.«

»Aber da liegen Sie falsch.«

Ich machte die Tür auf, und er kam mir plötzlich sehr nahe und flüsterte mir mit seinem von der Betäubung säuerlichen Atem etwas ins Gesicht.

Er sagte: »Ich bin ein Ulm. Deswegen gehe ich nach Israel. Ich bin ein Ulm – und Sie auch!«

Ich klopfte ihm auf die Schulter und schob ihn weiter.

»Na, dann herzlichen Glückwunsch. Und viel Glück.«

»Ihnen auch«, sagte er.

Unter Lachgas sagen die Leute die komischsten Sachen, und so dachte ich nicht weiter darüber nach.

Kapitel 2

Sechs Monate später, ein Freitag. Freitag, der 15. Juli 2011. Der Tag begann ohne besondere Vorkommnisse mit zahnkosmetischen Konsultationen, einer Zahnfleischverpflanzung und einer gespenstisch geschwärzten Zunge. Viermal lief »Nowhere Man«, aber es kann auch sein, dass ich während dieses einen Songs einfach in vier verschiedenen Behandlungszimmern war. Später ertappte ich mich dabei, dass ich während einer Kronenverlängerung »Nowhere Man« summte. Am Nachmittag trocknete Connies Wet-Look langsam aus und erfüllte die Praxis mit dem Duft ihres Haars. Mrs. Convoy schlug ein neues Ablagesystem vor, um der steigenden Papierflut zu begegnen. Abby blieb still.

Als Zahnarzthelferin braucht man nicht viel zu können. Man muss die Instrumente kennen und sie dem Arzt in der entsprechenden Reihenfolge anreichen. Es geht nicht um Herzchirurgie, aber es ist auch nicht alles nur Jux und Tollerei. In unserem Behandlungsstuhl liegen mitunter Unfallopfer oder übel zugerichtete Personen aus Schlägereien. Das heißt, Abby muss mir nicht nur die Instrumente reichen, sondern auch die Nerven behalten, wenn diese Patienten zum ersten Mal den Mund öffnen. Ich kann nur sagen: Bestimmte Unfälle wünsche ich niemandem. Sicher, wir kriegen manches wieder hin. Wir sorgen dafür, dass diese Menschen irgendwann wieder essen und trinken können, doch so wie vorher wird es nie wieder. Irgendwann ist die Glückssträhne zu Ende, und dann kommt auch noch Pech hinzu. Von da an heißt es, Kompromisse schließen, und bis zum Lebensende hängt man von zahnärztlichem Können ab.

Darüber hinaus muss eine Zahnarzthelferin sprayen, spülen und absaugen können. Sie bereitet den Instrumententisch vor, assistiert bei der Erstellung des Zahnstatus, macht Abdrücke oder die Grobanpassung von Kronen und legt bzw. entfernt Kofferdams. Ohne eine gute Zahnarzthelferin kriegt man nichts geregelt. Und Abby war sehr gut, hielt im Notfall auch schon mal die Hand des Patienten. Aber sie hatte ein Kommunikationsproblem. Wenn irgendetwas anlag, und sei es auch nur der Wunsch nach einem freien Nachmittag, kam sie nie zu mir, sondern ging zu Connie oder Mrs. Convoy. Sie sagte, sie wolle mich nicht damit behelligen. Mich nicht behelligen, wie das? Wir saßen uns den ganzen Tag lang gegenüber! Mag sein, sie hätte lieber bei einem anderen Zahnarzt gearbeitet, womöglich einem dieser allseits beliebten Menschenfreunde mit stets einem lockeren Spruch auf den Lippen (was ich übrigens gern gewesen wäre). Es störte mich, dass sie mir schweigend gegenübersaß und mich permanent beurteilte. Aber vielleicht täuschte dieser Eindruck auch. Vielleicht lag es nur daran, dass ich hinter der rosa OP-Maske ihr Gesicht nicht sah. Vielleicht wollte sie mir lediglich mit der professionellen Aufmerksamkeit assistieren, die ich von einer Zahnarzthelferin erwartete. Aber leider ist man nicht jeden Tag besonders witzig oder geistreich, und dann möchte ich den sehen, der sich durch die permanente Anwesenheit eines anderen, der immer nur schaut und schweigt, nicht kritisch überwacht fühlt.

»Sind alle Zimmer vorbereitet?«, fragte ich Abby morgens als Allererstes.

Eigentlich wollte ich ihr nur einen guten Morgen wünschen. Ein guten Morgen am Morgen hob die Arbeitsmoral, denn es signalisierte jedem, dass wir hier etwas ganz Besonderes leisteten. Jetzt also frisch ans Werk mit ausgeruhten Sinnen, deodorierten Achselhöhlen und in freudiger Erwartung der vielen tollen Herausforderungen, die auch dieser Tag wieder für uns bereithielt. An manchen Morgen aber brachte ich diese schlichte Begrüßung nicht über die Lippen, und wir waren nicht einmal ein großer Laden, sondern eine kleine gemütliche Praxis mit drei Angestellten. Dreimal guten Morgen dürfte nicht zu viel verlangt sein. Und dennoch verweigerte ich es zuweilen und wollte gar nicht wissen, wie verletzend so etwas in unserer kleinen Gemeinschaft sein konnte, wo es auf jedes guten Morgen ankam. Oder ich vergaß es gleich ganz und machte gerade dadurch zur Botschaft, was ich von dieser Floskel hielt. Oder ich schenkte, völlig willkürlich, nur ausgesuchten Mitarbeitern eine knappe Begrüßung, ein Verhalten wie aus dem Lehrbuch des Tyrannen. So sagte ich zum Beispiel guten Morgen zu Abby und Betsy, aber nicht zu Connie. Oder allein zu Betsy, aber nicht zu Abby oder Connie. Oder ich begrüßte ausschließlich Abby, wenn auch Betsy da war. Oder nur Betsy, wenn auch Connie da war. Ich meine, was war schon dabei? Was will der Mensch eigentlich mit diesem allzu absehbaren sogenannten neuen Morgen? Was landläufig Nacht genannt wird, war für mich nur ein langer Kampf um ein paar Minuten Dämmerschlaf. Insgesamt so unerheblich, dass es keinen Morgengruß verdiente. Also sagte ich zuweilen nur: »Wen haben wir denn heute? Kann ich mal den Plan sehen?« Wenn ich sagte: »Kann ich mal den Plan sehen?«, sagte ich das zu Connie am Empfang. Oder ich sagte wie an diesem, dem besagten Morgen: »Sind alle Zimmer vorbereitet?« Die Frage ging normalerweise an Abby, und Misstrauen schwang darin. So, als rechnete ich fast damit, dass sie *nicht* vorbereitet waren. Zur Strafe saß Abby dann den ganzen Tag auf der anderen Seite des Patienten, atmete in ihre OP-Maske, reichte mir nüchtern alle benötigten Instrumente und verurteilte mich wortlos auf das Schärfste. Oder ich sagte zu Betsy: »Sie sind heute allein.«

Was bedeutete, dass an diesem Tag die Dentalhygienikerin, die zur Aushilfe kam, *nicht* kam. Worauf sie wieder sagte: »Oh, da hat jemand schlechte Laune.« Doch das traf überhaupt nicht zu, ich hatte keine schlechte Laune, nicht einmal nach einer weiteren schlaflosen Nacht und dem allzu frühen Wiedersehen mit meinen drei Angestellten. Erst als Mrs. Convoy sagte: »Oh, da hat jemand schlechte Laune«, erst da bekam ich schlechte Laune, woran sich den ganzen Tag lang nichts ändern würde.

Also erst einmal guten Morgen allerseits. Und vor allem den Patienten: Einen wunderschönen guten Morgen! Denn ich war der hinterhältigste Schleimer unter der Sonne, ich war der König der Heuchler. Bei einem Speichellecker wie mir braucht man keine Absaugpumpe mehr.

Unter den Patienten an jenem Freitagmorgen war ein Mann, den ich Mr. Kontakte nennen will. Mr. Kontakte kam wegen einer kosmetischen Behandlung. Mehr Patienten denn je liefen heute wegen so etwas zum Zahnarzt. Sie wollten ein weißeres Lächeln, ein geraderes Lächeln, kein Zahnfleisch-Grinsen mehr. Sie verlangten nach Zahnfleisch-Bleaching und unterspritzten Lippen, wünschten sich ein Lächeln, das Zahn für Zahn, Millimeter für Millimeter optimiert war und jede schmerzliche Reminiszenz aus Kindertagen auslöschte. Sie wollten ein Lächeln wie George Clooney oder Kim Kardashian, sie wollten sogar die asymmetrische Kauleiste von Tom Cruise. Bei weniger bekannten Celebrities brachten sie entsprechende Zeitschriftenausschnitte mit, damit ich ihnen ein Lächeln zauberte, das ihnen für alle Zeit die ersehnte Star-Aura verlieh. Es waren Leute, die sich so etwas leisten konnten, Rechtsanwälte, Hedgefonds-Manager und deren Gattinnen, die keine Lust mehr hatten auf kleine menschliche Unzulänglichkeiten. Angehörige der Schickeria, die keinen Galaempfang ausließen und sich überall vor die Kamera drängten. Als Kontrastprogramm gab es all die Mühseligen und Unversicherten, die an den Folgen selbst durchgeführter Zahn-OPs litten, etwa einer Extraktion mit Kneifzange in der Küche ihrer Sozialwohnung ohne Aufzug, dafür aber mit einer Anästhesie in Form einer halben Flasche Jim Beam. Solche Patienten begegneten Zahnschmerzen grundsätzlich nicht mit einem Gang zum Spezialisten, sondern mit Aspirin, Whiskey oder was sie gerade bei ihrem medizinischen Dienst ergattern konnten. Einige waren sogar ein Fall für die Notaufnahme. Es waren dieselben Leute, die auch sonst im Leben gescholten wurden, weil sie nie mit offenem Lächeln auf andere zugingen, doch das hatte keine charakterlichen Ursachen, sondern medizinische, sichtbar an verfärbten, verrotteten Zähnen mit riesigen dunklen Lücken. Kamen sie dann nach Jahren des Schmerzes und zähen Sparens zu mir, um wenigstens das Allerschlimmste zu verhindern, dann brachen sie oft, egal ob Mann, ob Frau, in meinem Behandlungsstuhl zusammen und heulten ihr Elend hinaus: die gemeinen Spitznamen, ihr vielfach gebrochenes Herz, die versagten Möglichkeiten, ihr verpatztes Leben. Und alles nur wegen ein paar bescheuerter Zähne. Es gab Tage, an denen ich mich für meinen Beruf denkbar ungeeignet hielt, denn als Zahnarzt muss man das Wissen um menschliche Hinfälligkeit und Vergänglichkeit ausblenden. Dabei ist jeder geöffnete Mund ein Memento mori, und alles, wozu wir imstande sind, ist Aufschub und Provisorium, mehr nicht. Auch ich beschäftigte mich hauptsächlich mit Flickschusterei, was es schwer machte, in den halbjährlichen Untersuchungsterminen der Patienten mehr zu sehen als eine notwendige Selbsttäuschung. Doch wenn einer dieser notorischen Nichtlächler mit verheilten Nähten und stabil sitzenden Ankern noch einmal in die Praxis kam, um mir für sein neues Leben zu danken, war ich stolz auf mein Tun – und das Memento konnte mich mal.

Wie auch immer, an jenem Morgen bekam Mr. Kontakte ein neues Kunststoff-Bonding für seine Frontzähne. Auf einmal zückte er seine Ich-Maschine und scrollte seelenruhig durch seine Kontakte. Wie gesagt, Bonding ist keine Hirn-OP, es wird lediglich eine Kunststoffschicht auf den Zahn aufgebracht. Dennoch ist Konzentration gefragt und vonseiten des Patienten ein Minimum an Kooperation. Aber ich wette, wenn sich eine Hirn-OP ohne Vollnarkose durchführen ließe, gäbe es garantiert Leute, die währenddessen durch ihre Kontakte scrollen. Mich erstaunt immer wieder, was sich die Leute im Behandlungsstuhl alles einfallen lassen. Mrs. Convoy hatte einmal eine Patientin, die während einer professionellen Zahnreinigung plötzlich anfing, sich die Nägel zu lackieren. Doch da war sie bei Mrs. Convoy an der falschen Adresse. Das arme Mädchen bekam eine Standpauke über den fehlenden Respekt in der heutigen Gesellschaft zu hören und konnte – mit Mrs. Convoys Scaler im Mund – weder fliehen noch widersprechen. Auch ich bat meinen Patienten, doch bitte das Handy wegzulegen, was er sogar tat, aber erst nachdem er noch schnell eine SMS abgeschickt hatte. Das erinnerte mich an eine bestimmte Phase in meinem Leben. Als Prozac nicht mehr wirkte und ich meinen Spanischkurs vernachlässigte, ging ich in die Muckibude. Mein Freund McGowan hatte mich darauf gebracht. Gemeinsam stemmten wir eiserne Gegenstände in die Höhe und setzten sie anschließend wieder ab. Anderthalb Monate lang waren chromblitzende Hanteln und die Aussicht auf maximale Potenz fast alles für mich, doch irgendwann deprimierte mich das trübe Kunstlicht, und ich wechselte zu Indoor-Lacrosse. Ich erinnerte mich, wie ich McGowan von etwas erzählt hatte, das mir in der Nacht davor aufgefallen war, nämlich, dass viele der sogenannten Kontakte auf dem Handy nicht zu meinen Freunden gezählt werden konnten, und wie ich deshalb darangegangen war, eine ganze Reihe davon zu löschen, auch wenn ich die Betreffenden schon ewig kannte. McGowan fand das gar nicht gut. »Mann, das sind deine Kontakte«, meinte er. »Ach ja? Und?« »Legst du keinen Wert mehr auf deine Kontakte?« »Warum sollte ich?« »Ich begreife nicht, wie man so etwas tun kann«, sagte er. »Lass doch diesen Unsinn bleiben, das ist ja deprimierend.« Was ich nun wieder nicht verstand. Warum sollte ihn das deprimieren? Es waren doch *meine* Kontakte. Danach mied er mich. Eines Tages bekam ich aus heiterem Himmel einen Anruf. »Hallo?«, sagte ich. »Hey«, sagte die Stimme am anderen Ende. »Wer ist da?«, fragte ich, da mir das Display keinen Namen gab. Es war McGowan, wie sich herausstellte. Wir haben seitdem nie mehr miteinander gesprochen.

Ich nahm den Blick aus dem Mund von Mr. Kontakte, denn Mrs. Convoy stand im Zimmer. Meistens sieht Mrs. Convoy aus wie eine missgestimmte Lehrkraft, die es sich zur Aufgabe gemacht hat, jede erbauliche, wenn auch langweilige Lektion in eine Strafe zu verwandeln. Großen Anteil an diesem Eindruck hatte sicherlich ihr fleischfarbener Rollkragenpulli, der resolut in die Hose gesteckt war und sich streng über ihre schlaffen Aktivseniorenbrüste spannte, sowie ihr silberweißer Kurzhaarschnitt. Nicht zu vergessen der gut sichtbare Flaum auf Gesicht und Hals, der geeignet schien, Luftballons elektrostatisch anzuziehen. Aber diesmal strahlte sie mich ohne Wenn und Aber an.

»Was ist?«, fragte ich.

»Nun haben Sie es ja doch getan!«

»Was getan?«

»Ich dachte immer, Sie wären strikt dagegen, und jetzt das!«

»Ich habe keine Ahnung, wovon Sie reden, Betsy.«

»Von der Webseite.«

»Welcher Webseite?«

»Unserer Webseite«, sagte sie.

Ich rotierte auf meinem Drehhocker herum und zog mir die Latexhandschuhe von den Fingern, dass es knallte. »Wir haben keine Webseite«, sagte ich.

Offenbar war das ein Irrtum.

Betsy Convoy war meine leitende Dentalhygienikerin und darüber hinaus fromme Katholikin. Wenn ich jemals den Wunsch hätte, Christ zu werden (was ich für ausgeschlossen halte), dann wäre ich gern so katholisch wie Mrs. Convoy. Sie besuchte regelmäßig die heilige Messe in der St. Joan of Arc Church in Jackson Heights, wo sie ihren Glauben bekundete mit Kreuzzeichen, Kniefällen, Gebeten, mit Abendmahl und Kollekte und Beichte, mit Andachtskerzen, Heiligenfesten und den verschiedensten Responsorien. Katholiken sind wie Baseballspieler, sie kommunizieren mit einer festgelegten Gebärdensprache. Sicher, die römisch-katholische Kirche ist dem Menschen ein Gräuel und eine Schande für Gott, doch sie verfügt über eine hochstrukturierte Messe, weltberühmte Wallfahrtswege, die ältesten Kirchenlieder, die eindrucksvollste Architektur und ein ausgeklügeltes Beschäftigungsprogramm für jeden, der eine Kirche betritt. Aufs Ganze gesehen mündet es in der Verschmelzung mit deinem Nächsten.

Angenommen, ich wäre nur kurz vor der Tür gewesen und wollte mir die Hände waschen, Mrs. Convoy fände mich sofort, egal an welchem Waschbecken. Dann beschnüffelt sie mich wie ein Bluthund und fragt: »Darf ich fragen, wo Sie gewesen sind?« Ich sage es ihr, worauf sie sagt: »Müssen Sie mich wieder anlügen?« Ich sage es ihr, worauf sie sagt: »Ein bisschen Kontrolle führt nicht zu einem langsamen und schmerzhaften Tod, Rauchen sehr wohl. Meinen Sie, Sie sind ein Vorbild für Ihre Patienten, wenn Sie sich heimlich verdrücken, um eine zu rauchen?« Ich sage es ihr, worauf sie sagt: »Aber die Patienten müssen nicht auch noch von ihrem Zahnarzt auf die ›Vergeblichkeit allen Tuns‹ hingewiesen werden. Seit wann rauchen Sie eigentlich wieder?« Ich sage es ihr, worauf sie sagt: »Das wird ja immer schöner. Warum haben Sie dann überall erzählt, Sie hätten das Rauchen aufgegeben?« Ich sage es ihr, worauf sie sagt: »Ich kann beim besten Willen nicht erkennen, wie

Ihnen ausgerechnet meine berechtigte Sorge ›die Luft zum Atmen‹ nimmt. Ich möchte nur, dass Sie Ihr volles Potential ausschöpfen, das ist alles. Wünschen Sie sich nicht manchmal ein bisschen mehr Selbstdisziplin? Was machen Sie denn da? Um Gottes willen, Sie wollen doch nicht *hier* rauchen?« Mit einer wegwerfenden Bemerkung stecke ich die Zigaretten weg, worauf sie sagt: »Und jetzt bin ich wieder eine Plage. Aber die Plage sind Sie mit Ihrem Suchtverhalten. Wollen Sie sich unbedingt die Lunge ruinieren und schon in jungen Jahren sterben?« Ich sage es ihr, worauf sie sagt: »Sie sind keineswegs schon in der Hölle. Soll ich Ihnen sagen, wie es in der Hölle sein wird?« Ich beantworte ihre Frage, worauf sie sagt: »Da haben Sie wohl recht: Jedes Gespräch kann zu einem Gespräch über Ihr Seelenheil werden. Ein Jammer, dass es nicht öfter geschieht. Was wollen Sie denn am Fenster?« Ich sage es ihr, worauf sie sagt: »Wir sind im Erdgeschoss, Sie verstauchen sich nicht einmal den Fuß.«

Oder ich komme aus der Toilette, und sie fängt mich gleich vor der Tür ab. »Ich habe überall nach Ihnen gesucht«, sagt sie. »Wo sind Sie gewesen?« Ich erkläre ihr das allzu Offensichtliche, worauf sie sagt: »Müssen Sie es unbedingt Donnerbalken nennen?« Ich sage es ihr, angereichert mit einigen Details. Sie nimmt es ungnädig auf und sagt: »Ich wäre Ihnen sehr verbunden, wenn Sie Ihre Aktivitäten im Waschraum nicht mit ›den Papst ärgern‹ umschreiben würden. Ich weiß, Sie halten ihn für einen Witz und kühlen auch sonst gern Ihr Mütchen an der Heiligen Katholischen Kirche. Aber es soll noch Leute geben, die der Kirche größte Achtung entgegenbringen. Sie tun es nicht, ich weiß das, aber es wäre schön, wenn Sie wenigstens mir gegenüber etwas Respekt zeigen und abfällige Bemerkungen über den Papst unterlassen würden.« Ich entschuldige mich, doch sie ignoriert mich. »Manchmal frage ich mich, wie einem die Gefühle anderer Menschen derart egal sein können.«

Dann geht sie, und *ich* frage mich, warum sie mir vor dem Donnerbalken auflauert. Außer mir und sich selbst Kummer zu bereiten, fällt mir kein Grund ein.

Später, nach einer gewissen Einwirkzeit, hakt sie noch einmal nach. »Eine Frage: Sind Ihnen die Gefühle anderer Menschen eigentlich völlig gleichgültig? Haben Sie vor mir nicht den geringsten Respekt?«

Doch, habe ich, sogar den größten Respekt. Etwa wenn der Behandlungsplan aufgeht und sich keine Staus bilden und wir fünf professionelle Zahnreinigungen gleichzeitig hinkriegen, mit minimaler Wartezeit für den Patienten und maximalem Umsatz für mich. Normalerweise braucht man für diese Aufgabe drei, wenn nicht vier engagierte Hygienikerinnen. Ich aber hatte Betsy Convoy. Und Betsy Convoy (zusammen mit ein, zwei Aushilfen) konnte alle fünf Stühle auslasten. Sie machte Röntgenaufnahmen, konnte den Zahnstatus erstellen, Beläge entfernen, Zähne polieren, die Patienten über geeignete Maßnahmen zur Karies- und Parodontoseprophylaxe informieren, hilfreiche Hinweise für meine Behandlung im Anschluss notieren und schaffte es nebenbei immer noch, praktisch die gesamte Praxis zu leiten. Die meisten meiner Kollegen können das kaum glauben, aber sie hatten ja auch nie eine Mrs. Convoy.

»Nun?«, fragt sie. »Hat es Ihnen die Sprache verschlagen?«

Meistens jedoch würde ich sie am liebsten auf den Mond schießen. Auf dem Mond, dachte ich, ist sie besser aufgehoben als hier. Das Problem dabei: Ich fände für sie keinen Ersatz auf Erden, und so bleibt sie der Kelch, der nie an mir vorübergeht. Arme Betsy. Unsere ganze Effizienz, unsere Professionalität und ein Großteil unserer Einnahmen war letztlich ihr Verdienst. Sie hatte den Katholizismus samt seiner institutionalisierten Enttäuschungen in sich aufgesogen, was sie für eine Zahnarztpraxis bestens geeignet machte, wo Schuldgefühle sehr oft das probate Zuchtmittel für die ungeputzten Massen sind. Wenn Betsy also einem Sozialpatienten eine Gratis-Zahnbürste überreichte, dann nicht ohne die Mahnung: »Sie kennen das: Wer im Geringsten treu ist…« Ich meine, wer macht denn so etwas? Doch übergangslos stelle ich mir vor, wie Mrs. Convoy von einem muskelbepackten Schwarzen in einem Behandlungsstuhl *a tergo* rangenommen wird.

»Aber nein. Ich habe sogar sehr großen Respekt vor Ihnen. Wo wären wir ohne Sie?«

Später in der Bar bin ich der Letzte, der geht, sie ist die Vorletzte. Dann sagt sie: »Meinen Sie nicht, Sie hätten langsam genug?« Ich sage es ihr, worauf sie sagt: »Wie kommen Sie jetzt nach Hause?« Ich sage es ihr, worauf sie sagt: »Connie ist schon gegangen, schon vor zwei Stunden. Kommen Sie, ich helfe Ihnen.« Worauf sie mich in ein Taxi setzt und sagt: »Schaffen Sie es von hier aus allein?« Ich sage es ihr, worauf sie zu dem Taxifahrer sagt: »Er wohnt in Brooklyn.« Danach erinnere ich mich an gar nichts mehr.

Aber wir sind schon einmal zusammen verreist, Mrs. Convoy und ich. Ein einziges Mal und das ans hinterste Ende der Welt, da konnte ich mich wehren, wie ich wollte, sie ließ einfach nicht locker. Wir flogen von JFK nach Delhi und von Delhi nach Biju Patnaik und fuhren von dort mit dem Zug fünfzig Kilometer landeinwärts, wo wir in brütender Hitze durch Straßen liefen, die eher offenen Abwasserkanälen ähnelten, ständig umlagert von Bettlern auf Krücken und ihrer routinierten Zudringlichkeit. Die Klinik bestand im Wesentlichen aus zwei Plastikstühlen unter einem Sonnensegel. Wir waren gleich neben den Lippen-Kiefer-Gaumenspalten-Leuten eingeteilt, aber ich konnte kaum hinsehen. Ich sagte zu Mrs. Convoy: »Nicht zu fassen, dass Sie mich in dieses gottverdammte Land geschleppt haben.« Worauf sie sagte, ich solle den Namen des Herrn nicht missbrauchen. »Na ja, vielleicht ist die Situation auch nicht dazu angetan, vor Gott dem Herrn in Ehrfurcht zu erschauern. Ich meine, wie viel Achtung bringt er denn diesen Kindern entgegen?« Da gab es in der Tat alles. Nekrotisierte Pulpa und Zungenläsionen sowie ins Kropfartige angeschwollene Abszesse. Ich könnte so weitermachen. Ich mache so weiter: verfärbte Zähne, frakturierte Zähne, untergegangene Zähne, Zahnengstände aller Art, ektope Zähne im harten Gaumen, Geschwüre, offene Stellen, Gingivitis, Alveolitis sicca, Zahnfleischentzündungen wie ANUG, unbehandelbare Karies und immer wieder Mangelernährung als Folge der schlichten Unmöglichkeit, normale Nahrung zu sich zu nehmen. Diese zarten Kindermünder hatten nicht die Spur einer Chance. Wer noch bei Verstand ist, kann dort nicht arbeiten, denn es macht eh keinen Unterschied. Jeder normale Arzt nimmt den nächsten Flieger zurück. Ich blieb, allerdings nur aus steuerlichen Gründen. Ich konnte das ganze Paket absetzen. Außerdem bekam man nirgendwo so gute gebratene Lammkeule wie in Indien, nicht einmal in New York. Mrs. Convoy war der Meinung, wir täten das Werk Gottes. »Ich bin nur wegen der Lammgerichte hier«, erwiderte ich. Und was das Werk Gottes anging, sagte ich: »Wir durchkreuzen wohl eher den göttlichen Ratschluss, wenn wir diesen Leuten helfen.« Sie war nicht dieser Meinung. Das sei doch gerade, sagte sie, unser Lebenszweck auf Erden. »Unsinn, wir sind hier für Pessimismus, Skeptizismus, Klage und Zorn«, sagte ich. »Es sei denn, man ist in Indien geboren. Dann ist man nur zum Leiden da.«

Eine abgeschlossene Biographie erfreute Mrs. Convoy stets mehr als eine fortlaufende Geschichte. Alle wichtigen Männer in ihrem Leben waren tot: Jesus Christus, unser Heiland, Papst Johannes Paul II. und Dr. Bertram Convoy, seinerzeit selbst Zahnarzt. Betsy war erst sechzig, aber seit neunzehn Jahren verwitwet. Ich ging davon aus, dass sie nicht nur alleinstehend war, sondern auch chronisch einsam. Doch sie war gar nicht allein. Sie lebte in der Gemeinschaft der Dreifaltigkeit, bestehend aus Vater, Sohn und Heiligem Geist, flankiert von der jungfräulichen Gottesmutter Maria sowie von allerlei Heiligen und Märtyrern. Sie war eins mit dem Papst in Rom, gehorsam ihrem Bischof, vertrauensselig ihrem Pfarrer gegenüber und ansonsten die hilfreiche Freundin aller anderen Gemeindemitglieder. Öffentlich mochte die katholische Kirche wegen ihrer zahlreichen Sünden in die Kritik geraten sein, innerkirchlich waren die Bande stärker denn je, und Betsy Convoy brauchte niemandes Mitleid angesichts ihres vermeintlich öden Witwendaseins. Zwar war ich überzeugt, dass sie nie sterben würde, aber falls doch, wäre höchstens ihr Begräbnis bescheiden. Hingegen das himmlische Wiedersehen mit ihren geliebten Brüdern und Schwestern im Herrn wäre ein Fest. Der Blumenschmuck auf ihrem Grab wäre noch nicht verwelkt, da hätte sie in der Gemeinschaft der Gläubigen das Paradies gewonnen.

Ansonsten bestellte sie gern Fachliteratur. Es waren Titel wie *Die stressfreie Praxis* oder *Zerobalancing für Mittelständler* oder *Der Millionen-Dollar-Zahnarzt.* Verfasser des Letzteren war ein gewisser Barry Hallow, und er war nicht einmal Zahnarzt, sondern lediglich Finanzberater. Ein Kerl frisch von der Business School auf der Suche nach einer Marktnische, in der er sich einrichten kann. Er hat von den chronischen Problemen gehört, die eine Zahnarztpraxis plagen, und beschlossen, Experte für genau diese Fragen zu werden. Er sitzt in Phoenix, Arizona, und schreibt ein Buch. Seine vielfach bewährten Methoden revolutionieren nicht nur den Praxisbetrieb, sondern auch deine Finanzen und sogar deine Lebenserwartung. Vor allem aber, schreibt er, kannst du mit seinem Buch das wahre Glück finden. Und, hey, wer will das nicht? Alles unter der totalen Erfüllung ist etwas für Loser, depressiv Gestörte, Alte, die langsam ihr Augenlicht verlieren, und ehemalige Kinderstars, die mit den Jahren immer hässlicher werden. Aber nicht mit Barry Hallow. »Nicht nur unsere Terminplanung ist ineffizient, auch die Behandlung und erst recht die Liquidation«, zitiert Mrs. Convoy den Experten. Ich gebe ihr – bis auf die Behandlung – recht. »Wir investieren zu wenig Zeit in das beratende Gespräch«, setzt sie nach. »Langfristig würde dies zu einer deutlich verbesserten Zahngesundheit unserer Patienten führen.« »Von einer verbesserten Zahngesundheit unserer Patienten können wir aber nicht leben«, sage ich. »Wir betreiben eine Praxis, keine Meisterklasse.« »Das ist mir bewusst.« »Im Vergleich zu anderen Praxen«, sage ich, »investieren wir bereits jede Menge Zeit in die Beratung. Vor allem vergessen Sie eines, Betsy: Wir haben es hier mit Menschen zu tun, stinkfaulen, kurzsichtigen Vollpfosten, denen Sie tausendmal einschärfen können, sich spätestens nach dem vierten Glas Merlot die Zähne zu putzen. Sie tun es nicht, egal, wie oft Sie es ihnen predigen, Prävention geht ihnen am Arsch vorbei. Sie können froh sein, wenn sie den vereinbarten Termin einhalten und uns mit ihrer Anwesenheit beehren. Und dabei machen sie ein Gesicht wie ein Kind, dem man gesagt hat, es soll seine Spielsachen wegräumen.« »Sie haben eine geringe Meinung von den Menschen«, sagt sie, aber ich rede gleich weiter. »Und dabei verlangen wir nicht einmal viel von ihnen. Die menschlichen Hände sind praktisch wartungsfrei, die Füße mehr oder weniger ebenfalls. Um die Nase muss man sich kümmern, ab und zu jedenfalls, auch der Analsphinkter freut sich hin und wieder über ein kleines bisschen Zuwendung. Und gemessen an ihrer Leistung sind Zähne nicht besonders anspruchsvoll. Zwergschimpansen lausen sich tagein, tagaus. Da könnten sie sich ein Beispiel nehmen.« »Jetzt reden Sie sich wieder in Rage. Können Sie mir nicht einmal ein paar Sekunden lang zuhören? Die Methoden von Barry Hallow sind wissenschaftlich bewiesen. Wenn Sie sich an den Zwölf-Stufen-Plan halten, gibt er Ihnen die Garantie, dass … Moment, ich habe es mir aufgeschrieben, hier steht's: ›Zähne kurieren, auf Hochglanz polieren und am Ende dick privat liquidieren.‹« »Perlen der Dentisten-Lyrik«, sage ich. »Dieser Clown ist nicht mal Zahnarzt.« »Ich würde einige seiner Methoden dennoch gern umsetzen, wenigstens versuchsweise.« »Bedeutet das Mehrarbeit für uns?« »Für manche von uns bestimmt.« »Bin ich auch betroffen?« »Gut möglich«, sagt sie. »Keine Chance«, sage ich.

Auch im Internet bin ich so gut wie nicht vorhanden. Keine eigene Webseite, kein Facebook-Account. Trotzdem google ich mich von Zeit zu Zeit. Doch es tauchen immer nur dieselben drei Einträge auf. Einen davon habe ich selber geschrieben, einen musste Connie für mich schreiben, der dritte stammt von einem Anonymous. Natürlich weiß ich genau, wer sich dahinter verbirgt. Der Kerl hatte wirklich reichlich Gelegenheit, seine Rechnung zu begleichen. Aber er legte es wohl darauf an, so dass ich schließlich ein Inkassounternehmen beauftragte, was ich nicht gern tue. Dessen Strategie besteht hauptsächlich darin, den Schuldner mehr oder weniger rabiat als den letzten Loser hinzustellen, bis er am Ende einem Vergleich zustimmt, um in ein paar Jahren – vielleicht – wieder einen Teilzahlungskredit bei Macy's zu bekommen. Haben Sie im realen Leben jemals so einen Inkasso-Mann getroffen? Ich auch nicht, das hat niemand. Sie werden sofort zu Call-Center-Managern oder Versicherungsprüfern. Kurz und gut, ich kann mir vorstellen, wie das ist. Aber dieser Kerl schuldete mir acht Riesen. Acht Riesen, für die ich Leistung erbracht habe. Nur mir ist es zu verdanken, dass dieses Arschloch wieder beißen kann. Wenigstens die Materialkosten wollte ich hereinholen. Wir einigten uns auf eine monatliche Rate von zwanzig Dollar, aber selbst das empfand er wohl noch als schreiende Ungerechtigkeit, da er bald darauf auf einer Ärzte-Bewertungsseite über mich herzog. Ich würde nur Pfusch abliefern und wäre zudem weit überteuert. Außerdem, behauptete er, hätte ich Nasenpopel. Dabei stimmt das gar nicht, denn ich überprüfe das vor jedem neuen Patienten eigens im Spiegel. Gebietet allein die Höflichkeit. Aber jetzt glaubt alle Welt, ich hätte Nasenpopel. Wer heutzutage nach einem neuen Zahnarzt sucht, schaut als Erstes ins Internet. Nur, wer will schon einen geldgeilen Pfuscher, dem der Rollpopel aus der Nase hängt? Leider ist man so gut wie machtlos. Es existiert keine Instanz, keine Schiedsstelle, durch die ich böswillige Bewertungen entfernen lassen kann. Also google ich mich etwa einmal pro Monat, stoße unweigerlich auf besagten Anonymous und fluche jedes Mal über diese Ungerechtigkeit. Aber Mrs. Convoy sagt nur: »Dann googeln Sie sich nicht mehr.«

Sie sagt auch: »Was haben Sie eigentlich gegen die Menschen?« Ich sitze mangels eines eigenen Arbeitszimmers auf einem der Bürostühle hinterm Empfangstresen und erledige irgendwelchen Papierkram, sehe kurz auf und sage: »Was ich gegen andere Menschen habe? Gar nichts.« Und sie: »Aber Sie kapseln sich von der Gesellschaft ab.« Worauf ich mich physisch zu ihr hinwende und sage: »Wer kapselt sich von der Gesellschaft ab?« »Sie. Sie haben nicht einmal eine Homepage«, sagt sie. »Sie sind auch nicht auf Facebook. Sie haben keinerlei Online-Präsenz. Barry Hallow sagt ...« »Weil ich nicht auf Facebook bin, kapsle ich mich also von der Gesellschaft ab?« »Ich will nur sagen, Barry Hallow empfiehlt jedem Selbständigen einen Webauftritt. Ein geeigneter Webauftritt garantiert Umsatz, das ist erwiesen. Mehr wollte ich damit nicht sagen.« »Falsch. Sie wollten mir noch mehr sagen, Betsy«, sage ich. »Sonst hätten Sie nicht gesagt, dass ich mich von der Gesellschaft abkapsle.« »Das war nicht meine Absicht, das haben Sie falsch verstanden«, sagt sie, »*bewusst* falsch verstanden.« »Ich habe nichts gegen andere Leute, Betsy. Ich verstehe sie bloß nicht. Ihr Tun ist mir ein Rätsel. Gerade jetzt, im Augenblick – wie viele von ihnen sind jetzt im Park, werfen ein paar Bälle, fahren Bötchen. Schön für sie, ich gönne es ihnen von Herzen. Wissen Sie was, Betsy, auch ich würde jetzt gern Bötchen fahren. Ja, machen wir das. Fahren wir Bötchen und gehen anschließend Shrimps essen, was sagen Sie dazu?« »Jesus, Maria und Josef«, sagt sie. »Sind wir jetzt bei Shrimps angekommen? Ich hätte gar nicht davon anfangen sollen.« »Nicht weggehen, Betsy. Ich würde das gerne ausdiskutieren. Glauben Sie wirklich, ich könnte hier alles hinwerfen und im Park Bötchen fahren?« »Von Bötchenfahren war gar nicht die Rede«, sagt sie. »Oder meine Patienten sitzenlassen und mich an den Strand legen oder bergsteigen oder zur Apfelernte gehen oder teure Teppiche kaufen oder mir einen Salat bestellen? Und abends lege ich mein Kleingeld stets an derselben Stelle ab, schmeiße das Bettzeug in die Waschmaschine, höre U2 und trinke Chablis?« »Ich habe keine Ahnung, wovon Sie reden«, sagt sie. »Ich meinte nur, dass sich eine Homepage oder eine Seite auf Facebook schnell bezahlt macht.« »Ich weiß auch nicht, warum ich das nicht mache, aber ich kann nicht«, sage ich. »Ich will ja. Ich will alle diese normalen Sachen, die die Leute so in ihrer Freizeit und im Urlaub machen.« »Hören Sie auf, mir permanent auf die Füße zu treten. Sie wissen selbst, wie beengt es hier ist.« »Nein, im Ernst«, sage ich. »Ich würde nichts lieber tun, als mich jetzt in eine Bar setzen und ein Spiel angucken. Und ich hätte auch gern jede Menge Kumpel, die ›Yo‹ rufen, wenn ich hereinkomme. Oder die ›Alter‹ sagen oder ›Kack die Wand an‹ oder ›Hey, Bro‹, wenn wir an der Bar sitzen und Bier trinken und uns das Spiel ansehen.« »Ich gehe jetzt, ich muss mich um einen Patienten kümmern«, sagt sie. »Wir reden ein andermal weiter.« »All das würde ich wirklich gern tun, Betsy. Ich würde liebend gern mit den Jungs einen draufmachen. Aber wissen Sie eigentlich, wie viel Aufmerksamkeit es erfordert, ein Spiel der Red Sox zu verfolgen? Sogar ein ganz normales Ligaspiel?« »Na gut, reden Sie. Ich höre zu, bis Sie fertig sind«, sagt sie. »Denn mir scheint, ich habe da einen wunden Punkt getroffen.« »Und glauben Sie ja nicht, nur weil ich das alles nicht mache, würde ich es nicht vermissen. Oder würde mich nicht dauernd fragen, ob das Leben nicht an mir vorbeigeht. Das will ich nämlich nicht. Ich will nicht, dass das Leben an mir vorbeigeht. Aber auf mir lastet ein Fluch, Betsy. Klar, ich kapsle mich ab, ich weiß das. Aber nur so kann ich vermeiden, immer wieder daran erinnert zu werden, wie weit ich von einem normalen Leben entfernt bin. Das heißt jedoch nicht, dass ich irgendetwas gegen die Menschen hätte, im Gegenteil. Ich beneide sie. Ich hätte auch gerne das, was alle anderen haben. Ich beobachte sie heimlich und frage mich, wie sie es anstellen, ein normales Leben zu führen. Das Problem ist nur, ich finde keine Antwort darauf. Ich komme kein bisschen weiter. Glauben Sie mir, es gibt Schöneres, als aus irgendeinem unerfindlichen Grund von etwas getrennt zu sein, woran man eigentlich teilhaben will und wonach man sich sehnt. Betsy, es ist mir bitterernst: Glauben Sie denn, ich mache das absichtlich?« »Sind Sie jetzt fertig?«, fragt sie. »Sie sind wirklich die schwerste Prüfung, die mir Gott je auferlegt hat.« »Aber wissen Sie, was ich noch viel weniger verstehe als ein normales Menschenleben mit Strandurlaub und Bötchenfahren? Wenn man im Internet davon lesen muss! Schon vor dem Internet war ich auf dem Rückzug von der Welt, muss ich jetzt auch noch online erfahren, was mir alles entgeht? Ich brauche keine Videoclips von all den schönen Dingen, die die Leute so treiben. Ich will auch keine Kommentare darüber lesen, will die Likes und Bookmarks und Retweets nicht zählen, denn das macht mich nur noch einsamer. Wer ist eigentlich auf die Idee gekommen, dass das Internet die Leute verbindet? Ich persönlich habe mich nie unverbundener gefühlt als heute. Aber es läuft vermutlich nach demselben Prinzip, wonach die Reichen immer reicher werden und die Armen immer ärmer. Diejenigen, die Freunde haben, kriegen noch mehr Freunde, und die, die eh schon allein sind, werden noch einsamer. Ich danke recht herzlich. Die Welt war selbst vor Facebook schon schwer genug.« »Gut, dann nehme ich alles zurück. Sie haben nichts gegen andere Menschen«, sagt sie. »Und ich sage auch nie wieder, Sie sollen sich eine Homepage oder einen Facebook-Account zulegen.«

Ich war Zahnarzt, keine Webseite. Ich war ein Chaot, keine Marke. Ich war ein Mensch, kein Profil. Aber sie wollten mir sagen, wer ich zu sein habe, allein anhand meiner gesammelten Online-Einkäufe, Interessen, verschreibungspflichtigen Medikamente oder meines vermuteten Verhaltens. Ein solcher Mensch war kein Mensch mehr, sondern ein Tier im Käfig.

Dann sagt sie: »Wann waren Sie zum letzten Mal in der Kirche?« Ich sage es ihr, worauf sie sagt: »Noch nie ist keine Antwort. Jeder war mindestens einmal in der Kirche. Ich bitte um ehrliche Antworten.« Also sage ich es ihr, und sie sagt: »Ach, du lieber Himmel, auch das noch. Niemand betet zu einem blauen Heinzelmännchen. Außerdem sind Heinzelmännchen nicht blau und haben auch nicht Himmel und Erde erschaffen. Daher glaube ich nicht an Heinzelmännchen, sondern an Gott den Herrn. Ich sehe Gott überall, im Himmel wie auf der Straße. Wie können Sie hier nur sitzen und Gottes Wirken in der Welt *nicht* erkennen?« Ich sage es ihr, worauf sie sagt: »Die Nachwirkungen des Urknalls kann man nicht spüren. Warum kommen Sie eigentlich immer mit dem Urknall, sobald wir über Gott diskutieren?« Ich sage es ihr, worauf sie sagt: »Aber der Urknall sorgt nicht dafür, dass Sie ein guter Mensch werden, Gott schon. Wollen Sie denn kein guter Mensch sein?« Ich sage es ihr, worauf sie sagt: »Ach was, metaphysische Erpressung! Ich will eine vernünftige Antwort. Glauben Sie, dass Sie gut sind?« Was ich bejahe. Ja, ich glaube, ich bin gut. Worauf sie sagt, darüber müsse sie erst nachdenken. Und dann senkt sie die Stimme, fasst meinen Arm und sagt: »Aber *geht* es Ihnen auch gut? Geht es Ihnen gut dabei?«

Mrs. Convoy und ich traten zu Connie an den Computer. Was dort zu sehen war, war eindeutig die Webseite einer Zahnarztpraxis O'Rourke. Na gut, dann gibt es eben zwei davon, dachte ich zuerst. Zwei Zahnärzte mit dem Namen O'Rourke, Mrs. Convoy wird enttäuscht sein. Aber dann klickte Connie auf »About«, und da waren wir vier: Abby Bower, Zahnmedizinische Fachangestellte, Betsy Convoy, Leitende Zahnhygienikerin, Connie Plotz, Büroleiterin; und ich selbst, Dr. Paul C. O'Rourke, Zahnchirurg. Das war kein Namensdoppel, das war unsere Zahnarztpraxis O'Rourke, meine eigene Praxis.

»Wer war das?«, fragte ich.

»Ich bestimmt nicht«, sagte Connie.

»Ich auch nicht«, sagte Betsy.

»Abby?«, sagte Connie.

Abby, die aus irgendeinem Grund auch hier ihre OP-Maske trug, schüttelte schnell den Kopf.

»Aber irgendwer muss es gemacht haben«, sagte ich.

Sie blickten auf mich.

»Also ich war es nicht«, sagte ich.

»Aber es kommt kein anderer in Frage«, sagte Mrs. Convoy. »Hier, schauen Sie mal, unsere Fotos.«

Wir sahen wieder auf den Bildschirm. Da waren wir alle.

Das Foto von Mrs. Convoy war offenbar ihrem Highschool-Jahrbuch der zwölften Klasse entnommen (1969!), wogegen sie aber nichts einzuwenden hatte. Die Turmfrisur auf dem Schwarzweißbild war zwar schon 1969 hoffnungslos aus der Mode, aber die Betsy von damals war noch jung und beinahe hübsch, also das genaue Gegenteil des burschikosen Haudegens zu meiner Rechten. Abbys Foto glich eher einer professionellen Sedcard. Wie das? War sie Model oder Schauspielerin? Aber was wusste ich schon? Sie sprach ja nie mit mir. Auf jeden Fall sah sie darauf ziemlich glamourös aus, eine Frau, die mit der Kamera flirtete – ebenfalls etwas, das bei der realen Abby kaum vorstellbar war. Connie hatte kein Bild bekommen, worüber sie extrem sauer war. Sie sah es wohl als Geringschätzung ihrer Funktion als Büroleiterin an, obwohl sie bislang kein Mensch als solche bezeichnet hatte. Dies zu erwähnen, sparte ich mir aber. Mein eigenes Bild war übrigens so unscharf und körnig wie von einer Überwachungskamera und zeigte mich auf einer Treppe. Ich wusste sogar, auf welcher. Es war die Treppe zur U-Bahn an der 86. Straße, Ecke Lexington Avenue. Ich sah aus wie ein Terrorist, der vom FBI gesucht wird.

»Ich möchte jetzt wissen, wer das gemacht hat!«

Meine drei Angestellten blickten mich nur verständnislos an.

»So etwas geht gar nicht«, sagte ich.

»Ich finde es gar nicht so schlecht«, sagte Mrs. Convoy.

»Ich möchte, dass diese Seite sofort aus dem Netz genommen wird.«

»Aber wieso denn? So etwas haben wir schon lange gebraucht«, sagte sie. »Also wer immer das war, es ist klasse geworden.«

»Wer immer das war«, sagte ich, »hat es vor allem ohne meine Erlaubnis gemacht und aus Gründen, die ich nicht ansatzweise nachvollziehen kann. Ich meine, wer tut so etwas? Das ist ja unheimlich. Aber offenbar scheint das hier niemanden zu beunruhigen.«

»Vielleicht waren Sie es ja doch und haben es bloß vergessen. Oder Sie haben es auf E-Bay ersteigert und wissen nichts mehr davon. Oder Sie haben mal irgendwo Ihre Visitenkarte hinterlassen und diese Webseite gewonnen, von diesem Fishbowl-Marketing hört man ja immer wieder.«

»Nicht sehr wahrscheinlich, Betsy. Versuch mal, herauszukriegen, wer das gemacht hat«, sagte ich zu Connie.

»Und wie soll ich das machen?«, fragte sie.

Das wusste ich auch nicht.

»Kann man da niemanden anrufen?«

»Wen soll man denn anrufen?«

»Das Ganze ist einfach unfassbar«, sagte ich.

Nur ganz unten auf der Seite stand lapidar: Seir Design. Die Google-Suche erbrachte eine spartanische Webseite mit dem Leistungsangebot der Design-Firma sowie eine Mailadresse: info@seirdesign.com. Ich schrieb ihnen umgehend eine Mail.

»Sehr geehrtes Seir Design«, schrieb ich.

Mein Name ist Paul C. O'Rourke. Ich bin Inhaber der Zahnarztpraxis O'Rourke, 969 Park Avenue in Manhattan. Ich möchte Sie bitten, die Webseite zu löschen (oder vom Netz zu nehmen oder was immer Sie in diesem Falle tun), die Sie unerlaubt für meine Praxis angefertigt haben.

Entspricht es eigentlich Ihrer üblichen Geschäftspraxis, ungebetenerweise für andere Leute Webseiten zu erstellen? Oder hat Ihnen jemand unter missbräuchlicher Verwendung meines Namens den Auftrag dazu erteilt? Falls ja, möchte ich um den Namen des Betrügers bitten. Ich bin der echte Paul C. O'Rourke und kann Ihnen versichern, dass ich keine Webseite wünsche. Sie können sich sicher denken, wie verstörend es ist, festzustellen, dass die eigene Praxis plötzlich über eine Webseite verfügt.

Für eine umgehende Antwort wäre ich Ihnen sehr verbunden.

Ich fühlte mich angegriffen, beschädigt – und völlig machtlos. Ich checkte an diesem Tag noch mehrmals meinen E-Mail-Eingang, aber eine Antwort war nie dabei.

Alljährlich verlängere ich mein Baseball-Abo bei DIRECTV und nehme auf einem altertümlichen Videorekorder jedes Red-

Sox-Spiel auf. Ich besitze seit 1984 jedes Spiel der Red Sox auf Video, mit Ausnahme derer, bei denen mir ein Stromausfall dazwischenkam. Ich habe seitdem sieben Videorekorder verschlissen, doch weitere sieben warten im Wandschrank für den Fall, dass die antike Technik irgendwann nicht mehr zu kaufen ist. Vor jedem Spiel gibt es dasselbe zu essen (Reis mit Huhn), und ich halte mir die Spielabende generell frei. Das sechste Inning gucke ich nie.

»Warum gerade das sechste Inning?«, fragte mich Connie einmal.

»Nur so ein Aberglaube.«

»Aber warum nicht das fünfte oder siebte Inning?«

»Warum nicht das vierte?«, fragte ich zurück. »Oder das achte?«

»Nein, ich meinte, warum dieser Aberglaube?«

»Weil es Unglück bringt, wenn man nicht abergläubisch ist«, sagte ich.

Lagen die Rex Sox jedoch neun Spiele hinter den New York Yankees, fuhr ich durch den Holland Tunnel nach New Jersey, nahm mir ein Zimmer in einem Howard Johnson in North Bergen und sah mir dort das Spiel an. Ich redete mir ein, wenn ich außerhalb der Stadtgrenze von New York zusah, habe meine Mannschaft mehr Glück.

»Wenn du die Yankees so sehr verabscheust, warum bist du dann nach New York gezogen?«

Einfache Antwort: »Um herauszufinden, wie eine Stadt es schafft, aus normalen Menschen Yankees-Zombies zu machen.«

Auch wenn ich seit 2004 kein Fan mehr war, sah ich mir immer noch jedes Red-Sox-Spiel an. Ich verfolgte die Red Sox ja schon so lange, dass ich gar nicht gewusst hätte, was ich sonst machen sollte. Obwohl es jede Menge zu tun gab. Es gab sogar mehr zu tun als jemals zuvor in der Menschheitsgeschichte. Außerdem gab es keine Stadt, die mehr zu bieten hatte als New

York. Ich könnte zum Beispiel irgendwo eine Pizza essen. Oder Sushi. Ich könnte mir in einer Weinbar Schafskäse bestellen und Pinot trinken, bis sich meine Seele so sehr mit Billie Holiday vollgesogen hatte, dass ich mir vorkam wie ein antibürgerlicher Rebell, obwohl ich eigentlich nur sturzbesoffen war. Ich könnte auch einfach ins Brooklyn Inn gehen und ein Guinness trinken. Auf dem Weg dorthin befanden sich ein halbes Dutzend weitere Bars, in denen sich der dringendste Durst löschen ließ. Es gab Bodegas und koreanische Lebensmittelläden, wo ich frische Produkte aus biologischem Anbau kaufen konnte. Oder ich könnte zu dem neuen Italiener gehen und zu einer Flasche Wein Fleischbällchen essen. Der neueste Hype war Bier vom Fass. Ich könnte mir ein Gläschen feinstes Fassbier gönnen. Oder etwas gänzlich Unerwartetes tun und nach Manhattan zurückfahren, in die 34. Straße, und eine Eintrittskarte für die Aussichtsplattform des Empire State Building lösen. Obwohl, das ging jetzt nicht, das Empire State Building hatte schon geschlossen. Wie übrigens so vieles um diese Zeit: Museen, Galerien, Buchläden. Doch das darf einen nicht abschrecken, es gibt jede Menge Alternativen. Ich könnte zu Starbucks gehen. Oder irgendwo einen Bagel essen. Oder ein Falafel-Sandwich. Wieder einmal fiel mir auf, wie viel in New York mit Essen und Trinken zu tun hatte. Waren wir denn nur zum Essen und Trinken auf der Welt? Sollte ich nach einem langen Arbeitstag nichts anderes vorhaben, als mich mit Falafel, Hotdogs und Chicken-Curry vollzustopfen, das Ganze mit Unmengen von Bier hinunterzuspülen und mit zahllosen Absackern abzurunden, ehe ich auf dem Weg zum Klo in meinem mobilen XXL-Pflegesessel Deluxe die Besinnung verlor? Es schien fast so. Doch es musste nicht zwangsläufig so sein. Man musste sich klarmachen, was diese Stadt alles zu bieten hatte, um die Zeit zu füllen und der Nacht einen Sinn zu verleihen. Als da wäre? Kino zum Beispiel. In New York laufen immer die besten

Filme. Dazu haben wir, was noch besser ist, unsere Broadway-Theater. So etwas konnte man nur in New York. Aber es war Freitag. Sehr viele andere überlegten in diesem Moment, was sie mit dem angebrochenen Abend anstellen sollten, und da waren die Touristen noch nicht einmal mit drin. Die Touristen wollten schließlich etwas unternehmen, was man nur in New York machen konnte. So waren die besten Shows immer schon ausverkauft. Außerdem musste man sich in das Gewühl am Times Square stürzen, um hinzukommen. War man endlich da, wartete man ewig vor den Theatern mit den großen Leuchtanzeigen. Und nach einem endlosen ersten Akt war erst einmal Pause, und alles stand auf und streckte sich und quatschte über das, was man gerade gesehen hatte. Nur du nicht, du stichst hervor, weil du an einem Freitagabend ganz allein bist, und das wollte ich mir nicht antun. An einem Freitagabend wollte ich mich nicht von anderen Theatergängern begaffen lassen. Der Donnerstag bereitete nie solche Probleme, da arbeitete ich länger. Probleme machten lediglich die Freitage, die Samstage, die Sonntage, die Montage, Dienstage und Mittwoche. An diesen Abenden war ich zum Essen und Trinken verdammt, denn weiter hatte mir diese Stadt nichts zu bieten. Und wenn es einem schon in einer Weltstadt wie New York so ergeht, stellen Sie sich einmal vor, wie es erst woanders ist, in Vor-, Klein- und Gartenstädten, langweiligen Käffern auf dem Land, wo sie alle nur Farmer oder Büroangestellte sind. Wer das einmal gesehen hat, begreift, warum wir mittlerweile eine Nation aus verfetteten Alkoholikern, Krankenschwestern und Therapeuten geworden sind. Wir bewegen uns schwerfällig, wir schwanken. Wir entwickeln Hautfalten, die aussehen wie noch namenlose äußere Organe. Wir schwinden dahin, während unser Körperumfang anschwillt wie die Staatsverschuldung und die Zahl der Waffenläden. Im ganzen Land gibt es nichts anderes zu tun als essen, trinken und ballern. Und wer in einer Stadt mit einem totalen Waffenverbot lebt, für den ist Baseball wie geschaffen. Wie für mich. Also tat ich dasselbe wie immer: Ich aß das gelieferte Fastfood und sah mir das Spiel an. Unterm Strich war das gar nicht mal so schlecht. Es lenkte mich ab von der vermaledeiten Webseite und meiner Machtlosigkeit gegenüber den Webmastern von Seir Design. An jenem Abend spielten wir gegen die Tampa Bay Rays, und ich gab mir alle Mühe, mich auf den Spielverlauf zu konzentrieren. Der eigentliche Trick bestand darin, alles auszublenden, was ich stattdessen hätte machen können. Denn sobald das Essen bestellt und das Spiel angelaufen war, fielen mir zuverlässig die vielen Möglichkeiten ein, wie ich den Abend verbringen könnte, Möglichkeiten, die allesamt mit Menschen, mit Ausgehen, mit einem realen Leben zu tun hatten. Dazu gehörten auch die diversen Veranstaltungen meiner Zunft. Wenn man alle Einladungen zusammennahm, hätte ich jeden Abend auf irgendwelche Treffen, Stammtische, Fortbildungen gehen können. Aber wollte ich das wirklich, zumal an einem Freitagabend? Wollte ich mich überhaupt mit solchen Langweilern treffen?, dachte ich jedes Mal, wenn wieder eine Einladung in die Praxis flatterte. Mein spontanes Urteil: reine Zeitverschwendung. Erst wenn ich mit dem Essen allein vor dem Fernseher hockte, fiel mir der Termin wieder ein, und ich sah die verpasste Veranstaltung in einem neuen Licht. Anders als ich konnten diese drögen Dentisten selbst mit einem Freitagabend mehr anfangen, als sich ein normales Baseballspiel anzusehen. Anders als ich trafen sie vielleicht auf interessante Kollegen, konnten ungewöhnliche Kontakte knüpfen, erfuhren von neuen Verfahren, die dem Patienten zugute kamen. Dafür allein hätte sich so ein Abend schon gelohnt. Man musste schon ziemlich vernagelt sein, diese Chance nicht wahrzunehmen – oder, wie noch neulich, die Einladung eines Berufsverbands allein deshalb in den Papierkorb zu werfen, weil am selben Abend, sei es auch erst in ein oder zwei Wochen,

Baseball im Fernsehen lief. Aber so war es eben, die Baseballabende waren heilig, obwohl ich mir das Spiel später jederzeit auf Video angucken konnte. Und wenn ich das Einzige aufgab, das mir wirklich heilig war, was bliebe dann noch, was bliebe von mir? Jede echte Hingabe enthält ein Leidenselement. Wenn also meine Begeisterung für die Red Sox nach ihrem wahrhaft historischen Comeback in der Meisterschaft von 2004 nachließ, vor allem nachdem sie drei Spiele hinter den Yankees zurückgelegen hatten, wohlgemerkt den Yankees, der vermutlich meistgehassten und widerlichsten Mannschaft in der gesamten Sportgeschichte, was schon mit dem omnipräsenten Logo anfängt, dem ineinander verschränkten N und Y, das als internationales Markenzeichen so ekelhaft ist, dass ihm eigentlich nur noch das Hakenkreuz gleichkommt, obwohl es vielfach als etwas Positives wahrgenommen wird und als Symbol der Verehrung in hohem Ansehen steht, was jedoch nur beweist, wie bereitwillig sich die Massen täuschen lassen… wo war ich stehengeblieben? Wenn ich also in meiner Leidenschaft für die Red Sox nachließ, nachdem sie erst die Yankees geschlagen, dann die Cardinals vom Platz gefegt und schließlich die World Series gewonnen hatten (ihr erster Titel nach 86 Jahren!), dann nur deshalb, weil meine jahrzehntelange Treue zu den Red Sox nur eine Schönwetter-Treue gewesen wäre, hätte sie mir *kein* Opfer abverlangt, ein echtes Opfer, ein Opfer, das sich von wahrem Leiden nicht mehr unterschied. Also verzichtete ich auf den bunten Abend mit meinen Standeskollegen, setzte mich mit Bier und Chicken-Curry in meinen Fernsehsessel und sah mir unsere Partie gegen die Rays an. Es war nur ein stinknormales Ligaspiel und nichts Besonderes. Die luschigen Rays, diese ewig Drittplatzierten, waren ja wohl kein Auftrag. Auch das Ergebnis war so früh im Jahr eher unwichtig. Später vor den Playoffs war das anders, später entschied es möglicherweise über eine Wildcard, aber nicht jetzt. Was ich mir an diesem Abend ansah, war eine Routinebegegnung, eine von Tausenden im Leben. Die Wetteinsätze sind niedrig, der emotionale Gehalt gleichfalls, echte Stimmung kommt da nicht auf. Man frage einmal jemanden, der kein Fan ist, was ihm ein solches Spiel bedeutet, und er sagt dir, ohne mit der Wimper zu zucken: Nichts, gar nichts. Wenn man die vielen Nichtfans bedachte, denen abends ganz andere Sachen einfielen als Baseball, dann war insbesondere der Freitagabend die Zeit, in der man sich wie gelähmt vorkam. Dort draußen vielfältige Lebensbuntheit, die freie Welt mit all ihren Verlockungen, hier nur die Mattscheibe, auf der zwei Mannschaften durch die Innings schlurften. Doch dann, gänzlich unerwartet, geschah etwas auf dem Feld, das alles veränderte, vielleicht nur ein Double Play, das reichte ja schon. Oder es deutete sich allmählich an, dass einem Pitcher ein No-Hitter gelingen könnte. Dann war mit einem Mal die alte Erregung wieder da, der ganze Zauber dieses Spiels, das mich in seinen Bann zog, als ich sechs oder sieben Jahre alt war und meinem Vater beim Baseballgucken zusah. Den Blick wie verhext auf unser Schwarzweißgerät geheftet, während der Radiokommentar (der Fernsehton war heruntergedreht) die Farbe dazu lieferte, alle Bequemlichkeit missachtend, die ihm die Fernsehmöbel dieser Zeit boten, hockte er auf der Sesselkante, als müsse er in einem winzigen Cockpit ein Raumschiff steuern. Er nannte mich immer Paulie. »Paulie, hol mir doch mal ein Bier aus dem Kühlschrank.« »Paulie, jetzt musst du wach bleiben, wir sind im sechsten Inning. Paulie, guck genau zu und sag mir später, was passiert ist.« »Wir haben verloren, Paulie, schon wieder verloren, verdammt. Aber ist das ein Wunder bei diesen Flaschen? Man könnte meinen, sie machen das absichtlich.« Normalerweise saß ich bei ihm auf dem Schoß, aber schon im Verlauf des ersten Innings hatte er meine Anwesenheit vollkommen vergessen. Ich hingegen reagierte auf jede Bewegung von ihm, horchte auf das Glockenspiel der

Sprungfedern im beigefarbenen Fernsehsessel, das jede Gewichtsverlagerung begleitete. Diese Sprungfedern waren so müde und ausgeleiert wie ein alter Gaul, aber sie sangen das Lied unerträglicher, bis zur Verzweiflung steigerbarer Spannung mit großer Zuverlässigkeit. Den äußeren Spielverlauf hielt mein Vater auf einem Punktezettel fest, der auf der Seitenlehne lag. Schwitzwasser tropfte von der Dose Narragansett-Bier auf den billigen Teppich. So, wie er mitging, hätte man meinen können, er säße ebenfalls auf der Spielerbank. Oft hielt es ihn nicht in seinem Sessel, dann sprang er auf und marschierte an einem imaginären Spielfeldrand entlang, kaute mit seltsam verrenkter Hand am Daumennagel. Und fluchen konnte er, dass ich es mit der Angst bekam. Oder er sank auf die Knie und starrte – direkt neben mir – fassungslos auf den Bildschirm. Und ich, ich beobachtete ihn aus den Augenwinkeln und machte ihm alles nach, kalibrierte meine Reaktionen an seinen, die wiederum ein Echo dessen waren, was auf den Rängen geschah. Man kann sagen, seine Gefühlsausbrüche waren mein alleiniger Maßstab geworden. Was waren die Boston Red Sox? Was war die Welt? Bei jedem Wurf ging es um Leben und Tod, mit jedem Schlag konnte ein Traum wahr werden. Wovon redeten wir? Von einem ganz normalen Baseballspiel. Also eigentlich von nichts, von gar nichts. Aber wie ich diesen beängstigenden Mann liebte! Was er tat, war oft unberechenbar und immer wunderbar und richtig. Bis zu dem Tag, an dem er sich in die Badewanne setzte, den Vorhang zuzog und sich eine Kugel in den Kopf jagte.

An diesem Abend verloren wir übrigens. Wir waren auf Platz eins der American League East, lagen sogar anderthalb Spiele vor den Yankees und sahen trotzdem gegen diese luschigen Rays immer schlechter aus. Das war nicht schön und trotzdem richtig und gut, denn so konnten wir das Feld von hinten aufrollen, was meiner Meinung nach immer der schönste Sieg war. Doch genau das geschah nicht, wir blieben abgeschlagen hinten und verloren am 15. Juli 2011 tatsächlich 9:6 gegen diese Gurkentruppe von Rays. Angewidert schaltete ich den Fernseher aus, stoppte die Aufnahme, spulte die Kassette zurück und drückte auf Eject. Dann beschriftete ich die Kassette, schob sie ins Regal zu den anderen und ging ins Bett.

Als ich erwachte, war es Viertel vor drei Uhr morgens, was ich zunächst kaum glauben konnte. Ich hatte vier Stunden durchgeschlafen. Eigentlich waren es zwar nur etwas mehr als drei, aber vier hörte sich besser an. Wann hatte ich zuletzt so lange geschlafen? Vor drei, vier Wochen? Eine Weile lag ich zufrieden und beinahe ausgeruht unter der Decke, doch dann musste ich mich entscheiden: aufstehen oder erneuter Schlafversuch? Alle drei, vier Wochen schaffte ich es, mir zwei weitere Stündchen abzuluchsen, wodurch ich auf eine Gesamtschlafzeit von fünf oder sechs Stunden kam. So viel war es natürlich nie wirklich, aber ich redete es mir gern ein. Und am nächsten Morgen gab es auch ein guten Morgen für alle. »Guten Morgen, Abby. Guten Morgen, Betsy. Guten Morgen, Connie.« Also lag ich wach und rang nach Schlaf, der nicht kam, weil ich mich um Viertel vor drei immer noch über die Niederlage gegen die luschigen Rays ärgerte und auch über meine Entscheidung, den Abend zu gestalten. Für ein einfaches Baseballspiel im Fernsehen hatte ich alles andere in den Wind geschlagen, Möglichkeiten, die jetzt alle nicht mehr existierten. Nie war die Nacht schwärzer als um diese Zeit, und der Gedanke an die absolute Dunkelheit und die ungenutzten Möglichkeiten des Abends gebar den Gedanken an meine letzte Nacht auf Erden, in der es keinerlei Alternativen mehr gäbe. Jede Nacht erinnerte an grenzenlose Möglichkeiten, die ich nutzlos verstreichen ließ, an mein verpasstes Leben, an verhinderte Entwicklung, negierte Neugier, versagtes Risiko, vertane Hoffnung, mein ganzes vereiteltes Sein. Solche Gedanken beschäftigten mich auf der

Suche nach Schlaf. In meinem Kopf, meinem wahren Aufenthaltsort, herrschte Aufruhr. Dort brannten Wälder lichterloh, wurden Täler überflutet, Meere sprangen an Land und rissen bewohnte Landstriche in die Tiefe. Und es war nur eine Frage von Tagen oder Wochen, bis auch alles andere, das unser Leben schön und neu gemacht hatte, im nachtschwarzen Weltraum erlosch. Wieder einmal war jede Chance auf ein bisschen mehr Schlaf zerronnen. Ich stand auf, checkte meine E-Mails. Nach wie vor keine Antwort von Seir Design. Ich machte mir Kaffee und ein paar Eier. Ich saß in der Küche, aß und trank abermals. Essen und Trinken war nötig, um mich ein paar weitere Stunden funktionsfähig zu halten. Immer aß und trank ich, um mich am Laufen zu halten. Aber man könnte auch sagen, ich aß und trank, um mich davon abzulenken, dass es gar nicht lohnte, irgendetwas am Laufen zu halten. Ich war vielleicht nicht der Einzige in New York, der jetzt schon wach war, aber ich war der Einzige, der dabei so wenig geschlafen hatte wie ich und jetzt nicht mehr weiterschlafen konnte. Vielleicht hatten die anderen Schlaflosen ja mehr Glück gehabt, ein Wunder war geschehen, erholsamer Schlaf hatte sich eingestellt, und ich war der Einzige, der jetzt wach war und am Küchentisch saß, Stunden vor Tagesbeginn, bar jeder Möglichkeit und ratlos, was ich mit mir anstellen sollte. Ich überlegte, ob ich Connie anrufen sollte, doch das hieß auch, auf meine Ich-Maschine zu gucken und festzustellen, dass Connie selbst weder angerufen noch eine SMS geschrieben hatte. Worauf ich mich unweigerlich fragte, was sie denn trieb, wenn sie schon nicht anrief oder mir eine SMS schrieb. Antwort: Da sie anscheinend weder das eine noch das andere tat, war sie in Gedanken höchstwahrscheinlich nicht bei mir. Dass sie (noch wahrscheinlicher) gerade schlief, änderte überhaupt nichts. Und was wollte ich ihr eigentlich um diese Uhrzeit sagen? Es gab nichts mehr zu sagen. Was zu sagen war, war längst gesagt. Connie anzurufen war also keine Option. Ich tat es trotzdem, sie ging nicht dran. Sie schlief wahrscheinlich wirklich noch. Ich legte auf. Dann nahm ich die Videokassette von gestern und sah mir noch einmal das Spiel an, bis der Morgen graute. Allerdings nur die entscheidenden Phasen. Wie wir derart hoch gegen die luschigen Rays verlieren konnten, blieb mir ein Rätsel.

Kapitel 3

Am darauffolgenden Montag setzte ich mich zu Connie hinter den Rezeptionstresen. Fast immer, wenn ich das machte, war sie gerade dabei, sich die Hände einzucremen. Ich sah ihr zu, wie sie die Creme einmassierte. Ihre Hände waren wie glitschige Tiere beim Paarungstanz. Mit dem Eincremen stand sie nicht allein: In und auf Millionen Schreibtischen befanden sich diese Plastikflaschen mit Handcreme, und überall gab es Menschen, die sich jetzt damit die Hände eincremten. Ich sah den Sinn dieses ewigen Eincremens nicht ein, und das gefiel mir nicht. Ich mag es nicht, wenn mir der Sinn von etwas entgeht. Aber er entging mir komplett. Dennoch dachte ich: Wenn ich doch auch so ein Eincremer werden könnte. Nicht auszudenken, welche anderen Wohlfühl-Aktionen mir dann noch zur Verfügung stünden. Kleine Dinge, die das Leben angenehm machten und der Einsamkeit, Entfremdung und Menschenverachtung ein Ende setzten. Aber ich schaffte es nicht. Ich hasste das klebrig-feuchte Gefühl, das trotz intensiven Rubbelns auf der Haut verblieb. Daher traf ich eine grundsätzliche Entscheidung: Mit etwas, das mir vielleicht guttat oder meiner Eitelkeit diente, aber absolut unangenehm war, wollte ich nichts mehr zu tun haben. Ich hielt es für verwerflich. Besonders verwerflich, ja geradezu böse waren die eingetrockneten Cremereste am Verschluss der Plastikflasche. Vielleicht zeigt kein Detail besser, was ich war, nämlich ausgeschlossen von allem. Ich war der Fremdling, der von außen in ein Zimmer sah, in dem Menschen saßen, zu denen ich nie gehören würde. Die Frage ist nur, warum. Denn wie gesagt, Connie war nicht allein. In Praxen, Kanzleien, Werbeagenturen landauf, landab saßen die Eincremer. Kein Gewerbegebiet, keine Werft, kein State Capitol, keine Ranger-Station, nicht einmal eine Kaserne, in der die Eincremer *nicht* saßen. Die Eincremer, das wusste ich, waren Träger eines tiefen Geheimnisses. Sie schliefen gut. Sie spielten Softball. Sie gingen gemeinsam spazieren und erzählten sich im sanften Abendlicht von ihrem Tag, während der Hund nebenhertrottete. Es war erschreckend. Ihre Freizeit war Terror für mich. Wie entspannt sie waren, wie natürlich. Trotzdem, es warf Fragen auf: Wenn sie so entspannt waren, woher kam dann dieser unstillbare Drang, sich dauernd einzucremen? Connies Hände wälzten sich im Kopulationsrausch, bis auch der letzte Quadratmillimeter gleichmäßig mit Creme bedeckt war. Mir kam es grotesk vor, wie man so etwas in aller Öffentlichkeit machen konnte. Nicht nur grotesk, sondern auch unnötig. Connie hatte so schöne Hände. Für das unbewaffnete Auge sind nur alte Hände wirklich der Feuchtigkeitspflege bedürftig. Alte Hände haben Altersflecken und eine dünne Haut, sie sind sehnig und knochig und ausgedörrt und sichtlich dem Tod geweiht. Manchmal, wenn ich mit Abby eine ältere Patientin behandle, zeige ich auf deren narbige, fleckige Hand und frage direkt: »Ist es das, was Connie verhindern will?« Die Patientin merkt nichts davon, sie ist vollauf damit beschäftigt, mit aufgerissenem Mund in die Zahnarztleuchte zu starren. Aber Abby ist nun mal Abby und hat keine eigene Meinung dazu. Das heißt, Meinungen hat sie zur Genüge, bloß keine, die sie mir durch ihre rosa OP-Maske mitteilen will. Wäre ich nicht anwesend, würde sie wahrscheinlich mit Freuden über mich herziehen. Mindestens einmal pro Tag überkommt mich daher der Verdacht, dass sie mir einen Apoplex an den Hals wünscht, der mich als hilfloses Gemüse zurücklässt. Erst dann gäbe sie jede Zurückhaltung auf, und ich bekäme die volle Packung zurück. Kein irrendes Auge, keine hängende Wange, kein sabbernder Mund könnte dann mit Erbarmen rechnen, im Gegenteil, mir würde auch noch die letzte unschöne Wahrheit um die fühllosen Ohren gehauen. Immer noch an der Patientin zugange, frage ich sie: »Cremen Sie sich eigentlich ein, Abby?« Sie blickt mich an, als wollte sie fragen: »Ob ich mich … *eincreme*?« »Feuchtigskeitspflege für die Hände ist eminent wichtig«, sage ich. »Und natürlich auch für andere Körperstellen.« Und natürlich auch für andere Körperstellen! Warum sage ich so eine Scheiße? Warum kann ich nicht einfach meinen Mund halten, statt in einem fort diesen dümmlichen, eigentlich harmlosen, aber allzu missverständlichen Mist abzusondern? Natürlich würde sie es nie direkt ansprechen, aber ich weiß genau, was sie jetzt denkt, was wir beide denken und die alte Spinatwachtel im Behandlungsstuhl vermutlich ebenso.

Irgendwann leitete Connie die zweite Phase ihrer Creme-Routine ein, und das heftige buttrige Kneten ging über in etwas Weicheres, Sachteres. Die Haut hatte die Inhaltsstoffe weitgehend aufgenommen, die gesättigten Hände wechselten den Aggregatzustand und wurden zu einer gut geschmierten Bewegung um sich selbst. Das eigentliche Auftragen der Creme war damit abgeschlossen, jetzt begann das Einmassieren. Das erwies sich als hochkonzentrierte Angelegenheit und geschah Finger für Finger und sparte auch die Zwischenräume nicht aus. Schließlich faltete sie die Hände wie zu einem sinnlichen Gebet und löste sie wieder, um die Daumen mit einzuschließen. Sie ließ dabei dieselbe Sorgfalt walten wie ein Baseballspieler, der einen neuen Handschuh einölt. Den Abschluss bildete eine Serie festgelegter Wring- und Knautschbewegungen, die ahnen ließ, welche Befriedigung ihr die vollkommene Handpflege verschaffte, während sie sich bereits nach neuen Herausforderungen umsah. Ich kann ohne Übertreibung sagen, dass mich dieses Ritual jedes Mal zu Tränen rührte. Wobei ich zugebe, das wäre nicht bei jedem so. Bei Big Jim, dem Lone Ranger, hätte es nicht funktioniert, aber Connie brachte mich immer den Tränen nahe, und dann tat es mir leid, dass ich nicht besser verstand, zu welchen Heilmitteln die Menschen überall auf der Welt griffen, um die kleinen Leiden des Lebens zu lindern, Mitteln, die allzu leicht als eitle, leere Allüren abgetan wurden.

»Jetzt tust du es schon wieder«, sagte sie, ohne herzusehen.

»Was tue ich?«

»Mich anstarren. Du machst mich zu einem Objekt.«

»Ich mache dich nicht zu einem Objekt.«

»Du machst mich immer zum Objekt«, sagte sie. »Du idealisierst mich, und danach bist du enttäuscht, wenn sich herausstellt, dass ich doch nicht perfekt bin. Du machst mich dafür verantwortlich, dass ich keine Gottheit bin, und das nervt.«

»Glaub mir«, sagte ich. »Wenn irgendwer weiß, dass du nicht perfekt bist, dann ich.«

»Warum tust du es dann? Warum beobachtest du mich die ganze Zeit? Hast du noch nicht genug? Vor allem nachdem du mir zu verstehen gegeben hast, wie wenig ich deinen Erwartungen entspreche?«

»Richtig, ich dachte einmal, du wärst vollkommen, aber diese Zeiten sind lange vorbei.«

»Dann hör auf, mich so anzuglotzen.«

»Ich wünschte, du könntest mir das mit der Handcreme erklären«, sagte ich.

»Mit der Handcreme?«

»Ja. Den tieferen Grund dahinter.«

»Der tiefere Grund versteht sich wohl von selber«, sagte sie. »Mit eingecremten Händen fühlt man sich besser.«

»Ich nicht. Eingecremte Hände fühlen sich lediglich schmierig an.«

»Nicht, wenn du die Creme richtig einmassierst. Wenn man

sie richtig einmassiert, fühlt man sich gut. Die Hände fühlen sich gut an, nicht so trocken.«

»Aber was nutzt das, wenn sie später trotzdem Altersflecken bekommen. Wenn sie so sehnig und knochig werden und die Haut so dünn ist, dass die Sonne durchscheint?«

»Aber bis dahin fühlen sie sich gut an. Deshalb macht man das«, sagte sie, sah mich endlich an und versetzte mir einen Klaps an die Stirn. Dann wandte sie sich ab, um ihr Auge zu Gott zu wenden und in verzweifeltem Flehen die Arme auszubreiten. Wäre die Geste schneller vorbei gewesen, hätte sogar ich sie komisch gefunden. »So. Und jetzt nimm Handcreme und massiere alles gut ein. Du wirst ja sehen, ob sich deine Hände danach nicht besser anfühlen.«

»Lieber nicht.«

»Natürlich nicht«, sagte sie. »Denn es könnte dir ja gefallen, und da sei Gott vor. Dass dir etwas gefallen könnte, wo du doch weißt, was kommt: erst Altersflecken, dann Tod. Da lässt man es lieber ganz, statt Freude daran zu haben, ehe man abkratzt.«

Ich stand auf und ging. Aber ich kam noch einmal zurück.

»Du hast mich gar nicht zurückgerufen«, sagte ich.

»Warum rufst du mich immer noch an, Paul?«

»Das will ich ja auch nicht. Das mache ich nur spätnachts, wenn ich nicht ganz bei mir bin.«

»Genau. Die Nacht ist das eigentliche Problem.«

»Dann schreibe ich eben nur noch SMS.«

»Du hast mir noch nie eine SMS geschrieben, Paul.«

»SMS ist was für Kinder. Ich hasse SMS, mir tut der Daumen weh davon. Das heißt aber nicht, dass ich es nicht versuche.«

»Ist doch egal, ob du mich anrufst oder eine SMS schreibst. Um diese Uhrzeit bedeutet es immer dasselbe.«

»Ich rufe übrigens nicht an, weil ich denke, dass wir wieder zusammenkommen könnten«, sagte ich. »Aber haben wir nicht gesagt, dass wir Freunde bleiben können? Unter Freunden ruft man sich an.«

»Wir können nie wieder zusammenkommen«, sagte sie. »Das geht jetzt nicht mehr.«

»Aber deswegen rufe ich nicht an.«

»Warum dann?«

»Nachtgedanken.«

Jetzt sah sie mich zum zweiten Mal an.

»Das ist nicht mehr mein Problem«, sagte sie.

Der Begriff »Muschiknecht« beschreibt es ganz gut, denke ich. Man hat direkt ein Bild vor Augen. Irgendwas zwischen Memme und Frauenversteher. Jemand, der zur Nacht seine Eier abnimmt wie ein falsches Gebiss, sie aufs Nachtkästchen legt, sich anschließend an seine Thusnelda kuschelt und gemeinsam mit ihr *Schlaflos in Seattle* guckt. Wem's Spaß macht, bitteschön. Aber wenn ich überhaupt jemals etwas tue, das entfernt nach Romantik aussieht, dann ist Blut und Fieber mit im Spiel, und ich stehe mit einem Bein im Gefängnis. Ich bin nämlich kein Muschiknecht, ich gerate nur in die Mösenklemme. Dann stecke ich in der Mösenklemme und kann nur hoffen, da lebend wieder herauszukommen. Aber wie schon der Volksmund sagt: Was mich nicht umbringt, macht mich stärker. Bis irgendwann jemand kommt und einen Mottek schwingt, der uns direkt vom Leben zum Tode befördert.

Wer in der Mösenklemme steckt, macht lauter bescheuerte Sachen. Wie unangemeldete Besuche zu unmöglichen Tages- und Nachtzeiten. Oder man sagt viel zu früh, zum Beispiel schon beim zweiten Date, »Ich liebe dich«. Und später sagt man es ebenfalls viel zu oft. Signalisiert mir die Angebetete, dass ihr das Ganze etwas zu schnell geht, verdopple ich meine Anstrengungen, schicke Blumen und Obstkörbe. Wer in der Mösenklemme steckt, der glaubt, all das gefunden zu haben, was zuvor im Leben gefehlt hat. Die Frau, in die ich mich verliebt habe, füllt eine gigantische Leere, und ich selbst schwinde dahin zu einem Nichts, das nach ständiger Anreicherung verlangt. (Nie war mir die Bedeutung des Wortes »Schwindsucht« so fraglich.) Leider zwingt mich die Angst, all das wieder zu verlieren, zu Aktionen, die letztlich jede Frau in die Flucht schlagen. Viermal in meinem Leben steckte ich ernsthaft in der Mösenklemme, ein weiteres Dutzend Mal hatte das Leiden einen milderen oder kürzeren Verlauf. Die harte Tour erlebte ich erstmals mit fünf Jahren, dann mit dreizehn, mit neunzehn und schließlich mit sechsunddreißig, als Connie bei mir anfing, sie selbst war siebenundzwanzig. Bei meinem ersten Mal war ich noch so neu in der Welt, dass mir von ihr nicht mehr in Erinnerung geblieben ist als der Name (Alison) und dass ich erst mit ihr Händchen hielt und am Ende unter einer vermüllten Freitribüne heulte. Doch von allen anderen Fällen weiß ich noch, dass mich die Mösenklemme auf eine Weise gepackt hatte, dass von einer eigenständigen Persönlichkeit keine Rede mehr sein konnte. Ich meine, was macht einen Menschen aus? Erfolg in der Schule, die Leidenschaft für die Red Sox, der feste Glaube an die Nichtexistenz Gottes. Wenn das alles wegfällt, was bleibt dann noch? War da jemals ein Jemand namens Paul? Ich sah nichts mehr außer einem ungezügelten Verlangen. Das jeweilige Mädchen, die jeweilige Frau (erst Alison, dann Heather Belisle, dann Sam Santacroce und zuletzt Connie) resorbierten mich derart, dass ich mich neu definierte: als Paul-der-Alison-liebt oder Paul-der-Connie-liebt. Natürlich waren sie anfangs geschmeichelt, denn diese Unbedingtheit kannten sie so nicht. Aber bald zeigte sich die Kehrseite, ein endloses Drama zwischen Vergötterung, rasender Eifersucht und einer Obsession, die Eltern wie Freunde gleichermaßen beunruhigte. Alles, was mir vorher wichtig gewesen war, versank in Bedeutungslosigkeit, so dass ich mir selbst – und erst recht den Objekten meiner Begierde – als anstrengender Fanatiker vorkam, der selber nichts mehr besaß, wofür man ihn lieben konnte. Unnötig zu sagen, dass diese Verbindungen nie lange hielten. Von Alison ist bereits alles gesagt, in Heather verliebte ich mich kurz nach dem Tod meines Vaters. Rückblickend ging es bei dieser Liebe ebenso um Roy Belisle, Heathers Vater. Mr. Belisle trainierte unsere gemischte Baseball-Mannschaft, fuhr einen Pick-up und war mit seinen dicken Armvenen für mich nicht weniger interessant als die feuchte Zunge von Heather. (Mr. Belisle würde auch nicht stundenlang voll angezogen in einer leeren Badewanne sitzen und bräunlich verfärbte Dichtungsfugen anstarren und mich danach ins Einkaufszentrum schicken, um zehn Paar Laufschuhe zu kaufen, welche er anschließend hinter unserem Wohnblock vergrub, damit seine Frau sie nicht fand.) Wir verbrachten das lange Wochenende vor President's Day in der Garage und knutschten herum, und beim anschließenden Essen konnte ich Mr. Belisles Armvenen bewundern, als er am Frequenzknopf seiner Amateurfunkanlage den Polizeikanal einstellte. Aber die Sache war schon am darauffolgenden Dienstag beendet, da Heather mich wegen eines Jungen mit beschissener Frisur sitzenließ. Ich war fassungslos, verletzt und tief beschämt und litt außerdem unter Entzugserscheinungen, weil ich ihre Zunge nicht mehr schmeckte. Es war die erste Zunge meines Lebens gewesen, und die Faszination über die Wunder der Mundhöhle war zumindest teilweise der Grund, warum ich später Zahnarzt wurde. Auch zürnte ich einem niederträchtigen Schicksal, das mir grundlos erst den Vater und dann Mr. Belisle genommen hatte. Ich tat, was wohl jeder in dieser Situation gemacht hätte. Ich lief die zwölf Meilen zu Fuß zum Einkaufszentrum, versteckte mich dort im unabgeschlossenen Wagen der Belisles, fuhr mit meiner nichtsahnenden Begleitperson noch ein paar Meilen weiter bis zu Heather, wo ich erst in der Garage ausharrte, später ins Haus eindrang, in einem Wandschrank masturbierte, daraufhin einschlief und am nächsten Morgen die Familie fröhlich am Frühstückstisch überraschte.

In die nächste Mösenklemme geriet ich durch die Hand von Samantha Santacroce, und sie war komplizierter. Sie endete übrigens mit meinem Verweis von der University of Maine in Fort Kent und einem Verwaltungsakt, den man als Hausverbot deuten könnte. Sam und ich waren insgesamt elf Wochen zusammen und erlebten beide erstmals die große Liebe. Wir waren sofort unzertrennlich und legten sogar unsere Seminare so, dass wir möglichst selten *nicht* zusammen waren. Wir aßen gemeinsam, lernten gemeinsam, schliefen gemeinsam und flüsterten die halbe Nacht miteinander, aber immer leise, damit ihre Mitbewohnerinnen nicht gestört wurden. Wir tranken aus demselben Kaffeebecher, benutzten denselben Strohhalm, dieselbe Zahnbürste. Wir hielten Wassermelonen-Keile mit den Lippen, damit auch der andere davon essen konnte. Wir guckten Filme und Football unter einer Decke, und im Lesesaal schmachteten wir uns in regelmäßigen Abständen auf die schamloseste Weise an. Sammy hatte immer einen Lolli im Mund. Nichts liebte ich so sehr wie das Geräusch der Zuckerkugel an ihren kräftigen weißen Zähnen und den Anblick des zuckerfeuchten Stiels an ihren Lippen. Der Höhepunkt aber war, wenn sie den abgelutschten Rest zwischen ihren Backenzähnen zermalmte und die kristallinen Trümmer im Mund hin und her spülte, bis sie sich aufgelöst hatten. Den übrig gebliebenen Stiel ließ sie immer in die leere Diet-Coke-Flasche fallen, wo auch schon die gebrauchten Kaugummis samt Papierchen lagen. Danach leckte sie sich über die Oberlippe auf der Suche nach versprengten Splittern, die sie dann mit den Eckzähnen festhielt. Zuletzt saugte sie ihre Lippen ein und befreite erst die schwellende Unterlippe, dann die elegantere obere von jeglicher Beglänzung. Zwar hatte ich von Wesen und Charakter der Samantha Santacroce eigentlich keine Ahnung, aber ich wusste, dass ich für immer und ewig im Schatten ihrer schwellenden Unterlippe leben wollte, diesem aparten Promontorium, das winters von ihrem Glukose-Atem gewärmt wurde und sommers in derselben Hitze badete, die auch ihre Sommersprossen hervorbrachte.

Was ich über sie jedoch wusste, weil es ein Dauerthema war: dass sie ihre Eltern mit einer Hingabe liebte, die sich nicht stärker von meiner eigenen Einstellung hätte abheben können. Meine leiblichen Eltern hätte ich nämlich nur zu gern wegen Peinlichkeit in die Schandkammer gesperrt. Nicht so Sammy. Sie redete von ihren Eltern, als seien dies die Menschen, mit denen sie am liebsten den Rest ihres Lebens verbringen wollte. Das College war für sie weniger Gelegenheit zur Abnabelung und Rebellion als eine kurzzeitige Unterbrechung einer lebenslangen Beziehung. Ich war beinahe eifersüchtig auf sie. Bob Santacroce war ein blondes Schwergewicht, das erfolgreich ein Möbelgeschäft geführt hatte und nun so manchen Morgen auf dem Golfplatz verbrachte. Barbara hielt sich nach vollbrachter Kindererziehung (Sam und ihr jüngerer Bruder Nick) mit Tennis und Wohltätigkeitsveranstaltungen fit. So viele Geschichten bekam ich über sie zu hören, dass sie nach wenigen Tagen zu Ausnahmemenschen und nach einer Woche zu mythischen Figuren wurden. Thanksgiving sah ich deshalb mit Beklemmung entgegen, denn bei unserem Besuch dort wollte ich ihnen meine Absicht mitteilen, ihre Tochter Samantha zu heiraten (Samanthas Reaktion: »Moment mal, du willst *was*?«). Ich war eingeschüchtert, nervös und liebte die Eltern inzwischen nicht minder als Sam selbst. Die Santacroces waren Musterkatholiken mit einer aufgeräumten Garage, alten Eichen im Garten und Familienfotos an der Wand. Meine Aufnahme in einen solchen Verband würde alle Sünden und Defizite meiner Kindheit reinwaschen. Wie schon bei Heather Belisle besaß meine

Verehrung für Sam Santacroce ein Element, das nichts mit ihr selbst, ihrem blonden Pagenkopf, dem roten Mund oder unseren gemeinsamen Interessen (Hunde und Led Zeppelin) zu tun hatte. In ihrer Familie gab es keine schlecht besuchten Beerdigungen, kein Gerangel um Kleingeld, das jemand zufällig unter dem Autositz entdeckt hatte, auch keine Fahrten zum Wertstoffhof wegen ein paar Cent, keine Psychologen vom Gesundheitsamt, keine Selbstmorde. Ich liebte Sammy, aber ich liebte auch Mr. und Mrs. Santacroce, wollte von ihnen adoptiert werden und mich so für immer unter ihren großen Rettungsschirm flüchten. Dafür war ich sogar bereit, Gott anzuerkennen und katholisch zu werden, wollte Martinis schlürfen, den Dollar verehren, den Armen helfen, nur noch in Rechtschaffenheit über Gottes schöne Erde krauchen und überhaupt alles tun, was die Santacroces so unübersehbar von den O'Rourkes unterschied.

Aber dann überlegte es sich Sam anders. Wir rannten Hand in Hand auf den Abgrund endloser Liebe zu, nur blieb sie in letzter Sekunde stehen, während ich ohne sie weiterlief – und plötzlich wie eine Trickfigur durch die Luft spazierte, als hätte ich noch festen Boden unter den Füßen. Aber da war kein Boden mehr, und ich stürzte ab. Nichts davon hatte ich kommen sehen, wollte es wohl auch nicht, obwohl meine fatalen Liebesschwüre erst immer seltener und schließlich gar nicht mehr erwidert wurden. Ich versuchte zu begreifen, was passiert war, womit ich das verdient hatte. Offenbar hatte ich nur weiterhin das getan, was ihr nach elf Wochen totaler Gemeinsamkeit nicht mehr gelang, nämlich den anderen zum Ein und Alles zu machen. Gerade die Tatsache, dass ich zwanghaft etwas fortführte, was sie beendet hatte, musste sie am Ende überzeugt haben, dass diese Entscheidung richtig war. Zu diesem Zeitpunkt besaß ich schon längst keine eigene Persönlichkeit mehr, sondern war eine entleerte Hülle, angefüllt allein mit Liebe zu ihr.

Und wie jeder weiß, ist dies nicht liebenswert, sondern macht einen zum idealen Punching-Ball.

Ich schätze, dass sie sich irgendwann sogar von mir bedroht fühlte. Dabei saß ich nur draußen auf der Treppe vor dem Wohnheim und heulte. Anfangs ließ sie mich sogar noch herein, damit ich mich fassen konnte, vielleicht half ja auch reden. Tatsächlich flossen meine Tränen dann nicht mehr so hemmungslos, sie versiegten jedoch nie ganz. Ein- oder zweimal fanden sie mich aber auch *in* der Wohnung vor (sie und ihre Freundinnen), ich auf Sams Bett, wo ich ihr ungewaschenes Kissen vollheulte. Ich meine, was war schon dabei? Das tat niemandem weh außer mir selbst. Doch sie waren nicht gerade begeistert. Beim ersten Mal fand ich es grenzwertig und unangenehm, und ich gab auch freiwillig meinen Schlüssel zurück und versprach, es nicht wieder zu tun. Natürlich hatte ich längst einen Zweitschlüssel anfertigen lassen, süchtig, wie ich war, nach ihren Laken und ganz krank bei dem Gedanken, dass sie nun ohne mich durch die Welt lief. Ich war leider nicht in der Lage, heimlich bei ihr einzudringen, den Duft ihres Bettzeugs, ihrer Lotionen zu riechen, ihre Sachen zu berühren, in ihren Fotoalben zu blättern und mich rechtzeitig wieder zu verziehen, denn es ging nicht. Ich konnte ihr Zimmer nicht mehr verlassen, es war der einzige Ort auf der Welt, an dem ich sein wollte, zur Not auch ohne sie. Und da sie nicht mehr mit mir zusammen sein wollte, war ich wenigstens in ihrem Zimmer, und als sie mich dort zum zweiten Mal erwischte, alarmierte sie die Campus-Polizei. Meine Mutter musste kommen und mich abholen. Sie machte sich große Sorgen um mich, sie alle machten sich große Sorgen um mich, und das aus gutem Grund, denn ich war ein Nichts geworden, ich war Paul-der-Sam-liebt, inzwischen sogar nur noch Paul-der-Sam-liebt-obwohl-es-Sam-nicht-mehr-gibt. Ich hatte Gott gesehen, aber Gott war weg.

Einige Jahre später, einigermaßen entwöhnt und nach erfolgreichem Abschluss des medizinischen Propädeutikums an einem anderen Standort der University of Maine, nahm Sam wieder Kontakt zu mir auf und sagte, dass sie bereue, was damals passiert sei. Vor allem, da sie seither niemandem begegnet sei, der sie so geliebt habe wie ich. Wie wichtig dies sei, begreife sie erst jetzt, und ob es eine zweite Chance gebe? Sie fragte auch, ob ich sie noch liebte, was ich bejahte. Ein halbes Jahr später wohnten wir zusammen, nicht unbedingt mit dem Segen der Eltern, doch das war mir egal und Sam auch. Diesmal steckte ich nicht in der Mösenklemme, sondern war nur verliebt. Und mehr als alles andere erstaunte mich, dass Sam zu mir zurückgekehrt war und mich mehr liebte als je zuvor. Welche Wendung!

Die Sache währte etwa ein Jahr. In dieser Zeit war ich mehrmals bei den Santacroces zu Gast und gab mir alle Mühe, meine alte Liebe zu dieser Familie wiederzubeleben, doch ihr Urteil stand fest, und Vergebung kannten sie nicht. Sie lehnten mich ab. In meinem genesenen Zustand betrachtete ich dies aber nicht mehr als mein Problem, sondern als ihres. Wenn sie mich ablehnten, konnten sie auch gleich die ganze Welt ablehnen, und genau das taten sie auch. Sie be- und verurteilten die Welt. Sie spendeten reichlich und gaben Lebensmittel an diverse Tafeln, aber das konnte nicht darüber hinwegtäuschen, dass sie die Armen verachteten. Für den moralischen Niedergang Amerikas machten sie die Homosexuellen verantwortlich und vermutlich auch die Afroamerikaner und Frauen, die arbeiten gingen. Old Santacroce, Sams Großvaters, war noch immer ein erbitterter Gegner von Franklin D. Roosevelt, anerkanntermaßen einer der größten Präsidenten, die Amerika je hatte, und seit einem halben Jahrhundert tot. Und jedes Mal, wenn Bill Clinton im Fernsehen war, verließ Sams Mutter den Raum. Ich verstand das alles zwar nicht, aber zumindest entdeckte ich meine alte Persönlichkeit wieder. Ich konnte kaum fassen, dass ich für diese Höhlenmenschen einmal zum Katholizismus übertreten wollte, und zur Strafe dafür musste Sam meine endlosen Predigten über katholische Scheinheiligkeit und allgemein die Dämlichkeit des Christentums ertragen. Eines Abends bekannte ich am Esstisch der Santacroces sogar meinen Atheismus; ihr Entsetzen hätte nicht größer sein können. Wie immer beim Erscheinen des Bösen lief Sams Mutter aus dem Zimmer, und Sam lief ihr nach. Aus dem Nebenzimmer hörte ich, wie sie mich nannten: Satan. Und Satan verbot man fortan, je wieder einen Fuß über diese Schwelle zu setzen. Es war mir egal. Die Sache mit Sam war danach auch schnell zu Ende. Ihre Eltern stellten sie vor die Wahl, entweder ich oder sie. Und Sam wollte die einzigen Menschen nicht verlieren, die sie großgezogen und mehr geliebt hatten als jeder andere auf der Welt. Mir tat das leid, ich verlor Sam nicht gerne, aber ich war eben nicht der Richtige für sie und sie nicht die Richtige für mich. Ich tröstete mich damit, dass die Mösenklemme ihre Kraft verloren hatte und mich mir selbst zurückgab. Ein Selbst, das vielleicht noch schemenhaft und ungefestigt war, aber immerhin vorhanden.

Connie kam über eine Zeitarbeitsfirma zur Praxis Paul O'Rourke. Schon am ersten Tag bemerkte ich erste Auflösungserscheinungen an meiner Persönlichkeit. Am Ende des zweiten Tages bot ich ihr einen festen Job an, mit einem überdurchschnittlichen Gehalt, Krankenversicherung und natürlich der bestmöglichen zahnärztlichen Versorgung. Mir gab zu denken, dass ich ihr freiwillig erheblich mehr zahlte als für eine einfache Rezeptionistin üblich, aber so war es: Ich befand mich in heller Auflösung. Mein Überlebensinstinkt riet mir, es diesmal langsamer angehen zu lassen und mich nicht Hals über Kopf in den Orbit dieser schönen Aushilfe zu stürzen. Die peinlichen Fehler der Vergangenheit wollte ich nicht wiederholen.

Vorsicht – das war etwas Neues für mich. Und als Connie das Angebot annahm und von da an jeden Tag kam, bemühte ich mich, mir nichts anmerken zu lassen und so gut wie möglich meiner normalen Arbeitsroutine nachzugehen. Tatsächlich war ich mit Leib und Seele (also zu keinem geringen Teil) Zahnarzt, jemand, der sich tagaus, tagein um Patienten kümmerte, donnerstags länger, jemand, der eine Praxis leitete, der wachsen wollte und Mitarbeiter zu führen hatte. Monatliche Kosten von rund vierzigtausend Dollar mussten erst mal verdient sein. Es war vollkommen ausgeschlossen, das alles mit den bekannten Mätzchen zu gefährden. Die Mösenklemme hatte zwar zugeschnappt, doch diesmal war ich schlauer. Ich sagte erst einmal gar nichts, tat unbeteiligt bis gleichgültig. Kurz, ich blieb cool. Also nicht cool im Sinne von cool, aber selbstbeherrscht. Wenn ich morgens die Praxis betrat, gab ich mich undurchschaubar, wenn ich abends ging, dann mit Würde, auch wenn der Schmerz mir schier das Herz zerriss. Ich zeigte mich von meiner besten Seite, führte einen Pizza-Freitag ein, behandelte Mrs. Convoy mit Respekt und unterdrückte jegliche Unzufriedenheit, jegliches Gemecker, als wäre ich ein Mönch mit permanentem Zugriff zum Gebet. Zugegeben, es war alles nur Show, aber Liebe macht edelmütig. Die Tatsache, dass ich mich dazu zwingen musste, spricht nicht gegen solchen Edelmut. Irgendwann, wenn die Liebe vergeht, entwickeln wir uns ja doch wieder zurück, da ergeht es uns so wie dem Lottogewinner und dem Unfallopfer mit dem amputierten Bein. Irgendwann hat uns die Normalität wieder.

Sechs quälende Monate lang schwieg ich Connie gegenüber. Das änderte sich erst, als wir uns bei einer After-Work-Party der Praxis O'Rourke in einer nahe gelegenen Bar allein wiederfanden. Mein sentimentaler Bekenntnisschwall wurde übrigens sofort und nicht weniger gefühlsselig erwidert, und von da an waren wir ein Paar.

Ich musste sie wirklich beeindruckt haben. Na ja, wieso auch nicht, als hochprofessioneller Zahnarzt und Immobilieneigentümer? Dass sich der Kern meiner Persönlichkeit atomisiert hatte, deutete ich nicht einmal an, und ihr schien es nicht aufzufallen. Das merkte sie erst, als sich die Atome wieder zu Ketten verbanden und alles den Bach runterging.

Nach Connies Handcreme-Ritual machte ich mich wieder an die Arbeit. Eine betagte Patientin mit Parkinson, die von ihrem ebenfalls schon älteren Sohn bis in den Behandlungsstuhl begleitet wurde. Ihr Muskelzittern war so gravierend, dass sie kaum den Mund offen halten konnte. Ich nahm einen Mundspreizer, dadurch konnte sie wiederum nicht schlucken. Abby saugte permanent ab, dennoch schluckte die alte Frau hartnäckig weiter. Der Schluckreflex ist nur eine Kontraktion der Mundbodenmuskulatur, doch meine Parkinson-Patientin war zu so vielen Kontraktionen verurteilt, und der Tod kam erst nach vielen Jahren in diesem ruhelosen Gefängnis. Sie war hier, weil sie sich an einem Toast einen Zahn ausgebissen hatte. Den Zahn hatte ihr Sohn nicht mehr finden können, wofür er sich umständlich entschuldigte, so als habe er seine Mutter irgendwie im Stich gelassen. Dauernd bringen mir die Leute ihre verlorenen Zähne mit, aber ich muss es hier einmal sagen: Ein Zahn ist kein frisch abgetrennter Finger oder Zeh, man kann ihn nicht einfach wieder annähen. Sollten Sie also einmal einen Zahn verlieren, können sie ihn getrost wegwerfen oder unters Kopfkissen legen. Ich als Zahnarzt kann ihn nicht mehr gebrauchen. Das erklärte ich dem Sohn, der sich daraufhin beruhigte. Dann untersuchte ich die von Tremor und verhinderten Schluckbewegungen gepeinigte Mutter und fand einen Mund vor, dem ich höchstens noch ein bis zwei Jahre gab. Die Diagnose war eindeutig, wenngleich ich solche Fälle nur selten zu Gesicht bekam: Die alte Dame litt unter Osteonekrose der Kiefer, Nebenwirkung einer Chemotherapie. Meine zum Tode verurteilte Patientin hatte nun neben Krebs und Parkinson auch den Untergang ihres vollständigen Kauapparats zu erdulden. Schon jetzt war der Kiefer so weich, dass ein bloßes Stück Toast den Zahn glatt in das Knochenmaterial getrieben hatte, wo er immer noch festsaß. Ich nahm eine Zange und konnte den Zahn schmerzfrei entfernen. »Hier ist der Übeltäter«, sagte ich.

Connie erschien im Türrahmen, ein Tablet in der Hand.

»Was gibt's?«

»Hast du einen Moment Zeit?«, fragte sie.

Wir hatten inzwischen Tablet-Computer. Erst im Jahr davor hatten wir neue Rechner angeschafft. Und erst vor zwei Jahren waren die Leute von Dentech da und hatten unser ganzes System upgegradet, damit wir das, was wir auch vorher schon elektronisch verwaltet hatten, nun noch besser elektronisch verwalten konnten. Sämtliche Verbesserungen auf diesem Gebiet wirken erst einmal wie eine rationale Entscheidung aufgrund einer reinen Kosten-Nutzen-Analyse, doch der wahre Antrieb ist eher Panik. Sobald es irgendwo etwas Neues gibt, *muss* es angeschafft werden, egal, ob es wirklich die versprochenen Vorteile bringt.

»Was ich dich fragen wollte«, sagte sie, als ich auf den Flur trat. »Hast du mal einen Blick in deine Bio geworfen?«

»Bio? Wo?«

»Deine Bio auf unserer Webseite.«

Ich nahm das Tablet. »Das darf doch wohl nicht wahr sein«, sagte ich. »Sie hatten das ganze Wochenende Zeit, die Seite aus dem Netz zu nehmen. Eine Antwort habe ich auch noch nicht bekommen.«

»Hast du deine Bio gelesen?«

Erneut fragte ich mich, wer so etwas tat. Hatte ich womöglich einen Patienten einmal länger warten lassen, und er rächte sich jetzt dafür? War ich unhöflich zu einer Aushilfe gewesen? Dann hatte ich eine Idee. »Weißt du, wer das sein könnte?«

»Wer?«

»Der Anonymous.«

»Welcher Anonymous?«

Ich erinnerte sie an das Arschloch, das erst die Rechnung für die Brücke nicht bezahlt und später negative Kommentare über mich ins Netz gestellt hatte.

»Aber das war vor zwei Jahren«, sagte sie. »Ich glaube nicht, dass er immer noch ...«

»Das ist unfair«, sagte ich. »Wie schnell hat man mal einen Popel in der Nase.«

»Lies erst mal die Bio«, sagte sie.

> Dr. O'Rourke betreibt seine Praxis seit über zehn Jahren. Aus Maine stammend, genießt für ihn die Behandlungsqualität für den Patienten oberste Priorität. Seine freundliche aufgeschlossene Art in Verbindung mit höchster fachlicher Kompetenz ist die Garantie für einen entspannten, stressfreien Besuch in der Praxis.

Ich sah sie an. »Wer immer das geschrieben hat, besaß jedenfalls intime Kenntnisse über mich und meine Praxis«, sagte ich.

»Hast du den krassen Teil schon gelesen?«, fragte sie.

Der Text ging in der Tat noch weiter und wurde mehr als mysteriös.

> So geh nun hin, und mit dir will ich meinen Bund aufrichten. Und ich will dich zum großen Volk machen. Aber du musst dein Volk wegführen von den Kriegsherren und sollst sie dir doch niemals zum Feind machen um meines Namens willen. Wenn du meines Bundes gedenkst, sollst du nicht brennen, und die Flamme soll dich nicht versengen. Wenn du mich aber zum

Gott machst und mich anbetest und schickest nach Psalter und Tamburin, um meinen Willen weiszusagen und Krieg zu führen, dann sollst du brennen, und die Flamme soll dich versengen. Denn die Menschen erkennen mich nicht.

»Was zum Teufel ist das?«, fragte ich und suchte in ihrem Gesicht nach einer Antwort. »Ist das aus der Bibel?«

»Scheint so.«

»Und was hat das in meiner Bio zu suchen?«

Sie zuckte die Achseln.

»Ist in deiner Bio auch so etwas?«

Sie schüttelte den Kopf.

»Oder bei Betsy oder Abby?«

»Nein, nur bei dir.«

»Aber ich bin kein Christ«, sagte ich. »Ich will keine Bibelzitate auf meiner Webseite. Wer hat das gemacht?«

Sie nahm das Tablet wieder an sich. »Warum redest du nicht mal mit Betsy?«

Mrs. Convoy erschien jeden Tag mit einem zerlesenen Exemplar der katholischen Bibel zur Arbeit. Natürlich mit reichlich Leuchtschrift-Stellen. Und natürlich auch mit ihrem goldgeprägten Namen auf dem grünen Kunstledereinband: Elizabeth Anne Convoy. Das Buch besaß sie seit ihrer Erstkommunion, also seit fast fünfzig Jahren. Nichts verkörperte meine Ambivalenz gegenüber Mrs. Convoy so sehr wie diese Bibel. Einerseits war Mrs. Convoy so verdammt kompetent in allem, und der Archetyp allen Wissens, die Bibel, verstärkte den Eindruck einer strengen Autorität noch. Aber manchmal, wenn sie gerade nicht in der Nähe war, sah ich dieses Vademecum der Gläubigen fest verstaut in ihrer soliden Handtasche, und aus Mrs. Convoy, unserer Ober-Schreckschraube, der klötenknackenden Generalin, wurde wieder die kleine, unmaßgebliche, unrettbar biedere Elizabeth Anne Convoy, die sich, so meine Vorstellung, für so gering erachtete, dass allein ihre Namensgravur auf einer Bibel die Tränen quellen ließ. Dann wollte ich das schüchterne Kind in die Arme schließen und ihm sagen, dass es von Gott geliebt wurde. Weder Betsy Convoy noch irgendwer sonst sollte glauben, dass er innerlich wertlos, unerwünscht, unwichtig oder nicht liebenswert sei. Wenn schon keinen anderen, so hatte die Idee von Gott zumindest diesen Sinn. Gott sei Dank gab es Gott dafür, dachte ich. Wenn die Sterblichen versagten, konnte er noch Wunder wirken und Liebe schenken. Die Nöte der Einsamen, Entstellten, Behinderten mussten sich mitfühlende Beobachter nicht über die Maßen zu Herzen gehen lassen, denn jene wurden immerhin von Gott geliebt. Und selbst aufgeblasene Heuchler, klötenknackende Moraltanten und scheinheilige Arschlöcher, die anderen permanent hineinredeten, konnten so die Erfahrung von Liebe machen.

»Ich sagte Ihnen doch schon«, erwiderte Mrs. Convoy auf meinen Anwurf, »ich war es nicht. Glauben Sie, ich lüge Sie an?«

»Ich weiß nicht, was ich glauben soll, Betsy. Erst erstellt jemand gegen meinen Wunsch eine Homepage für meine Praxis, und später finde ich diesen Bibelkram in meiner Bio. Und Sie sind doch bestens mit der Bibel vertraut.«

»Ach du liebe Güte! Und deswegen weiß ich natürlich auch, wie man so eine Webseite macht!«

»Ich behaupte nicht, dass Sie sie selbst gemacht haben.«

»Noch einmal: Ich habe nichts damit zu tun«, sagte sie. »Ich bin gänzlich unschuldig an dieser Seite und habe auch keine Bibelzitate beigesteuert. Wenn überhaupt, hätte ich Ihnen auch eine andere Stelle hineingeschrieben.«

»Und die wäre?«, fragte ich.

Sie schaute abermals auf das Tablet. Wie immer, wenn sie

etwas las, bewegten sich die kleinen Raupenhärchen um ihre verkniffenen Lippen.

»›Wenn du mich aber zum Gott machst …‹«, sagte sie und las laut weiter, »› … und mich anbetest und schickest nach Psalter und Tamburin, um meinen Willen weiszusagen und Krieg zu führen, dann sollst du brennen, und die Flamme soll dich versengen.‹ Also ein Jesuswort ist das nicht«, sagte sie.

»Woher ist es dann?«

»Aus dem Alten Testament, würde ich sagen«, sagte sie. »Es klingt sehr streng, sehr jüdisch.«

Sie gab mir das Tablet zurück.

»Fragen Sie doch mal Connie«, sagte sie.

Auf einer Webseite als Jude statt als Christ dargestellt zu werden würde mich weniger stören. Ärgerlich wäre es zwar trotzdem, aber immer noch besser als alles andere. Man konnte nichtpraktizierender Jude sein. Ich zum Beispiel war kein nichtpraktizierender Jude, weil ich nicht als Jude geboren war und es reichlich sinnlos gewesen wäre, eigens für das Nichtpraktizieren den jüdischen Glauben anzunehmen. Nichtpraktizierender Christ dagegen ging überhaupt nicht. Entweder man glaubte an Christus, den Erlöser, und seine Wunder und Prophezeiungen, oder man tat es nicht. Außerdem war es komisch, von »praktizierenden« Christen zu reden, wenn man als Christ nicht viel mehr zu tun hatte, als das Glaubensbekenntnis abzulegen. Juden dagegen, sogar die nichtpraktizierenden, hatten an einem einzigen Sederabend mehr zu tun als Hardcore-Christen in einem ganzen Jahr. Für ein Neugeborenes ist es erst einmal gleich, ob es als Christ oder Jude zur Welt kommt, aber danach ändert sich alles. Der Christ kann den Glauben der Väter ruhig schleifen lassen, kann Atheist, Buddhist oder einfach nur ein Gutmensch werden, doch der Jude wird aus einem mir unbegreiflichen Grund immer zuerst Jude sein, z. B. ein jüdischer Atheist oder ein jüdischer Buddhist. Juden aus meiner Bekanntschaft, Connie etwa, hassten diese Urtatsache. Ich als Nichtjude aber leistete mir den Luxus, Juden gerade um diese Stammeszugehörigkeit, diese unveränderbare Identität zu beneiden. Deswegen hätte ich es auch eher akzeptiert, auf dieser Webseite als Jude bezeichnet zu werden denn als Christ. Christ wäre eine Beleidigung.

Vor Connie wusste ich praktisch nichts über das Judentum. Vor Connie wusste ich nicht einmal, ob mir das Wort »Jude« überhaupt über die Lippen gekommen wäre. In meinen heidenchristlichen Ohren klang es doch recht unschön, insbesondere aus meinem eindeutig heidenchristlichen Mund. Ich hatte Angst, dass man sofort die alten Stereotypen, den alten Antagonismus, den alten Hass heraushörte. Es war ein kleines, aber vielsagendes Vermächtnis des Holocaust, dass selbst nichtjüdische *Amerikaner*, die lange nach dem Zweiten Weltkrieg geboren waren und praktisch keine Ahnung von Juden oder Judentum hatten, vor diesem Wort zurückschreckten, aus Angst, jemanden zu verletzen.

Vor Connie beschränkte sich mein einziger Kontakt zu jüdischen Menschen darauf, ihnen in den Mund zu sehen. Und ein jüdischer Mund ist in jeder Hinsicht identisch mit dem eines Christen. Für mich war alles ein einziger großer Mund, ein mühevoll aufgerissener, speichelnder, unglücklicher, gequälter, langsam verrottender Mund. Die Zähne hatten dieselben Kavitäten, dieselben Entzündungen, dieselben Wurzelinfektionen, dieselben Nervenschmerzen. Sie teilten dieselben Beschwerden, denselben Verfall und am Ende dasselbe Schicksal. Okay, alles, was ich wusste oder wissen wollte oder meinte, wissen zu müssen, war Folgendes: Die Juden hatten der Welt einen Sohn geschenkt, einen linkshändigen Pitcher namens Sandy Koufax, der für die Dodgers spielte, in den sechziger Jahren dreimal Pitcher des Jahres war und der die Yankees aus tiefstem Herzen hasste wie jeder wahre amerikanische Held.

Connie stammte aus einer strenggläubigen jüdischen Familie, aber zu meiner eigenen Überraschung hatte ich keinerlei Probleme, bei hohen jüdischen Feiertagen mitzumachen wie dem jüdischen Neujahrsfest oder Jom Kippur. Gerade *weil* diese endlosen Gottesdienste nicht meinem, sondern Connies Seelenheil dienten, ertrug ich sie mit der größten Langmut. Connie selbst war nichtpraktizierend und teilte im Wesentlichen meine Meinung über Religion, auch wenn sie nie direkt gesagt hätte: »Ich glaube nicht an Gott.« Das geschah nicht aus irgendeinem Aber- oder Restglauben heraus, sondern aus Angst vor einer eindeutigen Positionierung. Persönlich bevorzugte sie den Ausdruck nichtpraktizierender Atheist. Vermutlich weil die Dichtkunst ab und zu nach religiöser Stimmung verlangte.

Connie war ein interessanter Gegenentwurf zu Sam Santacroce, für die der katholische Glaube die unhinterfragte Nummer eins war und ihre Familie eine Heilige Familie auf einer 3-D-Weihnachtskarte, mit Pullovern im Partnerlook und ausgerüstet mit Golfsportprodukten der Firma Titleist. Obwohl mir schon vor Jahren klar geworden war, dass hinter der nuklearen Perfektion dieser Familie hauptsächlich Zynismus, Bestechlichkeit und jede Menge Vorurteile steckten, hatte ich für Sams unbedingte Familienliebe immer noch Bewunderung übrig. So ein Klima hätte ich uns allen gewünscht, ganz besonders Connie, ihre Familie hätte es verdient. Doch sie zögerte. Die jüdischen Traditionen waren öde, und die Familie insgesamt war bekloppt. Dauernd war von Gott die Rede. Würde mir dieses Gott-Gedöns nicht irgendwann auf die Nerven gehen?

Nein, das Gott-Gedöns ging mir nicht auf die Nerven, weil es den Kerl am Kreuz außen vor ließ. Der Gott der Juden und sein Wirken an seinem Volk war herrlich frei von Höllenstrafen und moralinsaurer Hochnäsigkeit. Es gab weder einen gekreuzigten Heiland, der am dritten Tage wiederauferstand, noch ein Abendmahl, noch die theologischen Verrenkungen rund um die sogenannte Dreieinigkeit. Ihre Historie kannte weder Folter noch Blutvergießen, weder die Androhung ewiger Verdammnis noch sexuelle Prüderie, noch Schuldgefühle. Es fehlte die puritanische Moral, es fehlten Selbstgerechtigkeit und die werksseitig ausgeschaltete Neugier, vor allem aber fehlte die Kriegspropaganda, die es erlaubte, für Weihnachtsbäume oder die Zehn Gebote andere Leute umzubringen. Stattdessen hatte man bei der Plotz-Familie massenweise Gebete und Lieder, deren Dogmatismus vom Hebräischen gnädig kaschiert wurde, tausend Jahre alte Riten und Traditionen, die gegen jede Chance überlebt hatten, und hitzige Diskussionen an der Sabbat-Tafel. Selbst weit entfernte Verwandte standen sich nahe, gleichwohl konnte so heftig gestritten werden, dass den Kontrahenten das Essen aus dem Mund flog. Bildung war allgegenwärtig. Mehr als einmal überraschten mich leichthin ins Gespräch geworfene Bemerkungen, über die man lange nachdenken konnte. Und die Abschiede, die Abschiede am späten Abend waren derart rührselig, dass man spätestens jetzt einen Kloß im Hals gehabt hätte – wäre man nicht schon vom Singen heiser gewesen. Mit nichts davon hatte ich ein Problem, und genau das war das Problem.

Connie lieferte mir nie Anlass, in ihre Wohnung einzudringen und im Wandschrank zu masturbieren oder gar ihre Mutter anzurufen, was ich bei Samanthas Mutter einmal getan hatte. Ich hatte es auch nicht nötig, irgendjemanden mit kryptischen Äußerungen wie »Die Stimmen … die Stimmen« unter Druck zu setzen. Connie erwiderte meine Liebe, wie ich es in einer Mösenklemmen-Situation noch nie erlebt hatte, obwohl ausgerechnet das wieder neue Probleme schuf. Etwa dass mich nun die Angst befiel, sie könne – wie ich – aus Liebe zu mir so vieles ungesagt lassen, dass uns unweigerlich ein Tag der Abrechnung bevorstand. Trotzdem war ich bei ihr in der Lage, mehr oder weniger wie ein verantwortungsvoller Erwachsener zu agieren, der seine persönlichen Grenzen kannte und sich, aufs Ganze gesehen, vernünftig verhielt. Ich verfiel auch nicht gleich der ganzen Familie wie bei Bob und Barbara Santacroce oder Roy Belisle mit seinen imposanten Armvenen. Ich betrug mich. Ab und zu überkam mich zwar noch der alte gefallsüchtige Wunsch, um jeden Preis dazuzugehören, eins zu sein mit dieser Familie, bei Tisch ungefragt zuzulangen und mich später auf dem Teppich zu fläzen und Dinge zu bekennen, die sie in ihrem Innersten genauso sahen. Ja, ich wollte von ihnen umschlungen werden, ich wollte von ihnen hören: »Wir lieben dich, Paul.« Entscheidend dabei war das »Wir«. Bei aller (stolz postulierter) Eigenständigkeit sehnte ich mich danach, von einem übermächtigen »Wir« vereinnahmt zu werden. Ich wollte eintauchen in etwas Größeres, eingehen in etwas Überzeitliches, Ewiges, Teil eines Ganzen sein, Mitglied eines Clans. Und Connies erweiterter Familienkreis war so ein »Wir«. Es hatte einen zentralen Stamm (Vater und Mutter Plotz, ein Bruder und die beiden Schwestern) sowie jede Menge Äste, bestehend aus Onkeln, Tanten, Cousins und Cousinen ersten und zweiten Grades, dazu Nichten, Neffen, Großeltern, Großonkeln und -tanten. So einen Verband hatte ich vorher noch nie erlebt. Und dieses unübersichtliche Gewimmel war vereint in einer ehernen Leitidee, woran alles und jeder gemessen wurde: Es war die Abwendung von Verlusten. Gelang es ihnen, *nicht weniger* zu werden? Natürlich kam es zu Verlusten. Es gab Todesfälle, es gab missratenen Nachwuchs. Da waren die, die vom alten Glauben abfielen, die machten, was sie wollten, Gras rauchten und sich nicht länger als Jude betrachteten. Aber das waren Einzelfälle, die meisten blieben bei der Stange und unterstützten sich gegenseitig nach Kräften. Man kiebitzte, man lästerte, man regte sich über alles Mögliche auf, aber man kam sich immer zu Hilfe. Und egal, was war, man traf sich zu Familienfesten, zu Bar oder Bat Mitzwa, zu Hochzeitstagen, runden Geburtstagen, hohen Festtagen wie Rosch ha-Schana, Chanukka, Purim, Pessach.

Auch wenn Connie angesichts von so viel Familiensinn die Augen verdrehte, ich gönnte es ihr, denn dafür braucht sich niemand zu schämen. Schon bald entdeckte ich auch Connies innige Nähe zu ihrer Mutter und diese besondere Zärtlichkeit gegenüber ihrem Vater. Sie hänselte ihre Geschwister, lachte mit ihren Cousins, und sie bediente die Alten, als lebte sie noch immer in einem winzigen Kaff im Ansiedlungsrayon des russischen Kaiserreichs. Doch auch auf mich, ihren Shegetz, ließ sie nichts kommen, obwohl ihr klar sein musste, dass es keine große Hochzeit geben würde, wenn sie einen Nichtjuden heiratete. Die Familie würde es hinnehmen, so ähnlich wie sie Connies Säkularisierung hingenommen hatte, aber sie würden die Hoffnung nie aufgeben, dass wir eines Tages in den Schoß des Judentums zurückkehrten, mit mir als Beutejude. Zwar kam eine Konvertierung für mich nicht in Frage, einfach weil ich nicht an Gott glaubte, doch weil ich diese Familie mochte, hielt ich mich in ihrer Gegenwart, anders als bei den Santacroces, mit atheistischen Statements zurück. Selbst *dass* ich sie mochte, wollte ich nie zu offen zeigen, denn so klein mochte ich mich vor Connie nicht machen. Diesen Drang, die konservativen Familien meiner Angebeteten gleich mitzuverehren, sah ich inzwischen ohnehin als eine Art Krankheit, die mich auf Gnade oder Ungnade Menschen auslieferte, die von meiner irrationalen Liebe nicht einmal etwas ahnten. Viel lieber spielte ich die Rolle des Gangster-Boyfriends, der nur gekommen ist, weil er musste. Schweigsame Jungs, die eine coole Show abziehen, weil es ihnen scheinbar egal ist, was hinter ihrem Rücken getuschelt wird, und die dafür von den Mädchen umso mehr angehimmelt werden. Wenn ich nur nicht dieses dämliche Grinsen im Gesicht gehabt hätte, sobald einer der Plotzens den Mund aufmachte, oder zumindest nicht bei jedem Witz am lautesten gelacht oder nicht nach jedem Treffen Präsente verschickt hätte, ich wäre der coolste Hund von allen gewesen. Doch in meiner Begeisterung fühlte ich mich an ihrer Tafel immer wie eine glückliche Hure, vergoss Weibertränen bei der Trauung von Connies Schwester und war am Ende so betrunken, dass ich von Plotz zu Plotz ging und Komplimente verteilte. Hier für die schicken Schuhe, dort für das beeindruckende Sanitätshaus. Ich tanzte die Hora, den traditionellen Reigentanz, bei dem Braut und Bräutigam auf Stühlen in die Luft gehoben und durchgeschüttelt werden. Ich machte tatsächlich mit, als sie den Bräutigam (den ich kaum kannte) hochhievten, tanzte mit den anderen im Kreis und hatte einen Wahnsinnsspaß.

Als der Tanz zu Ende war, sah ich Connie nirgendwo, deshalb setzte ich mich hin, um noch etwas zu trinken und durchzuatmen. Ihr Onkel Stuart kam auf mich zu. »Hey, Stu«, sagte ich, was ich umgehend bereute. Aber ich hatte nun mal diese unangenehme Eigenart, Männernamen abzukürzen. Ich bildete mir ein, es sei auch der kürzeste Weg zur Freundschaft. Dieser Impuls ging nie von dem Namen selbst aus, sondern von seinem Träger. Connies Onkel Stuart war klein von Statur, aber immer ein Mittelpunkt. Trotz seines stillen Wesens horchten alle auf, wenn er etwas sagte. Er war der älteste Bruder, der Patriarch und Kantor zu Pessach.

Vielleicht hatte die flapsige Anrede gar nichts mit dem zu tun, was dann folgte. Vielleicht hatte er nur die übertriebenen Komplimente mitbekommen, mit denen ich Connies Verwandte schon den ganzen Abend lang bedachte. Oder er war von meiner Vorstellung auf der Tanzfläche nicht annähernd so beeindruckt wie ich selber, ich weiß es nicht. Er setzte sich an meinen Tisch (zwei Stühle weiter) und wandte sich mir in Zeitlupe zu. Mir war gar nicht aufgefallen, dass er mich auch nur bemerkt hatte.

»Weißt du, was ein Philosemit ist?«, fragte er.

Ich sagte: »Jemand, der Juden liebt?«

Er nickte bedächtig. Die Kippa, die er weit hinten auf seinem dünnen Haupthaar trug, fiel wie durch ein Wunder nicht von ihm ab. »Möchtest du mal einen Witz hören?«

Auf mich wirkte er zwar nicht wie jemand, der gewohnheitsmäßig Witze erzählte, aber vielleicht wollte er mir eine Freude machen.

»Gern«, sagte ich.

Er sah mich länger an, so lange, dass in der Rückschau die Musik verstummt und seine Augen die Saalbeleuchtung verdunkeln.

»Ein Jude sitzt an der Bar«, sagte er endlich. »Da kommen ein Judenhasser und ein Judenfreund in das Lokal. Sie setzen sich rechts und links von dem Juden an die Bar. Der Judenhasser sagt zu dem Juden, sie hätten sich gerade darüber gestritten, wer von beiden dem Juden lieber ist. Der Judenhasser meint nämlich, der Jude würde ihm den Vorzug vor dem Philosemiten geben. Der Philosemit aber kann das nicht glauben. Wie kann ein Jude jemanden sympathisch finden, der Juden mit mörderischer Inbrunst verfolgt, und nicht denjenigen, der jeden Juden am liebsten umarmen würde? ›Also, was sagst du?‹, fragt der Judenhasser. ›Kannst du die Frage für uns klären?‹ Da wendet sich der Jude an den Philosemiten, deutet mit dem Daumen auf den Judenhasser und sagt: ›Den da mag ich lieber. Bei dem weiß ich wenigstens, dass er mich nicht anlügt.‹«

Onkel Stuart lachte nicht über seine Pointe, er verzog nicht einmal den Mund zu einem Grinsen. Ich dagegen lachte, höflich und gleichwohl überlaut. Erst als er aufstand und den Tisch verließ, blieb mir das Lachen im Hals stecken.

»Warum kommst du damit zu mir?«

»Sie sagt, es sei kein Jesuswort«, sagte ich. »Sie glaubt, es ist etwas Jüdisches.«

»Etwas Jüdisches?«

»Etwas aus dem Alten Testament.«

»Na dann«, sagte sie. »Wenn es etwas Jüdisches ist, bin ich die richtige Adresse. Ich bin ja die Jüdin hier.«

»Schau es dir wenigstens noch einmal an und sag mir, ob es aus dem Alten Testament ist.«

»Klar, ich kenne die Bibel ja auswendig.«

»Wie viele Jahre warst du auf der jüdischen Schule?«, fragte ich.

»Und jetzt sieh dir an, wohin es mich gebracht hat. In eine Spezialpraxis für Judaistik, ist das nicht herrlich?«

»Connie«, sagte ich. »Bitte.«

Noch einmal besah sie sich die Passage.

»Klingt mir eher wie eine von diesen verqueren Sachen, die Jesus immer sagt, damit die Leute alle in ›Oh, ah, wow‹ ausbrechen. Aber wer weiß, vielleicht ist es ja doch jüdisch. Warum googelst du es nicht?«

Connie ist überzeugter Googler. Googeln half in jeder Lebenskrise und brachte Sicherheit bei drängenden Fragen. Wenn wir im Restaurant den Unterschied zwischen Penne und Rigatoni nicht mehr wussten, googelte sie »Unterschied Penne Rigatoni«, und schon ein paar Sekunden später hatten wir die Antwort. Wir mussten uns nicht länger die persönlich gefärbte Auskunft einer Servicekraft mit all ihren Unschärfen anhören, sondern erhielten von der Ich-Maschine eine eindeutige Information. Oder Wein. Wein war auch so ein Thema. Connie wusste viel mehr über Wein als ich, aber manchmal war auch sie überfragt. Etwa als ich von ihr wissen wollte: »Muss man Weißwein eigentlich auch atmen lassen wie Rotwein?« Sie wusste es nicht oder hatte es vergessen und wollte es jetzt unbedingt wieder wissen. Also die Ich-Maschine gezückt und nachgesehen, direkt am Tisch, wo sie mir in unzusammenhängenden Halbsätzen ihr gerade erworbenes Wissen über Sauerstoff als den Feind des Weißweins weitergab. Und nicht nur das, auch ihre Zufallsfunde über verschiedene Rebsorten, Tannine, Feinoxidation und Acetataldehyd. Manchmal hatte sie auch vergessen, wer in diesem oder jenem Film die Hauptrolle gespielt oder diesen oder jenen Song gesungen hatte oder mit wem gerade liiert war. Wegen solcher Fragen unterbrach sie jedes Gespräch und schaute nach. Sie lebte nicht mehr in einer Welt von Vermutung und Erinnerung und glaubte auch nichts mehr blindlings, denn die Fakten waren ja nur wenige Klicks entfernt. Mich machte das wahnsinnig. Ständig saßen ungebetene Gäste mit am Tisch wie Wikipedia, About.com, IMDb.com oder irgendwelche Restaurantführer wie *Zagat*, *Time Out New York*, zuzüglich etwa einhundert Tumblrs oder die *New York Times* oder *People Magazine*. War denn Nichtwissen zuweilen nicht ganz schön? Durften wir uns nicht mehr irren? Über die verdammte Ich-Maschine stritten wir jedenfalls mehr als über alles andere, und es gab einiges: Wohin wir abends gehen und was wir unternehmen wollten zum Beispiel. Oder die Art und Häufigkeit von Sex. Oder meine angebliche Red-Sox-Sucht und und und. (Nur über Kinder stritten wir uns noch häufiger.) Um sie zu ärgern, sagte ich dann Sachen wie »Der Mond ist eigentlich nur ein schwacher Stern« oder »Tortillas enthalten indischen Hanf« oder »Mein Lieblingsfilm mit Sean Penn ist *Forrest Gump*«. Meistens hielt sie mir kurz darauf ein höhnisches Display vor die Nase, das mich belehrte. Dann sagte ich: »Von wegen Tom Hanks. Es war Sean Penn, das weiß ich zufällig genau.« Und sie darauf: »Aber es steht hier, guck doch: Tom Hanks!« Und ich: »Und für so etwas brauchst du das Internet? Wie blöd kann man eigentlich sein?« Womit die Stimmung für den Rest des Abends hin war.

Auch jetzt setzte sie sich hin und googelte die Passage, erzielte aber keine genauen Treffer.

»Es ist jedenfalls nicht aus der Bibel«, sagte sie schließlich. »Da will dir jemand an den Karren pissen.«

»Jemand pisst mir an den Karren!«, sagte ich.

»Zumindest *das*«, sagte sie, »wäre etwas typisch Jüdisches.«
Um 11.34 Uhr am selben Morgen schrieb ich an Seir Design.

Seit vergangenen Freitag warte ich auf eine Antwort auf meine E-Mail. Bei Leuten, die ihren Lebensunterhalt im IT-Sektor verdienen, erwarte ich, dass sie regelmäßig in ihr elektronisches Postfach gucken, denn das tun heutzutage alle: regelmäßig in ihr elektronisches Postfach gucken. Es befremdet mich daher, von Ihnen noch keine Antwort erhalten zu haben. Ich möchte Sie jedoch darauf hinweisen, dass es sich hier um einen Fall von Identitätsdiebstahl handelt, die Sache daher dringend ist. Mehr noch, SIE SELBST, ob gewollt oder ungewollt, sind darin verwickelt. Bitte nehmen Sie zur Kenntnis, dass ich Ihre Firma dem Better Business Bureau melde, falls ich nicht UMGEHEND von Ihnen höre.

»Better Business Bureau!«, sagte Connie. »Wenn das bei Facebook nicht den Brüller des Tages gibt.«
»Hast du einen besseren Vorschlag?«, fragte ich.
Eine Viertelstunde später schrieb ich erneut.

Chuck Hagarty, stecken Sie dahinter? Chuck Hagarty a.k.a. »Anonymous«, der Kerl, der so auf mich steht, seit ich von ihm acht Riesen für eine Brücke haben will? Keiner sollte diese Macht über anderer Leute Leben haben. Aber wie Sie mir eindrucksvoll demonstriert haben, läuft es im Internet wohl so, was, Chuck? Meinen Glückwunsch.

»Betsy hat Mr. Perkins vorbereitet.«
»Gut«, sagte ich. »Ich komme gleich.«

Dennoch hätte ich gern gewusst, warum in meiner Bio dieses Bibelzitat steht. Ich lehne es ab, mit irgendeinem Glaubenssystem in Verbindung gebracht zu werden, ich bin Atheist. Ich möchte nicht den Eindruck erwecken, meine Praxis sei eine Filiale christlicher Fundamentalisten. Ein Mund ist für mich ein Mund, diesen behandle ich nach bestem Wissen und Gewissen, unabhängig davon, welchen religiösen Mist er nachher von sich gibt. Ich betrachte diese Bio daher als direkten Angriff auf meine Person. Entfernen Sie sie, oder Sie hören von meinem Anwalt.

»Dr. O'Rourke?«

»Ja?«

»Mr. Perkins wartet auf Sie.«

Es war Betsy selbst. »Ich weiß, dass Mr. Perkins wartet. Ich komme, sobald ich kann. Aber wie Sie sehen, bin ich im Augenblick beschäftigt.«

»Ich sehe nur, dass Sie im Internet sind«, sagte sie. »Seit wann ist das Internet wichtiger als Mr. Perkins?«

»Ich setze ihm seine Veneers ein, sobald ich hier fertig bin. Betsy, bitte, kümmern Sie sich um Ihren eigenen Kram.«

Nachdem Mr. Perkins versorgt war, ging es weiter.

Ich habe keinen Bedarf für solche Ablenkungen, wenn ich ein schwieriges Veneer anpassen und einsetzen muss. Na schön, vielleicht müssen Sie sich gerade selbst um einen Notfall kümmern. Ich könnte mir denken, dass Sie gerade mit Ihrem Kind beim Arzt sind. Aber selbst dann. Sie wissen so gut wie ich, dass Sie nie ohne Ihr Handy aus dem Haus gehen, Handy oder sogar Laptop, und dass Sie sogar in einem Wartezimmer voll vernetzt und funktionsfähig sind. Weil Sie nämlich gar nicht mehr anders können, als voll vernetzt zu sein, egal, wie schlecht es Ihrem Kind geht. Ich weiß das, denn ich habe hier selber ein Wartezimmer und darüber hinaus Augen im Kopf. Ich weiß, was die Leute in einem Wartezimmer so treiben, ich sehe es den ganzen Tag. Diese Leute wären selbst in der Notaufnahme vollauf mit SMS, Mails oder Tweets beschäftigt, in denen sie der Welt mitteilen, was ihr Kind in die Notaufnahme gebracht hat und wie sehr sie sich sorgen. Jede Wette, Sie haben meine Mail bekommen, wollen aber nicht antworten, was ich so aber nicht akzeptiere. Ich bin nicht mal im IT-Bereich und trotzdem den ganzen Tag im Internet.

Mein Verhältnis zum Internet ist dasselbe wie zu den elenden :). Ich hasste diese :), und noch mehr hasste ich es, zum Objekt von anderer Leute :) zu werden. Ihrer :-), und ihrer :>. Am meisten hasste ich das :-)), denn es erinnerte mich an ein Doppelkinn. Schlimm war auch :(oder :-(oder ;-), genauso wie ;) und *-), das ich nicht einmal begriff, obwohl es nicht so rätselhaft war wie D:< oder >:O oder :-&. Ausgerechnet die Primitivisierung der Sprache, von Idioten ersonnen, führte direkt in eine hieroglyphische Welt von einer Komplexität, die meine Intelligenz überstieg. Der nächste Schritt waren die animierten Emoticons, plumpe gelbe Kugelwesen mit klimpernden Riesenwimpern und roten Zungen, die einen permanent am Bildschirm anmachten. Das sollte irgendwie sexy sein oder mich zu Sex animieren. Jede Mail mit einem animierten Emoticon löste in mir heftige sexuelle Frustration aus, die ein ruhiges Arbeiten unmöglich machte und mich auf den Donnerbalken zog, wo ich mir, das Tablet vor Augen, endlich einen herunterholen konnte. Allein hygienische Erwägungen (transiente Hautflora!) verhinderten, dass ich den Gedanken in die Tat umsetzte. Ich schwor mir, selber nie Emoticons zu benutzen … und tat es eines Tages doch, eher beiläufig und ohne weitere Überlegung. Es war ein :). Trotz anfänglichen Widerstands fielen kurz darauf die letzten Bedenken, und :) wurde zum festen Bestandteil meiner täglichen Korrespondenz mit Kollegen, Patienten und Unbekannten. :) zierte sogar meine Beiträge in den Chatrooms der Red-Sox-Fans und anderen Foren. Ich war wehrlos gegen die Bequemlichkeit und die ekelhaftesten Impulse der Welt, machtlos gegen die Erosion eines seriösen Prinzips im Angesicht dieser Technologie. Bald kam :(hinzu und ;(, schließlich landete ich bei animierten Emoticons. Mittlerweile finde ich nichts mehr dabei, die ganze Bandbreite menschlicher Empfindung in diese albernen Kürzel zu zwängen, eigentlich typographische Kindereien. Im Gegenteil, tagaus, tagein bediente ich mich ihrer mehr und erwartete allen Ernstes, sie könnten die vielfältigen Lasten meiner Seele transportieren ... wenngleich ich immer noch nicht begriff, wie ich so tief hatte sinken können. Ich hasste sie wegen ihres dummdreisten Anspruchs, realen Emotionen ein Gesicht zu verleihen, und benutzte sie doch ständig. Aber meine Kapitulation vor dem Emoticon spiegelte letztlich nur den viel größeren Kampf mit dem Internet selbst. Ich bemühte mich wirklich, der heimtückischen Versuchung zu widerstehen, bis ich schließlich permanent – selbst im Behandlungszimmer, in der U-Bahn oder auf der Liegewiese im Central Park – auf meine Ich-Maschine starrte und mich in den Weiten des Internets verlor.

Will sagen, selbst als ich die Mail an Seir Design abgeschickt hatte und der nächste Patient auf mich wartete, nahm ich mir die Zeit, wenigstens ein bisschen herumzuklicken. Denn was gab es da nicht alles? Taliban greifen amerikanische ... Rebellen rücken in ... Schwächelnde US-Wirtschaft ... Red Sox im Siegestaumel ... Südsudan erklärt ... Adele singt den neuen Bond ... Bangla ... BoSox so stark wie nie ... Staatsanwalt ermittelt ... Noch heute Versicherungsschutz sichern ... Heiße Girls in High Heels und mehr ... Liken Sie uns auf ... Schützen Sie Ihr ... Versandkostenfrei ...

»Dr. O'Rourke?«

Es war Connie. »Ja.«

»Abby meint, mit Mr. Perkins' Veneer stimmt etwas nicht.«

»Und warum kann mir Abby das nicht selber sagen?«, fragte ich. »Warum kann sie mir nie etwas selber sagen?«

»Sie hat Angst vor dir«, sagte sie.

»Angst? Wir sitzen den ganzen Tag in ein und demselben Zimmer, wie kann man da Angst haben?«

»Hey, ich bin nur der Überbringer der Botschaft, okay?«

Ich ging ins Behandlungszimmer und versorgte Mr. Perkins. Mit dem Veneer war übrigens alles in Ordnung.

Aber wissen Sie, was das Komischste an der Sache ist? Meine Mitarbeiter liegen mir dauernd in den Ohren, ich solle endlich mein Misstrauen gegen ein Schmuddelmedium wie das Internet ablegen. Auch die gefährdete Privatsphäre sei nichts im Vergleich zu den Vorteilen einer schnuckligen kleinen Webseite, auf der die Leute erfahren, wann die Praxis geöffnet hat und wie sie herfinden. Korrigieren Sie mich, aber irgendwie will mir meine Privatsphäre derzeit durch eine kleine schnucklige Webseite ein bisschen gefährdet vorkommen. Übrigens eine Webseite, die Sie gebaut haben. Wie wär's also mal mit einer Antwort!

»Dr. O'Rourke?«

Es war Betsy. »Ja?«

»Entschuldigen Sie, wenn ich wieder stören muss«, sagte sie. »Ich weiß, wie beschäftigt Sie sind. Ich wollte Ihnen nur sagen, dass Mrs. Deiderhofer bereit ist.«

»Danke«, sagte ich. »Betsy?«

»Ja?«

»Tut mir leid, wenn ich vorhin etwas grob war. Aber mich nervt das alles.«

»Was nervt Sie?«

»Haben Sie die Webseite schon vergessen? Jemand hat meine Identität gestohlen!«

»Aber nicht doch«, sagte sie. »Jetzt übertreiben Sie aber.«

»Sie scheinen das ja sehr gelassen zu sehen«, sagte ich. »Aber diese Leute haben auch ein Foto aus Ihrem Schul-Jahrbuch ausgegraben. Gibt Ihnen das nicht zu denken?«

»Gegen das Foto habe ich nichts.«

»Darum geht es nicht.«

»Sie haben endlich eine schöne Webseite für Ihre Praxis«, sagte sie. »Das allein ist wohl noch kein Identitätsdiebstahl.«

»Ich glaube, Sie und ich, wir beide werden uns nie verstehen, Betsy.«

Sie ging, und ich schrieb:

Was Sie tun, ist krank.

»Dr. O'Rourke?«

Connie wieder. »Ja?«

»Mr. Perkins weigert sich zu gehen. Er sagt, die Zahnfarbe sei falsch.«

»Die Farbe ist genau richtig.«

»Er meint nein.«

»Herrgott«, sagte ich. »Ich komme gleich.«

Ich ging und kümmerte mich um Mr. Perkins. Die Farbe war richtig.

Sie haben für mich eine Webseite erstellt, um die ich nicht gebeten habe. Das muss aufhören, aber schnell. Oder haben Sie selber keinen Einfluss mehr darauf? Ist es möglich, »meine« Webseite wieder aus dem Netz zu nehmen? Was ist eigentlich eine Webseite, und wie geht sie online? Vor allem aber, wie nimmt man sie wieder aus dem Netz? Ich bin fast sicher, Sie lachen über solche dummen Fragen und über mich, der so wenig von der modernen Welt versteht, aber so ist es nun einmal. Gibt es irgendeinen Ort, an dem diese Seite physisch existiert – meinetwegen auch nur als Code für das Seitendesign und die Bilder, die Sie für meine Seite ausgesucht haben? Ich würde sie nämlich gern entfernen und löschen. Und geht das überhaupt? Oder lebt so eine Seite auch nach der Löschung irgendwie weiter? Ich befürchte es fast. Ist das der berühmte »Cache«? Liegt »meine« Webseite jetzt für alle Zeiten in diesem »Cache«? Eine Webseite, die ich nie haben wollte?

Normalerweise, wenn ich einen Patienten behandle, denke ich so vor mich hin. Ich denke Sachen wie: Ross und wer noch? Wie hieß sie noch gleich, wie hieß sie bloß? Ross liebt … wen? Der Name liegt mir auf der Zunge, er fängt mit … Shit, ich komm nicht drauf. Es war … Moment, ich hab's gleich, es war … Nein, doch nicht. Wie blöd kann man sein? Na klar: Ross und Rachel! Ross und Rachel, ist doch leicht zu merken. Ross und Rachel, das passt. Und die Schwester von Ross hieß wie? Es ist die, bei der Rachel unterkommt. Okay, miteinander befreundet sind sie ja alle, aber ich meine die eine, die dann mit Rachel zusammenwohnt, falls es nicht doch die andere war, diese blonde Kuh, Lisa Kudrow, richtig. Nach dieser Serie spielte sich karrieremäßig nicht mehr viel ab bei ihr. Gilt auch für die anderen, obwohl sie alle längst Millionäre sind, also, was soll's? Aber die Wahrheit ist: Wer als Schauspieler einmal in einer erfolgreichen Serie mitgespielt hat, sollte die Zeit dort genießen, denn danach kriegt er nie wieder eine vernünftige Rolle. Warum? Weil er zur Serienfigur geworden ist. Deprimierend, wenn man mal darüber nachdenkt. Man hat zwar ein Vermögen verdient, kann für den Rest seiner Tage ein Luxusleben führen, aber dieses Leben wird zunehmend sinnlos. Also ich persönlich könnte mir nicht vorstellen, einmal *nicht* mehr das zu tun, wozu ich auf der Erde bin, nämlich Patienten zu behandeln. Zum Beispiel die hier, Zahn ist ihr nachts in einem Traum abgebrochen … Name fing an mit … Keine Ahnung, womit er anfing, könnte das Alphabet durchgehen, vielleicht tut sich ja was. Kleiner Trick, funktioniert manchmal tatsächlich, nicht immer, aber einen Versuch ist es wert… Also: A? Nein. B? Auch nicht. C? Ebenso. Obwohl, C könnte… In der Serie gab es auch einen, der mit C anfing. Richtig, Chandler! Chandler war der, der hinter Monica her war, Rachels Freundin. Obwohl, befreundet waren sie ja alle. Aber die Pärchen hießen Ross und Rachel und Monica und Chandler. Aber da waren noch zwei weitere. Zu dumm, ich komm einfach nicht drauf. Er Italiener, wenn mir bloß der Name einfiele. Das kann doch nicht wahr sein, dass ich das nicht mehr weiß. Joey. Ich glaube, er hieß Joey. Ob Abby mir das sagen kann? Vermutlich ja. Man braucht sie bloß anzusehen. Natürlich weiß sie es. Die Frage ist, ob sie es mir auch sagen würde. Angenommen, ich frage sie, dann guckt sie wahrscheinlich wieder nur wie ein Auto und sagt: Meinen Sie mich? Aber ich denke schon, es war Joey. Die Frage ist nur, in wen war jetzt Joey verliebt…

»Dr. O'Rourke?«

Connie stand in der Tür.

»Hast du einen Moment Zeit?«

»Connie, weißt du, wie das dritte Mädchen bei *Friends* hieß? Die doofe Blondine. Die Schauspielerin hat später eher nur Pech gehabt.«

»Phoebe?«

»Phoebe! Verdammt, du hast recht. Phoebe! Okay, Mrs. Deiderhofer«, sagte ich, »Sie dürfen den Mund jetzt ausspülen.« Mrs. Deiderhofer brauchte ganze zehn Minuten dafür. Ich ging zu Connie.

»Du hast eine Antwortmail bekommen«, sagte sie.

Sie reichte mir das Tablet.

Wie gut kennst du dich selbst?

»Das ist alles?«, fragte ich. »Ich schreibe Dutzende Mails, und er fragt nur, wie gut ich mich kenne? Das ist gänzlich inakzeptabel.«

»Außerdem ...«

»Ja?«

»Deine Bio hat sich geändert.«

»Geändert? Inwiefern?«

Sie hatten die Seite aus dem Netz genommen oder was immer, hatten Änderungen angebracht und sie erneut ins Internet gestellt. Alles war wie vorher, mit einer Ausnahme. An das alte Bibelzitat hatten sie folgende, ebenso schräge Passage angehängt.

> Und Safek versammelte uns abermals, und gemeinsam reisten wir in das Land Israel. Und wir hatten keine Stadt, die uns einen Namen geben konnte, noch hatten wir einen König, der uns zu Feldherren machen konnte, zu Werkzeugen des Krieges; auch hatten wir keine Gesetze, denen wir gehorchen konnten, außer einem. Siehe, heilige dein Herz mit Zweifel; denn Gott, wenn Gott, Gott allein mag es wissen. Und wir folgten Safek und brannten nicht, und die Flamme versengte uns nicht.

»Nicht noch mehr von diesem religiösen Scheiß!«, rief ich. »Betsy! Wer ist Safek?«

»Wer ist wer?«, antwortete sie von nebenan. In einer Zahnarztpraxis hört man immer alles, denn aus Gründen, die sich selbst dem erfahrensten Zahnarzt nicht erschließen, reichen die Wände, ähnlich wie in öffentlichen Toiletten, nie bis ganz an die Decke.

»Safek!«, sagte ich.

Was hatte ihre ganze Bibellektüre, was hatte die ganze Unterstreicherei gebracht, wenn sie nicht mal die handelnden Personen kannte?

»Im Neuen Testament gibt es keinen, der so heißt«, rief sie.
»Ich kenne den Namen auch nicht«, sagte Connie. »Aber ich kenne das Wort.«

»Das Wort?«

»Safek ist Hebräisch.«

»Und heißt?«

»Zweifel«, sagte sie.

»Zweifel?«

»Es ist das hebräische Wort für Zweifel.«

»Sie wollen wissen, wie gut ich mich kenne?«, schrieb ich an Seir Design.

Leck mich am Arsch. So gut kenne ich mich.

Mein letzter Patient an diesem Tag war ein fünfjähriges Mädchen, das über einen lockeren Zahn klagte. Die Eltern rechnete ich zu der überbesorgten Helikopter-Sorte, die ihr Kind zum Hirnspezialisten brachte, sobald es von einem Spielkameraden an den Haaren gezogen wurde. Mom war Ende dreißig, Typ Stillkuh, Typ Vollwert-Gemüsekiste aus der Region. Dad mit getrimmtem Vollbart und Freizeithemd, Typ nachhaltiger Volvo-Fahrer, kennt alle Mikrobrauereien. Ich wollte sie wegen diesem Kleinscheiß aber nicht abweisen, denn Kleinscheiß macht auch Mist, bei mir zum Beispiel die Hälfte der Einnahmen. (Es wäre sogar noch mehr, hätten wir nicht einen mächtigen Gegner: die Angst vor dem Zahnarzt.) Wenn diese Schisser meinten, sie müssten mit einem lockeren Milchzahn zum Zahnarzt, bitteschön, dann will ich der Show nicht entgegenstehen. Dachte ich jedenfalls, als ich die Leuchte auf den geöffneten Mund der Kleinen richtete. Aber dann entdeckte ich sieben Kavitäten. Fünf Jahre alt und schon sieben Löcher! Der lose Zahn fiel auch nicht aus, weil es Zeit war, er war vollkommen verfault. Ich sagte den Eltern, dass der Zahn gezogen werden müsse. Mom fing an zu weinen, und Dad guckte betreten. Der Grund hierfür war ebenfalls schnell gefunden: Sie gaben dem Kind jeden Abend einen Lutscher, damit es besser einschlief. »Ich konnte sie nicht dauernd weinen hören«, sagte Mom. »Und es hat auch echt geholfen«, meinte Dad. Das ging über meinen Verstand. Das Kind durfte kein Leitungswasser trinken und bekam auch nichts zu essen, das kein Biosiegel trug, aber der Lutscher beim Zubettgehen musste sein. Und es war nicht einmal ein zuckerfreier Lutscher, denn wie jeder weiß, sind in den zuckerfreien nur künstliche Süßstoffe, von denen man Krebs kriegt und so. Lieber Streptococcus mutans zehn Nachtstunden lang mit Nahrung versorgen, so braucht die Kleine nicht zu weinen und schläft schön durch. Was werfen die Leute ihren Eltern im Nachhinein nicht alles an seelischer Grausamkeit vor! Und kaum haben sie Nachwuchs, beerdigen sie das im Nachhinein so innig selbstbemitleidete Kind in ihnen und werden, ohne es zu merken, vor lauter Gutmenschen-Umnachtung zu den größten Folterknechten.

Etwas Ähnliches versuchte ich auch Connie beizubringen. Sie wünschte sich nämlich Kinder, ich nicht. Das heißt, ganz zu Anfang in unserer Beziehung wollte ich auch welche, dachte ich jedenfalls. Endlich etwas, das *alles* sein konnte, dachte ich: Kinder. Vom Augenblick ihrer Geburt bis zu jener Stunde, in der sie sich um mein Sterbebett versammeln, nicht zu vergessen die Riesenstrecke dazwischen. Doch Vorsicht, das Wort »alles« ist wörtlich zu nehmen. Und »alles« bedeutete auch: keine Restaurants mehr, kein Broadway, kein Kino, keine Museen oder Galerien oder was der Freizeitangebote von New York mehr waren. Nicht, dass dies ein unüberwindliches Hindernis dargestellt hätte, ich nutzte ja eh wenig davon. Aber es lebte in mir als Option, und allein diese Möglichkeit, die Möglichkeit, all das tun zu können, war wichtig. Mit Möglichkeiten kam auch Freiheit, und Kinder hätten alle diese Möglichkeiten und zuletzt auch jede Freiheit zunichte gemacht. Ob ich das meinen Kindern verübeln würde? Das wollte ich nicht. Ich wollte ihnen nicht etwas zum Vorwurf machen, das allein in meiner Entscheidung lag. Ohne mich wären sie gar nicht auf der Welt. Gab es nicht schon genug Eltern, die genau das taten? Die ihren Kindern verübelten, dass sie ständig im Weg waren? So etwas ließ sich sogar in meiner Praxis beobachten, man sah es an ihrem gehetzten, beinahe hasserfüllten Blick. In diesen Situationen hätte ich ihnen am liebsten gesagt: »Hey, nur die Ruhe. Das Kind hat sich diese Zähne nicht ausgesucht, das waren Sie. Und jetzt, da diese Zähne auf der Welt sind, müssen sie auch professionell gereinigt werden. Wie wär's, wenn sie einfach mal still sind und dem Knirps die Hand halten.« Aber ich hatte natürlich gut reden. Ich hatte keine Kinder.

Obwohl es schön wäre, dachte ich. So von Zeit zu Zeit hätte ich gern einen Sohn und Erben gehabt. Dann stelle ich mir vor, wie Connie nach ihm ruft: »Jimmy O'Rourke (oder Paulie Junior)! Du bewegst jetzt *sofort* deinen Hintern nach unten!« Man stelle sich vor, ich hätte einen Namensvetter! Einen Sohn und Erben! Jemand, der mir nachfolgt! Aber als Vater wäre ich schon ziemlich alt gewesen, auf jeden Fall über vierzig, und da denkt man vermutlich weniger über einen Sohn und Erben nach als über das eigene Älterwerden. Ich hätte die Hälfte bereits überschritten, während der Junge, kerngesund und noch genügsam in seinen Ansprüchen, gerade in die Blüte seiner Jahre kam und mich mit jedem Tag ein bisschen mehr überlebte. Also drauf geschissen, dachte ich. Ich will keine Kinder, die mich jeden Tag an den eigenen Tod erinnern.

Das sage ich auch Connie, aber sie erklärt mir lediglich, dass ich das völlig falsch sähe. Wenn das Kind einmal da wäre, gehörte es zu unserem Leben, zu unserer Familie, und ich hätte automatisch ganz andere Gefühle.

Das klang erst einmal schön. Doch so wenig ich meinen Kindern das Dasein verübeln wollte, so wenig wollte ich mich auch komplett an sie verlieren. Es gibt Eltern, die ertragen es nicht einmal, wenn ihre kleine Tochter nachts ein bisschen weint, weil sie Angst vor der Dunkelheit hat. In ihrer Not geben sie dem Kind einen Lutscher, und zwei Jahre später hat es einen lockeren Zahn mit sieben Löchern drin. So sind wir auch bei dem ganzen Inklusions- und Partizipationsirrsinn gelandet – wo *jedes* Kind eine Medaille bekommt, auch wenn es als Letztes ins Ziel bummelt. Ich wollte meine Kinder niemals so sehr lieben, dass ich ihre Defizite, Grenzen und ihre mittelmäßige Persönlichkeit übersah, ganz zu schweigen von echten Charakterfehlern und kriminellen Neigungen. Aber in der Lage dazu wäre ich, das wusste ich. Insofern kann ein Kind tatsächlich *alles* sein, und das machte mir Angst. Denn wenn das der Fall ist, verliert man nicht nur jeden Maßstab und hängt stolz alle Medaillen auf, die es allein für die Teilnahme an irgendetwas bekommen hat, man malt sich auch dauernd aus, was alles passieren kann, wenn man es *nicht* ständig im Blick hat. All das wollte ich nicht. Ich wollte nicht in ständiger Angst leben. Der Tod eines Kindes hinterlässt eine Wunde, die niemals heilt. Bei mir jedenfalls wäre das so. Ich wusste, dass ein eigenes Kind die Chance wäre, meine eigene beschissene Kindheit wenigstens teilweise in Ordnung zu bringen. Ein eigenes Kind wäre fleischgewordener Widerstand gegen den Selbstmord meines Vaters und Feier des Lebens. Aber was, wenn dieses Kind mich erst die Liebe lehrte (Liebe, großgeschrieben) und dann von mir ginge, wie ehedem mein Vater von mir gegangen war. Ich glaube, dann würde ich das Handtuch werfen. Das könnte ich nicht überleben. Also drauf geschissen. Scheiß auf die Welt und ihr Leid. Das sage ich Connie, aber Connie sagt nur, wenn ich das so sähe, sei ich bereits ein Sklave der Angst – und viel Spaß weiterhin.

Es gab noch einen weiteren Grund, weswegen ich kein Kind wollte, und diesen Grund nannte ich Connie nie. Ich hatte zwar noch nie ernsthaft vor, mir das Leben zu nehmen, aber mit einem Kind hat man diese Option nicht mehr, sie ist einfach ausgeschlossen. Und wie gesagt, allein das Vorhandensein von Möglichkeiten ist wichtig.

Kapitel 4

Als Allererstes, so mein Anwalt Mark Talsman von Talsman, Loeb und Hart, mussten wir ermitteln, wer die Seite registriert hatte. Die URL lautete www.drpaulcorourkedental.com und konnte auf der Whois-Datenbank abgefragt werden, einschließlich der Kontaktinformationen zum jeweiligen Eigentümer.

Das C in der Mitte stand übrigens für meinen zweiten Vornamen, Conrad, der Name meines Vaters. Ich hasste den Namen Conrad, zumal in seiner Verkleinerungsform Connie, die meinem Vater ein Leben lang anhaftete. Connie war für mich kein Männername, Connie war ein Frauenname, vor allem da so die Frau hieß, die ich einmal heiraten wollte und die inzwischen nur ein weiteres Mahnmal einer schicksalhaften Hoffnungslosigkeit war. Eine Zeitlang fiel mir die Namensgleichheit gar nicht auf, zu verschieden waren die beiden Connies. Hier der Connie, den ich kaum kannte, dort die Connie, die mir aufs Intimste vertraut war. Niemand, wirklich niemand, nicht einmal Connie wusste um das C in der Mitte. Es erschien weder auf meiner Approbation noch auf anderen beruflichen Urkunden oder offiziellen Dokumenten. Das Thema zweiter Vorname kam zwischen uns überhaupt nur ein einziges Mal auf, und da log ich sie an. Ich sagte ihr, mein zweiter Vorname lautete Saul.

Sie sah mich verwundert an. »Du heißt Paul Saul O'Rourke?«

Dass die Lüge mir so leicht über die Lippen ging, hatte einen einfachen Grund: Die Namen reimten sich. Ich hätte mich zwar noch korrigieren können, ließ die Chance aber verstreichen und blieb dabei.

»Seltsam, nicht?«, sagte ich.

»Ich kenne etliche Sauls«, sagte sie. »Aber du siehst mir gar nicht wie ein Saul aus.«

»Das hat meine Grundschullehrerin auch immer gesagt«, sagte ich und legte noch einen drauf. (Warum?) »Ich hatte eben merkwürdige Eltern.«

»Hippies?«

»Nein«, sagte ich. »Nur arm.«

Wenigstens das stimmte.

Wer immer www.drpaulcorourkedental.com geschaffen hatte, wusste mehr über meine wahre Biographie als Connie, die ihrerseits schon mehr wusste als jeder andere. Und nur das Detail mit Saul Paul war ein Märchen.

Wo war ich, als ich ihr diese Lüge auftischte? Ich meine, wo war mein wahrer Kern, der Charakter, den ich kannte und auf den ich stolz war, der Mann, der alles offen aussprach, der Verfechter der Wahrheit, auch der unschönen, der Zerstörer von Illusionen? Verschwunden, nirgends mehr zu sehen. Kaum etwas demonstriert eindrücklicher, wie sehr ich in der Mösenklemme steckte, als diese blöde Lüge. Was sich da in den Vordergrund drängen wollte, war eine verbesserte Version meiner selbst, jemand, der in Florida aufgewachsen war und den Sommer im hypermodernen Space Camp verbrachte statt nur in einem blöden Pfadfinderlager. Oder ich kam aus Montana und hatte schon als Jugendlicher Wildpferde zugeritten. Oder aus Hawaii, wo ich erfolgreich an Windsurfing-Turnieren teilnahm. Und mein Vater hatte in der Minor League für die Red Sox gespielt, ehe er in Vietnam fiel. Und ich war jemand, dessen Mutter die Liebe ihres Lebens in der Schlacht von Suoi Bong Trang verloren hatte (volle acht Jahre später gebar sie dann die Frucht dieser Liebe: mich), nach wie vor blendend aussah und den ganzen Tag Tennis spielte. Voilà! Fertig war der neue Mensch, die runderneuerte Persönlichkeit – die jedoch unter der schönen neuen Schicht schwer an der Leiche des alten ungeschönten ungelogenen Ich zu schleppen hatte. Mein Problem: Den Lügner mit seiner schillernden Vergangenheit mochte ich viel weniger als die Vorstellung, wie ich hätte sein können, wenn ich mein wahres Ich zeigte, das ohne Lügen auskam. Und so stand ich über kurz oder lang immer vor derselben Entscheidung: entweder aus der Beziehung ausbrechen oder klein beigeben und alles gestehen. Oder ich machte es wie bei Connie und lavierte mich irgendwie durch.

Draußen vor dem Aftergood Arms befand sich ein Standaschenbecher, den sich die Angestellten von Bishop & Bishop und die Hausbewohner mit mir teilten. Unter den Rauchern dort war ich als »Dr. Seltsam« bekannt. Ein oder zwei von ihnen wurden sogar meine Patienten, mehr jedoch nie. Wer vertraut schon einem Zahnarzt, der so tief gesunken ist, dass er zwischendurch schnell eine Kippe durchziehen muss? Regelmäßig wurde ich auch nach dem Sinn des Latexhandschuhs gefragt. Nach meiner Theorie (ob richtig oder falsch, weiß ich nicht) reduzierten diese Handschuhe den akuten Nikotingeruch an meiner Person. Den galt es möglichst zu vermeiden, sonst saß mir gleich wieder Mrs. Convoy im Nacken. Doch die Bewohner des Aftergood Arms, allesamt Veteranen mit runzlig geräucherter Haut und potentiell intubationspflichtig, beäugten meine behandschuhte Rauchhand mit scharfem Misstrauen. Es könnte ja sein, dass dieses Detail in einem späteren Polizeibericht von Wichtigkeit war.

An Tag zwei nach der Webseite traf eine Hitzewelle aus den Tiefenschichten der Hölle die gesamte Ostküste. Ich war kurz draußen gewesen, und jetzt fröstelte ich in den klimatisierten Praxisräumen. Außerdem kündigten sich Kopfschmerzen an.

Das Zyanid-Stäbchen, das ich mir zugeführt hatte, verengte bereits die Kapillaren, und meine Schläfenvenen glühten. In der heruntergekühlten Luft der zahnärztlichen Praxis lag stets ein feiner medizintechnischer Nebel, unaufdringlich, aber allgegenwärtig. Ich liebte mein Wartezimmer. Ich liebte die Sessel in ihrer gediegenen Uniformität, die gerahmte Volkskunst an der Wand. Ich liebte den punktgenau geregelten Publikumsverkehr dort. Ein volles Wartezimmer ging gar nicht. Wir waren keine schäbige Klitsche mit Barzahlung in den hinterletzten Appalachen, wo Meth-Junkies im Behandlungsstuhl durchdrehten und ihre Kinder sich im Wartebereich auf den Kopf hauten, bis auch das letzte am Heulen war. Wir hier waren die Park Avenue, wir waren Upper East Side. In den Wartezimmern von Park Avenue ging es zivilisiert zu. Ambiente eher wie in einem Boutique-Hotel. Auf mein Wartezimmer traf das zu. Es war gut besetzt, aber nie proppenvoll, und der Altersmix wie auch das Erscheinungsbild meiner Patienten (wenn auch nicht immer ihre Mundhöhle) hätten aus einer Werbebroschüre stammen können. Mein Boutique-Wartezimmer stimmte ein auf die klinisch glatten Flächen und die ruhige professionelle Hand, die den Patienten im Behandlungszimmer erwarteten. Ich habe immer bedauert, nicht mehr Zeit in meinem Wartezimmer zu verbringen, wo jener gediegene Lounge-Komfort herrschte, der von Kollegen allzu oft für überflüssig gehalten wird.

Ich setzte mich in einen der Wartesessel. Von nebenan kamen surrende Geräusche. Mrs. Convoy war mit einem Prophylaxe-Patienten zugange. Ich sah regelrecht vor mir, wie mikroskopische Tröpfchen der aromatisierten Polierpaste durch den harten Strahl der Halogenleuchte stoben. Abby hatte garantiert schon den zweiten Patienten vorbereitet und fragte sich, wo ich blieb. Aber ich blieb hier, in meinem Wartezimmer, und versteckte mich hinter meiner Ich-Maschine, um Connie besser beobachten zu können. Sie hatte die Haare am Morgen straff zurückgebunden und sah jetzt aus wie eine Tänzerin am Bolschoi. Doch jedes Mal, wenn sie sich umdrehte, sah man, wie die Haare posterior, hinter dem Haargummi, in tausend schimmernden, braun- bis karamellfarbenen Locken explodierten. Connie färbte sich die Haare, aber Dichte und Lockigkeit waren ihr glückliches Erbteil, ebenso die Art, wie sich die kleineren Locken an der Haarlinie kräuselten. Ich weiß nicht, ob ich jemals schönere Haare gesehen habe. Manchmal sah der Haarknoten auf ihrem Kopf aus wie ein Minitornado, manchmal (wenn er weiter hinten saß) besaß er die Präzision einer Arabeske. Ich sah ihr zu, wie sie ihr Haar neu band, das Haargummi streifte sie dazu über ihr Handgelenk. Mit der Rechten raffte sie ihr Haar nach hinten, das dabei umgehend von der Linken eingefangen und festgehalten wurde. Sie machte dies erst auf der einen Seite, dann auf der anderen, schließlich in der Mitte. Alles ging sehr schnell und mit hocherhobenen Ellbogen, die jetzt Flügeln glichen. Inne hielt sie nur, wenn es eine widerspenstige Locke hervorzuziehen galt, die wie ein Sporn unter den geglätteten hervorragte. Gerade, als ich schon dachte, sie sei fertig, ging es seitenverkehrt weiter, und die Linke sammelte die Haare ein, während die Rechte den Bund festhielt. Noch flinker schlug sie das gedehnte Haargummi um den Schopf, was bei dieser Fülle nicht ganz einfach war, erst recht nicht, weil sie den Vorgang viermal wiederholte, bis das Haargummi unglaublich eng saß. Sie verzog leicht das Gesicht, wohl weil es ziepte. Am Schluss kam die Feinarbeit am gebändigten Haar. Hier ein bisschen gezupft, dort etwas Zug herausgenommen, aber immer mit Vorsicht, um das Gesamtwerk nicht zu gefährden, ein Werk von zehn, fünfzehn Sekunden, wenn es hochkam, aber das die gute Ordnung wiederherstellte. Mit solcherart gezähmten Haaren war sie bereit, sich wieder ihren diversen Tätigkeiten zuzuwenden.

Connie beklagte sich immer, ich machte sie zum Objekt, ich würde ihre körperliche Schönheit idealisieren, aber nur, um ihr später, desillusioniert, vorsätzlichen Betrug zu unterstellen. Sie meinte, es sei das übliche falsche Spiel zu Beginn einer Beziehung. Erst werde sie in den Himmel gehoben und mit Erwartungen befrachtet, die auf lange Sicht niemand erfüllen könne, und später, wenn sich herausstellte, dass sie auch nur ein normaler Mensch sei, kämen dann die Vorwürfe. Ich sei zu romantisch, meinte sie. Ich sei zu leicht von Äußerlichkeiten zu beeindrucken und später beleidigt, wenn die schöne Oberfläche den kleinsten Kratzer bekam. Sie meinte, diese Grundhaltung hätte mich zu dem chronisch unglücklichen Miesepeter gemacht, der ich heute sei. Ich widersprach. Aber ich sah sie wirklich gerne an. Es war nicht mehr ganz so leicht wie früher, jetzt, da ich um ihre vielen Fehler wusste, dennoch fand ich sie immer noch faszinierend.

An diesem Morgen war es überdies ein bisschen anders. Ich sah zwar immer noch mit Vergnügen zu, wie sie ihren Pferdeschwanz wiederherstellte, konzentrierte mich aber weniger auf ihre Schönheit als auf das, was sie gerade tat. In einer Minute beugte sie sich über den Schreibtisch, in der nächsten angelte sie sich auf Zehenspitzen einen Ordner aus dem Regal. Dann wieder griff sie nach dem Telefonhörer oder überreichte einem Patienten lächelnd das Kärtchen mit dem nächsten Termin. (Ihre weißen Eckzähne, gerade einmal einen halben Millimeter länger als die Schneidezähne!) Es konnte auch sein, dass sie nur ein frisches Patientenblatt in das Klemmbrett spannte.

Währenddessen fühlte ich mich selber beobachtet. Ich wandte mich um und sah eine Patientin, die vielleicht schon ein Dutzend Mal hier gewesen war und mich jetzt so intensiv musterte, als fragte sie sich, ob ich tatsächlich ihr Zahnarzt sei. Irgendwie konnte sie mich nicht einordnen.

Ich lächelte und ging hinter meiner Ich-Maschine in Deckung. Ich loggte mich im Red-Sox-Forum ein und las den Beitrag von boggswader zum gestrigen Spiel. Dann die Spielstatistik von Owen From Brookline. Am Schluss den detaillierten Spielkommentar von EatMeYankees69, ehe ich auf mehreren Fanseiten und -blogs selber meinen Senf dazugab. Danach galt meine Aufmerksamkeit wieder ganz Connie.

Sie nahm soeben vom UPS-Mann ein Päckchen entgegen. Sie telefonierte unseren Terminschwänzern hinterher, um neue Termine zu vereinbaren, zupfte an den Blumen auf dem Rezeptionstresen, Blumen, die ich von mir aus kaum bemerkte, füllte den Wasserkühler nach und wechselte die Tintenpatrone im Drucker. Sie war auch diejenige, die sich das Gejammer der Patienten anhören musste, wenn diese elend und mit blutigem Mund aus dem Behandlungszimmer wankten und als Erstes die Rechnung für den Eigenbetrag präsentiert bekamen.

Diskret beobachtet von meiner Patientin, die immer noch nicht kapierte, warum ich hier saß, scrollte ich durch den Thread. Da traf mich der nächste Schlag.

Sie hatten mich sowohl im Forum als auch auf dem Fanblog mit meinem realen Namen gelistet.

Auf beiden Seiten poste ich regelmäßig, aber immer als YazFanOne, nie als Dr. Paul C. O'Rourke, D.D.S. Jetzt erschien auf beiden Seiten plötzlich ein Dr. Paul C. O'Rourke, D.D.S.

Er schrieb Sachen wie »Tolles drittes Inning, Ellsbury sei Dank. Hier klicken für mehr Kommentare.«

Oder: »Das achte Inning war ja wohl die reinste Katastrophe. Drei RBIs für McDonald, muss man noch mehr sagen? Und dann erst das hier.«

Unter den Links von Dr. Paul C. O'Rourke, D.D.S. war jedoch nichts über die Red Sox zu finden. Der erste Link führte zu einem Artikel über neue beunruhigende Entwicklungen zwischen Israelis und Palästinensern. Der zweite behandelte Themen wie bedrohte indigene Völker und gruppenspezifische Menschenfeindlichkeit.

Als ich unbestimmte Zeit später aufblickte, bemerkte ich,

dass alle drei, Abby, Connie und Mrs. Convoy, mich von der Rezeption her anstarrten.

»Kann das sein?«, sagte Connie. »Schon wieder?«

Mrs. Convoy schüttelte besorgt den Kopf. Abby guckte weg und verschwand dann schnell, vermutlich um mich irgendwo ungestört zu verurteilen.

Ich lächelte in Richtung meiner Patientin: Jetzt war es raus. Ja, ich war es. Ich, ihr Zahnarzt. Ich trat mit meiner Ich-Maschine an die Rezeption.

»Schaut euch das an«, sagte ich. »Hier: Sie haben mich geoutet. Ich stehe mit meinem echten Namen im Forum, in den Blogs, überall.«

Mrs. Convoy beugte sich über den Tresen und stützte sich mit den Fingern auf wie ein Linebacker, der sich vom Boden abstoßen will. Über der Rand ihrer Gleitsichtbrille hinweg fragte sie mich, ob es wirklich sein musste, dass ich zu Spitzenzeiten in meinem Wartezimmer herumsaß. Ich sagte es ihr, worauf sie sagte: »Und wie war der ›Gesamteindruck‹?« Ich sagte es ihr, worauf sie sagte: »Meinen Sie nicht, der ›Gesamteindruck‹ ließe sich noch verbessern, wenn der Arzt seine Patienten halbwegs pünktlich behandelt?« Ich sagte es ihr, worauf sie sagte: »Wir werden nicht gleich zur schäbigen Klitsche, wenn die Patienten pünktlich drankommen. Jesus, Maria und Josef, manchmal glaube ich, wir sind hier im Irrenhaus.«

Frustriert zog sie ab, und ich setzte mich zu Connie. Ich zeigte ihr die Kommentare und Posts von YazFanOne. »Das bin ich«, sagte ich. »Wer sonst könnte so über Terry Francona herziehen?« Dann zeigte ich ihr das neueste Mitglied im Forum, das auch die aktuellen Beiträge geschrieben hatte, Dr. Paul C. O'Rourke, D.D.S. »Das bin ebenfalls ich«, sagte ich, »aber die Sachen stammen nicht von mir. ›Tolles drittes Inning, Ellsbury sei Dank‹? Das ist vollkommener Blödsinn, und ich poste keinen Blödsinn.«

»Du meinst, das wärst du?«, sagte sie und deutete auf die Ich-Maschine.

»Das ist mein Name, ja. Aber ich habe das nicht geschrieben, weil ich solchen Quatsch nicht schreiben würde, schon gar nicht unter meinem richtigen Namen.«

»Warum nicht unter deinem richtigen Namen?«

»Wegen meiner Privatsphäre.«

»Und deshalb postest du unter dem Nick YazFanOne?«

»Genau. YazFanOne, das bin ich. Dieser Dr. Paul C. O'Rourke, D.D.S., das ist jemand anders. Und dann auch wieder nicht, denn *ich* bin Dr. Paul C. O'Rourke, D.D.S.«

»Das heißt, weil du dich schützen wolltest, schreibst du nicht unter deinem realen Namen, was jetzt jemandem gestattet, deinen Namen zu benutzen und deine Identität zu stehlen.«

Sie sah mich so ausdruckslos an wie eine Heftmaschine und erwartete offenbar eine Reaktion von mir.

»Du hast mich nicht verstanden. Das ist nicht der Punkt«, sagte ich.

»Ich glaube, ich habe dich sehr wohl verstanden«, sagte sie.

»Zuerst war es diese Webseite und jetzt das. Ich weiß, du hältst mich in Sachen Internet für paranoid, aber sieh dir das an. Ist das kein Grund, diese Gefahren ernst zu nehmen? Ich predige das die ganze Zeit. Denn das ist wirklich eine Revolution. Alle glauben, das Internet öffnet die Tür zu einer schönen neuen Welt. Aber schau dir an, was sie mir antut. Und wer bin ich schon? Ein Niemand.«

»Moment mal«, sagte sie, den Blick auf das kleine Display geheftet. »Du heißt Paul C. O'Rourke?«

»Ja.«

»Wofür steht dann das C?«

»Was?«

»Das C, wofür steht es? Ich dachte, dein zweiter Name wäre Saul.«

»Paul Saul O'Rourke?«, sagte ich. »Wohl kaum.«

»Aber du selbst hast es mir gesagt.«

»Ich bezweifle, dass ich dir jemals gesagt habe, ich hieße Paul Saul O'Rourke«, sagte ich und lachte über die Lüge hinweg. Eine solche Kombination war aber auch zu absurd.

»Doch, das hast du.«

»Falls das stimmen sollte«, sagte ich, »war es ein Witz.«

»Das war kein Witz.«

»Können wir bitte wieder von wichtigen Dingen reden? Jemand hat meine Identität angenommen. Diese Leute verfassen Internet-Beiträge unter meinem Namen. Sie tun so, als wären sie ich, aber das bin ich nicht.«

»Und wer bist du – wenn nicht Paul Saul O'Rourke?«

»Paul Conrad«, sagte ich.

»Der Name deines Vaters?«

»Es war die Idee meiner Mutter. Er selbst schätzte sich nicht so hoch ein, dass er anderen unbedingt seinen Namen hätte geben wollen. Es sei denn in einer seiner manischen Phasen. Aber dann wäre er gleich in die Vollen gegangen und hätte mich Conrad Conrad Conrad genannt.«

»Darf ich noch einmal sehen?«, fragte sie. Ich gab ihr meine Ich-Maschine. »Was sind das für Links?«

»Der eine führt zu einem Artikel in der *Times* über irgendwelche Nahostprobleme, in dem anderen geht es um bedrohte Völker oder so etwas.«

Sie fing an herumzuklicken.

»Du hast diesen Artikel kommentiert«, sagte sie.

»Ich habe was?«

»Der Artikel in der *Times*, du hast unten einen Kommentar hinterlassen.«

Gemeinsam lasen wir:

Dr. Paul C. O'Rourke, Manhattan, New York
Zur Jahrtausendwende waren sie lediglich einer von vielen Geheimkulten, welche allesamt vom – heftig verfolgten – Christentum nicht zu unterscheiden waren. Doch anders als im Christentum hatte man keine Apostel, keine Mission, vor allem hatte man keinen leidenschaftlichen Streiter wie Paulus, der in der Lage gewesen wäre, den Spuren des Römischen Reiches zu folgen. Es waren Menschen, die aus der Asche der ausgerotteten Amalekiter erstanden waren, und als die Flutwelle des Christentums über die Welt hereinbrach, wurde auch ihre Botschaft ertränkt und ihr Volk vernichtet. Die Kantavetikel lesen sich daher wie ein ununterbrochenes Massensterben. Sie sterben aus, »und ein Teil von ihnen weint, ein anderer lächelt, und ein dritter fällt auf die Knie und will nicht beten«. Und doch treten immer wieder Reste ihrer Nachkommenschaft in Erscheinung, damit sie gejagt und in einer ferneren Epoche endgültig ausgelöscht werden.
18. Juli 2011 um 20.04

»Merkwürdiger Text«, sagte sie.

»Das war ich nicht!«

»Beruhige dich, das hat auch keiner behauptet. Ich sage ja nur, dass es ein merkwürdiger Kommentar ist. Er hat auch nicht das Geringste mit dem Artikel zu tun.« Sie las ihn abermals. »Aber die Amalekiter kenne ich«, sagte sie. Sie tippte das Wort in die Suchmaske ein. »›Die Amalekiter waren ein Nomadenstamm im Land Kanaan‹«, las sie laut. »›Die Amalekiter waren keine Araber, sondern mit den Edomitern und dadurch mit den Hebräern verwandt (siehe 1. Mose 36,12 und 1. Chronik 1,36). Amalek …‹« Sie hielt inne. »Weißt du, wer Amalek war?«

»Nein, keine Ahnung.«

»Amalek war der Erbfeind der Juden«, sagte sie. »Ein unbesiegbarer Feind, denn er stirbt nie, sondern wird immer wiedergeboren.« Sie konzentrierte sich wieder auf die Ich-Maschine. »›Amalek ist der Sohn von Esaus erstgeborenem Sohn Eliphas und der Kebsfrau Timna, der Tochter von Seir …‹«

»Seir?«, sagte ich. »Wie in Seir Design!«

»›Im 4. Buch Mose findet sich die Andeutung, dass es sich um ein Mischvolk unbekannter Herkunft handelt. (Amalek ist das erste unter den Völkern; aber zuletzt wird es umkommen. 4. Mose 24,20) Die Amalekiter waren die Ersten, die das Volk Israel auf dem Marsch nach Rephidim unweit des Sinai angriffen.‹«

»Sinai, Amalekiter … was soll das? Was hat das mit mir zu tun?«, sagte ich.

Sie gab mir mein Smartphone zurück. Eine Antwort hatte sie auch nicht, sondern zuckte nur die Schultern.

Normalerweise diente Identitätsdiebstahl dazu, einen Menschen von seinem Geld zu trennen, aber was war hier das Angriffsziel? Steckte Anonymous dahinter oder jemand, der noch viel bösartiger war? Oder spielte sich, geschützt von einer undurchdringlichen Firewall, etwas bis dato völlig Undenkbares ab? Etwas, das mich nicht zum Opfer machte, sondern zum Täter?

Alles, was unter meinem Namen erschien, hatte eine gewisse, wenngleich nebulöse Bedeutung, bezog sich auf eine alte Schuld. Wenn es nicht so empörend gewesen wäre, es wäre … was? Peinlich? Bloßstellend? War ich an irgendetwas schuld? Ich wusste es nicht. Ich war ja nicht dieser Paul C. O'Rourke. Paul C. O'Rourke war ein Betrüger, hatte jedoch im Gegensatz zu mir etwas Dringendes mitzuteilen. Außer über die Red Sox schreibe ich überhaupt keine Kommentare im Internet, und das aus einem einfachen Grund: Der wahre Paul C. O'Rourke hat zu den meisten Themen gar nichts zu sagen.

»Habe meinen Kommentar zur *Times* entdeckt«, schrieb ich an Seir Design.

> Ebenso meine Posts im Red-Sox-Forum. Aber lass dir gesagt sein, mein Freund: Ich schreibe keinen dämlichen Bullshit. Deine billige Imitation funktioniert nicht. Alle wissen, wenn ich etwas schreibe, dann hat es Hand und Fuß. Sie wissen auch, dass mir Geheimsekten, der Sinai oder die Amalekiter am Arsch vorbeigehen, so witzig das alles erst einmal sein mag.

Widerwillig machte ich mich wieder an die Arbeit. Das soll nicht heißen, dass ich meinen Beruf nicht mochte, aber mir widerstrebte die Routine, mit der ich neben dem Patienten Platz nahm, mir von Abby die Sonde reichen ließ und die ewig gleichen Diagnose- und Reparaturprozesse in Gang setzte. Das alles kannte ich bis zum Erbrechen. Es dauerte meist so zehn Minuten, bis dieses Gefühl nachließ und ich mich wieder wohlfühlte. Hier ein lockerer Spruch, da ein Zahnersatz, dort ein neues Lächeln für die künftige Braut. Selbst meine ewige Mahnung, doch bitte Zahnseide zu benutzen, konnte das Gefühl, am Leben zu sein, nicht vollständig eliminieren. Jenseits meiner Arbeitsumgebung, jenseits meiner Stellung als Chef und des stillen Vorwurfs im Auge so manches Patienten, ich sei im günstigsten Fall ein einziges Ärgernis, gab es auch lichte Momente. Witwen, die sich plötzlich die Zähne richten lassen wollten. Kinder, die ganz entspannt im Behandlungsstuhl saßen. Alle diejenigen, die schon immer brav waren und nicht nur geputzt, sondern auch Zahnseide und Munddusche benutzt hatten, wenig Mühe machten und keine Predigt brauchten und mit dem Lächeln nach Hause gingen, das sie verdienten. Dann fiel mir die Arbeit leicht, dann war sie der beste Schutz gegen chronische Selbstzweifel.

Einer meiner Patienten an diesem Tag war ein Mann mit

Bellscher Parese. Er war mitten in der Nacht mit einer einseitigen Gesichtslähmung aufgewacht, wovon hauptsächlich ältere oder übergewichtige Personen betroffen sind. Mein Patient war noch jung, aber etwas zu schwer, und er schien mir nicht sonderlich gesund zu leben. Also der typische überarbeitete New Yorker, der zum Zweck der Selbstoptimierung auch verbotenen Substanzen nicht abgeneigt ist. Leider kann diese Nervenerkrankung zu einer allgemein sichtbaren Entstellung führen, die erst nach Wochen wieder abklingt. Der Anfall lag erst wenige Tage zurück, der junge Mann hatte also noch ein Weilchen an diesem Makel zu tragen. Anlass für seinen Besuch war ein Abszess. Die Bellsche Parese hatte sich in seinem Fall etwas Besonderes ausgedacht: Sein Gesicht hing nicht herunter, sondern war über den rechten Wangenknochen krampfartig nach hinten gezogen, wodurch sich eine zähnefletschende Mimik ergab. Diese wiederum gab den Blick frei auf seine Zahngesundheit, die sich ausgerechnet in diesem unpassenden Moment verschlechtert hatte. Vielleicht hing beides, Fazialisparese und Abszess, ja auch zusammen. Auf jeden Fall gefährdete die entzündete Pulpa jetzt den ersten Backenzahn. Ich vermutete, dass die Entzündung schon länger bestand, der Patient sie aber ignorierte, da sie angeblich nicht schmerzhaft war. Und da Patienten eben sind, wie sie sind, nämlich notorisch unzuverlässig, und lieber nichts tun, musste erst die Lähmung kommen, um ihn aus seiner Lähmung zu befreien. Denn so ein Abszess in einer gefletschten Dobermann-Fratze ist kein schöner Anblick.

Nun ist eine Wurzelbehandlung heute mit den modernen Operationsmikroskopen und computergesteuerten Feilen nicht mehr dasselbe wie früher. Aber ich weiß noch, wie wir angefangen haben. Bei abgeknicktem Wurzelkanal war das Ausräumen der entzündeten Pulpa in etwa so vertrackt, als wollte man hinter dem Kühlschrank einen Stecker in die Dose stecken. Ich war gerade fertig, als Connie hereinkam.

»Talsman ist am Telefon«, sagte sie.

»Talsman«, sagte Talsman, als ich dranging.

Die Webseite war auf einen gewissen Al Frushtick registriert.

»Frushtick«, sagte ich. »Den Namen kenne ich doch.«

»Ja, klingt wie Frühstück«, sagte Talsman, hilfreich wie immer.

Ich hielt den Hörer weg. »Guck mal nach, ob wir einen Patienten namens Al Frushtick haben«, sagte ich zu Connie.

Zehn Minuten später kam sie mit der Patientenakte von Al Frushtick zurück. Er war im Januar zuletzt bei uns gewesen. Es war derselbe, der mir von seiner Israel-Reise erzählt hatte.

»Ich kenne ihn«, sagte ich. »Das ist der Kerl, der dich vögeln wollte, weißt du noch?«

»Was?«

»Er war noch völlig benommen von dem Lachgas.« Ich rief: »Betsy, wir haben ihn. Er ist Patient bei uns.«

Betsy, gerade selbst mit einem Patienten beschäftigt, rief zurück: »Patient? Welcher Patient?«

»Der mit dem Om. Der Meditationsfreund, erinnern Sie sich?«

»Wer?«

»Dieser Tibet-Mönch, der wollte, dass ich ihm ohne Betäubung einen Zahn ziehe … ach, egal.« Dann sagte ich zu Connie: »*Der* steckt also dahinter, Al Frushtick.«

»Aber was hast du ihm denn getan?«

»Nicht mehr als allen anderen. Ich habe ihm seine kaputten Zähne in Ordnung gebracht. Aber als er ging, sagte er noch etwas …«

»Was denn?«

»Er sagte, er ginge nicht deswegen nach Israel, weil er Jude sei, sondern … Ich weiß noch, ich half ihm gerade in den Mantel. Der Grund war etwas anderes, irgendeine Zugehörigkeit, irgendwas Ethnisches … Keine Ahnung, was es war, ich dachte, es sei noch das N_2O.«

»Etwas Ethnisches?«

Ich versuchte, mich genauer zu erinnern, ohne Erfolg.

»Hallo, Al Frushtick«, schrieb ich.

So danken Sie mir es also, dass ich Ihre Zähne repariert habe?

Am nächsten Tag hatte sich die Seite erneut verändert. Meine Bio enthielt jetzt noch mehr biblisches Zeug. Es war beinahe eine abgeschlossene Geschichte im Stil eines Gleichnisses oder einer Predigt. Es fing an mit einer dieser endlosen biblischen Ahnenreihen, die einen schon fertigmachen, ehe man richtig angefangen hat. Dieser zeugte jenen, jener zeugte mit seiner Frau bzw. mit seinem Kebsweib bzw. (nachdem er zu tief in den Weinschlauch geguckt hat) mit seinen Töchtern … Sämtliche Charaktere der Geschichte besaßen die Namen von *Star Wars*-Actionfiguren, wie man sie in der Stellage von Spielzeuggeschäften findet. (Lichtschwerter und Schallblaster kosten natürlich extra.) Von einem erfahren wir, dass er Tin hieß. Und Tin hatte einen Sohn, Mamucam, und Mamucam hatte eine Frau mit Namen Gopolojol. Tin und Mischpoke tauchen später nie wieder auf, aber man ahnt, dass sie in der langen Polonaise der Figuranten eine Bedeutung haben. Höhepunkt am Schluss ist Agag, König der Amalekiter. Die Amalekiter waren ein starkes Fürstengeschlecht, das bis auf den Stammvater Abraham zurückging, und lebten friedlich auf den grünen Weiden zu Hazezon. Sie besaßen große Rinder-, Kamel- und Schafherden. »Und die Zahl der wehrfähigen Männer, zum Kampf gerüstet mit allerlei Waffen, war einhunderttausend und zwanzigtausend und viertausend und fünfhundert und stellten sich in Schlachtordnung auf für den Kampf, und sie taten es von ganzem Herzen«, wusste meine Bio zu berichten.

Eines Tages wurden die Amalekiter von den Israeliten von

Westen aus angegriffen. Der kleine Trupp Amalekiter war zu schwach, um seine Kamelherde zu verteidigen, so dass die Israeliten die Tiere an sich reißen und entkommen konnten. Daraufhin machten sich die Amalekiter zum Vergeltungsschlag bereit. Aber da war Moses vor. »Und Moses ging ihnen entgegen und neigte sein Haupt vor Agag und brachte ein Sündopfer dar und sprach zu ihm: Höre meine Stimme, ich bitte dich; lass die Sünde nicht auf uns bleiben, denn vierhundert und dreißig Jahre waren wir dem Pharao leibeigen.« Moses berichtet sodann von der langen Gefangenschaft Israels in Ägypten und von den fürchterlichen Entbehrungen in der Wüste. Und erwähnt auch ihren Bund mit einem einzigen Gott, der sie offenbar aber verlassen hat. Er bittet Agag um Vergebung für den hinterhältigen Angriff und gibt ihre elende Lage zu bedenken. »Da schonte Agags Auge den Stamm Israel, und er trug Butter und Milch auf und von dem Kalbe, das er zubereitet hatte, und setzte es ihnen vor, und sie aßen. Und Israel brach auf, beladen mit Ephas von Flachs und vielen Kor Gerste und sehr viel Spezerei.«

Und so war erst einmal alles gut, bis die Israeliten erneut eine große Heerschar sammelten und die Amalekiter abermals attackierten. »Die Israeliten zogen in den Kampf und schlugen die Schlacht und bliesen die Trompeten und zerschmetterten ihre Feinde.« Agag, der König der Amalekiter, fürchtete den Zorn eines brutalen Volks, das sich, getrieben von Blutdurst, daranmachte, ganz Kanaan zu besetzen, »von Dan nach Berscheba«, auf dass sie erfüllten den Bund, den Gott mit ihnen geschlossen hatte. Und Agag sprach: »Lasst uns die Götter der Ägypter und die Götter der Kanaaniter und die Götter der Philister zu uns holen und einen Bund schließen mit ihnen, auf dass sie uns aus der Hand unseres Feindes retten.« Als im Feldlager bekannt wird, dass die Götter aller Stämme angekommen sind, die Amalekiter zu verteidigen, erhebt sich großer Jubel, und die Erde erzittert. Doch anscheinend nutzen ihnen die vereinten Götter gar nichts, als die Schlacht einmal angefangen hat. Innerhalb von drei Tagen reduzieren die Israeliten das Heer der Amalekiter von einhundertzwanzigtausend auf siebzigtausend Mann. Die Amalekiter fliehen, überlassen Hazezon dem Feind und ziehen sich ins sichere Rephidim zurück. Ich strengte mich wirklich an, um alles richtig mitzubekommen.

Allein die schlagkräftigen, gottbegeisterten Israeliten lassen nicht locker und setzen ihnen nach. Diesmal sagt Agag zu seinen Leuten: Okay, das mit den vereinten Göttern war wohl nichts. Vielleicht waren sie eifersüchtig aufeinander, oder ihre Superkräfte heben sich gegenseitig auf. Ich bin echt überfragt, wie das passieren konnte, denn ich selber bin kein Gott, nur ein König. Aber eines ist mal sicher: Uns wurde unser eigener Arsch auf einem Tabernakel serviert. »Deshalb hört meine Stimme, Kinder Amaleks, hört mich an: Wie einer Hure seid ihr jedem Gott nachgelaufen, der in diesem Land wohnt, und habt mit ihnen den falschen Bund gemacht. Und ein jeder Gott hat eure Leichname zum Fraß gemacht allen Vögeln des Himmels und allen Tieren des Landes. Und eure Kinder sind verkorkst geworden.«

Deshalb lautet mein Vorschlag, sagt er und erklärt ihnen seinen Plan, das Heerlager mit einem neuen Gott auszustatten. Aber diesmal nur einem einzigen Gott, denn wie man bei den Israeliten gesehen hat, funktioniert das Ein-Gott-Modell sehr gut. Und dieser Gott soll Moloch heißen, denn Moloch hat den Amalekitern ein ganzes Paket toller Sachen versprochen, falls sie seinen Bund halten, sprich diverse Gebete und Opfergaben abliefern und sich auch an ziemlich sinnlosen Anordnungen nicht stören. Dazu zählt die dreimalige Umrundung des Tempels mit Weizen und Gold und die Amputation des kleinen Fingers von zehn Freiwilligen, obwohl die Wunde bis zur nächsten Schlacht nicht mehr heilt. »Und er wird euch als sein Volk annehmen und euer Gott sein; und ihr sollt wissen, dass er Moloch ist, euer Gott, der euch wegführen wird von den Lasten, die euch die Israeliten auflegen«, hieß es weiter in meiner Bio. Und so ziehen sie in den Kampf und verlieren weitere dreißigtausend Mann.

Also verlassen sie Rephidim und ziehen nach Hazor, wo sie wehklagen und ihre Wunden lecken und sich fragen, was zur Hölle sie noch ausprobieren sollen. Denn der Gott der Israeliten ist offenbar zu allem entschlossen und nicht kleinlich in der Wahl seiner Mittel und überhaupt ziemlich effektiv. Man könnte fast denken, dass er wirklich ein Auge auf diese Leute hat. Was Agag auf eine Idee bringt. Abermals versammelt er sein Volk um sich. (Dieses Umsichversammeln kommt übrigens dauernd vor, aber es bedeutet für die Umsichversammelten in der Regel nichts Gutes.) »Ein jeder Bund hat die Städte von Amalek zerstört; jede Stimme hat nichts gebracht als Tod und Vernichtung. Jetzt kann euch nur noch ein Gott retten, der eine, lebendige Gott, der ein Land, wo Milch und Honig fließen, in die Hand eurer Feinde gegeben hat und sie zu einem großen Volk gemacht hat und ihnen gegeben hat der Himmel Ordnungen ebenso wie die Ordnungen der Erde und einen Sabbat und der sie geheiligt und gereinigt hat und mit ihnen einen Bund geschlossen hat, der ewig währt, von Geschlecht zu Geschlecht. Nun aber sage ich euch, ihr Kinder Amaleks«, fährt Agag im nächsten Vers fort, der Wort für Wort so in meiner Bio steht, »der lebendige Gott ist mit Israel, mit allen Kindern von Ephraim. Wenn ihr also darauf achtet, dass ihr dem Gott der Israeliten folgt, so soll bei euch mit dem Schwert gespart werden.«

Kurz: Kannst du deinen Feind nicht besiegen, verbünde dich mit ihm. Klingt mir als Strategie für die bedrängten Amalekiter erst einmal nicht schlecht. Und so gucken sie einen aus, der aussieht wie ein Israelit und der sich im Lager der Israeliten einmal umsehen soll, was die Israeliten richtig und sie offenbar falsch machen. Und er kehrt zurück am dritten Tag und sagt, um wie die Israeliten zu sein, müssten sie als Allerersteseine Arche bauen. Aber keine gewöhnliche Arche, sondern eine von Gopherholz, mit Kammern und soundso vielen Ellen die Länge und soundso vielen Ellen die Breite und was der Regeln, die Arche und den Tempel betreffend, mehr sind, und wenn einer sündigt, soll ein junger Stier geopfert werden, der ohne Fehler ist, und man soll auch seinen verarmten Bruder nicht als Sklaven dienen lassen etc. pp. Ach ja, und alles Männliche soll beschnitten sein. Da gucken sie natürlich erst mal blöd: »Beschnitten, was'n das?« Und der junge Lookalike-Israelit sagt es ihnen, und sie alle so: »Um Gottes Willy, du machst Witze.« Und der Lookalike-Israelit: »Ich wünschte, es wäre so.« Und so beschneidet sich alles Männliche am Fleische seiner Vorhaut, hernach werden Boten ausgesandt, die den Stämmen des Volkes Israel mitteilen sollen, was die Amalekiter mit sich angestellt haben. Inzwischen beten sie zum Gott der Israeliten und hoffen, dass alles gutgeht und bei ihnen mit dem Schwert gespart wird.

Als die Israeliten hören, dass bei den Amalekitern alles Männliche beschnitten und »am Fleische weh« sei, brachen sie kurzerhand auf und erschlugen sie. Nicht ein Mann der Kinder Amaleks entkam außer vierhundert, die auf Kamelen zum Gebirge Seir fliehen konnten.

Meine Bio endete mit den Worten: »Aus den Kantavetikeln, Liederung 25-29.« Ich wandte mich zu Connie, die mitgelesen hatte.

»Aus dem Religionsunterricht kenne ich das so nicht«, sagte sie.

»Ich bin's wieder«, schrieb ich.

Glauben Sie nicht, dass ich mir nicht langsam blöd vorkomme, Ihnen zu schreiben, Al. Aber Sie sollten ruhig wissen, wie weit Sie mich getrieben haben. Ich weiß jetzt, wer Sie sind, und kann gerichtlich gegen Sie vorgehen. Letzte Chance für Sie, Ihre Aktivitäten einzustellen, vor allem den religiösen Quatsch. Mir wäre lieber, Sie wären ein einfacher Betrüger. Aber Beschneidung von Erwachsenen? Oder dieser Kerl namens Agag? Ich hoffe, wenigstens Sie nehmen diesen Scheiß ernst, denn dann (und in dem extrem unwahrscheinlichen Fall, dass es einen Gott gibt) schmoren Sie in der Hölle.

Ab und zu sage ich aufs Geratewohl Sachen wie »Lieber bringe ich mich um« oder »Soll ich jetzt aus dem Fenster springen?« oder »Dann können wir uns nur noch die Kugel geben«. Sie jedoch wird sofort auffallend still und sagt absolut humorlos: »Ich hoffe, Sie meinen das nicht ernst. Über Selbstmord macht man keine Witze.« Und während ich noch über ihren eigenen Widerspruch nachdenke (sie hofft, ich meine das nicht ernst, kritisiert mich aber für einen Witz), sagt sie weiter: »Gott allein ist Richter über Leben und Tod. Selbstmord ist die Zurückweisung seiner Schöpfung. Wer Selbstmord begeht, lehnt jede Schönheit und jeden Sinn in der Welt ab. Sind Sie eigentlich unfähig, zumindest ein kleines bisschen Schönheit in der Welt zu erkennen?« Ich sage es ihr, worauf sie sagt: »Ich kenne diese Webseiten nicht, behalten Sie diese ekelhaften Seiten für sich. Ich meine zum Beispiel den Sonnenaufgang. Oder den Sonnenuntergang. Oder Mond und Sterne und die Blumen im Botanischen Garten. Oder die Kinder im Kinderwagen. Gibt es nicht noch etwas anderes als erwachsene Frauen, die sich auf schamlose Weise im Internet darbieten, was Sie schön finden?« Ich sage es ihr, worauf sie sagt: »Freiheit ist kein Sinn, sondern nur ein Begriff. Aber wenn Sie nichts anderes haben, muss ich die Antwort wohl oder übel akzeptieren. Freiheit ist allerdings nicht die Freiheit, sich umzubringen. Das ist keine Freiheit, sondern absolute Unfreiheit. Wirklich, junger Mann«, sagt sie, »schauen Sie sich doch mal um. Machen Sie die Augen auf! Vielleicht sehen Sie dann einen Vogel oder eine Wolke. Etwas, das einfach nur schön ist und das Ihr Herz erfreut. Oder können Sie das nicht?« Ich sage es ihr, worauf sie sagt: »Stimmt, das Leben ist kurz. Aber mein Gott, Paul, ein Grund mehr, in der Zeit, die uns gegeben ist, etwas daraus zu machen. Ja, alles geht so schnell vorbei, sogar Hässlichkeit und Schmerz. Aber wissen Sie nicht, was Sie sich antun, wenn Sie jede Freude an sich vorüberziehen lassen und sich nur an das Hässliche und Schmerzvolle halten?« Ich sage es ihr, worauf sie sagt: »Ich nenne das nicht Ehrlichkeit, sondern Lebensuntüchtigkeit. Wollen Sie denn kein erfülltes Leben führen?« Ich sage es ihr, worauf sie sagt: »Sie stehen mit diesem Gefühl nicht allein da. Wollen Sie wissen, wie man so etwas nennt? Verzweiflung. Ich habe viele Leute gekannt, die, ehe sie zu Gott fanden …« Aber wie schon tausendmal zuvor muss ich sie an dieser Stelle unterbrechen, worauf sie sagt: »Von mir aus. Vor mir aus lassen wir Gott aus dem Spiel, wenn's nicht anders geht. Das ist zwar falsch, aber wenn wir nur so reden können, vergessen wir Gott eine Weile. Doch gerade weil das Leben kurz ist und gerade weil unsere Möglichkeiten so beschränkt sind, sollte man sich auf die schönen Seiten konzentrieren. Außerdem schützt es vor Depressionen, meinen Sie nicht?« Ich sage es ihr, worauf sie sagt: »Ich verstehe ja, dass es nicht gerade die Stimmung hebt, wenn man tagaus, tagein auf Infektionen und vergammelte Zähne guckt. Aber gibt es draußen nicht auch noch eine andere Welt? Wenn Sie zur U-Bahn gehen zum Beispiel oder wandern? Sehen Sie denn gar nichts, was Sie innerlich am Leben hält?« Ich sage es ihr, worauf sie sagt: »Ich weiß, dass man in der U-Bahn auch viel Elend sieht, Paul.« Und dann seufzt sie, macht aber sofort weiter, die liebe unerschütterliche Betsy. »Ich spreche nicht von den vielen armen Leuten in der U-Bahn«, sagt sie, worauf ich weitere Beispiele nenne. »Auch nicht von Behinderten oder Entstellten und Obdachlosen. Ich spreche von Ihnen, wenn Sie zur U-Bahn gehen. Ich spreche von den wenigen Momenten am Tag, die Sie unter freiem Himmel verbringen.« Ich antworte ihr, worauf sie sagt: »Ach herrje, das habe ich mir fast gedacht. Stecken Sie doch mal das Handy weg und schauen Sie sich um. Müssen Sie eigentlich dauernd im Internet sein?« Ich sage es ihr, worauf sie sagt: »Wenn Sie wissen, dass es Sie nur von anderen unschönen Dingen ablenkt, müssen Sie deshalb der Sklave eines elektronischen Geräts sein?« Ich sage es ihr, worauf sie sagt: »Das ist Blasphemie! Ein Smartphone kann nie den Allmächtigen ersetzen, und wir reden vom Allmächtigen, Herrgott! Und egal, ob wir heute alle Handys haben oder nicht, Beten bleibt ein Grundbedürfnis des Menschen, oder nicht?« Ich sage es ihr, worauf sie sagt: »Das Versenden und Empfangen von E-Mails ist keine neue Form des Gebets. Begreifen Sie nicht, dass diese kleine Maschine nur zu Ihrer Verzweiflung beiträgt, wenn sie Sie von Gott und seiner Schöpfung ablenkt?« Ich sage es ihr, worauf sie sagt: »Mir völlig egal, was für Welten so ein Smartphone eröffnet, sie sind klein im Vergleich zur Welt, die Gott geschaffen hat.« Ich frage sie, was ich denn stattdessen angucken soll und mache sogar ein paar Vorschläge, worauf sie sagt: »Ja, warum nicht? Schauen Sie auf den Beton. Schauen Sie auf die Häuser. Schauen Sie sich die Menschen an, Sie wären überrascht, was es da alles gibt«, sagt sie. »So viel Schönheit. So viel Lebensfreude. Oder wollen Sie sich nicht mehr überraschen lassen?« Ich sage es ihr, worauf sie den Kopf zur Seite legt, die Lippen schürzt, mich am Ellbogen fasst und sagt: »Nein, mein Lieber, auch für Sie ist es noch nicht zu spät. Sie sind ein Sorgenkind, aber kein hoffnungsloser Fall.«

Später kam Connie vorbei und sagte: »Hast du meinem Onkel Michael jemals den Witz mit dem Priester und dem Rabbi erzählt?«

Ihr Onkel Michael war mit Sally, der Schwester ihrer Mutter, verheiratet. Onkel Michael hatte ein Sachverständigenbüro für Immobilien. Sally war wegen der Kinder zu Hause geblieben, die mittlerweile alle erwachsen waren. Sie hatten ein kleines Haus in Yonkers, nichts Besonderes, aber irgendwie genau richtig. Man könnte auch sagen, es war das perfekte Haus. Man merkte es schon beim Betreten. Hier leben besonnene, freundliche Menschen, dachte man sofort, Menschen, denen das Erreichte tatsächlich reicht. Ich betrachte es als Geschenk des Himmels, wenn man weiß, wann man genug hat, und nicht mehr braucht als das, was eben da ist. Ich war nur ein einziges Mal bei Michael und Sally. Anlass war die Shiv'a nach der Beerdigung von Michaels Mutter, genauer gesagt das *Schiwesitzen*. Ich hatte keine Ahnung, was das war, und musste erst im Internet nachsehen, damit ich mich vor Connie nicht vollends blamierte. Abend für Abend, sieben Tage lang, kamen zahlreiche Leute zum Schiwesitzen für Onkel Michaels Mutter in das bescheidene Häuschen, und in dieser Umgebung war es für mich jedes Mal wie ein Schock, wenn nach einer Stunde das Kaddisch angestimmt wurde, wodurch die nahezu festliche Atmosphäre etwas unerwartet Feierliches erhielt. Zugegeben, für Onkel Michael und den engeren Familienkreis war es sicherlich *kein* fröhliches Fest, aber für uns Randständige schon. Hier unterhielt man sich ungezwungen und ohne Leichenbittermiene, aber ich schätze, das entspricht der Choreographie jeder Trauerfeier. Ein innerer Kreis aus Kummer, umgeben von lärmenden Gästen, die nicht betroffen sind. Trotzdem war dieses Schiwesitzen anders als alles, was ich kannte. Für einen irischen Sohn kommt erst die Totenwache, dann das Begräbnis, dann … nichts. Das heißt, er sitzt allein zu Haus, allein mit seiner Trauer. Ein jüdischer Sohn dagegen hat sieben Tage Zeit, seine Trauer mit anderen zu teilen.

»Ich soll Onkel Michael einen Rabbi-Witz erzählt haben, wer sagt denn so was? Ich habe Onkel Michael seit einem halben Jahr nicht gesehen.«

»Stimmt, es ist auch schon länger her.«

»Aber warum erwähnst du es jetzt?«

»Es geht ein Gerücht, das ich zunächst ignoriert habe. Ich dachte, die Leute zerreißen sich wieder mal das Maul. Kennst du jetzt einen Rabbi-Witz mit einem Priester oder nicht?«

Ich schwieg. »Ich kenne jede Menge Witze.«

»Und in wie vielen kommen ein Priester und ein Rabbi vor?«

Ich dachte ostentativ nach.

»Dann lass mal hören«, sagte sie.

Ich räusperte mich. »Ein Priester und ein Rabbi … ähm … entschuldige. Okay, also: Ein Priester und ein Rabbi wollen eines schönen Morgens Golf spielen, aber sie werden dauernd von der Vierergruppe vor ihnen aufgehalten.« Kunstpause. »Den Witz habe ich gehört, als ich noch Golf spielte. Das ist ewig her, Connie. Ich habe kein Golf mehr gespielt seit … Warum willst du das alles wissen?«

»Ich will nicht alles wissen, ich würde nur gern den Witz hören, den du Onkel Michael erzählt hast.«

»Also, ich kann mich nicht erinnern.«

»Bitte, Paul, erzähl mir den Witz.«

In der Praxis bestehe ich darauf, Dr. O'Rourke genannt zu werden, meinetwegen auch Dr. Paul, aber den Verstoß gegen die Etikette ließ ich vorerst auf sich beruhen.

»Also holen sie den Golf-Ranger her … Moment, es war anders. Sie sind nämlich zu dritt. Ein katholischer Priester, ein protestantischer Reverend und ein Rabbi sind beim Golfen. Wie gesagt, es ist schon länger her.« Sie macht eine Geste wie hinter einem Mittelspurschleicher. »Jedenfalls rufen sie den

Golf-Ranger, und der Priester sagt: ›Wir warten jetzt seit zwanzig Minuten auf den nächsten Abschlag, aber die Kollegen vor uns werden und werden nicht fertig. Was ist da los!‹ Der Ranger entschuldigt sich. ›Ich verstehe, warum ihr Gottesmänner sauer seid, aber habt bitte etwas Geduld. Die Leute vor euch sind blind.‹ Darauf betet der Priester ein Ave-Maria und segnet sie, und auch der Reverend spricht ein Gebet.«

Ich hielt inne.

»Warum erzählst du nicht weiter?«

»Soll ich wirklich?«

»Oder war das schon die Pointe?«

»Nein.«

»Dann lass hören.«

»Der Rabbi hingegen nimmt den Ranger beiseite und sagt: ›Wieso können die nicht bei Nacht spielen?‹«

»Lustig«, sagt sie ernst.

»Scheint mir nicht so.«

»Ich wüsste nur gerne, warum du auf die Idee gekommen bist, dies wäre ein angemessener Witz für Onkel Michael.«

Falls ich Onkel Michael je diesen Witz erzählt habe, dann ausschließlich deshalb, weil ich ihn zum Lachen bringen wollte. Ich wollte, dass er mich mag. Ich wollte mich ja bei allen beliebt machen. Ich wollte ein Plotz sein. Ich wollte ein jüdischer Plotz beim Schiwesitzen sein, auf die jüdische Schule gehen, wollte im Schutz des Plotz-Clans zusammen mit Connie Babys machen.

»Wieso?«, fragte ich. »Ist der Witz etwa antisemitisch? Er ist doch nicht antisemitisch, oder?«

Diese Angst hatte ich immer. Dass mir irgendwann einmal etwas offen Judenfeindliches herausrutschte.

»Der Mann war in Trauer!«, sagte sie.

»Was?«

»Ist dir nicht aufgefallen, dass dies vielleicht der falsche Zeitpunkt für einen Witz sein könnte?«

»Nein, Connie, so war es nicht«, sagte ich. »In der Trauerwoche habe ich ihm diesen Witz garantiert nicht erzählt. So etwas würde ich nie tun. Wer hat dir denn so etwas gesagt?«

»Ich sagte ja, es ist nur ein Gerücht, und auf Gerüchte gebe ich nichts.«

»Dann tu es auch jetzt nicht. Connie, bitte, ich erzähle doch keine Witze, wenn jemand in Trauer ist, das gebietet allein der Anstand.«

»Ist das so, Paul Saul?«, sagte sie. »Dann erzähl mir mehr von deinem Anstand.«

Ich ließ sie stehen, um mich um den nächsten Patienten zu kümmern.

In all den Jahren bin ich sicher tausendmal an Carlton B. Sookhart's Rare Books and Antiquities in einer Querstraße der Park Avenue vorbeigekommen, aber dass ich dort einmal durch die Tür gehen würde, hätte ich mir nicht träumen lassen. Doch an diesem Freitag tat ich es. Der Laden war halb Antiquariat, halb Kuriositätenkabinett. Die Hartholzdielen im Hauptverkaufsraum knirschten bei jedem Schritt, als liefe gerade ein Schiff auf Land. Vor den hohen Bücherregalen, aus denen die halbe Menschheitsgeschichte raunte, war eine fahrbare Bibliotheksleiter aus demselben Holz. Der Schreibtisch des Inhabers befand sich erhöht auf einem kleinen Podest, das von einer filigranen Balustrade umgeben war. Hinter ihm in einer Plexiglasvitrine ein Schwert mit edelsteinbesetztem Griff (»aus den Kreuzzügen«, sagte er), und im Schaukasten rechts waren Schädel aufgereiht, die duldsam in die Ewigkeit starrten. Unsere Unterhaltung begann mit einem Vortrag über den Stein auf seinem Schreibtisch, auf den ersten Blick nichts Außergewöhnliches, ein Stein von der Größe eines Baseballs, in Wahrheit aber ein berühmter archäologischer Fund aus Jerusalem. Mittlerweile diente er Sookhart als Briefbeschwerer. Ich fand es schade, dass so ein Stein dem Reich verscharrter Geheimnisse entrissen war und in diesem weltfernen Raum in der 82. Straße nur noch einen Stapel Rechnungen an ihrem Platz hielt.

Ich erzählte Sookhart von der unfreiwilligen Webseite für meine Praxis und den betrügerischen Posts unter meinem Namen.

»Sagt Ihnen der Begriff Kantavetikel etwas?«, fragte ich ihn.

»Kantavetikel«, sagte er. »Was soll das sein?«

»Das ist vermutlich eine Sammlung von sogenannten Liederungen.«

»Und was sind Liederungen?«

Mit jedem Wort suchte er seinen britischen Akzent zu kaschieren. Er hatte die Hemdsärmel hochgeschlagen und kratzte sich während unseres Gesprächs beinahe obszön die weiße Drahtwolle auf seinen Unterarmen.

Über die Jahre hatte Sookhart so manchen aufsehenerregenden Kunst-Deal eingefädelt, vermittelte unter anderem zwischen einem jordanischen Museum und dem Israelischen Nationalmuseum bezüglich der Qumranschriften, auch echte Gutenberg-Bibeln zählten zu seinem Gebiet. In beiden Fällen war er als Agent für die Verkäuferseite tätig. In den späten neunziger Jahren wurde sein Ruf allerdings durch etliche Betrugsvorwürfe beschädigt. Die Radiokarbondatierung eines Blattes des Codex von Aleppo (aus einem verschollenen Teil der Tora) brachte an den Tag, dass das Pergament mehrere Jahrhunderte jünger war, als er behauptet hatte. Das Internet ist eine Schatztruhe.

Ich gab ihm einen Ausdruck meiner Bio, worauf er am ganzen Körper nach seiner Brille tastete, obwohl sie direkt vor ihm auf dem Schreibtisch lag.

»Also das geht gar nicht«, sagte er, nachdem er gelesen und die Brille wieder abgesetzt hatte. »Nicht die Israeliten haben die Amalekiter angegriffen, sondern umgekehrt die Amalekiter die Israeliten.« Mit routiniert befeuchtetem Finger und Google-Geschwindigkeit blätterte er durch die King-James-Bibel auf seinem Tisch. »›Denke daran, was dir die Amalekiter taten auf dem Wege, als ihr aus Ägypten zogt: wie sie dich unterwegs angriffen und deine Nachzügler erschlugen, alle die Schwachen, die hinter dir zurückgeblieben waren, als du müde und matt warst, und wie sie Gott nicht fürchteten.‹«

»Sie kennen sich ja aus«, sagte ich.

»Mein lieber Freund«, sagte er und begann erneut, sich am Arm zu kratzen. »Wenn Sie so lange im Geschäft sind wie ich, dann kennen Sie die Bibel wie Ihre Westentasche.«

»In meiner Bio steht, die Amalekiter hätten konvertieren wollen.«

»Zum Judentum?«, fragte er. »Unwahrscheinlich. Die Amalekiter waren gottlose Wilde. Alles, was die konnten, war Kamele klauen.«

»Und was geschah weiter mit ihnen?«

»Gute Frage. Was wurde aus den Hittitern, den Hivitern, den Amoritern und Perisitern, den Edomitern, Jebusitern und Moabitern? Gingen sie in den dominierenden Volksstämmen auf? Entwickelten sie sich zu Indoeuropäern? Oder starben sie einfach aus?«

»Aber dieser Geschichte zufolge haben vierhundert überlebt«, sagte ich.

»Ja, das steht in diesem Machwerk«, sagte er und deutete auf den Ausdruck. »In der Bibel steht etwas anderes, in der Bibel steht das Gegenteil.«

»Was steht in der Bibel?«

»Dass diese vierhundert Mann ebenfalls ausgelöscht wurden.«

»Ausgelöscht?«

Er lächelte mich an, als bereitete ihm das antike Massaker Vergnügen. »Sie schlachteten sie ab, radierten sie aus. Natürlich auf Gottes Geheiß.«

Abermals leckte er sich die Finger und schaufelte die Seiten der dicken Bibel um.

»›Auch gingen von ihnen, von den Söhnen Simeons, fünfhundert Männer zum Gebirge Seir … und sie erschlugen, die übrig geblieben waren von den Entronnenen der Amalekiter.‹« Zufrieden lehnte er sich zurück. »Der erste dokumentierte Völkermord in der Geschichte«, sagte er.

Ich rief »meinen« Kommentar auf der Webseite der *Times* noch einmal auf und zeigte ihn Sookhart.

»›Es waren Menschen, die aus der Asche der ausgerotteten Amalekiter erstanden waren …‹«, las Sookhart und kratzte versonnen sein wolliges Armtier. »Wer soll das sein?«

Als ich noch in Sam Santacroce verliebt war, interessierte ich mich natürlich auch für den Katholizismus. Ich erfuhr, wie das Wort »papistisch« zum Schimpfwort wurde und gegen welche Vorurteile Einwanderer aus katholischen Ländern zu kämpfen hatten. Amerika war kein papistisches Land, Siedler und Revolutionsmänner gegen die englische Krone gehörten fast ausschließlich irgendeiner protestantischen Kirche an. Ihrer Meinung nach konnte kein Katholik je amerikanischer Patriot sein, da Katholiken in erster Linie papsttreu waren. Und so taten sie alles, um Katholiken gar nicht erst ins Land zu lassen oder schoben sie, als das nicht klappte, in den neugegründeten Staat Maryland ab, wenn mich die Erinnerung nicht trügt. Ich war geschockt. Ich hätte nie gedacht, dass der Streit zwischen diesen Gruppen derart gewalttätig ausgetragen wurde. Immerhin wird der gemeinsame Glaubensstifter, wenn nicht tot am Kreuz, oft im Kreis von Lämmern oder Kindern abgebildet. Tatsächlich aber konnten der Hass und das Misstrauen unter den diversen Christen nicht größer sein. Und weil die Santacroces katholisch waren und überhaupt die anständigsten und besten Menschen unter der Sonne mit ihren sorgsam gepflegten Traditionen und blitzenden Importwagen und der langen Reihe seliger Familienhunde, kurz, weil sie für mich alles waren und auch alles, wofür Amerika jemals stand, hielt ich prinzipiell zu den Katholiken.

Es war nach der Wiedervereinigung mit Sam, als ich den Santacroces zwar nicht mehr ganz so unkritisch gegenüberstand, aber immer noch dazugehören und in derselben Heiligkeit wohnen wollte wie der Rest der Familie. Es war auf der lauten Weihnachtsfeier, als ich zu Bob Santacroce sagte: »Unglaublich, was den Katholiken über die Jahre angetan wurde.« Und lieferte auch gleich die Beweise dazu. Die Fakten hatte ich noch parat, sie stammten aus der heißen Phase meines Sam-Wahnsinns. Ich verwies auf die Hinrichtung von Thomas Morus und die Tatsache, dass der Heilige Stuhl ständig als Hure Babylon diffamiert wurde. Und amerikanische Amtseide seien häufig mit Absicht so formuliert, dass Katholiken passen müssen. »Nicht zu vergessen der Aufstand der Nativisten in Philadelphia 1844 mit der Zerstörung von katholischen Kirchen«, fügte ich noch hinzu. Ich wollte noch das mit John F. Kennedy sagen und den Verrenkungen, die er als erster katholischer Präsident der USA anstellen musste, um den Bürgern zu versichern, dass der Papst nicht mit im Weißen Haus saß. Bob Santacroce war ein blondes Schwergewicht mit unruhigen blauen Augen, der mich (bestimmt ohne beleidigende Absicht, aber für mich unverständlich) immer nur Hillary nannte. »Ja«, sagte er, und seine Augen machten kurz an mir fest, der ich an seinen Lippen hing, und sagte dann unvermittelt: »Na, wie gefällt dir die neue Wohnung?«

Eigentlich wohnten Sam und ich ja zusammen, aber natürlich stellte dieses voreheliche Arrangement für die Santacroces ein Problem dar. Was sollten die Leute denken? Also behalf man sich, indem man mir ein eigenes Apartment mietete, das in der Regel ungenutzt blieb, aber nach außen hin den Schein wahrte, dass die Tochter nicht in wilder Ehe mit einem Mann lebte. Gebraucht wurde das Apartment immer dann, wenn die Santacroces oder Freunde der Familie zu Besuch kamen, oder auch Freundinnen von Sam, deren Eltern mit den Santacroces bekannt waren, denn wie schnell wurde geredet? Bei all diesen Gelegenheiten hatte ich mich in »mein« Apartment zu verziehen und, je nachdem, auch dort zu nächtigen. Auf keinen Fall durfte ich beim Abschied der Santacroces in der Wohnung ihrer tugendhaften Tochter verbleiben, denn du musst dem Teufel die Herberge aufkündigen, wenn Gott bei dir einkehren soll. Ich spielte dieses peinliche Spiel mit. Zum einen, weil Sam es wollte, zum anderen, weil ich die verzerrte Wahrnehmung der Santacroces nur zu gern übernahm. Erst nach und nach wurde mir klar, dass es *ohne* verzerrte Wahrnehmung, *ohne* Lüge und Scheinheiligkeit auch das amerikanische Idealleben nicht gab, nach dem ich mich so sehnte. Die Perfektion wurde nur getrübt durch solche Verfälschungen, die zur Errichtung eben des perfekten Eindrucks nötig waren.

»Gut, die Wohnung gefällt mir sehr«, sagte ich zu Bob. »Und danke für das schöne neue Bett, das ihr mir gekauft habt.«

»Na ja«, sagte er. »Wir dachten, nach dem ganzen Uni-Kram schwimmst du nicht gerade in Geld.«

»Das ist wohl wahr«, sagte ich. »Meistens bin ich ziemlich pleite.«

»Und auf dem Boden schläft es sich schlecht.«

»Ja«, sagte ich. »Das war nicht gerade angenehm.«

»Hillary«, sagte er, »ich brauche noch einen Martini. Wenn du mich bitte entschuldigen würdest.«

Später am Abend hörten wir uns die alten Uni-Schwänke an, die er und ein paar Verbindungsbrüder zum Besten gaben. Hauptsächlich Geschichten über Mogeleien bei schriftlichen Prüfungen und Seminararbeiten.

Wer so mit sich selbst und den schönen Seiten der Welt im

Reinen war wie Bob Santacroce, dem waren wohl auch die Katholikenverfolgungen früherer Zeiten egal. Der Antikatholizismus hatte ihn nie gehindert, sich die richtigen Freunde zu suchen und ein Vermögen zu machen. Dass mir das vergangene Unrecht naheging, ja, dass ich es persönlich nahm, weil ich nicht verstehen konnte, wie so gute Menschen wie die Santacroces Ziel eines Glaubenshasses sein konnten, war eigentlich eine Liebeserklärung. Allerdings eine, für die jemand wie Bob Santacroce viel zu blöd war. Und leider war *ich* zu blöd für richtiges Timing und die adäquate Einschätzung der Situation. Letztlich war Bob Santacroce ein schlichter Mensch mit einer gewinnenden Persönlichkeit, der die Gelegenheit beim Schopf gepackt und es ohne größere Widerstände zu Reichtum gebracht hatte. Außerdem hatte er schon vier Martinis intus. Wenn ich damals bloß über Baseball geredet hätte, ich glaube, ich wäre der ideale Schwiegersohn gewesen.

Egal, bei den Plotzens sollte alles anders werden. Bei ihnen wollte ich endlich den Smalltalk machen, der ankam, mit Themen wie Sport, Wetter, Promiklatsch, neuen Automodellen, politischen Skandalen, dem Benzinpreis, dem richtigen Putter und tausend anderen unwichtigen Sachen. Kurz, ich wollte mich nicht nur bei Connie zurücknehmen, sondern auch bei ihrer Familie. Öfter mal den Mund halten war der beste Schutz dagegen, mich irgendwo zum Affen zu machen. Und warum auch nicht? Ich war sechsunddreißig, ein gebildeter Mann, erfolgreicher Zahnarzt mit einer florierenden Praxis. Ich brauchte nichts zu beweisen. Bevor ich kam, schleppte sie immer nur ungewaschene Musiker und abgerissene Künstlertypen an, die, wie ich beiläufig erfuhr, die Sofakissen begrabschten und den Wein wegsoffen. Immerhin hatte ich ein regelmäßiges Einkommen. Ansonsten verlangte eine Duldung an der Tafel der Plotzens nicht viel: Ich musste nur lächeln und höflich sein. Mit der Zeit würden sie mich akzeptieren oder sogar in ihrem Kreis willkommen heißen. Vielleicht führte diese einfache Strategie, dachte ich, eines Tages sogar dazu, dass sie mich liebten.

Doch anders als bei Santacroces war bei Plotzens der gedimmte Smalltalk nicht üblich. Im Gegenteil, einer musste immer das große Wort führen – der dann von einem Zweiten übertönt, welcher wiederum von einem Dritten niedergequasselt wurde. Es fehlte auch jede Gelassenheit in Bezug auf das Leben. Sie waren bestens über Tagespolitik informiert, sowohl in den USA als auch in Israel, und taten ihre Meinung kund. Und das nicht nur nebenher, sondern mit aller Macht, als ginge es um Leben und Tod. Sogar um Bücher, Filme, Kochrezepte und die besten Parkhäuser wurde heftig gestritten. Es waren Menschen, deren Vorfahren noch Kleinhändler in der Lower East Side gewesen waren. Leute, die alles gegeben hatten, damit die Kinder die Abendschule besuchen konnten. Sogar die jetzige Generation nahm nichts von dem Erworbenen für selbstverständlich. Diese Menschen waren alles andere als leichtfertig. Ich liebte sie dafür und achtete sie höher als die Santacroces. Und während mir einerseits das eigene Alter und die teuer bezahlten Fehler der Vergangenheit ein bisschen Besonnenheit beigebracht hatten, war ich andererseits diesem leicht entzündlichen Clan, seinen hitzigen Diskussionen und seinem schrankenlosen Familiensinn völlig verfallen. Es war meine erste echte Begegnung mit amerikanischen Juden.

Das größte Verhängnis des Atheismus war nicht der Verlust Gottes und seiner Tröstungen (was damit nicht kleingeredet werden soll), sondern der Verlust eines wahren menschlichen Vokabulars. Gnade, Barmherzigkeit, Erhabenheit: Wie für jeden Gläubigen waren diese Dinge auch für mich spürbar, wenngleich wir uns über die Ursache nicht einig waren, und doch fehlten mir letztlich die Worte dafür, denn die, die ich dafür hätte benutzen können, entstammten einer alten erledigten Ordnung. Als ich mich in Connie und die Plotzens verliebte, fiel mir natürlich auch das passende Wort dazu ein, das ich ebenso natürlich vermied: gebenedeit. Ja, ich fühlte mich gebenedeit.

Und bei aller Zurückhaltung tat ich ein, zwei Dinge, die zumindest fragwürdig waren. Meine aufdringlichen Komplimente und die Hora bei der Hochzeit von Connies Schwester erwähnte ich bereits. Aber da war noch etwas anderes, von dem Connie allerdings nichts mitbekam. Ich bot Onkel Ira und Tante Anne eine kostenlose zahnärztliche Behandlung auf Lebenszeit an.

»Sie können jederzeit vorbeikommen«, sagte ich und reichte Ira meine Visitenkarte. »Sie brauchen nicht einmal einen Termin.«

Ira drehte die Visitenkarte in der Hand und besah sich die weiße Rückseite, ehe er sie an seine Frau weiterreichte.

»Ich habe einen Zahnarzt«, sagte Ira. »Brauche ich zwei?«

»Der Mann will nur nett sein, Ira«, sagte Anne, sichtlich bemüht, die schroffe Antwort zu überspielen, und dankte mir für mein Angebot. »Aber es stimmt schon«, sagte sie. »Wir gehen seit zwanzig Jahren zum selben Zahnarzt. Dr. Lux. Kennen Sie Dr. Lux?«

Ich schüttelte den Kopf.

»Na ja, das ist auch kein Wunder, die Praxis ist in New Jersey. Aber Zahnärzte wie Dr. Lux gibt es heute nicht mehr.«

»Trotzdem«, sagte ich, »das Angebot steht. Vielleicht bei einem Notfall.«

»Bei einem Notfall rufe ich Dr. Lux an«, sagte Ira.

Anne verzog gepeinigt das Gesicht. »Er dankt Ihnen jedenfalls«, sagte sie.

Etwa um diese Zeit begann ich auch, mich mit dem Judentum zu befassen. Wann immer ich Zeit hatte, ging ich in die Bibliothek und las mich durch die Literatur. Römisches Reich (zu lange her) und Nazizeit (vieles schon bekannt) ließ ich links liegen, ich wollte wissen, wie die »normale« Judenverfolgung aussah. Immer wieder wurden Juden absurder Vergehen bezichtigt und meist auf der Stelle umgebracht, während der örtliche Klerus ihr irdisches Vermögen an sich riss. Fünfzig Juden starben auf dem Scheiterhaufen, und ein christlicher Tagebuchschreiber machte sich die Mühe, ihre Schmerzensschreie verbatim festzuhalten. Die Kinder verschonte man, doch wurden sie vor den Augen ihrer brennenden Eltern zwangsgetauft. Nie schien mir die Welt derart niederträchtig und tollwütig, so durch und durch böse wie im Umgang mit den Juden. Vor allem: Von diesem fluchwürdigen Hass schien es keine Erlösung zu geben. Ich wollte mich dazu äußern, wollte irgendjemandem irgendetwas sagen, das vermutlich genauso unpassend war wie mein Vortrag vor Bob Santacroce – und aus diesem Grund auch ungehört blieb. Und mit Verlaub, der Antikatholizismus in den angelsächsischen Ländern hielt keinen Vergleich aus mit den Gräueln der Judenverfolgung. Keine Ahnung, warum, aber mein idealer Adressat wäre Connies Onkel Stuart gewesen. Er besaß diese Würde, diese tiefe Gewissheit, die sich auch als Voreingenommenheit gegenüber mir äußerte. Allein wie er aß, gab mir zu denken, und er aß immer sehr wenig. Es war, als wollte da jemand sein Essen transzendieren und als sei die wahre Speise ohnehin nur in Höherem zu finden, in der Tora und in der Stille. Aber ich widerstand der Versuchung. Onkel Stuart brauchte für historisches Unrecht nicht meine Entschuldigung, zumal ich daran gar nicht beteiligt war. Und ich wollte auch nicht den Eindruck erwecken, dass ich ihn und seine Vorväter bemitleidete. Ich wollte ihm lediglich zu verstehen geben, dass ich *wusste*. Aber was wusste ich eigentlich genau? Selbst wenn ich alles über jüdische Geschichte wusste oder jüdisches Leiden oder jüdische Theologie (was unmöglich war), was fing ich damit an? Sollte ich zu Onkel Stuart gehen und sagen: »Hey, ich weiß alles über die Kreuzzüge« oder »Hey, ich habe von diesen

Pogromen gelesen« oder »Diese Zwangsbekehrungen müssen echt schlimm gewesen sein«? Und wenn ja, was wollte ich damit sagen? Wollte ich wirklich über Kreuzzüge, Pogrome und Zwangsbekehrungen reden oder nur über mich? Es stand zu befürchten, dass – ähnlich wie bei Bob Santacroce – Letzteres galt. Aber anders als bei Bob Santacroce konnte ich damit nicht einmal ansatzweise punkten. Onkel Stuart war meine Meinung nämlich völlig egal. Er hätte nur historische Schlagworte gehört und sie gleich als das gesehen, was sie waren, eine Betroffenheits-Hitparade, heruntergebetet in dem billigen Versuch, mich in leichten Zeiten auf die richtige Seite zu stellen. Hatte ich mir nicht geschworen, solchen Anwandlungen zu widerstehen? Verbot sich nicht gerade aufgrund der Größenordnung von Vertreibung und Mord erst recht jeder Kommentar?

Doch eines Abends auf der Geburtstagsfeier von Connies Cousin Theo passierte es doch.

Es stimmt nicht ganz, dass ich schon immer Atheist gewesen bin. Vor dem Tod meines Vaters gingen meine Eltern durchaus in die Kirche. Aber es waren laue Christen, meine Eltern, und ihre Gottesdienstbesuche folgten keinem bestimmten Prinzip. Ich erinnere mich jedoch, dass wir einmal sechs Wochen hintereinander zur Kirche gingen, einschließlich Sonntagsschule und Gemeindetreff am Mittwoch mit mitgebrachtem Büfett und anschließendem gemütlichem Beisammensein. Der halbherzige Erziehungsversuch ging von meinem Vater aus. Vermutlich wollte er vermeiden, bei einem Ausflug die ganze Familie gegen einen Baum zu fahren. Oder er hatte sich sagen lassen, dass Gott die Lösung für alle seine Plagen sei, einschließlich seiner Kaufsucht. Einmal kam er mit sämtlichen heruntergesetzten Golfeisen aus dem Sears-Sortiment nach Hause und stand dann heulend an der Küchenspüle, während meine Mutter die Dinger zurückbrachte. (Welche Wirkung diese Episode auf mich hatte? Einmal eine unglaubliche Ferne zu dem Mann, der mein Vater sein sollte. Gleichzeitig war ich tief verstört, dass er weinte.) Später, nach seinem Tod, schleppte meine Mutter uns in eine ganze Reihe protestantischer Kirchen, wohl in dem verzweifelten Bemühen, dem Unbegreiflichen irgendetwas entgegenzusetzen. Wir gingen zu den Baptisten, den Lutheranern, wir gingen in die Episkopalkirche, zu den Pfingstlern und zu den Disciples of Christ. Wir erlebten den »zeitgemäßen« Protestantismus für modernistische Weicheier, und wir erlebten evangelikale Hardliner. Wir hörten von ewiger Verdammnis, und wir hörten von guten Werken und sozialen Projekten. Und am Ende saßen wir wieder zu Hause auf dem Sofa und trauerten auf normale amerikanische Weise: fest vereint vor dem Fernseher.

In jener Zeit jedoch erfuhr ich von Gott, einem lebendigen Gott, der immer da war und auf mich achtgab. Die Botschaft kam von Frauen, die sich zu mir herunterbeugten, von Männern in Schwarz, die immerzu Stühle stapelten, und von alten Diakonen, die nichts dagegen hatten, wenn man sich zu ihnen auf den Schoß setzte. Ja, Gott war allmächtig und ein liebender Gott, der alle schlechten Sachen wegmachte. Er hatte seinen Sohn gesandt, Jesus, der für uns und unsere Sünden am Kreuz gestorben war. Und Jesus liebte mich, wenn ich ihn nur ließ. Wenn ich Jesus von ganzem Herzen liebte, würde er mir meinen Dad wiedergeben, und zwar an einem wunderschönen Ort namens Himmel. Und Dads Wunden wären geheilt und seine Sünden vergeben. Nie mehr wäre er traurig, und Mom würde ihn liebhaben und nie mehr weinen, und wir alle drei hätten das ewige Leben und würden nie wieder voneinander getrennt. Und weil ich das damals unbedingt glauben wollte, glaubte ich auch – eine Zeitlang.

In dieser Phase erfuhr ich auch das eine oder andere über Martin Luther. In der Sonntagsschule lernten wir, ihn als eine Art Superhelden zu betrachten, der gegen den Papst aufgestanden war und den einfachen Leuten die Bibel in die Hand gegeben hatte. Auch wenn ich Luther in der Zeit mit den Santacroces kritischer sah, so wirkte doch die alte Sonntagsschullehre fort. Luthers Vermächtnis war – bei aller protestantischen Zersplitterung – nicht weniger als Amerika selbst. In Bezug auf die Juden hatte er jedoch versagt. Luther glaubte, wenn einmal die Heilige Schrift vom Übel des Papsttums gereinigt sei und erst ihre wahre Kraft entfalte, könnten die Juden gar nicht anders, als massenhaft zu konvertieren. So viel Dämlichkeit nötigt mir schon einen gewissen Respekt ab. Die Juden waren bei Jesus nicht konvertiert und auch nicht bei den Römern, weder nach der Eroberung von Jerusalem noch in den Feuern der Kreuzzüge. In Europa hatten sie Enteignung und Vertreibung widerstanden, doch ausgerechnet Luther sollte das Wunder bewirken? Man brauchte ihnen nur eine Bibel in die Hand zu drücken, und viele tausend Jahre talmudische Tradition flogen auf den Müll? Tief enttäuscht über das verstockte jüdische Herz setzte sich Luther hin und schrieb *Von den Juden und ihren* Lügen – womit er zumindest aus *seinem* Herzen keine Mördergrube machte.

Ich wollte Onkel Stuart fragen, ob er diese Hetzschrift kannte, die offenbar nicht nur den Boden bereitet hatte für Jahrhunderte der Judenverfolgung, sondern womöglich auch den Holocaust erst möglich gemacht hatte. Ich wollte ihn nach seiner Ansicht zu Luther und dieser unfassbaren, typisch deutschen Hasstirade fragen. Aber das riskierte ich nicht, unzugänglich, wie dieser Onkel Stuart sich gab – und wohlgemerkt, das war noch vor der Hochzeit von Connies Schwester und dem Philosemiten-Witz. Aber gar nichts sagen ging auch nicht, nicht nach alle dem, was ich über Luther gelesen hatte, nicht inmitten der Plotzens, die Luther und die Folgen überlebt hatten und ausgelassen feierten. Hier waren sie, die Juden und ihre Lügen, »bittere, giftige Würmer«, und hatten sich versammelt, um Theos Geburtstag zu begehen: Connies Großmutter Gloria Plotz, erblindet nach Makuladegeneration, aber milde lächelnd im Kreis ihrer Enkel; ihr Cousin Joel, der mit der lauten Lache; das schlafende Baby im Arm ihrer Schwester Deborah; schließlich Onkel Ira, wie immer ein bisschen abseits, in der einen Hand ein Plätzchen, in der anderen das Punschglas. Luther hielt es für ein großes Versäumnis, sie nicht alle zu erschlagen – und meinte Menschen wie diese: Tanten, Onkel, Cousins und Cousinen, Menschen, die Präsente mitbrachten, Menschen mit einem Punschglas in der Hand. Ich näherte mich Ira.

»Ich habe über Martin Luther gelesen«, sagte ich zu ihm. Er blickte mich an. »Wusstest du, dass er ein Pamphlet mit dem Titel *Über die Juden und ihre Lügen* geschrieben hat?« Ira hob die Brauen und beließ sie oben, während er mir plätzchenkauend ins Gesicht sah. »Ich habe es gelesen.«

»Warum?«

»Warum?«

»Ja«, sagte er und schluckte. »Warum?«

»Weil ich noch nie etwas von Luther gelesen hatte.«

Er wischte sich mit einer Papierserviette über den Bart und sah mich weiter an.

»Luther war ein übler Antisemit.«

Nach einer Pause sagte er: »Und?«

»Er hat entsetzliche Sachen gesagt. Hier, ein paar habe ich mir aufgeschrieben.«

Ich holte einige Notizzettel hervor, die ich in der Bibliothek vollgeschrieben hatte. Darauf zu lesen: Luthers herbste Sprüche. Ich reichte sie Ira.

»›Darum wisse du, lieber Christ‹«, las Ira, »›und zweifle nicht daran, dass du nächst dem Teufel keinen bittereren, giftigeren, heftigeren Feind habest, denn einen rechten Juden, der mit Ernst ein Jude sein will …‹« Er stockte und sah mich an. »Warum hast du das aufgeschrieben?«

Ich hatte es mir aufgeschrieben, weil ich wütend war, dass so etwas je geschrieben worden, und auch, dass es immer noch verfügbar war. Aber warum schrieb *ich* es ein weiteres Mal auf und trug es mit mir herum, um es Leuten auf Partys zu zeigen? Plötzlich sah ich mich durch Iras Augen und erschien mir wie ein Wahnsinniger.

»Solche Zitate trägst du bei dir?«

»Nicht immer«, sagte ich.

»Eine hübsche Blütenlese«, sagte er und gab mir meine Notizen zurück. Dann wandte er sich ab, aber die kurze Bewegung seiner Brauen sprach Bände – über mich.

Na gut, vielleicht war das nicht das Einzige, dachte ich um drei Uhr morgens, hellwach und entsetzt. Vielleicht waren da noch ein, zwei Sachen mehr, darunter auch der Witz, den ich Michael angeblich erzählt hatte. Und möglicherweise sogar beim Schiwesitzen für seine Mutter, ich weiß es wirklich nicht.

Am Tag, an dem ich Sookhart aufsuchte, fiel mir beim morgendlichen Zigarettenkauf die Schlagzeile eines Hochglanzmagazins ins Auge. In fetten Lettern stand da: »Daughn und Taylor wieder zusammen?« Ein Satz, der mir später wieder in den Sinn kam, als ich an einem Patienten arbeitete. Dass Daughn und Taylor wieder zusammen waren, hatte ich gar nicht gewusst, geschweige denn, dass sie je getrennt waren und jetzt – vielleicht – wieder zusammenkamen. Noch beunruhigender war, dass ich nicht einmal wusste, wer Daughn und Taylor waren. Daughn und Taylor, dachte ich, Daughn und Taylor … Wer zum Teufel sind Daughn und Taylor? Es war offensichtlich, dass ich sie kennen sollte, wenn man das Bild der Villa sah, die es – versöhnungsbedingt – ebenfalls ins Blatt geschafft hatte. Aber ich wusste gar nichts, und dieses Nichtwissen war ein Indiz für Isolation. Eine Schlagzeile wie »Daughn und Taylor wieder zusammen?« erinnerte mich nur daran. Aber warum war das so? Warum war ich von allem so isoliert? Na ja, zum einen war ich alt. Dazu kam, dass ich Fernsehsendungen, Filme und Musikvideos, in denen Leute wie Daughn und Taylor auftraten, nicht sah. Entsprechend lange dauerte es, bis ich die verbotenen Sex-Videos von Daughn und Taylor im Netz gefunden hatte. Aber selbst wenn mir Daughn und Taylor völlig gleichgültig waren, fühlte ich mich ausgeschlossen. Schlagartig wuchs mein Verlangen, mehr über Daughn und Taylor zu erfahren. Zumindest wollte ich herausfinden, ob Daughn der Mann in dieser Beziehung war oder Taylor – bei solchen Namen ist das nämlich völlig offen. Rein gefühlsmäßig war Daughn für mich der Mann. Andererseits konnte Daughn nur eine andere Schreibweise von Dawn sein, dann war Daughn die Frau und Taylor der Mann. Das heißt, falls es sich nicht um zwei Männer oder zwei Frauen handelte. Heutzutage konnte man nicht mehr davon ausgehen, dass nur über Hetero-Paare berichtet wurde, heute war man »bunt«, wie Ellen und Portia. Ellen und Portia kannte ich. Und Brad und Angelina. Vor Brad und Angelina waren es Brad und Jen, und vor Brad und Jen waren es Brad und Gwyneth. Dasselbe mit Tom und Katie. Vor Tom und Katie waren es Tom und Nicole, vor Tom und Nicole hießen sie Tom und Mimi. Wer noch? Richtig, Bruce und Demi und Johnny und Kate und Ben und Jennifer. Wie viele Promipärchen ich schon gekannt hatte und wie veraltet sie alle waren! Für Follower von Daughn und Taylor müssen Namen wie Bruce und Demi wie Antiquitäten aus den Achtzigern klingen. Die Achtziger, das ist dreißig Jahre her. Achtziger hört sich für Fans von Daughn und Taylor an wie für mich damals die Fünfziger. Aus den achtziger Jahren waren, quasi über Nacht, die Fünfziger geworden. Es war unfassbar. Genauso gut könnte ich mir eine Biberfellmütze aufsetzen und unter dem Tisch in Deckung gehen, um der Sowjetbombe zu entgehen. Jede Wette, die Daughn-und-Taylor-Fans sehen uns so. Aber keine Angst, schon bald sind die zehner Jahre die neuen Achtziger, und kein Schwein erinnert sich mehr an Daughn und Taylor außer denen, die es erlebt haben. Und am Ende sind wir alle tot. Aber erst einmal musste ich klären, wer Daughn und Taylor waren, Patient hin oder her. (Ich vernähte gerade den Unterkiefer im Rahmen einer dringend erforderlichen Transplantation.) Ich blickte auf Abby. Abby wusste garantiert, wer Daughn und Taylor waren, dachte ich. Ich könnte sie fragen. Aber das ging nicht, weil sie dann gleich wieder so eingeschüchtert war, dass sie kein Wort herausbrachte. Fest stand nur, dass sie ein vernichtendes Urteil über mich fällen würde, weil ich nicht wusste, wer Daughn und Taylor sind, wo doch *jeder* weiß, wer Daughn und Taylor sind. Ich sehe richtig vor mir, wie sie denkt: »Mann, dieser alter Sack ist echt so von gestern, da kriegt man ja Depris von. Weiß nicht mal, wer Daughn und Taylor sind! Geh doch sterben, Alter, für dich kommt eh nichts mehr.« Abby fragen geht also gar nicht. Ich muss hier ausharren, die Nähte zu Ende machen. Frühestens in einer Viertelstunde komme ich wieder an meine Ich-Maschine, bis dahin sitze ich im amerikanischen Alterskäfig.

»Dr. O'Rourke?«

Es war Connie mit ihrem Tablet.

»Hast du mal kurz Zeit?«, fragte sie.

»Connie, eine Frage«, sagte ich. »Weißt *du*, wer Daughn und Taylor sind?«

Sie sah mich an, als hätte ich etwas genommen. »Du weißt nicht, wer Daughn und Taylor sind?«

»Nur so halb«, sagte ich.

Sie sagte es mir. C-Promis.

Ich beendete die Arbeit an meinem Patienten und folgte ihr vor die Tür.

»Ich hab gerade eine Freundschaftsanfrage bekommen«, sagte sie.

»Du meinst auf Facebook?«

»Ja, auf Facebook.«

»Warum erzählst du mir das? Habe ich irgendwas damit zu tun? Willst du mal einen Rat haben? Freunde sind eine wundervolle Sache, unersetzlich sogar. Vielleicht sogar wichtiger als die eigene Familie. Aber wenn du das nächste Mal deine Kontakte durchgehst, frag dich mal, wie viele dieser Leute wirklich deine Freunde sind. Vielleicht findest du einen oder zwei, aber wenn du ehrlich bist, hast du auch die schon ewig nicht mehr gesprochen. Wahrscheinlich kennt ihr euch gar nicht mehr und habt euch auch nichts zu sagen. Wenn du meine Meinung hören willst: ablehnen. Vom wem ist sie eigentlich?«

Sie hielt mir das Tablet vor die Nase. »Von dir.«

Das Bild war wiederum extrem verrauscht, doch diesmal war wohl ein starkes Tele zum Einsatz gekommen, das von außen in meine Praxis gespäht hatte. Das Bild zeigt mich in Behandlungszimmer 3 bei der Arbeit an einem Patienten.

Auch mein Name war wieder da: Dr. Paul C. O'Rourke, D.D.S., Manhattan, NY.

Unter »Aktivitäten und Interessen« stand: »Boston Red Sox.«

Die Boston Red Sox, lediglich eine Aktivität und ein Interesse, keine Leidenschaft, die Leiden schafft, kein heiliger Schwur in der Saisonpause. Kein Andenken an einen Toten. Keine Bestimmung, welche höher ist denn jede Vernunft. Nur ein Interesse. Ein Interesse, dem ich nachgehe, wenn sie spielen, egal ob zu Hause oder auswärts, ob sie gewinnen oder verlieren, so etwas in der Art. Vielleicht lese ich auch am nächsten Tag die Spielberichte. Millionen andere, Leute wie ich, teilen dieses Interesse. Warum gab es nicht Rubriken wie »Koronare Herzerkrankungen und Rehas«? Oder »Schenkungen und Beschlagnahmen«? Oder »Leben und Tod«? Warum ausgerechnet »Aktivitäten und Interessen«? Weil es das Einfachste war. Weil man ein Leben auf diese Weise klein machen konnte. Dreißig

Jahre! Die vielen dummen Tränen, um meine Red Sox vergossen! Jede verdammte Spielverlängerung! Nichts weiter als eine Aktivität und ein Interesse.

Ich war nicht nur sauer darüber, dass meiner Begeisterung für die Red Sox keine Gerechtigkeit widerfuhr, sondern dass ich daneben anscheinend keine anderen Interessen hatte. Was war mit dem Banjo? Oder Indoor-Lacrosse? Meinem Spanischkurs? Als ich noch Golf spielte, ließ ich extra das Geländer von meinem Balkon teilweise entfernen, um in schlaflosen Nächten ein paar Bälle in den East River zu schlagen, bis mir ein Patrouillenboot der Hafenbehörde mit ihren Suchscheinwerfern dahinterkam. Aber finde ich »Wasser-Golf« unter »Interessen und Aktivitäten«?

Im Sommer 2011 verfügte man bei Facebook über genau eine Hotline-Nummer für etwelche Probleme mit dem sozialen Netzwerk. Der Anrufer empfing dort – vom Band – den überaus nützlichen Hinweis: »Danke, dass Sie die Facebook-Service-Hotline angerufen haben. Leider kann Ihr Anruf um diese Uhrzeit nicht angenommen werden.«

Ich probierte auch eine Vielzahl möglicher Durchwahlnummern in der Hoffnung auf eine menschliche Stimme, ohne Erfolg. Keine Erfindung, weder die Druckerpresse noch Telegraph, weder Postdienst noch Telefon hat mehr für die allgemeine Kommunikation geleistet als das Internet. Aber wie konnte ein Individuum, die einzelne kleine Stimme im babylonischen Durcheinander, mit dem Internet selbst kommunizieren? An wen wandte man sich im Fall eines Fehlers? Wie und wo erhielt man Entschädigung?

»Was rufst du da auch an?«, sagte Connie. »Niemand ruft bei Facebook an.«

»Aber sollten sie nicht irgendeine Art von Kundenservice anbieten?«

»Sie haben keine Kunden.«

»Oder wenigstens eine Hotline, eine Beschwerdestelle? ›Finde deine Freunde bei Facebook‹, sagen sie immer. Aber anrufen kann man sie nicht.«

»Geh erst mal auf die Seite und sieh nach, was sie vorschlagen«, sagte sie.

»Hör mir auf mit der Seite«, rief ich. »Das ist eine Frechheit. Aktivitäten und Interessen! Diese Arschlöcher können nur eines: alles kleinmachen.«

»Hey!«

Ich war richtig laut geworden. Sie deutete mit dem Kopf in Richtung Wartezimmer.

»Beruhige dich.«

»Beruhigen? Wie denn?«, sagte ich leise.

Sie sah weiterhin auf den Bildschirm. »Was ist ein Ulm?«, fragte sie.

»Ein was?«

»Ein Ulm. Du wirst hier als Ulm bezeichnet.«

Abermals schaute ich auf das Tablet. Ich hatte mich bisher nur über »Aktivitäten und Interessen« aufgeregt und den Punkt »Religiöse Ansichten« vollkommen übersehen. Dort stand: »Ulm«.

»So hat mich auch dieser Al Frushtick genannt.«

»Wer?«

»Dieser Patient von mir. Derselbe, unter dessen Namen die Webseite registriert ist.«

»Du meinst den, der nach Israel auswandern wollte?«

»Er nannte sich einen Ulm. Und meinte, ich wäre auch einer.«

»Was ist ein Ulm?«

»Weiß ich nicht, aber die meinen, ich wäre einer.«

»Wer sind die?«

»Keine Ahnung, irgendwelche Leute. Ich blicke da nicht durch, Connie, ich bin vollkommen machtlos. Schau dir das an, sie haben mein Leben gekapert!«

»Nur online.«

Ich dachte über den Unterschied zwischen meinem realen Leben und meinem Leben im Web nach.

»Da komme ich nicht mehr raus«, sagte ich.

»Wo raus?«

»Ich hab's versucht, aber es geht nicht. Nicht mehr. Ich bin drin«, sagte ich und sah auf meine Facebook-Seite. »Was *da* steht, das bin ich.«

Ich rief Talsman an, der mich an jemanden verwies, der auf Internetrecht spezialisiert war.

Dann schrieb ich an Seir Design und appellierte unter Verzicht auf jede Drohgebärde an ihr Herz.

Ich weiß nicht, was ich Ihnen getan habe, aber es ist wohl nicht zu unterschätzen, denn Sie zerstören gerade mein Leben.

Die Antwort, die zweite insgesamt, kam schnell und war ebenso karg wie die erste.

Was weißt du eigentlich von deinem Leben?

Ich rief Sookhart an. Er kannte eine *Stadt* Ulm, in Deutschland, Geburtsort von Albert Einstein. Aber ob es ein antikes Volk gleichen Namens gab, Nachfahren der Amalekiter, bezweifelte er.

»Das wäre dann ein zweiter semitischer Stamm, der bis auf biblische Zeiten zurückgeht...«, sagte er vage. »Halte ich für eher unwahrscheinlich.«

Ich fragte ihn, ob er wenigstens etwas über dieses heilige Buch herausgefunden hatte.

»Sie meinen diese Kantavetikel?«, fragte er. »Im Internet findet sich nichts, und ich habe das Wort noch nie gehört. Alle

Nachfragen, die ich in Ihrer Sache unternommen habe, waren ohne Ergebnis. Ich will Sie mit den Details nicht langweilen. Aber so viel kann ich zumindest sagen«, fügte er hinzu. »Es klingt doch halbwegs konkret.«

Am späten Nachmittag hatte ich einen Patienten, der mir schon beim Eintritt mitteilte, dass er schmerzempfindlich sei. Nicht normal schmerzempfindlich wie jeder, sagte er, sondern hochgradig schmerzempfindlich, vernichtend schmerzempfindlich. Aus diesem Grunde gehe er auch nicht zum Zahnarzt. Schon diese Plastikdinger, die man beim Röntgen zwischen die Zähne bekommt, seien für ihn unerträglich, und bei einer professionellen Zahnreinigung sei er aus Angst vor Schmerzen noch nie gewesen. Er sei aber bereit, vor mir den Mund aufzumachen, damit ich einen kurzen Blick hineinwerfen könne, um ihm zu sagen, dass er keinen Mundhöhlenkrebs habe. Ihm seien vor ein paar Monaten diese kleinen Knötchen aufgefallen, die er für Aphthen oder ähnlich harmlose, auf jeden Fall vorübergehende Beschwerden hielt, die meist ebenso schnell wieder verschwinden, wie sie gekommen sind. Nur sei das hier nicht der Fall, im Gegenteil, sie seien womöglich sogar gewachsen, wie er mit seiner Zunge fühlen könne. Auf meine Frage, wie lange, antwortete er, sechs oder sieben Monate vielleicht. »Na gut«, sagte ich, »dann schauen wir mal nach.« Nur, er machte den Mund nicht auf. Ich hatte noch nie jemanden erlebt, der nach meinem Einleitungssatz »Na gut, dann schauen wir mal nach« den Mund nicht aufmachte. Und dieser Patient biss sogar die Zähne zusammen und starrte mich an, als stünden wir uns, verschwitzt und nach wochenlanger sexueller Abstinenz, im Boxring gegenüber. »Ich hoffe, ich habe mich klar genug ausgedrückt«, sagte er. »Ich bin hier nicht beim Zahnarzt. Und mir ist auch egal, ob ich Zahnbelag habe oder entzündetes Zahnfleisch. Ich will nicht, dass Sie in meinem Mund irgendetwas anfassen. Ich toleriere nicht den geringsten Schmerz. Ich sage es nicht gern, aber da Sie der ärztlichen Schweigepflicht unterliegen … Sie unterliegen doch der ärztlichen Schweigepflicht?«

»Ja«, sagte ich.

Es war immer wieder ärgerlich, Patienten von meiner ärztlichen Verschwiegenheit zu überzeugen. Für wen hielten sie mich? Sah ich etwa aus wie ein Quacksalber, der mit seinem Planwagen in eine Westernstadt gerumpelt kommt und den Leuten irgendeine Wundermedizin verhökern will?

»Ich weiß, mein Gebiss ist hin«, sagte er. »Wahrscheinlich wollen Sie jetzt alles Mögliche unternehmen, aber das ist mir egal. Ich möchte nur, dass Sie eines wissen: Ich akzeptiere nicht den geringsten Schmerz. Und kommen Sie mir nicht damit, wie gut moderne Betäubungsmittel sind, denn wenn die Betäubung nachlässt, kommt der Schmerz, und Schmerz akzeptiere ich nicht. Ist das klar?«

Ich gab die Sonde an Abby zurück und hob die Hände wie jemand, der die Waffen streckt.

»Ich hätte gern eine Antwort auf meine Frage«, sagte er. »Ist? Das? Klar?«

»Absolut klar«, sagte ich.

Endlich öffnete er den Mund. Er hatte vielleicht noch sechs Monate zu leben.

Nachdem ich den Mann an einen Onkologen überwiesen hatte und nach dem letzten Patienten endlich Ruhe eingekehrt war, als Medizintechnik und Fernseher schwiegen und meine drei Angestellten letzte Arbeiten erledigten, machte ich mich ans Putzen. Das ist eigentlich Abbys Aufgabe, aber an diesem Abend war mir einfach danach. Ich erledigte die Flächendesinfektion an Behandlungsstühlen und Leuchten. Ich räumte sämtlichen Kram vom Instrumententablett und von der Dentalzeile und legte alles in Desinfektionslösung. Ich schrubbte die Waschbecken. Ich entsorgte den Müll, getrennt nach Medizinabfall und Restmüll. Auch auf dem Empfangstresen wollte ich Ordnung schaffen, doch dabei fiel mein Blick auf einen Stapel alter Patientenkarten. Sie wanderten entweder ins Archiv oder wurden soeben erneuert. Aufs Geratewohl zog ich eine Karte heraus. McCormack, Maudie. Letzter Termin: 19.04.04. Ich warf die Karte in den Mülleimer und auch alle anderen von dem Stapel. Ich zog eine Patientenakte aus dem Regal: Kastner, Ryan. Letzter Termin: 08.09.05. Flog ebenfalls in den Mülleimer, gefolgt von weiteren. Mrs. Convoy steckte den Kopf durch die Tür. »Was tun Sie da?« Die Frage überhörte ich. Sie kam näher und sagte: »Darf ich erfahren, was das soll?« Ich schüttelte den nächsten Müllsack auf und warf weitere Akten hinein. Sie holte eine aus der ersten Tüte hervor und schlug sie auf. »Sie dürfen das nicht wegwerfen«, sagte sie nach kurzer Überprüfung. »Sehen Sie das letzte Behandlungsdatum?« Ich ignorierte sie und machte einfach weiter. »Gemäß Abschnitt 29.2 müssen alle Patientenakten mindestens sechs Jahre aufbewahrt werden, diese hier ist erst vier Jahre alt.« »Mir egal, ich schmeiß den Kram jetzt weg«, sagte ich. »Das dürfen Sie nicht. Die ADA sagt…« Und Mrs. Convoy sagte mir, was die ADA alles sagte, aber die ADA konnte mich mal. Auf einmal waren mir sämtliche Bestimmungen, Vorschriften, Dokumentations- und medizinrechtlichen Nachweispflichten scheißegal. »Was diese Leute brauchen, ist ein neuer Anfang«, sagte ich. »Den gebe ich ihnen. Ich gebe ihnen einen neuen Anfang.« »Einen neuen Anfang?«, fragte sie. »Sind Sie wahnsinnig geworden?« Ich beachtete sie nicht und schaufelte Akten in den Müllsack. Connie beobachtete das Ganze von der Peripherie aus. Ich baute meinen Vorsprung weiter aus, denn während Mrs. Convoy jede zu rettende Akte einzeln überprüfen musste, konnte ich das Zeug stapelweise in den Müllsack feuern. »Hier ist eine von 2008«, sagte sie. »Die dürfen Sie nicht wegwerfen, Sie sind standesrechtlich verpflichtet …«, sagte sie und hielt mir einen Vortrag über Zahnärztekammer und Standesregeln. »2008 ist lange her«, sagte ich. »Dieser Clown kommt eh nicht wieder.« »Woher wollen Sie das wissen?«, fragte sie. »Das können Sie gar nicht wissen.« Ich blieb unbeeindruckt und machte weiter, und sie wurde immer fuchtiger. Abby versteckte sich mittlerweile hinter Connie, und die beiden erinnerten an zwei Kinder bei einem Ehekrach der Eltern. »Sie kommen nicht wieder«, sagte ich. »Keiner von denen kommt je wieder, nie im Leben.« »Das ist nicht wahr, das stimmt nicht. Wir haben eine außerordentlich hohe Verbleibsquote. Sie sollten stolz sein auf unsere Verbleibsquote.« Und unsere Verbleibsquote sei viel höher als in jeder anderen Praxis, in der sie bisher gearbeitet habe. Derweil flogen unentwegt Akten in den Müll. »Na und? Wen kümmert es, ob die Leute wiederkommen oder nicht? Macht es irgendeinen Unterschied, ob sie wiederkommen? Nein, es macht keinen, es ist im Grunde scheißegal.« Ich schnappte mir zwanzig Aktenhefter auf einmal und ließ sie in den Müllsack fallen. »Aufhören, sofort aufhören!«, schrie sie. »Was sollen wir denn mit dem ganzen Mist?«, brüllte ich zurück. »Paul, bitte«, sagte sie. »Das können Sie nicht machen!« Eine letzte Akte landete noch im Sack, dann ging ich nach Hause.

Kapitel 5

Kari Gutrich, Talsmans Cyberlaw-Expertin, rief mich am darauffolgenden Mittwoch an. Sie erklärte, dass eine Schadensersatzklage möglich sei. Nur sei das Phänomen an sich kaum in den Griff zu kriegen, da man immer nur reagieren könne. Das Internet insgesamt sei zu schnell.

»Wo wollten Sie denn Anzeige erstatten?«, fragte sie mich.

»Bei der Polizei oder der Staatsanwaltschaft, was weiß ich.«

Sie lachte, wie ich fand, ein bisschen zu laut. »Das ist gut für die Welt da draußen«, sagte sie. »Aber wir sind drinnen.«

»Drinnen?«

Polizei oder Staatsanwaltschaft mochten in der Realwelt die richtige Adresse sein, doch der Arm des Gesetzes reiche nicht in die Welt, in der Server regierten. Vielleicht sei das in Zukunft einmal anders, wenn solche Missbräuche wie Identitätsdiebstahl oder Rufmord besser verfolgt und geahndet werden könnten, erklärte sie mir, doch zurzeit hinke die Rechtsprechung der technischen Entwicklung hinterher. Und nur weil sich jemand über etwas geärgert habe, stehe ihm noch nicht der Gang vor Gericht offen.

»Geärgert? Ich ärgere mich nicht bloß«, sagte ich. »Da ist jemand, der eine Webseite für meine Praxis ins Netz stellt und unter meinem Namen ein Facebook-Konto eröffnet und darauf heimlich aufgenommene Fotos von mir veröffentlicht oder Kommentare schreibt, die vermuten lassen, ich hätte irgendetwas mit einer geheimen Sekte zu tun. Und das Ganze soll nur *ärgerlich* sein und nicht kriminell?«

»Wissen Sie, wer Ihnen das antut?«

»Ich weiß, wer die Seite registriert hat«, sagte ich und nannte den Namen Al Frushtick.

»Vielleicht schaffen wir es, die Seite vom Netz zu nehmen«, sagte sie. »Aber rein juristisch können wir erst einmal kaum mehr unternehmen. Vor allem ist es keine Lösung, die irgendwie von Dauer ist.«

Ich hätte vor Wut die Wand hochgehen können.

»Heißt das, ich kann nicht einmal wegen Rufschädigung klagen?«

»Dazu müssten Sie die Rufschädigung erst einmal nachweisen. Bisher haben wir so gut wie nichts in der Hand.«

In letzter Konsequenz riet sie mir also, gar nichts zu unternehmen, das aber möglichst richtig. Denn falls ich etwas unternahm, konnte es erst recht die Aufmerksamkeit auf meinen Internet-Doppelgänger lenken – ein perverser Mechanismus namens Streisand-Effekt. Egal, ob jemand im Recht war oder nicht, wenn er sich gegen eine negative Veröffentlichung wehrte, wurden die Leute umso neugieriger, und der angerichtete Image-Schaden wuchs lediglich weiter.

»Sie meinen Barbra Streisand?«

»Wir haben dazu für unsere Mandanten Empfehlungen herausgegeben«, sagte sie. »Geben Sie mir Ihre E-Mail-Adresse, und ich schicke sie Ihnen.«

»Können Sie sie auch faxen?«, fragte ich.

Kari Gutrich zufolge lautete das oberste Gebot: Keine »Gegenmaßnahmen« ergreifen, auch wenn man provoziert wird, sondern den Dingen ihren Lauf lassen, bis wir genügend Informationen beisammenhaben, um gezielt gegen den Verursacher vorzugehen.

Während unseres Gesprächs sah sie sich die Webseite an: »Und Sie haben wirklich nichts damit zu tun?«, fragte sie.

»Nein«, sagte ich, »nicht das Geringste.«

»Na dann«, sagte sie. »Zumindest ist die Seite gut gemacht.« Es war offenbar als Trost gemeint.

Ich stand vor Behandlungszimmer 3 und verfasste auf meiner Ich-Maschine die nächste Mail.

»Warum fragen Sie mich dauernd, was ich von meinem Leben weiß?«, schrieb ich an Seir Design.

> Was wissen *Sie* denn darüber, Al? Und was geht es Sie überhaupt an? Wie wenig Sie in Wirklichkeit von mir wissen, haben Sie gezeigt, als Sie unter »Aktivitäten und Interessen« nur die Red Sox nannten. Mittlerweile halte ich Sie nicht einmal mehr für eine reale Person. Sie sind nichts weiter als ein schäbiges kleines Betrugsprogramm. Nur eine Datenbank weiß, dass mein zweiter Vorname mit C beginnt.

Er (oder sie) antworteten postwendend:

> *Ich heiße nicht Al, Paul. Und was ich über dich weiß, geht weit über jede Datenbank hinaus. Ich bin kein Computerprogramm, sondern ein Mensch mit einem echten Herzen, der dir auf diesem Weg sein Mitgefühl ausdrücken will. Ich bin dein Bruder.*

Ich schrieb:

> Betsy?

Das löschte ich aber sofort wieder und schrieb stattdessen:

> Was weißt du angeblich über mich, »mein Bruder«?

Als keine Antwort kam, wollte ich es genauer wissen.

Bin ich ein Stubenhocker oder ein Naturbursche? Bin ich eher Hunde- oder Katzenliebhaber? Führe ich Tagebuch? Beobachte ich gern Vögel? Sammle ich Briefmarken? Bin ich ein unternehmungslustiger Mensch? Fülle ich meine Wochenenden mit typischen Freizeitaktivitäten und genieße sie dann bewusst? Oder stehe ich jedes Mal ohnmächtig vor so viel Leere und verplempere meine Zeit mit sinnlosen Sachen? Siehst du, das alles weißt du nicht. Und warum weißt du es nicht? Weil alles, was du zu wissen glaubst, nur das ist, was ich zufällig mal irgendwo hinterlassen habe. Aber ein paar Kommentare und ein bisschen Shopping im Internet sagen noch gar nichts, schon gar nicht definieren sie mich. Denn ich bin viel mehr, als dir die Algorithmen deines Menschen-Schematisierungsprogramms weismachen wollen. Du möchtest mich in eine Schublade stecken, merkst aber nicht, dass ich jederzeit daraus ausbrechen kann. Ich bin ein Mensch, kein Tier im Käfer.

Scheiß Autovervollständigung. Sofort schrieb ich hinterher:

Ich meinte Käfig.

Die Antwort kam prompt.

Folgendes weiß ich über dich: Du bist ein Stubenhocker, denn das verlangt schon dein Beruf. Die Natur ist dir fremd, und du findest auch keinen Zugang dazu. Die Natur hast du durch TV und Internet ersetzt. TV und Internet werden direkt ins Haus geliefert. TV und Internet befriedigen dein Bedürfnis nach Ablenkung, auch wenn du dabei für Höheres abstumpfst. Du hast keine Kinder, weil du dich ungebunden fühlst. Ungebunden im Sinne von unverbunden und entwurzelt. Und du kannst dir nicht vorstellen, wie man so ein Vermächtnis an ein Kind weitergeben soll. Du lebst zu sehr in deinem eigenen Kopf und versuchst, das Mysterium allein zu lösen.

Manchmal lässt es dich verzweifeln, ein andermal gibt es dir Hoffnung. Davon abgesehen ist mit deinem Kopf aber alles in Ordnung. In deinem Kopf, in deinen Gedanken führst du ein reiches und komplexes Leben mit mannigfaltigen Ängsten und Kümmernissen, aber auch mit Empfindsamkeit und hoher Einbildungskraft und einer unausgesprochenen Menschenliebe. Du bist durchaus nicht ohne Gefühl, doch das wird leicht übersehen, weil niemand in deinen Kopf hineinschauen kann. Könnten andere es sehen, würden sie sagen: Hey, der lebt ja noch, das ist ja ein richtiger Mensch. Ich denke, mehr kann man nicht verlangen.

Oder?

»Dok-tor O'Rourke?«, sagte sie, sagte es wohl schon eine ganze Weile. »Paul?«

Es war Connie. Ich ließ die Hand mit der Ich-Maschine sinken.

»Alles in Ordnung mit dir?«

Ich nickte. »Ja, mir geht's prima«, sagte ich.

Ich wartete, bis sie gegangen war, und schrieb:

Und woher weißt du das alles?

Er antwortete:

Ich sagte es doch: Ich bin dein Bruder.

Äußerlich mag es scheinen, dass man als Zahnarzt seine Patienten nie näher kennenlernt. Wir begegnen uns nur selten, die Behandlung dauert meist nicht lang und ist überdies recht einsilbig, wie ich immer sage. Aber davon sollte man sich nicht täuschen lassen. Wer die regelmäßigen Untersuchungstermine einhält und dazwischen auch mal wegen etwas Unvorhergesehenen oder wegen einer kosmetischen Behandlung kommt, der sieht mehr in »seinem« Zahnarzt. Das kann so weit gehen, dass Patienten mir selbst nach brutalen Eingriffen aufrichtig danken, denn sie sehen ja, was ich für sie tue. Und schon beim nächsten Mal erkundige auch ich mich nach ihrem Job oder ihrer Familie, und irgendwann kennt man sich. Es ist fast so wie in einer Kleinstadt.

Wie an dem Morgen mit Bernadette Marder. Als ich das Behandlungszimmer betrat, hätte ich sie im ersten Moment fast nicht erkannt, obwohl sie seit zehn Jahren meine Patientin war. Sie sah so unglaublich alt aus.

Das erinnerte mich an einen noch älteren Zahnarzt-Witz. Eine Frau macht einen Termin bei einem neuen Zahnarzt. Dabei fällt ihr auf, dass der Zahnarzt denselben Namen hat wie jemand, den sie auf der Highschool kannte. Sie überlegt, ob der neue Zahnarzt vielleicht mit dem Jungen identisch ist, in den sie als Teeny einmal unsterblich verliebt war. Aber als der Zahnarzt hereinkommt, ist es bloß ein alter Sack, so dass sie den Gedanken gleich wieder fallenlässt. Trotzdem fragt sie ihn nach der Untersuchung, auf welcher Schule er früher war. Natürlich ist es ihre alte Schule. »Und in welchem Jahr haben Sie Ihren Abschluss gemacht?«, fragt sie weiter, und wiederum ist es dasselbe Jahr wie bei ihr. »Sie waren damals in meiner Klasse!«, ruft die Frau, worauf sich der nichtsahnende Dentist die alte Schachtel in seinem Behandlungsstuhl näher ansieht und sagt: »Welche Fächer gaben Sie noch mal?«

Meine Patientin Bernadette Marder sah so entsetzlich, so frühzeitig gealtert aus, seit sie das letzte Mal bei mir gewesen war, dass man meinen konnte, sämtliche Abbauprozesse vieler entbehrungsreicher Jahre seien in sechs Monate gepresst worden. In gerade einmal einhundertachtzig Tagen war sie von vierzig auf fünfundsechzig Jahre gekommen. Die Haare ausgedünnt und oben auf dem Kopf kaum noch vorhanden. Ein rosafarbener Meridian auf dem Scheitel teilte das Wenige, das noch nicht ausgefallen war. Ein Strahlenkranz versteinerter, tief eingravierter Falten rund um die blassen Lippen schloss das hagere Gesicht nach unten ab. Glücklicherweise las ich rechtzeitig den Namen auf der Patientenkarte. Es war tatsächlich meine langjährige Patientin Bernadette und kein geriatrischer Neuzugang, und ich fragte nach ihrem Befinden. Sie erwiderte, es sei ihr noch nie besser gegangen. Sie war frisch verheiratet, war auf der Arbeit befördert worden, was mehr Verantwortung bedeutete, aber auch mehr Geld. Ich traute meinen Ohren nicht. Wie konnte das sein? Wenn alles so gut lief, warum sah sie dann aus wie eine Leiche auf Urlaub? Aber so ist es wohl: Das unbarmherzige Zerstörungswerk der Zeit wird, wenn wir es in täglichen Dosen präsentiert bekommen, beinahe nicht sichtbar. Aber der Zahnarzt bemerkt es sehr wohl, da er das bekannte Gesicht nur etwa alle sechs Monate, quasi im Zeitraffer, zu sehen bekommt. Es ist die große unausweichliche Wahrheit unserer menschlichen Existenz. Und wenn sie sich bei Bernadette Marder äußert, dann tut sie das auch bei uns, bei Abby, Betsy, Connie und mir. Dies allerdings schleichend, also weitgehend unsichtbar für uns selbst, weswegen wir auch nicht jeden Tag mit dem Finger auf uns zeigen und entsetzt aufschreien. Im Gegenteil, wir machen, wie Bernadette, lustig weiter wie zuvor, denn wir wohnen in einer konstanten Gegenwart, die nie endet, obwohl sie genau das tut, sie beendet uns mit jedem Tag ein bisschen mehr. Nur eines tut sie nicht, sie verlangt keine nüchterne Bestandsaufnahme und infolgedessen auch kein Mitleid und keine *radikale Neubewertung von allem und jedem.*

Als ich Bernadette so sah, so eingefallen, verhutzelt, kahl und glücklich, meinte ich erst, jemand müsse es ihr doch mal sagen, warum also nicht ich? Das Problem war nur: *Was* wollte ich ihr sagen? Und was würde es ihr nützen, welche Gegenmaßnahme könnte sie ergreifen? Aus irgendeinem Grund verfiel sie in rasendem Tempo, verfiel sozusagen vor meinen Augen, aber aus Rücksicht hatte sie offenbar noch niemand darauf angesprochen. War es als Arzt nicht meine Pflicht? Ich wusste bloß nicht, wie. Denn egal wie gut gemeint meine Nachfrage auch war, am Ende wäre Bernadette beleidigt und käme nie wieder. Wollte ich eine gute Patientin verlieren, nur weil ich die zweifellos zutreffende Beobachtung gemacht hatte, dass sie offenbar schneller alterte als der Rest von uns? Nein, dachte ich, ich sehe lieber darüber hinweg. Aber wie kann man guten Gewissens darüber hinwegsehen? »Bernadette«, sagte ich also, und sie wandte sich mir im Behandlungsstuhl zu. Sie sind alt geworden, Bernadette. Nein, so nicht, das ging nicht. Bernadette, Ihre besten Tage liegen hinter Ihnen, von nun an geht's bergab. Um Gottes willen, nein! Sie krepieren, Bernadette, das ist für jeden zu sehen. Das schon gar nicht. Sie vergammeln quasi auf der kalten Platte! O Gott, jetzt schaute sie mich auch noch so eindringlich an. Ich musste etwas sagen.

»Bernadette«, sagte ich. »Ich erwähne das nur aus...« Ich stockte und begann von Neuem. »Bernadette, ist Ihnen oder Ihrem neuen Ehemann vielleicht aufgefallen, wie nachgerade furchterregend...«

»Dr. O'Rourke?«

»Oh, Connie!«, rief ich.

»Hast du mal einen kurzen Moment Zeit?«, fragte sie.

Erlöst schaute ich Bernadette an. »Das ist Connie«, sagte ich. »Kleinen Moment, ich bin gleich wieder da.«

Aber schon auf halbem Weg sah ich, dass sie wieder ihr Tablet in der Hand hielt, was neue Unbill bedeutete.

»Was gibt es diesmal?«, sagte ich.

»Twitter«, sagte sie.

In der letzten Woche waren unter meinem Namen nicht nur allerlei Kommentare, Nachrichten und Posts auf seriösen Seiten wie ESPN, HuffPost oder National Geographic erschienen, nein, drpaulcorourkedental tauchte auch in den dunklen Ecken des Internets auf, in abseitigen Chatroms und unmoderierten Foren über Sex und Tod, und in welchen Morast es noch führen sollte, war völlig unklar. Jetzt also, zwei Wochen nach der Webseite »mein« erster Tweet. Er kam von einem Account namens @PaulCORourkeDental (New York, NY • www.drpaulcorourke.com) und hatte folgenden Wortlaut:

> Irrtum und Unglück in der Welt entstehen aus der Annahme, oberstes Ziel von Gott sei ein universeller Glaube.

Connie und ich mussten einen Moment überlegen.

»Ich glaube, was du sagen willst, ist, dass man nicht glauben soll.«

»*Ich* will überhaupt nichts sagen«, sagte ich.

»Aber das weiß ich doch, Paul«, sagte sie. »Du musst es nicht ständig wiederholen.«

»Ich wollte es nur klarstellen …«

»Ich weiß, dass du das nicht geschrieben hast. Kein Grund, mich direkt anzumotzen.«

»Ich motze dich nicht an, ich bin nur sauer!«

»Und warum schreist du dann mich an?«, fragte sie.

Noch einmal las ich mir den Tweet durch. Sie hat recht, dachte ich. In dem Tweet sprach ich mich, oder mein Doppelgänger sprach sich – vielleicht sogar im Namen Gottes – gegen den Glauben aus. Ich schrieb dazu gleich die nächste Mail.

> Jetzt auch auf Twitter, was? Warum tust du mir das an?

Ich gab Connie das Tablet zurück, und auch sie las den Tweet ein zweites Mal.

»Weißt du, wie das klingt?«, fragte sie im Hinausgehen.

»Wie?«

»Wie etwas, das ein Atheist sagen würde.«

Als mir mein Atheismus plötzlich peinlich wurde, wusste ich, dass ich mich in die Plotzens verliebt hatte. Statt ihn in stolzer Selbstbehauptung vor mir herzutragen, hielt ich meinen Unglauben vor ihnen verborgen. Gottlosigkeit erschien mir wie ein Affront gegen ihre ganze Lebensweise oder zumindest das, was ich dafür hielt: vom Kiddusch am Freitagabend über die komplizierten Sabbatregeln bis hin zu jeder gottbezogenen Anstrengung unter der Woche. Die Plotzens arbeiteten hart an ihrem Glauben, und die körperliche Seite war dabei so wichtig wie die seelische. Sicher, Katholiken tauchten beim Betreten einer Kirche die Hand ins Weihwasserbecken, bekreuzigten sich und machten einen Knicks, ehe sie auf einer Kirchenbank Platz nahmen. Aber für einen echten Plotz wäre dies höchstens eine Lockerungsübung gewesen und das ganze Gospel-Geschunkel der protestantischen Erweckungsbewegung nicht mehr als eine kurze Kniebeuge. Deshalb war ich auch so überrascht, nein, ich war regelrecht geschockt, als Connie mir sagte, dass ihr Onkel Ezzie Atheist sei. Ich hatte ihn ja gesehen, er sah so fromm aus wie alle anderen. »Er glaubt nicht an Gott?«, fragte ich. »Nö.« »Warum nicht?« »Weil … keine Ahnung, warum«, sagte sie. »Frag ihn doch selber.« Aber dieses Fass wollte ich vor einem Plotz auf keinen Fall aufmachen. »Ist es wegen des Holocaust?«, fragte ich. Die Frage schien sie zu ärgern. »Nicht jeder Jude, der nicht an Gott glaubt, tut das wegen des Holocaust«, sagte sie. »Wir haben keine typisch jüdischen Gründe für Unglauben. Hallo, guck *mich* an«, sagte sie und zeigte auf sich. »Manchmal glauben wir eben nicht, das ist alles.« »Aber Ezzie tut so, als sei er gläubig«, sagte ich. »Er verneigt sich, er trägt dieses Dingsbums, er geht in die Synagoge.« »Aber das ist etwas anderes«, sagte sie. »Was ist etwas anderes?« »Natürlich tut er das alles.« »Aber warum?« »Weil es wichtig für ihn ist. Er ist Jude, für einen Juden ist das wichtig.« »Wegen des Holocaust?« »Was hast du eigentlich immer mit deinem

Holocaust? Glaubst du, es gäbe für uns nichts anderes als den Holocaust?« »Nein.« »Natürlich war der Holocaust eine einschneidende Sache, aber er liegt schon ein paar Jahre zurück. Wir wachen nicht jeden Morgen mit dem Gedanken auf, was wir heute wegen des Holocaust tun oder nicht tun.« »Entschuldige«, sagte ich. »Das ist alles so neu für mich.« »Ezzie ist eben Atheist«, sagte sie. »Warum, weiß ich nicht. Warum bist du Atheist?« »Weil Gott nicht existiert.« »Da hast du es. Vermutlich würde Ezzie das Gleiche sagen.«

Aber warum war es für ihn dann so wichtig, die Form zu wahren? Mehr noch, sich aktiv an allen Riten zu beteiligen, deren oberster Zweck die Verherrlichung Gottes war?

Egal! Ezzies Version war die ideale Lösung für einen Atheisten! Wenn man im christlichen Glauben erzogen war und allmählich aus dem gefühlsseligen Traum erwachte, wenn man erkannte, was philosophisch dahintersteckte, welche Absurditäten, welche empörenden Glaubenssätze man akzeptiert hatte, dann war auch Schluss mit der Religionsausübung. Das mochte nicht viel sein, ein paar Gebete hier, ein Bibelstudium da, und am Palmsonntag ging man in die Kirche. Aber es war mehr als nichts – und genau vor diesem Nichts stand man dann als frischer Atheist, mutterseelenallein in seinem Unglauben. Sicher, man hatte das moralische Gesetz in sich, war seinen Prinzipien treu, doch man fühlte sich beraubt und entkleidet. Jedes Ziel und jeder Lebenssinn musste nun aus einer strukturlosen Realwelt kommen. Nicht so für Ezzie. Jeden Freitagabend konnte Ezzie zu Rachel und Eddie gehen und es sich in ihrer Religion gemütlich machen. Und gestärkt ging er dann wieder hinaus in seine gottlose Welt. Er wollte es so, denn als Jude hatte man eine Verpflichtung. Es war Verpflichtung gegenüber einer Tradition, die mehr als einmal kurz vor der Auslöschung stand. Es war aber auch ein Zeichen der Verbundenheit mit seiner Familie, seiner eigenen Kindheit, seinen Vorvätern und seinem

Volk. Verbundenheit, das war es! Ich wusste zwar immer noch nicht, warum sich Ezzie für diesen Weg entschieden hatte, aber es wäre ein Grund gewesen. Auf jeden Fall war es Grund genug, dass ein Atheist wie ich ihn darum beneidete.

Weit weniger rücksichtsvoll verhielt ich mich Mrs. Convoy gegenüber. Vor Mrs. Convoy war ich immer der großmäulige Spielverderber, der ihr die Torheiten der Bibel um die Ohren haute und sie mit der Nase auf eine Welt ohne Gott stieß. Mit Argumenten war ich gut versehen, doch auf alles hatte sie dieselbe Antwort: »Woher wollen Sie das wissen?« Dann musste ich nachlegen, aber ihre Erwiderung blieb, wenngleich mit verändertem Ton: »Woher wollen Sie das wissen?« Und mit dieser obstinaten Antwort ging es weiter. »Woher wollen Sie das wissen?« Im Grunde ging es nur um eines, nämlich die Definition des Wortes »wissen«, aber in der Hitze der Debatte übersprangen wir diesen wichtigen Punkt. Nie wollte sie zugeben, dass ich etwas wirklich *wissen* konnte (wobei sie an mein Wissen weit höhere Anforderungen stellte als an *ihr* Wissen, ihre Glaubensgewissheit), und so drehten wir uns zum ewiggleichen Refrain (»Woher wollen Sie das wissen?«) im Kreis.

Irgendwann sagte ich: »Okay, Betsy, lassen Sie's gut sein.«

Das war beim Mittagessen in einem Olive Garden in einem Einkaufszentrum in New Jersey. Sie trank ihr gewohntes Glas Chardonnay, ich war beim vierten Bier. Ich ging ab und zu ganz gern in ein Restaurant von Olive Garden. Es erinnerte mich an meine Kindheit. Aus demselben Grund ging ich auch gern ins Einkaufszentrum. Anders als Mrs. Convoy ging ich nicht ins Einkaufszentrum, um irgendetwas zu kaufen. In ganz Amerika gab es nichts, was ich nicht schon mindestens einmal im Leben gekauft hatte. Konsum bedeutete mir nichts, ich hatte ja auch keine Wünsche mehr. Ständig immer nur Sehnsucht zu haben, nach allem, das stumpft ab. Mit Mrs. Convoy ging ich trotzdem gern ins Einkaufszentrum. Diese riesigen

Räume, der Blick hinunter auf die breiten, filzbelegten Rampen, der konstante Geräuschpegel! In so einer Mall fühlte ich mich mehr zu Hause als in Manhattan. Wenn ich Heimweh hatte oder nostalgische Anwandlungen, wenn alle anderen nach Long Island fuhren oder Upstate New York, fuhr ich in ein Einkaufszentrum in New Jersey, manchmal sogar bis zur King of Prussia Mall am Rand von Philadelphia, wo ich nichts anderes tat als inmitten der Schnäppchenjäger durch die breiten Gänge zu laufen. Und nichts liebte ich mehr, als aus dem Gewühl auszuscheren und mich auf eine der Stahlgeflechtbänke zu setzen und das Kommen und Gehen im Foot Locker zu beobachten. Nichts liebte ich mehr, als an den kleinen Läden mit Drehständern voller Sonnenbrillen oder Modeschmuck entlangzuschlendern, nichts liebte ich mehr als den Food-Court. Das Einkaufszentrum war der Ort, an dem mir in meiner Jugend alles schöner schien als anderswo. Der Ort, an dem mir meine Mutter im August die Back-to-School-Sachen kaufte. Der Ort, an dem ich mich vor Weihnachten nach Dingen verzehrte, die wir uns nicht leisten konnten. Der Ort, an dem man leere Sommerferienstunden mit mehr als nur Zank und Streit und Fernsehen und Hundegeruch füllen konnte. Das Einkaufszentrum winkte mir, und ich durchwanderte es zielgerichtet. Das Einkaufszentrum selbst war mein Ziel. Wenn ich ein bisschen Kleingeld zusammenkratzen konnte, war eine Cola oder ein Videospiel in der Spielhalle allemal drin. Oder ich konnte auf dem Parkplatz heimlich eine rauchen. Heute versetzt mich ein Einkaufszentrum zurück in eine Zeit, in der Wünsche noch leicht zu erfüllen waren. Und wenn man sich umschaut, funktioniert es für viele immer noch so. Überall laufen Leute mit Einkaufslisten und klaren Zielen und Handtaschen und elektronischen Gutscheinkarten herum, gehen selbstvergessen in den Geschäften ein und aus. In einem Einkaufszentrum kann man das Leben wieder spüren, sofern man den Leuten freundlich und ohne Vorurteil zuschaut. Denn die Leute haben ja keine Wahl, ob sie etwas kaufen wollen oder nicht, und sie würden diese Wahl vermutlich sogar zurückweisen, falls damit auch ihre Wünsche verschwänden.

»Wenn man Sie so hört«, sagte ich zu Mrs. Convoy im Olive Garden, »und bitte korrigieren Sie mich, wenn ich Sie missverstanden habe, gibt es nur einen Weg in den Himmel, und der führt über den Glauben an Jesus Christus. Nun ist Connie aber, wie Sie wissen, Jüdin. Wie auch ihre ganze Familie. Was unter anderem bedeutet, dass sie Jesus als ihren Herrn und Heiland ablehnen. Zufällig schätze ich diese Familie sehr«, sagte ich. »Nie zuvor bin ich einer solchen Familie begegnet. Der ganze Clan zählt insgesamt sicher vierhundert Leute, während meine Familie nur aus drei Mitgliedern bestand. Und irgendwann – bäng! – nur noch aus zweien. Wenn ich Sie recht verstehe, sollen also sämtliche Plotzens in der Hölle schmoren, weil sie die Göttlichkeit des Gottessohns nicht akzeptieren. Ist das richtig?«

Mrs. Convoy nippte an ihrem Chardonnay, setzte dann das Glas ab und lehnte sich zurück. Mit schmalen Augen sah sie mich an.

»Die Frage ist ernst gemeint«, sagte ich. »Sie glauben, dass Connie und ihre gesamte Familie am Jüngsten Tag im großen Kochtopf der Hölle landen, weil sie nicht an Jesus Christus glauben.«

»Woher wollen Sie das wissen?«, fragte sie leicht nach vorn gebeugt und fast flüsternd zurück, was mir einen Schauer über den Rücken jagte. »Woher wollen Sie wissen, ob Jesus in der Sekunde ihres Todes nicht doch ihr Herz öffnet, und Connie den rechten Glauben annimmt?«

Nur zur Kenntnis: Ich bin nicht Atheist geworden, um auf die Gläubigen hinunterzusehen und sie mit meinem aufgeklärten Bewusstsein zu drangsalieren. Ich wurde Atheist, weil Gott nicht existiert. Und als Mrs. Convoy mir im Olive Garden ihre persönliche Lösung der Judenfrage präsentierte, fiel es mir wieder ein: Der einzige Gott, den *ich* je in mein Herz lassen wollte, war einer, der einen Autoaufkleber mit folgendem Text genehmigte (gesehen an einem Saab in Downtown Boston): ICH BIN ATHEIST WEGEN DER GLÄUBIGEN.

»Warum ich dir das antue?«, schrieb er endlich zurück. »Weil du verloren bist.«

Verloren?

Stimmt es denn nicht?

Stimmt was nicht?

Dass du verloren bist.

Was geht das dich an? Du kennst mich doch gar nicht. Du möchtest nur diesen Eindruck erwecken und kommst mit Sachen, die kinderleicht zu durchschauen sind. Von wegen, ich lebe zu sehr in meinem eigenen Kopf oder ich wäre zwar sensibel, aber das würde keiner merken usw. Für wie blöd hältst du mich eigentlich? Das ist die klassische Manipulationsmasche, und ich hätte jetzt gern gewusst, was du damit bezweckst. Oder sind Sie das, Betsy? Oder du, Connie?

Ich versichere dir, Paul, nichts liegt mir ferner.

Oh, da bin ich aber beruhigt.

Bitte, hab noch etwas Geduld. Ich weiß, es ist nicht schön, wenn plötzlich jemand vor dir auftaucht und dich messerscharf mit dei-

nen Problemen konfrontiert. Aber für mich bist du kein eingesperrtes Tier im Käfig, im Gegenteil. Du bist ein voll entwickelter Mensch der Jetztzeit, dem die schlichten Verheißungen des amerikanischen Traums nicht mehr genügen, soll heißen soziale Mobilität und sinnfreier materieller Erfolg, und der auf der Suche ist nach dem wahren Sinn des Lebens. Ich weiß das, Paul, weil ich auch einmal an diesem Punkt war. Ich würde sogar so weit gehen zu sagen, dass wir, du und ich, ein und derselbe sind.

Noch beim Lesen bekam ich dieses komische Gefühl. Eine kribbelige Unruhe unter der Haut, als stünde er bereits im Raum oder hätte sich in den Computer im Nebenzimmer gehackt. Ich sah mir seine Mail-Adresse an.

»Unfassbar, er schreibt mir unter meinem eigenen Namen«, sagte ich.

»Wer?«

»Er hat es geschafft, meine eigene Adresse als Absender einzutragen. Wer immer er ist… oder vielleicht ist es ja nur ein Computerprogramm … er gibt sich auch hier als meine Person aus. Er schickt mir sozusagen eine Mail von mir selber.«

Ich sah hoch. Ich hatte mit Mrs. Convoy gesprochen.

»Wovon reden Sie eigentlich?«

Von der räumlichen Nähe her hätte es zwar hinkommen können, dass sie mir diese Mail geschickt hatte, aber ich wusste, dass sie es nicht war. Der arglose Blick im Gesicht von Mrs. Convoy ließ sich nicht vortäuschen.

»Ach, ich weiß es auch nicht.«

Einige Tage später kam Connie zu mir und sagte: »Warst du wirklich noch nie auf Twitter?«

»Nein«, sagte ich. »Ich war wirklich noch nie auf Twitter.«

»Wie viele Zeichen stehen dir bei Twitter zur Verfügung?«

»Bei Twitter?«

»Ja, bei Twitter.«

»Hundertvierzig.«

»Und woher weißt du das?«

»Hör mal, ich bin nicht von gestern. Jeder weiß das.«

»Hast du dir die Tweets der vergangenen Tage angesehen?«

»Kari Gutrich sagte, ich soll mich nicht provozieren lassen.«

»Wer ist Kari Gutrich?«

»Kari Gutrich ist Talsmans Cyberlaw-Expertin. Sie meinte, jede Reaktion meinerseits könne alles nur noch schlimmer machen. Deshalb tue ich erst mal gar nichts.«

»Das heißt, jetzt kann jemand in deinem Namen schreiben, was er will, und du siehst es dir nicht einmal an?«

»Diese Rechtsanwältin war da ziemlich eindeutig«, sagte ich. »Und ich will es nicht eskalieren lassen.«

»Aber allein durch Nachgucken lässt man noch nichts eskalieren.«

»Ich weiß es nicht. Ich weiß nicht, wie das Internet funktioniert.«

»Wie, du weißt nicht, wie Internet funktioniert? Du bist den ganzen Tag mit deinem Smartphone beschäftigt.«

»Das bist *du*, nicht ich. Wer guckt denn jeden Scheiß nach?«

Sie wich zurück, aber die Bewegung fand nur mit ihrem Hals statt. »Okay«, sagte sie. »Beruhige dich.«

»Wir konnten nicht mal irgendwo zu Abend essen, ohne dass du permanent auf dieses Ding starrst.«

»Okay, okay, schon klar«, sagte sie. »Steht bereits alles auf der Liste meiner Verfehlungen. Sieht zu oft auf ihr Handy. Können wir jetzt weiterreden?«

Sie blickte auf das Tablet in ihrer Hand. Sie war jetzt auf Twitter, das sah ich. Ich kenne Twitter. Nicht weil ich selber twittere, aber weil ich dort boggswaders knackige Spielkommentare oder die Spielstatistik von Owen From Brookline lese.

»Ich picke nur mal ein paar heraus«, sagte sie und las vor.

Unter sämtlichen Formen der Eitelkeit ist keine so eitel wie die Gottesverehrung.

»Was hältst du davon?«, fragte sie.

»Ich soll das geschrieben haben?«

»Ja, du. Du hast das geschrieben. Und auch: ›In Amerika gilt Glaubensfreiheit nur, solange man überhaupt an etwas glaubt. Glaubt man an gar nichts, ist es ein strafwürdiges Verbrechen.‹«

»Sind das wirklich weniger als hundertvierzig Zeichen?«

»Kapierst du es langsam?«

»Was soll ich kapieren?«

»Der Blogger auf Twitter, mit dem du angeblich nichts zu tun hast. Er klingt ziemlich nach dir.«

»Das glaubst du wirklich? Du glaubst, ich wäre das?«

»Ich meine ja nur«, sagte sie.

»Sicher, du meinst ja nur«, sagte ich. »Aber ich war das nicht, Connie. Ich habe noch nie getwittert.«

»Du warst den ganzen Morgen mit deinem Handy beschäftigt.«

»Das soll vorkommen«, sagte ich. »Aber wir haben gestern Abend gegen Kansas City verloren. Da muss man sich informieren. Darf ich mal sehen?«

Sie gab mir das Tablet, und ich las:

Die Welt geißelt uns mit Verachtung, wir werden bis an die Ränder der Erde vertrieben, wir stehen kurz vor der Auslöschung.

»Und das habe ich also auch geschrieben?«, sagte ich, erhielt aber keine Antwort.

Wenn ihr baden müsst, dann niemals öfter als zweimal die Woche, auch soll der Kopf nie untertauchen.

»Was ist *damit?*«, sagte ich.

»Ach, damit …« Sie wusste nicht weiter.

»Es ist nämlich so: Ich hasse es, wenn die Leute in der Badewanne auf Tauchstation gehen.«

»Na ja, das eher nicht«, gab sie zu.

»Nicht nur das. Nichts davon ist von mir, Connie«, sagte ich und gab ihr das Tablet zurück. Eigentlich konnte ich ihr nicht einmal einen Vorwurf machen. Alle diese Einträge trugen meinen Namen.

Der einzige Plotz, der je mein Gratis-Behandlungsangebot annahm, war Jeff, ein entfernter Cousin von Connie. Das glaubte ich zumindest, als ich ihn ansprach. Wie sich herausstellte, war er aber nur ein Nachbarsjunge aus Kindheitstagen. Immerhin war er bzw. seine Familie schon lange mit den Plotzens bekannt. Stuart Plotz und Jeffs Vater Chad waren Geschäftspartner, hatten ein Schreibwarengeschäft oder einen Zeitungskiosk oder dergleichen.

Jeff war ein Exjunkie, der mittlerweile bei der staatlichen Drogenberatung arbeitete. Der Zustand seines Mundes gab seine Lebensgeschichte wieder. Es war nicht das Übelste, was ich je gesehen hatte, aber seinem Rachenraum entstieg auch nicht gerade reiner Maienduft. Ehemalige Drogenabhängige sind für den Zahnarzt kein Vergnügen. Man muss bei der Wahl der Betäubungsmittel aufpassen und kann ihnen auch nicht zum Abschied eine Monatsration Percocet oder Vicodin verschreiben. Jeff und ich kamen überein, uns bei der Schmerzbekämpfung auf Nichtopioid-Analgetika zu beschränken, was dazu führte, dass er während der etwa einstündigen Behandlung zappelte wie ein Zombie am Spieß. Um ihn zu beruhigen, redete ich mit ihm. Ich erzählte ihm, wer ich war, das heißt, wer ich wirklich war, falls ihn das interessierte, wovon ich aber ausging, immerhin hatte ich etwas mit seiner Cousine – die in

Wahrheit nicht seine Cousine war. Den Plotzens hatte ich noch nie von mir erzählt, also von dem Ich, das außerhalb der Plotzens existierte, da sie immer damit beschäftigt waren, sie selber zu sein, will heißen laut, eigensinnig und zentrovertiert. Sie waren ausgesprochen herzlich, aber eigentlich konnten sie Input von außen gar nicht verarbeiten, und ich war ihnen schlicht egal. Hätte ich zu so einer Familie gehört, wäre mir irgendein neuer Bekannter wahrscheinlich auch egal gewesen. Was konnte er schon für mich tun? Es gab ja bereits ein Dutzend andere Familienmitglieder, die mich mit Liebe, gutem Rat, Kritik und Genörgel überschütteten, gern alles gleichzeitig.

Aber Jeff konnte nicht weg und musste mir zuhören. Zwar blutete er stark und starrte mit entsetzten Augen ins Licht, aber ich erzählte. Ich sagte, ich sei zuallererst einmal Red-Sox-Fan. Allerdings sei meine Liebe zu den Red Sox nicht unkompliziert. Ich erzählte ihm, der schönste Abend meines Lebens sei im Oktober 2004 gewesen, als Mueller nach einem Base Hit ins Center Field das extra Inning erzwang und (noch besser) als David Ortiz durch seinen Homerun im zwölften Inning die Yankees endgültig auf die Plätze verwies und so das größte Comeback in der Geschichte des Sports ermöglichte, an dessen Ende (nämlich nach einem bravourösen Sieg über die St. Louis Cardinals) der Gewinn der World Series stand. Es war die Entschädigung für die langen Leidensjahre und Ursache eines völlig unerwarteten Hochgefühls, kurz: der große Umschwung. Es dauerte fast ein ganzes Jahr, erklärte ich Jeff, bis ich mich an die Tatsache gewöhnt hatte, dass die Red Sox keine Verlierer waren, aber damit begann das Unglück. Ich war nicht vorbereitet auf die Veränderungen, die so ein Sieg mit sich brachte, vor allem die vielen neuen Fans waren mir ein Dorn im Auge. Anders als ich waren diese Fans ja nicht durch eine sechsundachtzigjährige Hölle gegangen, mit Niederlagen in Reihe. Die neuen Fans waren allesamt Poser und Schwindler. Mit diesen

Eintagsfans, so fürchtete ich, würden wir die unzähligen dürren Jahre vergessen und mit ihnen auch unseren unverwüstlichen Selbstbehauptungswillen im Angesicht der totalen Demütigung, hervorragendstes Kennzeichen eines jeden echten Red-Sox-Fans. Ich machte mir Sorgen, dass wir nun einen Sieg für selbstverständlich nahmen. Und es gefiel mir auch nicht, wie wir jetzt die besten Spieler zusammenkauften und uns ganz so aufführten wie unsere großkotzigen Widersacher. Ein eigenartiges Gefühl, erklärte ich Jeff, wenn man plötzlich eine Mannschaft kritisieren muss, der man früher mit Haut und Haar verfallen war. Wir waren doch die Underdogs, wir kannten nur Schmerz und Niederlage, wie sollte man da so schnell auf die Favoritenrolle umstellen? Das alles war zu schön, um wahr zu sein. Ein Gefühl, das wohl auch Adam beschlichen haben musste, als er beim Aufwachen feststellte, dass von nun an eine Eva an seiner Seite war. Was sollte ich mir jetzt noch wünschen? Was gab es noch? Die World Series natürlich. Mehr als alles auf der Welt, sagte ich Jeff, dessen Zahntaschen so lose waren wie das falsche Gebiss einer Hafenhure, wünschte ich mir, dass die Red Sox die World Series gewannen. Als sie aber dann nicht nur den historischen Sieg über die Yankees errangen, sondern auch noch die Cardinals vom Platz fegten, war plötzlich alles anders, und ich wollte, dass alles wieder so war wie früher, damit ich wusste, wer ich war, was mich geformt hatte und was ich überhaupt wollte.

Zu alledem sagte Jeff gar nichts, was in dieser Situation auch nicht anders zu erwarten war. Wir waren so gut wie fertig, und ich überlegte, was ich für ihn und seine dicke Backe noch tun konnte. Immerhin hatte ich ihm einiges zugemutet. Ich wusste, er würde sich später nie an die kostenlose Behandlung erinnern, sondern immer nur an die Tortur in meinem Behandlungsstuhl, und alles, was er den Plotzens von mir erzählte, würde in den Schmerzen gipfeln, die er durch mich ertragen musste. Nein, dachte ich mir, die wirksamste Ablenkung wäre, ihn zum Lachen zu bringen. Lachen ist nicht nur die beste Medizin, Lachen verbindet auch.

»Kennst du den von den beiden deutschen Juden, die Hitler umbringen wollen?«, fragte ich.

Er sah mich aus olivgrauen Augen an, deren Weiß durch jahrelangen Substanzabusus immer noch blutrote Einsprengsel aufwies. Es war ein Blick, der mich bestärkte fortzufahren.

»Also: Die beiden wissen aus sicherer Quelle, dass Hitler an diesem Tag Punkt zwölf in einem bestimmten Restaurant in Berlin zu speisen gedenkt. Sie stecken also ihre Pistolen ein und lauern ihm um Viertel vor zwölf vor dem Restaurant auf. Aber um zwölf ist er immer noch nicht da, auch nicht um fünf nach zwölf, nicht um zehn nach zwölf oder um Viertel nach zwölf. Da sagt der eine Jude zum anderen: ›Er sollte doch eigentlich um zwölf kommen. Wo bleibt er nur?‹ Sagt der andere: ›Keine Ahnung, aber ich hoffe, es geht ihm gut.‹«

Ich meinte, in seinem Gesicht einen Anflug von Lächeln zu erkennen, aber das ist schwer zu sagen bei einem, der noch den Mund voller Instrumente hat. Kurz darauf rollte ihm eine Träne aus dem Auge, was wohl eher dem Allgemeinzustand geschuldet war. Wie immer reagierte Abby hinter ihrer OP-Maske gar nicht, sondern hatte nur das nächste Instrument in der Hand.

An der Rezeption sahen ihm Connie und ich nach.

»Bekackter Crack-Junkie«, sagte Connie. »Ich habe ihn schon damals gehasst.«

Ich war sprachlos. »Wie, du hast ihn gehasst?«

»War immer schon ein Arschloch«, sagte sie.

So erfuhr ich wenigstens, wer er wirklich war (Nachbar statt Cousin).

»Er nannte uns immer dreckiges Judenpack«, sagte sie.

Das überraschte mich noch mehr.

»Aber ist er nicht …«

»Was?«

»Ist er nicht auch Jude?«

»Wer? Jeff?« Sie lachte.

»Ich dachte, sein Vater und dein Onkel seien Geschäftspartner gewesen.«

Sie blickte mich verwirrt an. »Quatsch, sie haben mal als Kinder zusammen die Zeitung ausgetragen«, sagte sie.

Er war nicht mit ihr verwandt, sein Vater war kein Plotz-Partner, und er hatte Connie auch noch als dreckiges Judenpack bezeichnet. Und ich hatte soeben einem Antisemiten eine Tausend-Dollar-Behandlung geschenkt.

Das wahrhaft Schlimme daran war nicht die unbezahlte Arbeit oder die vergeudete Zeit, sondern die Erkenntnis, wie verzweifelt ich den Plotzens zu gefallen suchte. Wenn schon nicht von mir selber, so sollten sie zumindest durch Mundpropaganda erfahren, wer ich war: ein eingefleischter Anhänger der Red Sox, ein Mann mit Humor und jemand, dem die Zahngesundheit der ganzen Familie am Herzen lag. Aber wie sollten mich die Plotzens besser kennenlernen, wenn ich mir nicht einmal die Zeit nahm, den engeren Familienkreis vom Rest der Welt zu trennen, jedem hysterisch meine Dienste aufdrängte und mich, außer mit Connie, mit keinem aus dem Clan näher befasste? Kein Wunder, ich sah ja keinen von ihnen als Einzelperson, sondern immer nur als Teil einer Gruppe, als Juden.

Am 1. August erhielt ich eine E-Mail von einem gewissen Evan Horvath, der eine Frage zu einem meiner Twitter-Beiträge hatte. Twitter sei ja, schrieb er, per definitionem ein *unausführliches* Medium, und gute Tweets (wie meine) wirkten eher durch ihre Prägnanz. Doch nun wünschte er sich mehr Substanz.

Mails von meinem Schwindler zu erhalten war eines, ich hatte über mein YazFanOne-Konto ja auch an Seir Design geschrieben. Aber wie war Evan Horvath an meine YazFanOne-

Adresse gekommen? »Über Ihre Webseite«, antwortete er. Ich schaute auf O'Rourke Dental nach, fand aber nichts. Mit einem unguten Gefühl fragte ich nach: »Welche Webseite?« »Seirisrael.com«, lautete die Antwort.

Also noch eine Webseite! Und auf diese Webseite hatte irgendjemand meine YazFanOne-Adresse gesetzt, zusammen mit Bildern von einem staubigen, ausgedörrten Areal namens Seir in der israelischen Wüste. Die Bildunterschriften zu den Betonziegelbauten behaupteten Sachen wie »Versammlungshaus«, »Gemeinschaftssaal« oder »Alte Steinhütte«. »Tut mir leid, davon weiß ich nichts«, schrieb ich Evan. »Ich würde nur gern Näheres über des Zweiflers Sakrament erfahren«, antwortete er. Worauf ich wiederum fragte: »Was soll das sein, des Zweiflers Sakrament?« Antwort: »Das will ich ja gerade von Ihnen wissen. Gibt es so etwas wirklich?« »Ich weiß nicht das Geringste über des Zweiflers Sakrament«, schrieb ich.

Es sollte nicht die einzige Leserzuschrift bleiben. »Was ist das Festmahl des Paradoxons?«, fragte ein gewisser Marcus Bregman.

Und Marianne Cathcart wollte wissen: »Könnte man die K-Verfasser und die P-Verfasser als ›Propheten‹ bezeichnen, oder stammen diese Kantavetikel von Gott selbst? Falls ja, wie lässt sich das mit dem Gottzweiflertum vereinbaren?«

»Ich habe jetzt schon mehrmals gelesen, dass Pete Mercer ein Ulm ist«, hieß es in einer weiteren Mail. »Ist das *der* Pete Mercer?«

Laut Forbes.com ist Pete Mercer »ein öffentlichkeitsscheuer Hedgefonds-Manager« und gilt als siebzehntreichste Person in den USA. Ein paar Wochen darauf veröffentliche seine Pressestelle ein nicht alltägliches Statement des Inhalts, dass Pete Mercer von PM Capital Opfer eines »Hoax« geworden sei. Im Internet kursierende Gerüchte, wonach er ein »Ulm« sei, bestritt er vehement. Am Ende konnte aber auch er nicht mehr tun, als die Verbreiter »höflichst« aufzufordern, den Unsinn sein zu lassen.

Dass ich keine Kinder wollte, nahm Connie persönlich. Ich muss zugeben, dass ich ganz zu Beginn unserer Beziehung ebenfalls von Heirat und Kindern sprach und sogar aufgeregt Pläne schmiedete. Ihre Schlussfolgerung war also nicht ganz unlogisch. Sie glaubte mir nicht, dass meine Zweifel eher mein Unvermögen betrafen als ihre Person. Anfangs behielt ich diese Zweifel auch für mich, weil ich dachte, sie gingen von selbst vorüber. Die männliche Angst vor dem Ende der Jugend oder so etwas. Aber sie gingen nicht vorüber, und irgendwann musste ich es ihr sagen. Connie war stinksauer und warf mir vor, ihre Zeit zu verschwenden. Männer haben Zeit ohne Ende, Frauen nicht. Damals hatte ich allerdings nicht den Eindruck, dass ich ihre Zeit verschwendete. Ich war ja selber überrascht von dem Sinneswandel, der sich in kürzester Zeit sogar zum Grauen steigerte. Es waren nicht nur einfache Vorbehalte oder Angst vor der Verantwortung, es war Grauen. Grauen angesichts dessen, was das Ungeborene erwartete. Grauen vor der fürchterlichen Macht der Liebe. Was, wenn ich dieses Kind verriet? Was, wenn ich Connie verriet? Was war, wenn Connie starb und ich das Baby allein verriet? Was, wenn ich starb und sie dadurch alle beide verriet?

Es brach mir das Herz. Das hört sich erst einmal unwahrscheinlich an, weil es ja meine Entscheidung war und eine bewusste Entscheidung noch dazu, aber sie brach mir gleichwohl das Herz. Mit Connie eine Familie zu gründen wäre ein echter Neuanfang gewesen. Und nicht nur das, es hätte meinem Leben einen verdienstvollen Sinn verliehen, hätte gezeigt, dass ich meine Zeit zu nutzen verstand, ja, hätte sogar die alte Wunde vom Selbstmord meines Vaters schließen können. Und ob es den Plotzens gefiel oder nicht, mit Connie *und* Kindern wäre ich ebenfalls ein Plotz geworden, und das wollte ich doch.

Wollte es mehr, als ich je ein Santacroce werden wollte. Für das Plotz-Privileg war ich zu allem bereit. Außer einen weiteren O'Rourke in die Welt zu setzen.

»Du heißt O'Rourke«, begann die nächste Mail von meinem Doppelgänger Paul O'Rourke.

Aber was bedeutet es dir? Bist du ein guter irischer Bursche, der im Kreise gleichgesinnter Pseudo-Iren in seiner New Yorker Stammkneipe »Danny Boy« singt? Oder hasst du alle St.-Patrick-Paraden und kannst dich auch nicht für grünes Bier erwärmen? Das sind wichtige Fragen, Paul. Sie betreffen dein Traditionsbewusstsein, deine religiöse Bindung, deinen Platz in der Welt. Hast du den Eindruck, dir fehlt etwas? Quält es dich bei Nacht?
Wenn du dich isoliert und von allem abgeschnitten fühlst, dann lass dir von mir gesagt sein, dazu gibt es keinen Grund. Es liegt auch nicht daran, dass du »schwierig« bist oder ein Miesepeter oder wie immer sich die Leute über dich äußern. Der Grund für deine »Schwierigkeit« liegt in deiner Entfremdung. Und je entfremdeter du dich fühlst, desto schwieriger wirst du. Diese Muster habe ich schon sehr oft beobachtet. Habe ich so weit recht? Falls nicht, entschuldige ich mich. Vielleicht hast du ja trotz allem einen Weg gefunden, glücklich zu werden.
Stets der deine,
Paul

Erst ein paar Tage später fing ich ernsthaft an, über meinen E-Mail-Austausch mit mir selbst nachzudenken. Ich fragte mich, was Connie daraus konstruieren würde. Vermutlich würde sie fragen: »Sag mal, das bist nicht doch du selbst, oder?« Sie argwöhnte ohnehin, dass ich hinter dem Paul O'Rourke auf Twitter steckte. Da lag es nahe, dass ich auch der Mailschreiber war.

»Okay, Tommy«, sagte ich zu meinem Patienten, als wir fertig waren. Wobei es sein kann, dass ich abgelenkt war, denn der mysteriöse Mailverkehr ging mir einfach nicht aus dem Kopf. Denn wenn ich »okay« sage, sage ich fast unweigerlich auch »Sie können/dürfen sich jetzt den Mund ausspülen« oder etwas anderes mit »spülen«. Nur diesmal sagte ich: »Jetzt bräuchte ich noch eine Stuhlprobe.« Eine Stuhlprobe! Ehrlich, ich habe keine Ahnung, warum ich das sagte. Welcher Zahnarzt braucht schon eine Stuhlprobe? Es war ein Satz wie die Aura im Vorfeld eines Anfalls, er war da, bevor ich überhaupt mitbekam, was sich da anbahnte. »Jetzt bräuchte ich noch eine Stuhlprobe.« Woher kam so ein Satz? Gedacht habe ich ihn nicht, aber ausgesprochen, und das gibt Rätsel auf. Gedacht habe ich an die Mails mit meinem unbekannten Ich und was Connie denken würde, wenn sie davon erfuhr. Aber dann: Bäng! Wie erholt man sich davon? Ein Blick zu Abby zeigte eine OP-Maske und zwei Brauen, die sich wie Fledermausflügel erhoben hatten – wie immer, wenn ich etwas Blödes oder nicht Nachvollziehbares sagte. Ein Blick auf meinen Patienten zeigte ein stumm beunruhigtes Augenpaar. Ganz sicher fragte er sich, was mein Ansinnen für ihn bedeuten könnte. Hatte ich in seinem Mund etwas entdeckt, das sich erst weiter unten auswirkte und daher nach einer Stuhlprobe verlangte? Was war das, was ich in einer Stuhlprobe zu finden meinte? Fieberhaft suchte ich nach einem Ausweg. Einzige Möglichkeit: Ich musste über die bizarre Situation hinweglachen, denn bekanntermaßen bin ich ja so ein Witzbold. Ich mache den ganzen Tag fast nichts anderes, als meine Patienten mit lustigen Sprüchen zu bespaßen, die Brüller im Behandlungsstuhl sorgen gleich für eine gelöste Stimmung. Genau das tat ich dann auch. Ich lachte laut auf, tätschelte Tommys Knie und meinte: reingefallen, alles nur ein Witz, er könne/dürfe sich jetzt den Mund ausspülen. Und immer noch lachend, wandte ich mich zum Tray um und tat plötzlich unheimlich beschäftigt. In Wahrheit suchte ich Deckung vor ihren Blicken, speziell dem von Abby. Denn Abby wusste, dass ich eines ganz bestimmt nicht war: ein Spaßvogel. Ich hatte mich von dem Vorfall noch nicht ganz erholt, als Connie hereinkam: »Dr. O'Rourke?«

Ich drehte mich um.

»Hast du einen Moment Zeit?«

Mittlerweile hatte ich zwar gelernt, den Anblick von Connie mit Tablet zu fürchten, denn er kündigte immer die nächste Stufe des Identitätsdiebstahls an, doch in diesem Moment war ich erleichtert. Sogar noch mehr erleichtert als neulich, als sie verhinderte, dass ich Bernadette Marder die ganze fürchterliche Wahrheit in ihr vorzeitig gealtertes Gesicht sagte. Connie erlaubte mir, wieder eine professionelle Distanz herzustellen und die so unglücklich herausgerutschte Stuhlprobe vergessen zu machen.

»Was ist denn jetzt wieder?«

Sie reichte mir das Tablet. Abermals Twitter.

Es gibt Steigerungen der Unterdrückung, die selbst an diesem Punkt der Historie niemanden überraschen sollten, kämen sie je ans Licht.

Ich blickte vom Display hoch. »Falls du vorgehabt hast, mich zu fragen, von welcher Unterdrückung hier die Rede ist, muss ich dir sagen: Ich habe nicht die leiseste Ahnung. Ein Massaker? Eine Verschwörung? Es könnte alles sein.«

»Das meinte ich nicht«, sagte sie. »Lies mal das hier.« Sie zeigte auf die Stelle.

Stellen Sie sich ein Volk vor, so elend, dass es selbst die Juden um ihre Geschichte beneidet.

»Oh«, sagte ich.

»›Stellen Sie sich ein Volk vor, so elend, dass es selbst die Juden um ihre Geschichte beneidet‹?«, sagte sie. Um ihr Unverständnis in Worte zu fassen, wiederholte sie den Satz sogar noch ein weiteres Mal und sah mich an, als könne ich sie aufklären.

»Wie oft muss ich dir noch sagen, dass ich dieses Zeugs nicht geschrieben habe? Ich bin nicht der Verfasser.«

»Wen meinen die?«

»Ich weiß es auch nicht.«

»Warum erwähnen sie Juden?«

»Keine Ahnung.«

»Wessen Geschichte ist schlimmer als unsere?«

»Ich weiß es nicht, ich weiß es nicht, ich weiß es nicht.«

Dann ging sie. Einige Minuten später folgte ich ihr an die Rezeption.

»Du erzählst doch deinem Onkel nichts davon?«

»Meinem Onkel?«

»Ich glaube nicht, dass er das verstehen würde.«

»Welchen Onkel meinst du?«

»Stuart«, sagte ich. »Aber die anderen auch. Aber vor allem Stuart. Es gefiele ihm bestimmt nicht.«

»Was gefiele ihm nicht?«

»Der Tweet, den du mir gerade gezeigt hast. Ich glaube, solche Spekulationen würden ihn ärgern. Ein Volk, dem es noch schlechter ergangen ist als den Juden?«

»Aber das ist nicht dein Problem. Der Tweet ist ja nicht von dir.«

»Ja, aber mein Name steht darüber. Was denkt er, wenn er meinen Namen sieht?«

»Er denkt, der Text ist von dir.«

»Genau.«

»Aber findest du es nicht ein bisschen seltsam, dass du noch vor kurzem ganz besessen warst von jüdischer Geschichte, und plötzlich erscheint etwas auf Twitter, wo jemand Vergleiche anstellt zwischen seiner Geschichte und der Geschichte der Juden?«

»Zunächst einmal war ich ja wohl kaum ›besessen‹ von jüdischer Geschichte. Und von ›plötzlich‹ kann auch keine Rede sein, denn mein Interesse für jüdische Geschichte liegt schon eine Weile zurück.«

»Trotzdem ist es ein seltsamer Zufall.«

»Es ist, was es ist«, sagte ich. »Ich habe keine Kontrolle darüber.«

»Und dann kommst du an und willst nicht, dass ich meinem Onkel davon erzähle – was mir von selber nie eingefallen wäre. Du musst zugeben, das ist alles schon ein bisschen merkwürdig, Paul.«

»Hatte ich nicht darum gebeten, dass ihr mich in der Praxis alle mit Dr. O'Rourke anredet?«

»Warum wechselst du jetzt das Thema?«

»Ich wechsle nicht das Thema. Ich reagiere nur auf das, was du gesagt hast.«

»Und warum sollte Onkel Stuart nicht von diesem Tweet erfahren?«

»Weil mich dein Onkel Stuart ohnehin schon für einen Antisemiten hält. Der glaubt mir doch nie, dass jemand meine Identität gestohlen hat. Der meint, ich gebe bloß wieder meinem Affen Zucker.«

»Wann hast du deinem Affen Zucker gegeben?«, fragte sie.

Ich ging zurück ins Behandlungszimmer, um letzte Hand an Tommy zu legen.

»Was ist ein Ulm?«, schrieb ich.

Und könntest du bitte aufhören, unter meinem Namen zu tweeten? Connie glaubt langsam wirklich, das wäre ich.

Er schrieb zurück:

Wer ist Connie?

»Connie ist meine Büroleiterin«, antwortete ich – und schickte gleich folgende Nachricht hinterher:

Und überhaupt, was soll die Frage? Du weißt, wer Connie ist. Bis zu deiner Webseite hat sie übrigens niemand als Büroleiterin bezeichnet, denn das ist sie nicht. Sie macht nur die Termine und füllt unsere Terminkärtchen aus.

Warum habe ich das jetzt gesagt? Ohne lange nachzudenken, schrieb ich die dritte Mail.

Obwohl das auch nicht ganz richtig ist. Neulich saß ich in meinem eigenen Wartezimmer und sah ihr bei der Arbeit zu. Sie erledigt sehr viel hier, vor allem ist sie in der Lage, zehn verschiedene Dinge gleichzeitig zu tun. Kurz und gut, ohne sie liefe es längst nicht so reibungslos.

Doch als ich auf »Senden« gedrückt hatte, bereute ich auch diese Mail sofort. Was war los mit mir? Ich schuldete ihm keine Erklärung.

Hast du es ihr schon einmal gesagt?

Nein.

Schon dieses Nein war eigentlich ein Wort zu viel.

Meinst du nicht, es würde langsam Zeit?

Vielleicht.

Warum tust du es dann nicht? Immerhin ist dir etwas aufgefallen, das ist ein großer Erfolg, Paul. Ein waches Bewusstsein ist unsere größte Herausforderung. Aber es nutzt alles nichts, wenn du es ihr nicht sagst. Aus purer Ahnungslosigkeit nichts zu sagen ist verzeihlich. Unverzeihlich ist hingegen, den Mund nicht aufzukriegen, wenn man etwas bemerkt hat.

Während ich noch las, trat Connie ins Zimmer. So beiläufig wie möglich ließ ich meine Ich-Maschine in die Hosentasche gleiten.

»Wem mailst du eigentlich die ganze Zeit?«, fragte sie.

»Ich maile nicht«, sagte ich. »Ich lese nur die Spielberichte von gestern.«

Ich holte die Ich-Maschine wieder hervor und tat so, als wollte ich weiterlesen. Connie rührte sich nicht.

»Gestern haben sie aber nicht gespielt«, sagte sie.

Ich sah hoch. »Wer hat gestern nicht gespielt?«

»Die Red Sox«, sagte sie. »Das gestrige Spiel wurde abgesagt.«

»Ich spreche auch nicht von den Red Sox«, sagte ich. »Ich spreche von einer anderen Mannschaft.«

»Welcher Mannschaft?«

»Welche Mannschaft, ist doch egal. Den Yankees.«

»Das Yankees-Spiel wurde nach dem fünften Inning wegen Regen abgebrochen«, sagte sie.

»Eben. Dann haben sie fünf Innings gespielt, und selbst darüber gibt es eine Spielanalyse«, sagte ich kopfschüttelnd, denn so dumm konnten nur Nichtfans sein.

»Das Yankees-Spiel wurde gar nicht abgebrochen«, sagte sie. »Sie spielten gegen Chicago und haben 18:7 gewonnen.«

Ich verließ das Zimmer. Und kam dann wieder.

»Übrigens, was ich noch sagen wollte«, sagte ich. »Ich bin mit deiner Arbeit sehr zufrieden. Alle die Rechnungen und UPS-Pakete ... die Blumen, um die du dich kümmerst«, sagte ich. »Die Blumen machen alles gleich viel freundlicher.«

Sie kniff die Augen zu zwei kristallinen Punkten zusammen, denn die unerwartete Wendung war ihr verdächtig.

»Seit wann hast du ein Auge für Blumen?«, fragte sie.

»So, das war's«, schrieb ich.

Von jetzt an spreche ich nicht mehr mit dir.

Am nächsten Tag hatte sich meine Webseite erneut verändert, sie enthielt jetzt die Liederungen 30-34 der Kantavetikel. Es ging los, wo die Geschichte zuletzt aufgehört hatte, mit der Flucht der vierhundert Amalekiter ins Gebirge Seir.

»Und David, König der Israeliten, verfolgte den Rest des Volkes, das übriggeblieben war in Hazor«, vermeldete meine Bio, »und erschlug im Gebirge Seir alle Kinder des Volkes von Amalek, vierhundert an der Zahl, außer Agag, den König der Amalekiter, der sich hinter einer Zypresse verbarg und mit Augen sah das Unheil, das Israel über die Amalekiter brachte von Hazezon bis Seir. Und Agag weinte um Amalek, dessen Blut wie von Bachweiden auf die steinige Erde floss und ihn ganz umgab, als träufle es wie Regen vom Himmel.«

Und so weiter in dem Stil. Agag weint, bis er nicht mehr kann, und geht dann dazu über, dem Gott der Israeliten zu fluchen. Demselben Gott, den er noch in Hazor für sich gewinnen wollte, indem er jede Regel, die sein Spion den Israeliten abgeguckt hatte, bis aufs Jota befolgte. »Was hast du uns gebracht, Gott Israels?«, ruft er inmitten der Leichenberge und niedergemachten Kamele, und man sieht eine Szene wie nach der

Schlacht von Antietam vor sich. Tote, so weit das Auge reicht, abgetrennte Gliedmaßen, Köpfe mit blutverkrusteten Haaren unter einer sengenden Sonne. Und mittendrin fällt der einzige Überlebende eines ausgelöschten Volks auf die Knie und flucht dem Gott, den er wirklich für Gott hielt. »Neigten sie nicht das Haupt vor dir und dienten dir und baten um Gnade vor deinem Auge?«, fragt er. »Befolgten sie nicht deine Gesetze und Gebote und aßen weder Schweinefleisch noch das Fleisch von Kaninchen, und hatten sie sich nicht beschnitten und reine Gewänder angezogen? Und liebte ich nicht deine Tochter«, fragt er, »und lernte Hebräisch um deines Namens willen?«

Und siehe, wer erscheint vor ihm »auf einer Wolke von Blut« – was einerseits ein schwer nachvollziehbares Bild ist, aber was soll's, andere Semantik –, es ist Gott selbst, Alpha und Omega, so dass sich allzu kritische Nachfragen verbieten. Und Gott spricht: »Tritt her zu mir und fürchte dich nicht.« Aber das kann er wohl vergessen, denn in diesem ersten dokumentierten Fall von posttraumatischer Belastungsstörung verbirgt sich Agag auf dem Leichenberg und fragt sich, ob er wirklich Gott schaut oder ob jeden Moment die nächste Scheiße auf ihn herabregnet. Zweifel, die einen echten Propheten nie ankommen, denn die wissen immer, wer da spricht. Doch es dauert nicht lang, bis Gott das verlorene Vertrauen wiederherstellen kann, denn er sagt: »Du sollst erfahren, dass ich dein Herr und Gott bin, der gebot über ein Reich des Schweigens bis zum heutigen Tag.« Das Schweigen hatte, wie er sagt, einen praktischen Grund: Er wollte sich nicht einreihen in den schrillen Chor der anderen Götter, als da wären der Gott der Israeliten, der Gott der Ägypter, der Gott der Philister usw. usf., allesamt ausgewiesene Kriegstreiber im Lande Kanaan – oder wie er sich ausdrückt, »Götter, die Krieg sähen unter den Völkern und sich die Erstgeborenen zum Opfer nehmen«. Warum er jedoch nicht ein für alle Mal mit diesen Kriegsgöttern aufräumt und Friede auf Erden installiert, ist eine Frage, die weder gestellt noch beantwortet wird. Er sagt nur, dass er der einzige Gott ist und gekommen, Agag aus der Hand des Unfriedens zu erretten. »So geh nun hin, und mit dir will ich meinen Bund aufrichten. Und ich will dich zum großen Volk machen. Aber du musst dein Volk wegführen von den Kriegsherren und sollst sie dir nicht zum Feind machen um meines Namens willen. Wenn du meines Bundes gedenkst, sollst du nicht brennen, und die Flamme soll dich nicht versengen. Wenn du mich aber zum Gott machst und mich anbetest und schickest nach Psalter und Tamburin, um meinen Willen weiszusagen und Krieg zu führen, dann sollst du brennen, und die Flamme soll dich versengen. Denn die Menschen erkennen mich nicht.« Anfangs gibt sich Agag zögerlich (»Ach Herr, wer bin ich, ein Prophet zu sein. Ich bin kein Mann der Rede, denn ich bin schwer von Zunge, und das Volk wird meiner lachen ...« usw. usf.). Aber irgendwann reißt er sich zusammen und steigt herab vom Gebirge Seir, der erste Ulm der Geschichte. Wie üblich nach so einer Begegnung mit dem wahren Gott legt er sich als Erstes einen neuen Namen zu und heißt von da an nur noch der Prophet Safek. Er versammelt ein paar ziemlich beste Kumpel um sich und zieht mit ihnen durch das Land Kanaan, eine kleine Schar Entkommener aus dem Inferno der Geschichte.

»Wie du siehst«, schrieb er, »ist ein Ulm jemand, der auf Gott nicht traut.«

»Das ergibt keinen Sinn«, lautete meine Antwort.

Das ist unlogisch. Wie kann ich auf Gott nicht trauen, wenn er mir soeben erschienen ist?

Du benutzt das falsche Hirnareal, Paul, das atrophierte Areal, das Hungerareal.

Und genau das stimmt nicht. Ich benutze nur meinen Kopf, und das werde ich auch weiterhin tun. Und mein Kopf sagt mir: alles nur verblasener Bullshit, wie er mehr oder weniger in jeder Religion zu finden ist.

Alle Religionen wappnen sich gegen das Unlogische. Buddhisten haben kein Konzept für ein Selbst und entdecken bei dieser Gelegenheit das Nirwana, obwohl es gerade dieses Selbst braucht, um die eigene Nichtexistenz festzustellen. Die Hindus reisen durch das Universum und beten neti, neti (»nicht so, nicht so«), und sobald alles negiert ist, was es gibt, steht Gott vor ihnen. Die Juden glauben, dass Gott sie nach seinem Bilde geschaffen hat, aber der Mensch ist voll des Bösen. Die Christen halten Gott gleichzeitig für einen Menschen aus Fleisch und Blut. Die fehlende Logik stellt den Glauben auf die Probe, aber ohne diese Probe wäre alles nur ein Spaß.

Spaß finde ich gut.

Das glaube ich dir nicht, Paul. Die Segnungen des Zweifels befreien uns nicht von der Bürde des Glaubens. Wir müssen unsere Widersprüche ertragen, genauso wie der Gottgläubige die Unstimmigkeiten seines Glaubens ertragen muss. Mit einem Unterschied: Der Zweifel ist die aufgeklärteste Annäherung an Gott, die je formuliert wurde. Im Vergleich dazu ist der Monotheismus nicht besser als ein heidnisches Schlachtopfer. Paul, ich sage dir: Die Ulms sind das auserwählte Volk, nicht die Juden.

Ein paar Stunden später schrieb ich zurück:

Das bedeutet, dass man zweifeln *muss*? Der Zweifel als religiöse *Pflicht*? Meinst du das ernst?

Er schrieb:

Todernst.

Die nächsten Wochen verstrichen wie im Nebel. Auf Wikipedia tauchte eine Seite über die Ulms auf, aber wie und wann sie dort hingekommen war, ließ sich nicht ermitteln. Ich weiß auch nicht mehr genau, was in dem Artikel stand, aber er war in demselben Stil verfasst wie »mein« Kommentar zur *New York Times*, einschließlich des Verweises auf den fehlenden Paulus der Ulms, ein Streiter, der in der Lage gewesen wäre, den Spuren des Römischen Reiches zu folgen. Die Seite wurde bald von trekkieandtwinkies, einem der selbsternannten Wikipedia-Redakteure, zur Schnelllöschung vorgeschlagen. Grund war mangelnde Relevanz oder so etwas. Damals dachte ich noch, auf Wikipedia könne man praktisch alles veröffentlichen, also auch Artikel über die eigene Garagenband oder ein neues Haustier. Ich wusste nicht, dass Wachhunde wie trekkieandtwinkies unterwegs waren, die jeden neuen Artikel beschnüffelten und gegebenenfalls totbissen, denn Albernheiten hatten in der Enzyklopädie keinen Platz. Ein besonders brutales Mittel war die Schnelllöschung ohne die übliche siebentägige Diskussion nach dem Löschantrag. Offenbar erfüllte die Seite über die Ulms alle Anforderungen dafür, denn sie flog schon nach ein, zwei Tagen raus. Ich erinnere mich auch nicht mehr, wann ich zum ersten Mal von Mikel Moore hörte, Angestellter bei Starbucks, oder Joanna Skade von Microsoft oder Zander Chiliokis. Ich weiß nur, dass sie nach weiterführenden Informationen über die Ulms suchten. Überhaupt wurde meine Anhängerschaft immer größer. Ständig gab es neue Kommentare, Links, Twitter-Follower und Facebook-Freunde. Immer wieder versuchte ich, von meinem Doppelgänger zu erfahren, warum er mir das antat, aber er antwortete stets ausweichend, und mein Zorn wuchs mit jedem Tag. Natürlich sprach ich abermals mit Kari Gutrich, Talsmans Cyberlaw-Expertin, und informierte sie über die ungebetene Fanpost, die jetzt täglich in meinem Mail-Eingang landete. Der Versuch, alle meine Mail-Konten sperren zu lassen, erforderte wiederum einen so hohen analogen Aufwand, dass ich aufgab. Denn nach all den frustrierenden Erfahrungen mit meinem digitalen Replikanten verlangten sie jetzt plötzlich eine beglaubigte Kopie meines Führerscheins – per Brief! Was noch? Ich erinnere mich, dass ich bei Mr. Tomasino einen Speicheltest machte, Verdacht auf Speicheldrüsenunterfunktion. Ich erinnere mich, dass ich einen stoischen kleinen Pimpf in Camo-Shorts behandelte, dem schon bei jedem Kirschkern ein Zahn abbrach. Und ich erinnere mich, dass ich einen Patienten nach Aspiration eines Zahns mit dem Krankenwagen ins Lenox Hill Hospital fahren ließ. Aber woran ich mich vor allem erinnere, ist Connie, wie sie mit ihrem Tablet im Flur steht und ungeheuer angepisst aussieht.

»Was gibt's?«

»Kommst du mal kurz?«

Wir gingen in ein leeres Behandlungszimmer, und sie reichte mir das Tablet. Außer angepisst sah sie auch wunderschön aus. Sie trug einen Rollkragenpullover, aber nicht so ein Ding wie aus dem Mädchenpensionat, das Mrs. Convoy immer trug, sondern ein leichtes, sommerliches Teil mit einem weiten Schalkragen, der aussah wie eine geöffnete Tulpe, aus der zart ihr Kopf ragte. Das Material war fast kein Tuch mehr, sondern glich eher einem chaotisch überquellenden Stickwerk aus glitzernden Garnen in Silber, Pink und Rot. Eine alte Jeans spannte sich um ihren knackigen Hintern.

»Lies das«, sagte sie und deutete auf das Display.

Ich las den fraglichen Tweet.

»Weißt du etwas davon?«

»Nein«, sagte ich.

»Aber du weißt schon, wie beleidigend das ist, oder?«

»Ja«, sagte ich.

Sie entfernte sich, und ich las den Tweet erneut. Unter meinem Namen stand da:

Kein Wort mehr von den sechs Millionen, bis UNSERE Toten und UNSER Leid und UNSERE Geschichte endlich gewürdigt werden.

»Ich weiß nicht, warum du gerade mich ausgesucht hast«, schrieb ich.

Aber ich muss schon sagen, das war echt mutig von dir. Noch mutiger wäre es, wenn du nicht dauernd mich vorschieben würdest. Hör auf, dich als Paul O'Rourke auszugeben, denn ich habe mit dieser Religionsscheiße nichts am Hut. Ich würde sogar noch weiter gehen: ICH SCHEISS DRAUF. Also benutze mich nicht für deine Scheiße. Wenn dir das Thema wichtig ist, schreib unter deinem eigenen beschissenen Namen. VOR ALLEM HÖR AUF, UNTER MEINEM NAMEN ÜBER DIE JUDEN ZU SCHREIBEN!! Hör auf mit Holocaust und den sechs Millionen. Viele Leute sind stinksauer über so etwas und das aus gutem Grund. Sie kommen auf mich zu und fordern eine Erklärung, aber ich habe keine Erklärung für diese Scheiße. Ich sage dir noch etwas: Niemanden kümmert deine beschissene Leidensgeschichte, schon gar nicht, wenn du sie mit der Geschichte der Juden vergleichst. Was hast du eigentlich gegen die Juden? Bist du nur ein weiterer antisemitischer Troll, der mit seinen Kommentaren jedes Forum verpestet? Außerdem eignet sich Twitter kaum für deine Geschichtsstunde. Man stelle sich vor, Abraham Lincoln hätte die Proklamation zur Sklavenbefreiung über Twitter verkündet. Bist du kein Mann? Hast du keinen höheren rhetorischen Ehrgeiz, als anonym hundertvierzig Zeichen in die Welt zu schicken? Es gibt so viele Dinge, die man nicht twittern kann. Ich zum Beispiel träume davon, einmal meine Hemmungen zu überwinden und laut in einer U-Bahn zu singen. Twittere doch mal *darüber*, du Penner.

Dieselbe Phantasie habe ich auch einmal Connie anvertraut: Mit dem Banjo in einer U-Bahn zu sitzen und den Leuten etwas vorzusingen. Sonst habe ich es aber niemandem erzählt. Und für den Fall, dass sie mich je dabei erwischen würde, sagte ich Connie auch, dass ich (a) mich entweder schon sehr verändert haben oder (b) gleich ein ganz anderer Mensch sein müsste als vorher. Manche Veränderungen sind derart radikal, dass man sich selbst nicht wiedererkennt. Mich mit *meinem* Lampenfieber und *meinen* musikalischen Schwächen in den F Train zu setzen und den Leuten »San Antonio Rose« vorzusingen wäre so ein Fall. Ich wäre tatsächlich ein Fremder geworden, etwa wie nach einem Schlag auf den Kopf und nach einer echten Nahtoderfahrung mit dem berühmten weißen Licht. Kehrte ich danach ins Leben zurück, wer weiß, vielleicht wäre ich wirklich jemand mit mehr Fortüne, einem günstigeren Geschick und größerem Herzen. So aber, sagte ich ihr, würde es nie etwas mit einem Unplugged-Konzert in einer New Yorker U-Bahn, denn dem stand meine unrettbar träge, gehemmte Persönlichkeit entgegen. »Du glaubst also nicht, dass der Mensch sich ändern kann oder dass es die Möglichkeit der Selbstverbesserung gibt?« Ich sagte ihr, was ich glaube, nämlich dass solche Fälle extrem selten sind und die Selbstverbesserung des Menschen ein Märchen, ähnlich dem eines Schöpfergotts. Wir sind, was wir sind, im Guten wie im Schlechten. Ändern lässt sich höchstens Unwesentliches oder Uncharakteristisches. Es mag Momente geben, in denen wir uns nachhaltig beeindrucken lassen, aber sie sind die Ausnahme. Was ich ihr nicht sagte: Wenn ich den Mut aufgebracht hätte, in der U-Bahn zu singen, hätte ich Onkel Stuart auch meine Liebe zu ihm und all den anderen Plotzens gestehen können und dass ich immer zu ihnen halten und sie nie enttäuschen wollte.

Mein Lieblingskinderbuch war *Doktor De Soto* von William Steig. Dr. De Soto ist eine Maus – und Zahnarzt. Aber er behandelt nur Tiere, die keine Mäuse fressen, wie schon auf seinem Praxisschild zu lesen ist. KATZEN & ANDERE GEFÄHRLICHE TIERE WERDEN HIER NICHT BEHANDELT. Ein vernünftiger Grundsatz. (In stillen Stunden frage ich mich manchmal, ob nicht schon Mörder in meinem Behandlungsstuhl saßen.) Eines Tages steht ein Fuchs vor Dr. De Sotos Praxis und heult jämmerlich vor Schmerz. Gebunden an seinen hippokratischen Eid und allgemein freundlich eingestellt, ist Dr. De Soto prinzipiell bereit, dem Fuchs zu helfen. Seine Frau, die ihm assistiert, denkt ebenso. Also klettert der tapfere kleine Mäusezahnarzt dem Fuchs ins Maul und findet nicht nur einen verfaulten vorderen Backenzahn, sondern stellt auch einen ungewöhnlich starken Mundgeruch fest. (Daran merkt man übrigens, dass William Steig kein Zahnarzt war, denn einem richtigen Zahnarzt verschlägt es *immer* den Atem.) Der Fuchs jedenfalls ist Dr. De Soto endlos dankbar für seine Hilfe. Doch als die Maus in seinem Maul herumturnt, juckt es ihn trotzdem, kraftvoll zuzubeißen und sich den leckeren Happen nicht entgehen zu lassen. Dr. De Soto betäubt den Fuchs, um den kranken Zahn zu ziehen, und unter der Betäubung gibt der Fuchs lallend seinen unbezwingbaren Fresstrieb preis und auch, wie er Mäuse am liebsten zubereitet. Da sieht Dr. De Soto dem nächsten Termin natürlich mit gemischten Gefühlen entgegen, Fuchs bleibt Fuchs. Andererseits, was Dr. De Soto angefangen hat, das bringt er zu Ende. Sein Vater, sagt er, habe es ebenso gehalten. (Mein Vater auf seine Weise auch. Zum Beispiel, wenn er daranging, irgendwas im Haus zu renovieren, sagen wir die Fliesenfugen im Bad oder den Linoleumboden in der Küche. Nach einem Drittel der Arbeit verließ ihn regelmäßig seine Energie, und er stieg ins Auto, um Stunden später ohne Auto zurückzukommen, weil er es irgendwo zu einem Spottpreis verkauft hatte. Dann gab er das Geld meiner Mutter und fing an zu weinen. So war das bei meinem Vater.) Ich will das Ende nicht verraten, aber es dürfte wohl klar sein, dass der Fuchs seiner Fuchsnatur treu bleibt. Was mich am Verhalten der Maus jedoch geradezu heldenhaft anmutet, ist nicht die Hilfsbereitschaft im Angesicht einer tödlichen Gefahr, sondern die – wenngleich vorübergehende – Annahme, der Fuchs könne sich tatsächlich ändern.

Immer wenn ich eine Füllung mache, eine Wurzelbehandlung durchführe oder einen Zahn ziehe, denke ich: Das hätte sich auch verhindern lassen. Dann falle ich zurück in meine zynische Menschensicht: Na gut, sie putzen nicht, benutzen keine Zahnseide, ihnen ist alles scheißegal. Ein Fuchs bleibt ein Fuchs bleibt ein Fuchs. Aber angenommen, sie haben all das getan, haben geputzt, Zahnseide benutzt und gleichwohl einen Zahn verloren, dann gibt es immer noch jemanden, den man verantwortlich machen kann, sei's die grausame Natur oder einen gleichgültigen Gott. Ich sage stets: Eine miese Zahngesundheit ist selbstverschuldet, mit Ausnahme der Fälle, in denen kein Selbstverschulden vorliegt. Eines Tages kam ein neuer Patient zu mir. Er wohnte nur ein paar Straßen weiter, in einer der letzten verbliebenen Sozialwohnungen auf der Upper East Side. Er arbeitete auf dem Bau, hatte Hände wie ein Würger und es offenbar nie für nötig gehalten, die Kautabakreste zwischen seinen Zähnen zu entfernen. Während ich mich zunächst um das Katastrophengebiet im oberen linken Quadranten kümmerte, ließ ich meinen Gedanken freien Lauf. Der Mann hatte anscheinend alles auf einmal: schlechte Gene, dumme Eltern und eine beschissene Kindheit. Er hatte nie die Chance zu einer ordnungsgemäßen Zahnpflege und würde sie auch weiterhin vernachlässigen, bis entweder die Zähne starben oder er. Es sei denn, das Wunder geschah und er änderte sein Leben. Vielleicht besaß er bis dahin unentdeckte Ressourcen, dann könnte er – mit ein wenig Unterstützung von meiner Seite – ein neuer Mensch werden. Aber selbst dann musste man realistischerweise davon ausgehen, dass diese Möglichkeit bereits in ihm angelegt war und also im strengen Sinn kein echter Wandel vorlag. Allein ein paar strenge Worte meinerseits (weiß Gott, ich habe es versucht) dürften nichts bewirken, denn der Schmerz lernt zwar im Augenblick, vergisst aber binnen Stundenfrist. Der Mann in meinem Behandlungsstuhl war ebenso wenig Herr seiner besten Antriebe wie König über seine niedersten Instinkte. Veränderung oder keine Veränderung, es lag nicht in seiner Hand. Blieb eigentlich nur eine Frage: Bist du ein Fuchs oder etwas Besseres?

»Lieber Paul«, schrieb er.

> *Es tut mir leid, wenn dich mein letzter Beitrag erzürnt hat, aber du hast noch viel zu begreifen. Wir haben nichts gegen Juden. Wir sind keine Antisemiten. Wann in unserer Geschichte hätte sich Hass, gleich welcher Art, auch austoben können? Kein Volk in der Geschichte ist besser in der Lage, sich mit den Juden und ihrem unheilvollen Geschick zu identifizieren als die Ulms. Wir sind nicht die Feinde der Juden, Paul. Wir sind die Juden der Juden.*

Was soll das denn sein, bitte schön: Die Juden der Juden?

> *Weißt du von den* escépticos, *die von Alfons dem Weisen in den Untergrund getrieben wurden? Sagt dir das Massaker von Lodz etwas? Oder das Wort Ulm! Ulm! Habt ihr im Geschichtsunterricht den Indianer-Aufstand von 1861/62 durchgenommen? Ist dir auch nur entfernt bewusst, dass im Vorfeld der israelischen Staatsgründung gemäß dem UN-Teilungsplan für Palästina sämtliche ansässigen Ulms von den englischen Streitkräften liquidiert wurden?*

Weißt du, wie nah wir der vollständigen Auslöschung stets waren – und immer noch sind? Sag, was du willst, über die jüdische Tragödie, zumindest ist sie gut dokumentiert.

Am nächsten Morgen – ich war soeben an einem Patienten zugange – beschäftigte mich abermals eine Schlagzeile aus einem Klatschmagazin. Eigentlich war es eher eine Dachzeile, die uns im Zusammenhang mit Rylies Schwangerschaft informierte: »Rylie wollte schon immer Zwillinge.« Sie hatten mit Rylie nämlich ein Exklusivinterview gemacht. Darin bekannte sie, dass sie, solange sie denken konnte, zwei Babys auf einmal haben wollte. Also nicht nur eines und auch nicht zwei zu verschiedenen Zeiten, sondern zwei auf einmal, ratzfatz! Schon mit drei Jahren, und erst recht mit sieben oder zehn wollte sie zwei Babys gleichzeitig haben. Ein Kindertraum, der selbst mit sechzehn, zwanzig, fünfundzwanzig Jahren nichts von seiner Strahlkraft verloren hatte und nun – tataa! – in Erfüllung gehen sollte. Sie war schwanger mit Zwillingen! Und wie könnte sie besser von ihrem Glück erzählen als in einem Klatschblatt unter der fetten Überschrift »Zwillinge!«.

Ich dachte noch über Rylie und die Zwillinge und die Überschrift nach, die uns von ihrem Lebenstraum berichtete, als Connie in der Tür erschien. Ich tat so, als hätte ich sie nicht bemerkt.

»Dr. O'Rourke?«

Auch das überhörte ich erst einmal.

»Dr. O'Rourke, haben Sie mal kurz Zeit?«, sagte sie.

»Okay, Mr. Shearcliff«, sagte ich, nachdem ich noch eine Weile in Mr. Shearcliffs Rachen gewerkelt hatte, um Connie nicht beachten zu müssen. »Sie können sich jetzt den Mund ausspülen.«

Widerstrebend bewegte ich mich auf Connie zu. Sie wollte über meinen neuesten Tweet sprechen.

Ich träume davon, eines Tages alle Hemmungen abzulegen und mit meinem Banjo in der U-Bahn zu singen.

»Dasselbe hast du mir auch schon gesagt«, sagte sie. »Genau so.«

Ich wusste nicht, wo ich anfangen sollte.

»Das ist verrückt!«, sagte ich. »Das habe ich nicht geschrieben.«

»Aber wer dann?«

»Ich schwöre, Connie, das war ich nicht.«

»Doch, warst du, Paul.«

»Nein, war ich nicht, ich schwöre.«

»Lass doch diese albernen Spielchen, Paul. Meinst du, damit kriegst du mich zurück?«

»Wieso sollte ich das tun? Ich habe mich von *dir* getrennt.«

Sie legte den Kopf zur Seite.

»Zumindest beim ersten Mal.«

»Warum schreibst du diese Sachen?«

»Das ist nicht von mir, und ich kann es beweisen – hier.«

Ich holte meine Ich-Maschine hervor, zeigte ihr den gesamten Mailverkehr zwischen mir und meinem Double und vor allem jene Mail mit meiner U-Bahn-Phantasie.

»Woher weiß ich, dass du nicht auch *das* geschrieben hast?«

»Ich soll mir selbst eine Mail geschickt haben?«

»Es ist nicht schwer, sich irgendwo einen zweiten Mail-Account einzurichten.«

»Sag ich ja! Er hat sich unter meinem Namen einen Account eingerichtet und schreibt mir seitdem diese Mails.«

»Warum antwortest du überhaupt darauf?«

»Darum geht es doch nicht«, sagte ich. »Du glaubst, ich schreibe mir selbst? Das tue ich *nicht*.«

»Und was ist damit?«, fragte sie. Sie hielt mir das Display vor die Nase. »Hast du mir deshalb für die Blumen an der Rezeption gedankt?«, sagte sie. »Weil dich ein Unbekannter dazu aufforderte? Paul, brauchst du Hilfe?«

Ich nahm ihr das Handy ab.

»Ehrenwort, Connie. Das war ich nicht.«

Sie ging, kam aber noch einmal zurück.

»Sollte es wirklich so sein«, sagte sie, »dass dieser Mist nicht von dir stammt, wo ist dann deine Empörung? Ich kann mich entsinnen, wie du dich aufgeregt hast, als sie dich zum Christen erklärten. Jetzt sollst du dieser komischen Sekte angehören, hast aber offenbar nichts dagegen. Du mailst sogar mit diesem Typ. Du lässt zu, dass er unter deinem Namen Twitter-Beiträge verfasst und bist plötzlich sogar bei Facebook. Paul, was ist los mit dir? So kenne ich dich gar nicht. Wo ist der alte Paul geblieben?«

»Er steht vor dir«, sagte ich. »Und er ist immer noch sauer darüber.«

»Wenn du deinen Krieg gegen die moderne Welt beendet hast und jetzt Tweets und Blogs schreibst wie jeder andere auch, warum erzählst du nichts aus deinem wahren Leben? Dass du ein großartiger Zahnarzt bist oder ein echter Fan der Red Sox, und nicht dieser … dieser …?«

Hilflos hob sie die Hände und ging.

Mrs. Convoy war in Behandlungszimmer 2 und bereitete einen Patienten mit einem impaktierten Backenzahn vor. In Behandlungszimmer 3 saß ein nächtlicher Zähneknirscher mit hypertrophiertem Kiefer und erwartete, dass ich mir etwas für seine Schmelzrisse und schrundigen Kauflächen einfallen ließ. Nirgends war ein Tablet zu finden. Man schafft die neueste Handheld-Technologie an, und was passiert? Man sucht ewig danach, weil nichts mehr an seinem Platz liegt. Falls man die neueste Technologie überhaupt begreift. Irgendwann verbringt man mehr Zeit mit nervigem Gefummel an unauffindbaren

Geräten als mit dem Patienten selbst. Die hohen Anschaffungskosten entfalten ihre eigene Dynamik. Ist der Kram mal da (»ein Muss im modernen Praxisbetrieb«), wird sein Einsatz zu einem persönlichen Imperativ – scheißegal, wie es dem Patienten dabei geht. Der Patient verschwindet hinter so viel Technik, auch der Arzt wird immer unwichtiger. Du steckst in einer hermetischen Welt, es gibt nur noch dich und die Maschine und die spannende Frage: Wer wird gewinnen?

Ich ging in Behandlungszimmer 5 und fand einen Patienten vor, der, seinem Gestöhne nach zu urteilen, unter starken Schmerzen litt. Immer noch auf der Suche nach dem Tablet, hörte ich ihn hinter meinem Rücken tief Luft holen, dann kam es: »Om-mm … om-mm …« Ich drehte mich um, und er war es tatsächlich. »Sie!«, rief ich.

Ich packte Al Frushtick am Kragen und zog ihn hoch.

»Dr. O'Rourke«, jammerte er. »Gott steh mir bei, ich leide starke Schmerzen!«

Aber das war mir egal. Ich lehnte jede Behandlung ab, bis er mir alles erklärte.

»Wollten Sie nicht nach Israel?«

»Es hat sich anders ergeben! Ich bin wieder zurückgekommen. Und nun stecke ich in einem Riesenschlamassel! Sie sind der einzige Zahnarzt weit und breit, dem ich trauen kann. Sie müssen mir helfen!«

»Ich muss überhaupt nichts«, sagte ich. »Warum haben Sie unter meinem Namen eine Webseite ins Netz gestellt?«

»Sie machen Witze, so etwas kann ich doch gar nicht. Das ist alles nur ein großes Missverständnis.«

»Mein Anwalt hat das aber herausgefunden. Die Seite ist auf Sie registriert. Außerdem haben Sie beim letzten Mal gesagt, Sie wären ein Ulm. Und ich angeblich auch. Also kommen Sie mir nicht blöd.«

»Erst müssen Sie mich behandeln«, rief er. »Ich bitte Sie!«

Ich hatte ihn immer noch am Kragen, und seine Schultern verloren den Kontakt zum bequemen Behandlungsstuhl. Ich nahm eine Standard-Zange und schob das geöffnete Zangenmaul in seine Nase.

»Okay«, japste er. »Okay, okay.«

Ich ließ ihn los.

Er glättete das zerknitterte Hemd und verzog vor Schmerz das Gesicht.

»Ich bin sicher, man hat auch Ihre Familienchronik«, sagte er. »Und bestimmt ist sie nicht weniger ausführlich als bei den anderen.«

»Meine Familienchronik?«

»Alles, was Sie immer schon wissen wollten«, sagte er. »Und unabhängig davon, was Sie davon schon wissen. Sie erfahren, wer Sie sind, woher Sie stammen, zu wem Sie gehören, Doktor.« Einen Moment lang vergaß er seinen Zahn und lächelte, ehe der Schmerz sich wieder bemerkbar machte. »Es geht ihnen neuerdings aber nicht allein um neue Mitglieder. Sie haben genügend Rückanwärter. Was sie suchen, ist ein Ulm, der sein Leben voll und ganz auf die Kraft der alten Lehre gründet.«

»Was ist ein Rückanwärter?«

»Jemand aus einer durchmischten Ahnenreihe oder einer zwangsbekehrten Familie aus der Diaspora. Haben sie mit Ihnen noch keinen Kontakt aufgenommen?«

»Ein wenig«, sagte ich.

»Das ist unverantwortlich«, sagte er und drückte seine Missbilligung aus, indem er seinen schütteren Schnurrbart in Form brachte. »Wirklich unverantwortlich. Doch es geschieht nicht ohne Grund«, sagte er. »Hören Sie, wenn sie Sie schon nicht informieren, dann tue ich es. Sie gehören nämlich zu einem verschollenen geschichtlichen Erbe. Man könnte auch sagen, Sie sind Teil einer Gegengeschichte. Ihre Gene beweisen es, Ihre Gene enthalten Ihre ganze Geschichte, und die reicht unbestreitbar viele hundert Jahre zurück. Einzelheiten kann ich Ihnen nicht sagen, aber ich bin sicher, Arthur weiß mehr.«

»Wer ist Arthur?«

»Grant Arthur. Er ist derjenige, der Sie gefunden hat. Sie gehören zu uns«, sagte er. »Sie sind so alt wie die Ägypter, älter als die Juden.«

»Für das, was Sie und Ihre Rückanwärter dauernd über die Juden sagen, sollte ich Ihnen eine in die Fresse hauen.«

»Nicht so hastig«, sagte er, und machte sich von mir frei, denn ich hatte ihn abermals gepackt. »Was sagen wir denn Böses über die Juden? Gar nichts. Im Gegenteil, wir fühlen uns mit ihnen verwandt. Die Juden sind so etwas wie unser historischer Maßstab. Wen sollten wir denn sonst nehmen, die Indianer? Ich persönlich fände das sogar angemessen. Ihnen ist dasselbe widerfahren wie uns: Sie galten als Heiden und durften daher nach Belieben abgeschlachtet werden. Die Überlebenden versanken in Alkohol und Selbstmord. Ein großes Volk, das im Schmutz dahinvegetiert. Aber dem Schicksal der Indianer fehlt die globale Dimension, daher eignet sich das jüdische Volk besser für Vergleiche. Es sollte aber keinen Leidenswettbewerb geben.«

»Wenn man eure Twitter-Einträge liest, könnte man aber darauf kommen.«

»Auf Twitter«, sagte er und verzog eine Braue. »Ich bitte Sie, sind Sie blind? Das ist eine reale Kontaktaufnahme.« Er überlegte einen Moment und strich sich abwesend über die unbehaarte Furche zwischen den zwei Ansätzen seines Schnurrbarts. »Es hat Diskussionen gegeben, ob es vernünftig ist, an die Öffentlichkeit zu gehen. Aber Twitter… das ist schon bezeichnend«, sagte er. »Egal. Beantwortet das Ihre Frage?«

»Kein bisschen«, sagte ich. »Warum sind Sie hier?«

Er sah mich verständnislos an. »Warum ich bei Ihnen bin? Warum ich bei Ihnen bin? Doktor, schalten Sie Ihre Lampe ein und schauen Sie in meinen Mund!«

»Sie sagten, Sie wollten nach Israel. Was ist geschehen?«

Doch er schüttelte nur den Kopf, seufzte und streichelte melancholisch seine Bartspitzen.

»Sie sind ein Sadist, Doktor, ein Sadist. Ich komme zu Ihnen, gepeinigt von nervenzerfetzenden Schmerzen, und Sie interessieren sich nur für die größte religiöse Pleite meines Lebens. Sieht so Ihr Mitgefühl aus?«

Ich lehnte mich nach hinten ans Waschbecken, verschränkte die Arme vor der Brust und kreuzte die Füße, als wäre dies alles nicht mein Problem.

»Okay, okay«, sagte er. »Ich hab's nicht geschafft. Ich bin christlich aufgewachsen. Nach all den Jahren in der Kirche habe ich jetzt das Gott-Gen, ob ich will oder nicht.«

»Sie meinen, Sie können gar nicht mehr zweifeln?«

»Dabei hätte es Gründe genug gegeben.« Er setzte sich auf und brachte sich in eine Art Lotussitz. »Haben Sie jemals von einem Genetiker namens Cliff Lee gehört, Dr. Clifford Lee von der Tulane University?«

Dieser Dr. Clifford Lee, erklärte Frushtick, war lange Jahre Inhaber des Howard-Rose-Lehrstuhls am Hayward Genetics Center an der Tulane University in New Orleans, bis Grant Arthur ihm eröffnete, dass er ein Ulm sei. Ein Jahr später übersiedelte Lee mit seiner Familie nach Israel, wo er die genetischen Besonderheiten der Ulm-Population untersuchte. Dann ging Frushtick ins Detail, sprach plötzlich kenntnisreich von modalen Haplotypen, Mikrosatelliten im Genom und Unique-Event-Polymorphismen – alles hochkomplexes Datenmaterial, das zur Identifizierung eines ulmspezfischen Genpools nötig war.

»Er entwickelte einen Test mit einer Treffergenauigkeit von sechzig bis fünfundsiebzig Prozent. Sogar achtzig Prozent, falls einer vor der aschkenasischen Migration vom Sinai ins Rheinland gezogen ist. Zwar kam es zwischen beiden Gruppen zu einer gewissen Durchmischung, doch war diese aufgrund der gemeinsamen konfliktbelasteten Geschichte so unbedeutend, dass die Analyse davon nicht beeinflusst wurde.«

»Welche Analyse?«

»Die Herkunftsanalyse. Es gibt allerdings keine Garantie auf ulmische Herkunft, sondern nur einen groben Schätzwert, darauf weist Dr. Lee immer wieder hin. In meinem Fall liegt er bei siebzig Prozent. Doch was Dr. Lees Gentest fehlt, wird von Arthurs Ahnenforschung ergänzt. Jeder Fall erhält eine eigene Personalakte.«

»Und was steht da drin?«

»Haben Sie mir nicht zugehört, Doktor? Da steht drin, dass Sie ein Ulm sind – und zwar *nachweislich*.«

Grant Arthurs Recherchen kannten keine Grenzen. Frushtick war überwältigt von ihrem Umfang, als er erstmals einen Blick in seine Akte werfen durfte. Er fand die ganze Reihe seiner Ahnen, komplett mit Geburts- und Todestag sowie -ort, und jeweils festgemacht an einem spezifischen Ast des weitverzweigten Stammbaums. Arthur hatte keine Mühe gescheut, war hinausgegangen in die Archive der Welt und hatte gewühlt, in alten Verträgen, Einberufungslisten, Katastern. Seine Mission: die Verschollenen aufzuspüren. Es galt nicht nur, verlorene Seelen einzusammeln, er wollte eine Ordnung wiederherstellen, die so gestört war, dass ein Leben gar nicht ausreichte, die gröbsten Missstände abzustellen. Doch gerade die Unmöglichkeit seines Unterfangens befeuerte seinen Eifer.

»Was überhaupt noch da war, hat er gesichtet: Testamente, Grundbücher, demographische Erhebungen«, sagte Frushtick. »Er hat Unterlagen aus Regierungskanzleien, Krankenhäusern und von ausländischen Gerichten. Dazu Heiratsurkunden aus aller Herren Länder, zum Glück spricht er viele Sprachen fließend. Er hat Hafenakten studiert, notarielle Beglaubigungen, Passagierlisten. Ich sehe ihn vor mir, wie er im Zug durch die

Tundra rattert oder in schrottreifen Turboprop-Maschinen in unsicheren Ländern landet. Und immer hat er einen schweren Koffer dabei, darin ist sein Flachbettscanner. Er schläft nicht, er vernachlässigt sich, er leidet, aber er hat ein Ziel. Dies kann ein einzelner Name sein oder eine gottverlassene Bibliothek, mehr braucht er nicht, um sich auf den Weg zu machen, seiner Mission zu folgen, auf der er eines Tages auch sterben wird, irgendwo zwischen zwei Punkten auf der Landkarte. Das alles nimmt sich aus wie das fruchtlose Hobby eines alten Mannes, aber täuschen Sie sich nicht«, sagte er. »Grant Arthur ist einer der ganz Großen. Ein Normalsterblicher wird nie begreifen, wie er das alles schafft. Meine eigene Ahnenreihe zum Beispiel konnte er bis 1620 zurückverfolgen, ist das zu fassen? Ehe er kam, dachte ich immer, ich sei halb deutsch und … Gott allein weiß, was noch.«

Über solche Fragen hatte ich noch nie nachgedacht. Ahnenforschung war für mich vergeudete Zeit, nicht mehr als die Namen von ein paar Toten. Hübsch aufgereihte Totenköpfe auf einer privaten Totenkopfkette, die aber bestenfalls meine Vorgeschichte erzählen und gesamthistorisch völlig ohne Belang sind. Selbstverliebter Zeitvertreib für nostalgisch gesinnte Langweiler. Doch die Jahreszahl 1620 beeindruckte mich.

»Er begann mit dem Mädchennamen meiner Mutter, Legrace. Von Legrace gelangte er zu DeWitt, von DeWitt zu Strickland, von dort aus zu Short und Kramm und Kramer, von dort zu Bohr und Moorhaus. Namen, die ich noch nie gehörte hatte und die doch meine gesammelten Familiennamen waren, meine Sippe … Ich kann gar nicht sagen, wie befriedigend es ist, wenn man sich auf diese Weise in den Zeiten verankert sieht. Und ich mag mir nicht vorstellen, wie es wäre, wenn ich das nicht erfahren hätte. Ich hätte wahrscheinlich genauso entwurzelt weitergelebt wie vorher. Entwurzelt und ahnungslos.«

»Und woher wusste Grant Arthur, dass er selbst ebenfalls Rückanwärter ist?«

»Von seinem Vater. Sein Vater hatte ihm aus Scham aber erst auf seinem Sterbebett anvertraut, dass er als Rückanwärter in Frage kam, und gab ihm den Namen eines Mannes in Québec, wo eine kleine Ulm-Gemeinde existierte. Der Mann in Québec berichtete ihm von den *escépticos* in Spanien, und Grant Arthur flog sofort dorthin. Er hörte von einem Mann in Kastilien-La Mancha, dessen Eltern vor kurzem gestorben waren und der beklagte, dass sie die letzten Sprecher einer Sprache gewesen waren, die nur zu Hause benutzt wurde. Grant Arthur spürte den Betreffenden in Albacete auf. Als er ihn dann auch noch in seiner Muttersprache begrüßte, soll der Mann in Tränen ausgebrochen sein.«

»Was ist ein *escéptico*?«

»Das erfahren Sie, wenn er Ihnen Ihre Ahnenreihe zeigt. Ich bin sicher, er verfügt über die Namen Ihrer sämtlichen Vorfahren. Wie weit zurück, weiß ich nicht, aber weit. Doch das müssen Sie sich persönlich ansehen, erst dann begreifen Sie, wie alles zusammenhängt und wohin Sie gehören.«

»Aber wie ist er überhaupt auf mich gekommen? Wie findet er die Leute?«

»Das ist eben Herkunftsforschung, da führt immer eines zum anderen, bis langsam ein Gesamtbild entsteht. Wir alle stehen miteinander in Verbindung, Doktor, man muss nur wissen, wodurch. Aber das werden Sie noch sehen. Sie werden sehen, wie sich die Namen Ihrer Vorfahren anglisierten, wie sich die Leute einer fremden Umgebung anpassen und dabei ihre ursprüngliche Identität verlieren. Aber bevor das geschieht, müssen Sie auch etwas für ihn tun.«

»Und das wäre?«

»Sie müssen die Botschaft annehmen.«

»Welche Botschaft?«

»Dass Gott seinem Volk aufgetragen hat zu zweifeln. Je mehr Rückanwärter diese Botschaft für sich annehmen, desto eher kann er das Ahnenprojekt einstellen. Wahrscheinlich haben Sie keine Vorstellung davon, wie mühsam und aufwändig diese Art Forschung ist. Die vielen Reisen bringen ihn um, er wird langsam blind. Das wiederum setzt Dr. Lee unter verstärkten Druck, seine Gentests so zu verbessern, dass sie unanfechtbar sind. Für beide, Arthur und Dr. Lee, wäre es eine große Erleichterung, wenn die Botschaft genügen würde.«

Draußen vor der Tür zum Behandlungszimmer war irgendetwas im Gange. Ich machte die Tür auf und erwischte Connie beim Lauschen. Schnell richtete sie sich auf.

»Ja?«

»Wir haben uns gefragt, wo du abgeblieben bist.«

»Wer ist ›wir‹?«

»Ich und Abby und Betsy«, sagte sie. »Mit wem sprichst du denn da die ganze Zeit?«

»Mit niemandem«, sagte ich. »Nur mit einem Patienten. Könnt ihr nicht einfach eurer Arbeit nachgehen, bitte?«

Sie zog sich zurück, wenn auch widerwillig. Ich blickte wieder auf Al Frushtick. Er spielte an seinem Schnurrbart, als wäre es eine Art Maultrommel. Dieser Kasper hatte meine Identität geklaut und tat sich auch noch leid, weil er mit irgendeinem religiösen Quatsch Schiffbruch erlitten hatte. Ich ließ ihn erst einmal sitzen, eine andere Strafe fiel mir nicht ein. Sollte er wenigstens die Qualen seines Zahnabszesses noch ein wenig länger erdulden.

Erneut kam Connie auf mich zu. »Wer ist Grant Arthur?«, fragte sie.

»Ehrlich, ich habe keine Ahnung«, sagte ich. »Aber ich fände es schön, wenn du nicht mehr an der Tür lauschen würdest. Und noch schöner fände ich es«, sagte ich, »wenn ich in dieser Praxis mal ein Tablet bekommen könnte.«

Ich kümmerte mich um meinen impaktierten Backenzahn und den nächtlichen Zähneknirscher und hielt dies für eine gelungene Strafe für Al Frushtick. Aber letztlich bestrafte ich mich nur selbst, denn alle meine Fragen – und es wurden immer mehr – blieben unbeantwortet. Bei meinem Zähneknirscher wurde ich ungeduldig und sah zu, dass ich fertig wurde. Alles nur Dummheit und falscher Stolz, diesen Al Frushtick zappeln zu lassen, den Einzigen, der mir wirklich weiterhelfen konnte. Er hatte noch etwas für mich, das spürte ich. Ich musste etwas tun. Ich unterbrach die Behandlung und lief zurück zu Zimmer 5, aber der Stuhl war leer. Der Fuchs war bereits weg.

Er hatte einen Zettel hinterlassen. »Ich wäre gern geblieben«, stand da. »Aber ich bin nicht würdig, dass Sie meinen Zahn gesund machen.«

Ersatz-Israel

Kapitel 6

Mitte August. Der Ball war in der Luft, aber ich ließ die dritte Base nicht aus dem Auge. Deshalb erneuter Termin bei Sookhart, diesmal mit einem offiziellen Auftrag. Er sollte mir ein komplettes Manuskript der Kantavetikel beschaffen.

»Interessante Sache«, sagte er und streichelte den Pelz auf seinem Arm. »Aber ich muss Ihnen sagen, ich bin skeptisch. Ich habe in dieser Sache mit etlichen Kollegen gesprochen, allesamt Experten auf ihrem Gebiet, aber keiner hat je von so etwas gehört, auch nicht von überlebenden Nachfahren der Amalekiter. Und wohlgemerkt, das sind studierte Historiker, Bibelkundler, Kuratoren und Händler wie ich. Überall Fehlanzeige.«

»Wie viele Experten hätten Sie denn gern, um an die Existenz der Kantavetikel zu glauben?«

»Das ist eine gute Frage. Wenn es wenigstens *einen* gäbe.«

»Angenommen, es gäbe diesen einen …«, sagte ich. »Worauf ich hinauswill, ist Folgendes: Wie viele Historiker, Bibelkundler oder sonstige Experten bräuchte es eigentlich, um so etwas wie die Kantavetikel zu einem reellen Forschungsgegenstand zu machen?«

»Mein lieber Freund«, sagte er und ließ von seinem Arm ab, um seiner Antwort Nachdruck zu verleihen. »Der Mensch hat von Anbeginn der Zeit mit größter Inbrunst an die verquersten Sachen geglaubt. Die Zahl ist nicht ausschlaggebend.«

»Aber in der Religion schon, oder?«, sagte ich. »Ich meine, wo jeder stichhaltige Beweis fehlt, wird die Anzahl entscheidend. Wie viele Leute sind erforderlich, um etwas zu einem offiziellen Glaubenssystem zu machen?«

»Welches Glaubenssystem meinen Sie?«, fragte er. »Den Glauben daran, dass es sich bei Mithras um den Sonnengott handelt? Oder dass der Kriegsgott Ninurta zugleich der Stadtgott von Babylon ist? Oder dass Re allmorgendlich den Angriff der Schlangengottheit Apophis abwehrt, um mit seiner Tochter Maat in der Sonnenbarke durch den Himmel zu kutschieren? Oder dass Thor mit seinem Hammer die Schädel der Frostriesen spaltete? Oder dass die Maden in Ymirs verwesendem Leib zu Dunkelelfen wurden? Dass Kronos seinen Vater Uranos mit einer Sichel entmannte und das abgeschnittene Geschlecht ins Meer warf, woraus Aphrodite geboren wurde? Dass Iapetos als Titan des Westens nicht nur der Vater aller Angelsachsen war, sondern auch Noahs Sohn? Dass Jahwe den Uzza zu Recht zu Tode schlug, weil der in seiner Vermessenheit die kippelnde Gotteslade angefasst hatte? Dass Gott die Welt so sehr geliebt hat, dass er seinen eingeborenen Sohn gab, damit alle, die an ihn glauben, nicht verloren werden, sondern das ewige Leben haben?«

»Ja, so was in der Art«, sagte ich.

»Okay, in einem gebe ich Ihnen recht. Der Unterschied zwischen zehn Glaubensanhängern und zehn Millionen ist bedeutsam«, sagte er. »Bei zehn Gläubigen nennen wir es einen Kult, bei zehn Millionen eine Religion. Ich persönlich finde diese Zahlenspielerei zwar unerheblich, aber es lässt sich nicht leugnen, dass die Dinge ohne eine Mindestmasse an Gläubigen schon leicht irre werden.«

»Wenn Sie mich fragen, werden die Dinge mit der Anzahl der Gläubigen sogar noch irrer.«

»Aber versetzen Sie sich mal in die Lage eines Historikers«, sagte er. »Bei allem Respekt vor meinen Historikerfreunden, sie alle sind wie die Geier, ohne Ausnahme. Sobald sich irgendwo eine neue Entdeckung auftut, stürzen sich alle darauf, bis auch das letzte Fitzelchen zerpflückt ist. Ich mache ihnen keinen Vorwurf daraus. Sie müssen publizieren, wenn sie eine Professur wollen. Also schauen wir mal, was Sie Schönes zu bieten haben.«

Er blickte auf die verstreuten Papiere auf seinem Schreibtisch, alle die E-Mails und Seitenausdrucke meiner Bio, die ich ihm geschickt hatte.

»Okay, da tritt also jemand mit der Information an Sie heran, dass Sie zu diesem speziellen Volk mit einer ganz eigenen Religion gehören. Von dieser Religion erfahren wir nicht gerade viel, aber das soll uns erst einmal nicht stören. Diese Leute haben ihre eigene Religion, und sie bilden eine eigene Ethnie mit einem genetischen Profil, das nirgendwo sonst so vorkommt. Sie gehören zu einer besonderen Rasse und können das auch wissenschaftlich beweisen. Und trotz weltweiter Verfolgung existiert bis heute ein Kreis von Überlebenden, Reste einer alttestamentarischen Population, die durch das gemeinsame Los verbunden ist. Kann man das so sagen?«

Ich nickte.

»Aber warum hat dann noch niemand von diesen Leuten gehört? Warum haben die Geier in den historischen Seminaren noch keine Witterung aufgenommen, warum wurde diese höchst interessante Story noch nicht längst der interessierten Öffentlichkeit präsentiert?«

»Weil Ulms sich nicht ohne weiteres zu erkennen geben.«

Abermals hörte er auf, seinen Arm zu streicheln. Er verzog skeptisch den Mund, bis ich den unteren Gaumen im Frontbereich sehen konnte.

»Woher wissen Sie das?« Er blickte über seinen Schreibtisch. »Steht das hier irgendwo?«

»Nein«, sagte ich.

»Woher wissen Sie dann, dass sie sich nicht zu erkennen geben? Und wie ist es ihnen gelungen, über so lange Zeit der Aufmerksamkeit der hungrigen Geier weltweit zu entgehen?«

»Hören Sie«, sagte ich, »ich will Ihnen nichts vormachen. Ich weiß so gut wie Sie – oder ahne es zumindest –, dass hier irgendeine Betrugsmasche läuft. Ich habe auch schon eine Rechtsanwältin für Internet-Recht eingeschaltet. Sie sagt mir, dass ich klagen kann, sobald wir mehr über den Angreifer wissen. Es kann nicht angehen, dass einem einfach so die Identität gestohlen wird. Und trotzdem«, sagte ich. »Könnte es nicht sein, dass wir nur deshalb noch nie von diesen Leuten gehört haben, weil sie auf eine Weise verfolgt wurden, dass kaum jemand übrig ist? Ich meine, nehmen Sie, wen Sie wollen, Juden, Indianer oder die Waldenser, das alles ist nichts gegen die Ulms. Und weil es so wenige waren, hatte sie auch niemand auf dem Schirm.«

»Was wissen Sie über die Waldenser?«

Okay, sagte ich mir, jetzt nur einen klaren Kopf behalten. Zugleich hatte ich aber schon so viel Zeit in die Mails mit Dr. Paul C. O'Rourke investiert, dass ich mittlerweile mehr wusste als jeder Historiker. Wollte ich die Geschichte wirklich ernst nehmen? Oder hatte ich insgeheim gehofft, dass Sookhart an meine Selbstachtung appellierte und auch die Waldenser einfach zu einem Mythos erklärte?

»Meines Wissens standen sie unter einem ähnlichen Verfolgungsdruck«, sagte ich. »Wie übrigens auch die Tschuktschen in Russland. Sie sind ein gutes Beispiel dafür, wie man selbst am Rand der Auslöschung überleben kann.«

»Wer, bitte?«

»Die Tschuktschen. Heute liegt ihre Zahl etwa bei zehntausend.«

Das notierte er sich. »Woher haben Sie das?«

»Oder die Penan auf Borneo, die Innu in Kanada, die Enawenê-Nawê in Brasilien.«

»Nie gehört. Wer soll das sein?«

»Es sind alles bedrohte Völker.«

»Können Sie die Namen wiederholen?«

Er notierte, was ich ihm buchstabierte.

»Und weswegen wurden sie verfolgt?«

»Wer, die Tschuktschen?«

»Nein, die Ulms.«

»Sie taten etwas, was nicht einmal die Heiden taten. Sie glaubten an gar nichts, ihr göttlicher Auftrag war der Zweifel an Gott. Da werden viele Leute nervös.«

Wieder bleckte er skeptisch die Unterlippe, bis der rosa Gaumen sichtbar wurde. Dann:

»Dennoch«, sagte er, »dass es überhaupt keine historischen Zeugnisse geben soll, muss einem zu denken geben. Ich wette, selbst über diese ...« Er musste nachschauen. »Selbst über diese Tschuktschen werden sie irgendetwas finden, nur nicht über ihr ominöses unterdrücktes Volk.«

»Man findet nichts, weil diese Leute direkt vor unserer Nase sind.«

»Mir scheint, Sie wissen mehr, als Sie sagen«, meinte er.

»Nein, so ist es nicht.«

»Wer ist direkt vor meiner Nase?«

»Schlagen Sie irgendein Geschichtsbuch auf«, sagte ich. »Dauernd lesen Sie von ›Massen‹, von ›Landbevölkerung‹, von ›Eingeborenen‹ oder ›Einheimischen‹, von ›Nomaden‹, ›Häretikern‹ oder ›Gotteslästerern‹.«

»Und das sollen immer die Ulms sein?«

»Nicht immer«, sagte ich. »Manchmal sind mit Massen wirklich nur die Massen gemeint.«

»Das hieße, die Ulms wären zwar immer da gewesen, aber namenlos, inkognito?«

»So muss man sich das vorstellen.«

»Aber das haben Sie nur von diesem ...« Er deutete auf die Ausdrucke. »Diesem Dr. Paul C. O'Rourke.«

Ich nickte, und er warf seinen Stift hin, lehnte sich zurück.

»Wer's glaubt«, sagte er. »Aber wir können die historische Forschung nicht ganz ignorieren. Auch da herrschen Marktgesetze. Ihre Geschichte ist doch viel zu gut, um damit *nicht* auf den Markt zu gehen.«

»Aber mit dem Wissen von heute«, sagte ich. »Sind nicht Steigerungen der Unterdrückung denkbar, die uns nicht mehr überraschen sollten, kämen sie je ans Licht?«

Er schürzte die Lippen und massierte nachdenklich seinen Schildknorpel.

»Aber die Vorstellung, dass es womöglich schon in der Bronzezeit Agnostiker gegeben hat, fällt mir einfach schwer. Ich meine, damals reichten ein paar dunkle Wolken, um die Leute in Angst und Schrecken zu versetzen, und Götzenbilder versprachen Schutz ...« Er schüttelte den Kopf.

»Hier ist mein Angebot«, sagte ich und reichte ihm einen Scheck.

Er besah sich den Scheck und hob die Brauen, als die Zahl bei ihm angekommen war. Danach erhob er sich und streckte mir die Hand entgegen.

»Tja«, sagte er, »es hat sich noch nie ausgezahlt, ein ungläubiger Thomas zu sein.«

»Die Plotzens wissen, woher sie stammen«, schrieb er.

Es überrascht mich also nicht, dass du dich in sie verliebt hast. Menschen, die einer starken Tradition verhaftet sind, ziehen uns an. Doch für uns ist es die falsche Tradition, und die Folgen sind verheerend. Trotzdem will ich dir daraus keinen Vorwurf machen. Der Wunsch nach Liebe und Zugehörigkeit ist das Natürlichste der Welt.

Woher weißt du von den Plotzens?

Du selbst hast mir von ihnen erzählt.

Das habe ich nicht. Nicht, dass ich mich in diese Familie verliebt habe.

Ich verfüge nicht über übernatürliche Kräfte, Paul. Aber ein paar Dinge kann ich mir aus deinen Mails schon zusammenreimen.

Nach dem Tod meines Vaters konnte ich nachts oft nicht schlafen. Meine Mutter ließ die Jalousien herunter, schaltete mein Nachtlicht ein, deckte mich zu, und dann lag ich im Halbdunkel und hoffte, schnell einzuschlafen, was nie geschah. Auch musste ich unbedingt *vor* meiner Mutter einschlafen, denn wenn ich das nicht tat, war ich der Einzige in der Wohnung, der noch wach war, und das war so schlimm wie ganz allein zu sein. Allein zu sein war das Verlassenste und Beängstigendste, was es gab. Denn wenn sie schlief, schliefen auch alle anderen Erwachsenen im Haus. Ich musste also einschlafen. Doch die Zeit tickte unaufhaltsam voran, und die Nacht wurde immer länger und dunkler. Wie eine Krankheit breitete sich der Schlaf von unserem Haus auf den ganzen Block aus. Schon bald schlief die Stadt, danach die Welt, und ich war der Einzige auf dieser Welt, der nicht schlief.

Ich strengte mich so an einzuschlafen, dass ich wach blieb, und wenn man auf diese Weise wach liegt, meint man, nie einschlafen zu können. Die Angst davor ergriff mich, sobald ich im Bett lag, und alle Vorkehrungen meiner Mutter (die Gutenachtgeschichte, unser Nachtgebet, dazu meine Hinhaltemethoden, bis sie endlich das Zimmer verlassen konnte), all das erwies sich als wirkungslos gegen diese Angst. Es dauerte nur zehn, fünfzehn Minuten, bis ich zum ersten Mal rief: »Mom?« Manchmal antwortete sie mit »Ja?« oder »Was ist?«, aber meistens war es »Was willst du?«. Nach einem viertelstündigen

Gutenachtritual, nach tausend Sonderwünschen, die ein erneutes Betreten des Kinderzimmers nötig machten, war ihre Geduld bereits arg strapaziert. Am Ende eines langen Arbeitstags, nach Kochen, Spülen, Aufräumen war sie auch mit ihrer Kraft am Ende, und in dieser Rechnung war ihre Trauer noch nicht einmal enthalten. Denn natürlich trauerte sie. Und trotz ihrer Trauer musste sie für sich und ihren Sohn einen Lebenssinn konstruieren und den Laden irgendwie am Laufen halten. Aber ihr neunjähriger Sohn hatte nichts Besseres zu tun, als nachts nicht zu schlafen, *jede* Nacht nicht zu schlafen. Dann konnte es schon sein, dass sich eine Frage wie »Was willst du?« anhörte wie ein gereizter Griff an den Arm eines ungezogenen Kindes. Aber das ignorierte ich ebenso wie die Tatsache, dass sich alsbald ein zwanghaftes Muster etablierte, das die Angst mit Worten zudecken wollte und keine endgültige Stille mehr zuließ. »Ich will nur noch gute Nacht sagen«, rief ich dann durch die dünne Wand und ließ mich auch dadurch nicht abschrecken, dass ich nur ein »Geh ins Bett, Paul« zurückerhielt. Schon wenige Minuten darauf sagte ich nämlich erneut »Gute Nacht, Mom!« Antwort: »Paul, das hatten wir schon. Schlaf endlich.« Das versuchte ich auch, doch das Einzige, was half, war ein weiteres »Gute Nacht, Mom!« »Meinst du nicht, es reicht jetzt langsam? Zum letzten Mal, gute Nacht.« Man konnte ihr nicht einmal böse sein, denn dieser Dialog wiederholte sich allabendlich, und uns beiden war klar, dass wir in einem Alptraum gefangen waren. Die Frage war immer, wie lange ich sie wachhalten und wie giftig sie irgendwann werden würde. Wenn das »Gute Nacht, Mom« ausgereizt war, variierte ich meine Ansage und rief: »Mom, bist du noch wach?« Dann hörte ich sie im anderen Zimmer schreien: »Aaahhhhh!« Trotzdem gab ich nicht auf und versuchte es kurz darauf abermals: »Mom, bist du noch wach?« Worauf sie nur sagte: »Schlaf.« Später ein weiterer Versuch: »Mom?« Aber keine Antwort. Deshalb abermals: »Mom?« Wieder nichts. Dann dringender: »Mom? Mom? Mom?« Der Gedanke, dass sie tatsächlich eingeschlafen sein könnte, war unerträglich – bis sie schließlich doch rief: »VERDAMMT, SCHLAF ENDLICH, HERRGOTT!« Für mich immer eine furchtbare Erlösung, denn so erschrocken ich über ihre Reaktion war, so glücklich war ich auch, dass sie noch wach war, was ja bedeutete, dass ich nicht allein war. Danach aber kam meist gar keine Antwort mehr, egal, wie oft ich nach ihr rief. Also ging ich an ihre Tür und sagte leise: »Mom?« Und wenn sich daraufhin nichts tat, ging ich in ihr Zimmer und sagte: »Mom, bist du noch wach?« Natürlich war sie noch wach. Sie lag da und starrte mit offenen Augen an die Decke. Und wenn ich dann fragte: »Mom, bist du noch wach? Mom, bist du noch wach?«, drehte sie sich nicht einmal zu mir hin, sondern starrte weiter an die Decke und sagte nur: »Nein.«

Wenn wir am nächsten Morgen erwachten, lag sie entweder bei mir im Bett oder ich bei ihr, oder ich lag auf der Couch, und sie lag davor auf dem Boden, unter meiner Red-Sox-Decke.

Am Tag nach meinem Besuch bei Sookhart hatte ich einen Investmentbanker namens Jim Cavanaugh als Patienten. Sogar Wall-Street-Menschen werden wieder zu Kindern, sobald sie hilflos auf dem Behandlungsstuhl liegen und die blaue Papierserviette umgehängt bekommen. Es könnte einem durchaus einfallen, sie tröstend in den Arm zu nehmen, doch das gehörte nie zu unserer Ausbildung.

Er roch gut, ein maskuliner Duft mit Noten von Kardamom und Birke. Männer wie Cavanaugh, Männer aus den Führungsetagen der großen Kanzleien und Finanzinstitute, kommen nie ohne ihre Colognes und Designer-Aftershaves. Ich stellte mir vor, wie die kombinierten Dürfte dieser Herren auf molekularer Ebene um die Vorherrschaft rangen. Kein Konferenzraum, kein Flur, kein Eckbüro, kein Learjet, in dem dieser animalische Verdrängungswettbewerb nicht stattfand. Ein Schwall Cavanaugh, und man wusste, dieser Duft würde alle anderen plattmachen und auf dem Schlachtfeld gelassen als Sieger hervorgehen.

Er las etwas auf seiner Ich-Maschine, als ich mich zu ihm setzte. Unbekümmert tippten und wischten seine Finger auf dem Touchscreen herum und zeichneten ein Bild von einem Ego, wie es größer nicht sein konnte. Irgendeine seelische Störfunktion sorgte dafür, dass er nur mit Verzögerung von seiner Ich-Maschine lassen konnte und auf meine ausgestreckte Hand reagierte, doch anschließend steckte er sein Handy gehorsam in die Tasche, wo es summend und piepend allerlei naturähnliche Laute von sich gab. Ich schaltete die Lampe ein, und Abby reichte mir die Sonde. Mrs. Convoy hatte mit ihren Befürchtungen nicht übertrieben, Nr. 47, zweiter Unterkiefermolar rechts, war hochgradig kariös, dazu kam eine eitrige Unterkieferschwellung. Ich bog die Lampe weg.

»Haben Sie Schmerzen?«

»Meine Gallenblase«, sagte er. »Und ich habe Rückenprobleme. Aber damit komme ich klar.«

Er roch fast unbeschreiblich gut. Nur meine reaktionärsten Hetero-Instinkte verhinderten, dass ich mein Gesicht in seiner Halsbeuge versenkte.

»Nein, ich meinte im Mund«, sagte ich.

»In meinem Mund? Nein, meinem Mund geht's gut. Wieso?«

Ich tippte mit dem Kugelstopfer gegen den verfallenen Zahn. »Tut das nicht weh?«

»Nein, gar nicht.«

»Hier?«

Er hätte vor Schmerz eigentlich aufschreien müssen. Dass er es nicht tat, legte Schmerzmittelmissbrauch nahe. Wahrscheinlich nahm er alles, was er kriegen konnte. »Nehmen Sie zurzeit irgendwelche Medikamente?«

»Nur solche, die mir verschrieben werden.«

»Wann waren Sie das letzte Mal beim Zahnarzt?«

»Vor einem halben Jahr? Nein, Scherz beiseite, es war wohl vor fünfzehn Jahren oder so. Und ich benutze auch keine Zahnseide, also sparen Sie sich die Nachfrage. Ich ernähre mich auch nicht gesund, und an guten Tagen trinke ich zwanzig Cola. Das ist doch immerhin besser als koksen, nicht? Na ja, vielleicht nicht für die Zähne. Crystal Meth soll ja schlecht für die Zähne sein, aber Kokain ist mein Meth, richtig? Ich meine aus Sicht der Zähne. Aber warum fragen Sie? Sie machen mich ganz nervös. Ich hatte in meinem ganzen Leben noch kein Loch im Zahn.«

»Aber jetzt haben Sie eines«, sagte ich.

»Eigentlich dürfte ich gar nicht hier sein.«

»Wo müssten Sie denn eigentlich sein?«

»Können wir nicht erst einmal abwarten?«

Insgesamt hatte er sechs Kavitäten und Zahnfleischschwund aufgrund einer fortgeschrittenen Parodontitis.

»Außerdem haben wir erhöhte Mobilität hier, hier und hier.«

»Mobilität?«

»Die Zähne bewegen sich.«

»Meine Zähne bewegen sich?«

»Ich denke aber, wir können sie erhalten.«

»Sie *denken* das?«

»Ich empfehle jedoch, damit nicht länger zu warten.«

»Das verstehe ich nicht.«

Solche Reaktionen sind gar nicht so selten. Die Leute sind wie vor den Kopf geschlagen. Wie, das passiert *mir*? Jemandem mit *meinem* Hintergrund, *meinem* Beruf, *meiner* Nationalität? Ich wähle doch republikanisch, ich habe eine Zahnzusatzversicherung, diese Diagnose kann nicht stimmen.

Mir machte es auch keinen Spaß, einem Patienten mitzuteilen, dass seine Zähne in Gefahr waren, dass sich sein schlechter

Zahnzustand negativ auf seinen Allgemeinzustand auswirkte oder dass die bevorstehende Behandlung weder angenehm noch ganz schmerzfrei vonstattengehen würde. Aber ich gebe zu, es bereitet mir eine gewisse Befriedigung zu sehen, wenn erfolgsverwöhnte Menschen die Erfahrung machen, dass sie kein Abo auf ein unbeschwertes Leben haben. Mit Zähnen kann einem nämlich alles Mögliche passieren, und sämtliche Privilegien schützen nur begrenzt davor. Da ist letztlich einer wie der andere, und jeder ist sterblich, und das ist nicht schön. Du bist nur ein kleiner Mensch auf weiter Savanne und kriegst frühestens in ein paar Tagen wieder etwas zu beißen. Hallo und willkommen in der realen Welt. Die reale Welt war übrigens nie weg, sie war immer da, du hast sie nur nicht gesehen, weil du einen eigenen Fahrer hast und einen Doorman, der dir die Tür aufhält – bis hin zu dem kleinen Asiaten vom Thai-China-Service, der dir dein Essen ins Haus liefert.

»Hören Sie«, sagte ich. »Wir können Ihre Zähne retten. Auch der Zahnfleischschwund lässt sich behandeln ebenso wie ihr Mundgeruch.«

»Welcher Mundgeruch?«

»Und wenn Sie danach regelmäßig Zahnseide benutzen *und* eine Mundduschen *und* Mundwasser, und wenn sie sich zweimal täglich mit einer elektrischen Zahnbürste die Zähne putzen *und* ihre Ernährung umstellen, wird ihr Mund wieder wie neu, und Sie haben nie wieder solche Probleme«, sagte ich. »Angesichts von fünfzehn Jahren Pflegepause hätten wir dann ein kleines Wunder vollbracht, meinen Sie nicht?«

Den größten Teil des Nachmittags war ich allein mit diesem Patienten beschäftigt. Seine Ich-Maschine summte zwar unausgesetzt, aber er hatte Wichtigeres zu tun: Er war bei seinem Zahnarzt.

»Da kann ich ja von Glück reden, dass er mich geschickt hat

und keinen anderen«, sagte Cavanaugh, als wir fertig waren. »Freiwillig wäre ich wohl nie gekommen. Glauben Sie, er hat das gewusst?«

»Von wem sprechen Sie?«, fragte ich.

Er setzte sich auf, und erneut traf mich ein Schwall seines Aftershaves mit den subtilen Aromen eines üppigen maskulinen Frühlings.

»Von Pete Mercer«, sagte er.

»Der Milliardär?«

»Und mein Boss«, sagte er. »Er wollte, dass ich Ihnen das hier gebe.«

Er reichte mir einen Umschlag. Darin lag eine Karte.

Ich würde mich gern mit Ihnen unterhalten. Jim hat den Auftrag, Ihnen meine private Mobilfunknummer zu geben. Bitte rufen Sie mich an, sobald es Ihnen möglich ist. – PM

»Wir haben noch nicht über den Selbstmord deines Vaters gesprochen«, schrieb er.

Hätte er seinen wahren Platz in der Welt gekannt, wäre er vielleicht noch am Leben. Bist du eigentlich auch selbstmordgefährdet? Hast du Selbstmordgedanken? Wie oft? Ich weiß, dass du orientierungslos bist, aber Herrgott, reiß dich zusammen! Du stehst durch deine Geburt in einer noblen Tradition!

»Was willst du von mir?«, fragte ich ihn. »Was willst du, was willst du, was willst du?«

Er antwortete:

Deine Hilfe, sie neu zu errichten.

Die feuchte Hitze flirrte in der Luft. Die Sonne, überall und nirgends, keuchte durch die Korridore der Stadt und flutete die Straßen mit einem hirnerweichenden Pulsschlag. Bei mir und meinen Mitpassanten verursachte sie porentiefes Unwohlsein. Schweiß sammelte sich in jeder Körperfalte. Taxis flimmerten im Licht, Markisen ächzten unter dem Sonnenglast. Das Bitumen der geflickten Straßenstellen verflüssigte sich, und kein Blatt wagte sich in der perfekten Windstille zu regen, sondern hing eingerollt vor Schrecken.

Ich sollte mich mit Pete Mercer im Central Park treffen. Ihm war es wichtig, dass wir uns außerhalb seines Büros unterhielten.

Ich wusste nicht recht, was auf mich zukam. Ich war noch nie einem Milliardär begegnet. Auf jeden Fall stellte ich mir darunter einen Menschen mit viel Selbstdisziplin vor. Einen, der schon im Morgengrauen aufsteht und wie jeden Tag als Erstes sein Fitnessprogramm absolviert (Kraft- *und* Cardiotraining), einen, der täglich die empfohlene Menge Ballaststoffe zu sich nimmt. Der Lohn dafür: schlanke Figur und dickes Bankkonto. Ansonsten ist jede Minute verplant, wird jede Alkoholeinheit streng gezählt. Er trägt nur Maßkleidung, Krawatte ist Pflicht, und ein rasiertes Gesicht und manikürte Hände sind keine Frage der Laune. Eine mit allen Wassern gewaschene, mit allen Pflegeprodukten gepflegte Erscheinung. Kurz, ein Mensch, wie ich nie einer sein könnte, selbst wenn ich tausend Leben hätte.

Aber der Milliardär, der mich auf der Parkbank erwartete, trug verwaschene Khakihosen und Wanderschuhe und aß gerade ein Fünf-Dollar-Sandwich, das er sich an einem Straßenstand gekauft hatte. Solche Sandwichs in Würde zu essen ist ein Ding der Unmöglichkeit. Der Milliardär musste sich breitbeinig nach vorn lehnen, damit die Mayo auf dem Boden landete und nicht auf seinen Stiefeln. Dazu jonglierte er mit zirka sechzehn Papierservietten in unterschiedlichen Stadien der Sättigung, ein weiteres Dutzend lag zerknüllt neben ihm auf der Bank. Die Begrüßung mit vollem Mund gestaltete sich schwierig, da er keine Hand frei hatte, die nicht bekleckert war.

Ich nahm neben ihm Platz. Er hatte kurzgeschnittene Haare und einen konservativen Scheitel. Die einzigen Alterszeichen an ihm waren seine Schlupflider, bräunliche Tränensäcke und erste Falten an der Halspartie. Er sah aus wie du und ich, mit dem Unterschied, dass er das Manhattan südlich der Canal Street hätte kaufen können.

»Danke, dass Sie gekommen sind«, sagte er. »Es ist immer wieder eine Freude, Ihre Tweets zu lesen. ›Wir suchen Zuflucht in der Intimität der Ausgrenzung.‹ War das von heute oder gestern?«

Meine berühmten Tweets. Er glaubte tatsächlich, ich hätte sie geschrieben.

»Ich bin etwas verwirrt«, begann ich. »Ich war nicht davon ausgegangen, dass Sie ... Hatten Sie nicht ein Dementi verbreiten lassen?«

Er zuckte die Schultern. »Wo jedes historische Zeugnis fehlt, gibt es eigentlich nichts zu dementieren. Nur ein paar Mythen, die im Widerspruch zur Bibel stehen. Geschichten eines Überlebenskampfs, die kein Gesamtbild ergeben. Oder wie Sie schrieben – ich hoffe, ich zitiere Sie richtig: ›eine Geschichte, die nicht nur unterdrückt, sondern zu einem Nichts zerdrückt wurde.‹ Was ist uns denn geblieben? Im günstigsten Fall ein Stammbaum und ein paar DNS-Spuren. Das sind kaum Anhaltspunkte für eine große Enthüllungsstory.«

»Und trotzdem hat Ihr Pressesprecher ein Dementi veröffentlicht.«

»Ich wäre sogar Gerüchten entgegengetreten, dass ich sauerstoffhaltige Luft atme«, sagte er. »Solche Dinge gehen niemanden etwas an. Meine Privatsphäre ist mir wichtig.«

»Meine auch.«

Er reichte mir eine Papiertüte mit einem Sandwich darin. »Hier, nehmen Sie. Ihr Mittagessen.«

»Danke«, sagte ich.

»Ich wusste nicht, ob sie Veganer sind oder nicht. Heutzutage sind ja alle Veganer.«

Ich fragte mich, wen er mit »alle« meinte.

»Nein«, sagte ich. »Dafür esse ich zu gerne Fleisch.«

»Ich auch.«

Ich griff in die Tüte und fasste in eine scharfe Sauce, die durch die Frischhaltefolie gesickert war.

»Nochmals danke, dass Sie sich Zeit für mich genommen haben«, sagte er. »Ich nehme an, Sie haben viel zu tun.«

»Nicht mehr als sie«, sagte ich.

»Und auch, dass Sie Jims Beißer in Ordnung gebracht haben. Das ganze Büro ist Ihnen zu großem Dank verpflichtet.«

»Äußerlich riecht er ja gut«, sagte ich. »Aber er sollte mehr auf seine Zähne achten.«

»Das gilt wohl für uns alle«, sagte er. »Warum sind Sie eigentlich Zahnarzt geworden?«

»Tja, ich bin wohl oralfixiert.«

Er lachte laut los. Nicht jeder hält eine solche Bemerkung für witzig. Und ein Witz ist es ja eigentlich auch nicht, vor allem, wenn man so etwas vor wildfremden Leuten sagt. Niemand wünscht sich einen Mediziner, gar einen Zahnarzt, der sich erst als Perverser outet und einem dann in den Mund fasst. Daher war ich Mercer dankbar für seine Reaktion. Es zeigte mir, dass er Humor hatte.

»Meine erste große Liebe«, sagte ich. »Ihr Mund war eine Offenbarung.«

»Kenne ich, ist mir auch schon passiert«, sagte er. »Vielleicht hätte ich auch besser Zahnmedizin studieren sollen.«

»Das Geld hätte Ihnen nicht gereicht.«

Abermals lachte er. »Wahrscheinlich nicht«, sagte er. »Aber ausschließlich Geld zu verdienen ist vertane Zeit.«

»Haben Sie mal versucht, einem Patienten den Gebrauch von Zahnseide näherzubringen? *Das* ist vertane Zeit.«

»Dürfte nicht leicht sein.«

»Manchmal stelle ich das ja selbst infrage«, sagte ich. »Man lässt es so leicht schleifen.«

»Früher habe ich auch nie Zahnseide benutzt«, sagte er. »Aber als ich dann damit anfing, konnte ich gar nicht glauben, was alles zwischen den Zähnen steckt. Eine Schweinshaxe plus eine halbe Tüte Mikrowellen-Popcorn.«

»Dann haben sie garantiert tiefe Zahntaschen.«

»Heißt das so, Zahntaschen? Hört sich ja eklig an.«

»Wenn Sie das für eklig halten, lade ich Sie ein, einmal dabei zu sein, wenn mit der Kuhhornzange ein impaktierter Weisheitszahn gezogen wird. Den müssen sie vor der Extraktion erst einmal losleiern, der folgt Ihnen nicht so bereitwillig. Und wenn Sie ihn dann tatsächlich in einem Stück herauskriegen, können Sie noch die Nervenenden zucken sehen.« Mercer sah mich entsetzt an. »Verdienen Sie lieber Geld mit Geld, das ist eine saubere Sache.«

»Wenn Sie es so sagen«, sagte er.

Er stand auf und brachte seinen Müll zum Abfallkorb. Dass er mir sympathisch sein könnte, damit hatte ich gar nicht gerechnet.

Ich hatte ihn tags zuvor noch in einem Videoclip gesehen. Der Clip zeigte Mercer vor dem Untersuchungsausschuss, der sich mit der Finanzkrise von 2008 beschäftigte. Er hatte gegen die Herde gewettet und Riesengewinne eingefahren. Aber dies, sagte er ohne einen Hauch von Ironie, dies sei gerade das Paradox, das beweise, dass das System insgesamt funktioniere. Dem widersprach ein Abgeordneter aus Kalifornien und bedrängte Mercer, diesen »Glückstreffer« näher zu erläutern. »Mit Glück hat das nichts zu tun«, entgegnete Mercer und gab ihm eine Lehrstunde in gesundem Menschenverstand. Denn die Blase der leichtfertig vergebenen Subprime-Kredite, sagte er, *musste* irgendwann platzen, egal, in wie vielen unregulierten Derivaten man die enormen Risiken versteckte. Er habe nur intuitiv *nicht* getan, was die anderen intuitiv getan hätten: ein weiteres Paradoxon der Marktlogik. »Die Geschichte des Kapitalismus in diesem Land ist die Geschichte der Ausnutzung politischer Entscheidungen«, dozierte er. »Wobei egal ist, wer gerade entscheidet, Liberale, Konservative, Demokraten oder Republikaner. Man lasse die Politiker ruhig entscheiden. Eine Möglichkeit, aus diesen Entscheidungen den maximalen Nutzen zu ziehen, findet sich in jedem Fall. Senkt die Zentralbank die Zinsen, ist zu viel billiges Geld auf dem Markt? Prima, dann wetten wir gegen überbewertete Papiere. Feste Wechselkurse? Dann könnten sich kurzfristige ausländische Anleihen lohnen. Die Politik ist dafür da, den Kapitalismus und Amerika insgesamt zu schützen. Und wir sind dafür da, schlauer zu sein als die Politik«, sagte er zu dem Vertreter derselben.

»Wenn Sie mir eine gewagte Analogie gestatten, Mr. Waxman, dann würde ich die Zustände bei den wirtschaftlichen Eliten hierzulande wie übrigens in allen anderen entwickelten Ländern gern mit der katholischen Kirche am Vorabend der Reformation vergleichen. Es ist ein System, das von einer kleinen Anzahl Insider kontrolliert wird, die alles daransetzen, ihre gewohnten extraordinären Profite zu sichern. Die Analogie gelangt jedoch an ihr Ende, wenn wir fragen, warum diejenigen, die unter diesem System leiden, nicht rebellieren. Anders als in der katholischen Kirche ist es mitnichten aus Angst vor ewiger Verdammnis, sondern schlicht aus Unwissenheit. Die Menschen – und ich meine hier die kleinen Arbeitnehmer, die auf jeden Lohnscheck angewiesen sind, die besorgt auf die nächste Autoreparatur gucken und ganz normal im Supermarkt einkaufen –, sie haben keine Ahnung vom Ausmaß der Manipulation. Und wenn sie es doch ahnen, dann können sie nur resignieren. Da sie also entweder ahnungslos oder mutlos sind, werden sie weiterhin ausgenommen und werden weiter verlieren.«

Die Kommentare unter dem Video überboten sich gegenseitig in ohnmächtigem Zorn.

Ich holte das Sandwich aus der Tüte und nahm die breitbeinige Essposition ein. Es war eigentlich zu heiß, um irgendetwas zu essen, aber ich wollte nicht unhöflich sein. Er kehrte vom Abfallkorb zurück und erzählte, während ich das Hühnchen-Gyros herunterwürgte, wie es bei ihm gewesen war.

Er hatte das Grab seiner Mutter besucht. Auf dem Rückweg zum Auto bemerkte er einen Mann mit Reisetasche, der offenbar auf ihn wartete. Mercer hielt ihn erst für einen Journalisten, doch eigentlich sah der Mann gar nicht wie ein Journalist aus.

»Wie sehen Journalisten denn aus?«, fragte ich.

»Albern«, sagte er. »Oder überheblich.«

»Und Grant Arthur?«

»Zerquält.«

Arthurs erste Worte lauteten etwa folgendermaßen: Ich weiß, wer Sie sind. Sie sind Peter Mercer, aber ich weiß auch, dass Peter Mercer gar nicht weiß, wer er ist. Vielleicht erregte diese Ansage Mercers Neugier, oder er fand, sie enthielt zumindest so viel Wahrheit, dass es sich lohnte, weiter zuzuhören. Denn mit dem Reichtum kamen auch die unsinnigsten Fundraiser in sein Leben. Mal ging es um extraterrestrische Stipendien, mal um Käfigelefanten, mal sollte das klassische Ritterturnier olympisch, mal die gesamte Duma bestochen werden, mal sollte er einer blinden Frau mit einem blinden Hund auch nur zu einem Anwesen in den Hamptons verhelfen. Er war eigentlich nicht der Typ, der jemanden in sein Auto ließ, um sich Märchengeschichten von seiner verschollenen Familie und zerstörten Traditionen anzuhören. Doch genau das tat er, und Grant Arthurs Forschungsergebnisse faszinierten ihn bis heute.

»Bevor er kam, wusste ich praktisch nichts von meiner Familie. Schön, ich kannte die Namen meiner Eltern und Großeltern. Arthur dagegen besaß Dokumente aus mehreren Jahrhunderten. Er brauchte fast eine Dreiviertelstunde, um sie durchzugehen. Dann verabschiedeten wir uns, und das Erste, was ich tat, war, das ganze Material von einer unabhängigen Genealogin prüfen zu lassen, das heißt jeden Namen, jedes Datum. Bis ins Jahr 1650 fand sie nichts, was auf Fehler oder auf bloße Behauptungen hinwies.«

»Und vor 1650?«

»1650 war ihr Limit, für die Zeit davor konnte sie keine Angaben mehr machen. Arthurs Forschungen hingegen reichten bis ins Jahr 1474 zurück. Ich fand es überaus befriedigend festzustellen, dass man ein Glied in einer langen Kette von Menschen ist«, sagte er. »Wie war es bei Ihnen? Auch so – oder anders?«

Auf einmal fühlte ich mich … übergangen. Frushtick hatte seine Ahnenreihe bekommen, ebenso Mercer, nur ich nicht.

»Mit mir haben sie offenbar etwas anderes vor«, sagte ich. »Bisher habe ich jedenfalls nichts dergleichen gesehen.«

»Gar nichts?«

»Jedenfalls nichts, das nach Ahnenforschung aussieht.«

»Haben Sie einen Gentest gemacht?«

Ich schüttelte den Kopf.

»Woher wissen Sie es dann?«

Ich erzählte ihm von der Webseite und von den Accounts bei Facebook und Twitter.

»Sie haben unerlaubt eine Seite ins Netz gestellt?«

Ich nickte.

»Und keiner dieser Beiträge stammt wirklich von Ihnen?«

Konnte es sein, dass er nur wegen dieser Tweets so freundlich gewesen war?

»Leider nein.«

»Das könnte bedeuten, dass Sie doch nicht dazugehören, sondern nur benutzt werden.«

»Könnte sein, ja.«

Er drehte sich weg und blickte auf die Wiese. Schließlich schlug er sich auf den Schenkel und stand auf. »Also dann…«, sagte er.

»Sie wollen schon gehen?«

»Ich will Ihre Zeit nicht länger beanspruchen«, sagte er und streckte mir die Hand entgegen. »Auf jeden Fall waren Sie mir eine immense Hilfe.«

Ich stand auf und gab ihm die Hand. »Wenn Sie mir die Frage gestatten: Worin bestand diese Hilfe?«

»Seriöse Leute veröffentlichen nichts unter falschem Namen im Internet. Sie stehlen keine Identitäten, um unerkannt zu missionieren. An Ihrer Stelle würde ich mir einen guten Anwalt nehmen«, sagte er. »Ich fürchte, genau wie ich sind auch Sie Opfer eines Hoax geworden. Man muss allerdings zugeben, dass er ziemlich überzeugend gemacht war«, setzte er im Weggehen hinzu. »Eigentlich schade, dass alles vorbei sein soll.«

Wahrscheinlich hatte er recht. Alles nur Verarsche. Seine unmittelbare Reaktion im Park, keinen weiteren Gedanken mehr an diese Sache zu verschwenden, zeigte mir, wie man mit diesem lächerlichen Lügengespinst *auch* umgehen konnte, nämlich rigoros.

Am darauffolgenden Wochenende fuhr ich ins Einkaufszentrum, um ein paar Dinge zu überdenken. War ich insgeheim erleichtert, dass sich alles als clever gemachter Betrug entpuppte? War ich enttäuscht? Oder vielmehr nur wütend?

Als ich vor ein paar Jahren beschloss, auf Konsum zu verzichten, tat ich das mit dem Ziel, mit dem gesparten Geld eines Tages etwas Gutes zu tun. Immer, wenn mir etwas ins Auge stach, das ich möglicherweise haben wollte, notierte ich mir den Ladenpreis und addierte am Jahresende die Beträge zu einer größeren Summe, die ich dann für eine Sache spendete, von der ich überzeugt war. Für Haiti. Den Hunger in der Welt. Hilfe zur Selbsthilfe in Entwicklungsländern, so etwas. Doch soweit ich es beurteilen konnte, brachte es gar nichts. Haiti war immer noch Katastophengebiet, Unterernährung auf dem Vormarsch. Ich erwartete ja nicht, dass meine Spende gleich jede Not linderte, doch mein Engagement führte bei mir lediglich zu einem merklichen Anstieg von Werbepost. Irgendwo die Lebensbedingungen zu verbessern, indem man Starthilfen gab, war eines, aber die Welt insgesamt durch Spenden zu verbessern funktionierte nicht, sondern lenkte höchstens von der Fruchtlosigkeit dieses Unterfangens ab und machte mich ratlos.

Deshalb war inzwischen Shopping wieder angesagt. Sobald man etwas kauft, fühlt man sich gleich besser. Es bestätigt und tröstet einen. Meine Leichtgläubigkeit in Sachen Ulms verlangte nach einem Gegengift, der Illusion von Entscheidungsmacht und absoluter Selbständigkeit. Aber je länger ich durch die Mall lief, desto schwerer fiel es mir, etwas zu finden, das ich brauchte oder wollte und/oder nicht schon hatte. Um es mir für den Anfang leicht zu machen, betrat ich eine Hallmark-Filiale und setzte mich dem brutalen Angebot aus sentimentalen Grußkarten, Vasen in Herzform und sinnigen Spruchplaketten aus (»Hier ist das Zeichen, auf das du gewartet hast: Liebe, Gott.«). Als Nächstes ging ich zu Brookstone, dieser High-End-Wundertüte für Erwachsene, und setzte mich in einen Massagesessel. Da man bei Brookstone alles ausprobieren darf, unterzog ich auch die neueste Kissen-Technologie einem eingehenden Test. Doch einen Massagesessel besaß ich schon oder hatte zumindest mal einen besessen, ehe er auf dem Sperrmüll landete, und mit Verlaub, was Kissen angeht, bin ich ganz klar *old school.*

Nach Brookstone ging es zur Pottery Barn. Ich erinnere mich, wie mir als Kind die Pottery Barn immer wie das Paradies erschien, denn was bei uns zu Hause herumstand, kannte ich und konnte es nicht mehr sehen, weil es immer so billig und meistens auch noch kaputt war. Ich dachte sogar, dass die Leute wahrscheinlich viel lieber in die Kirche gingen, wenn dort alles so aussah und duftete wie in der Pottery Barn. Mein großer Traum war, mich eines Tages mit nichts als dem Deko-Kram der Pottery Barn zu umgeben, angefangen bei den Weidenkörbchen bis hin zu den Duftkerzen und Bilderrahmen aus gebürstetem Silber. Doch das lag lange zurück. Zwar hatte ich als Erwachsener mal eine Pottery-Barn-Phase durchlebt und meine ganze Wohnung mit Pottery-Barn-Produkten ausgestattet, doch mit steigenden Ansprüchen flog das Zeug später komplett wieder raus. Mittlerweile betrachtete ich das Sortiment als reine Massenware, die zu kaufen unter meiner Würde und psychologisch ein Rückschritt gewesen wäre. Was ich wollte, war nicht der Ramsch der Pottery Barn, sondern das alte Pottery-Barn-Gefühl, den übermächtigen Wunsch, dort einzukaufen und mir diese Dingwelt anzueignen.

Etwas Ähnliches geschah im Plattenladen – Menschen meiner Generation nennen das noch so. Ich suchte nach neuen CDs, denn es gab einmal eine Zeit, in der mich nichts so sehr aufrichtete wie neue CDs. Aber ich war nicht einmal mit dem Buchstaben B durch, als mir auffiel, dass ich gar nichts Neues suchte, sondern die alte Beatles-Platte *Rubber Soul* aus dem Jahr 1965 – die ich bereits besaß. Ich besaß sie sogar mehrfach, einmal auf Vinyl, dann auf Kassette, auf CD und natürlich auch auf meinem MP3-Player und Smartphone. Wäre mir danach gewesen, ich hätte die ganze *Rubber Soul* an Ort und Stelle über meine Ich-Maschine abspielen können, sogar über Lautsprecher, damit die anderen Kunden auch etwas davon hatten. Aber das wollte ich nicht. Ich wollte das alte *Rubber-Soul*-Gefühl. Ich wollte noch einmal erleben, was es hieß, *Rubber Soul* zum allerersten Mal zu kaufen. Ich wollte die Nadel wieder auf Anfang setzen, auf die ersten Akkorde von »Drive My Car« und alles neu machen, auch wenn ich wusste, dass es unmöglich war. Aber, dachte ich, ich könnte die CD für jemand anderen kaufen, ihm auf diese Weise die Erfahrung verschaffen, *Rubber Soul* zum allerersten Mal zu hören. Ich nahm die CD mit zur Kasse, bezahlte und fühlte mich aufgekratzt und wie verjüngt. Doch der erste Jugendliche, dem ich die CD schenken wollte, ein qualliger Junge im Rollstuhl, der sehnsüchtig ins Schaufenster von GameStop guckte, lehnte rundweg ab. Er akzeptiere, sagte er, grundsätzlich nur Cash. Andere Kids hatten, wie sich zeigte, gar keinen CD-Spieler mehr. Am Ende deponierte ich die CD auf einer Sitzbank neben einem stillgelegten Aschenbecher, in dem ein krankhaftes Büschel menschlichen Haars lag.

Schließlich befand ich mich – wie früher oder später jeder andere Einkaufszentrumbesucher auch – in der Tierhandlung Best Friends. Die besten Freunde, winzige Beagles, Corgis oder Schäferhundwelpen, konnte man sich ansehen. Sie steckten in weißen Käfigen, dösten vor sich hin (bevor sie irgendwann an Hospitalismus starben) und brachten hin und wieder gerade noch die Kraft auf, sich die Pfoten zu lecken. Gab es eigentlich etwas, das mehr zur seelischen Erhebung beitrug als so ein kleines Wesen? Würden die unschuldigen Freuden der süßen Kreatur nicht die schwarzen Wolken des Zynismus vertreiben? Urplötzlich war mir klar: Ich war in diese Mall gekommen, um mir einen Hund anzuschaffen. Ich befreie einen dieser kleinen Kerle aus seiner Gefangenschaft in Zellenblock 9 und bin nie wieder allein.

Allerdings fiel mir ein, dass Connie und ich schon einmal einen Hund hatten, sozusagen in Vorbereitung unseres Kinder-Dramas. Der Hund war kaum bei uns zu Hause, als mich beim Gedanken an die kurze Lebenserwartung eines solchen Tiers die größten Befürchtungen befielen. Es war sicher nicht richtig, gleich den Teufel an die Wand zu malen, aber ich konnte nicht anders, ich hatte die unvermeidliche Szene zu deutlich vor Augen. Connie, die neben dem Welpen auf dem Boden hockte und spielen wollte, obwohl er im Todeskampf lag. Eigentlich sollte man sich an einem Welpen freuen, denn bekanntermaßen wird aus dem süßen Hundchen nur allzu schnell eine ausgewachsene Töle. Womit wir wieder beim Thema wären. Auch wenn es dem menschlichen Auge entging, der Hund würde altern, jeden Tag ein wenig, und sich langsam, aber unaufhaltsam dem eigenen Tod nähern. Und wenn er dann starb, würden wir uns fühlen wie Hinterbliebene, nach dem eigenen Tod das Schlimmste, was einen Menschen treffen kann. Warum also überhaupt einen Hund anschaffen? Hatten wir über die Konsequenzen gebührend nachgedacht, etwa die Möglichkeit seines Ablebens? Hatten wir uns den Hund zu leichtfertig angeschafft? Sollten wir ihn nicht besser zurückbringen? Ich brachte das Thema vor Connie zur Sprache, beschwor sie, den Hund zurückzugeben. Weinend und wie festgewachsen saß ich auf dem Sofa, wollte mich dem Hund weder nähern noch ihn anfassen. Ich wollte ihn einfach nicht wahrhaben, geschweige denn ansprechen. Der Hund hieß Beanie, aber das ging gar nicht, nicht für mich. Für mich war er nur »der Hund«, und der Hund musste weg. Connie setzte sich neben mich aufs Sofa und versuchte tatsächlich, mich zu verstehen. Sie meinte, es hätte mit meinem Vater zu tun. Aber Beanie Plotz-O'Rourke und Conrad O'Rourke waren zwei Paar Schuhe. Es war auch eher unwahrscheinlich, dass sich Beanie eine Kugel in den Kopf schoss, weil die Elektrokonvulsionstherapie wieder einmal keine Wirkung mehr zeigte. Beanie war schon mit den kleinen Dingen des Lebens zufrieden. Macht sich irgendwer eine Vorstellung davon, wie bitter es sein kann, so einem Hund beim Spielen zuzusehen und gleichzeitig Todesgedanken nachzuhängen? Am Ende nahm Connie den Hund zu sich. Ich streichelte ihn, wenn ich bei ihr war, aber mehr auch nicht. Ich verließ Best Friends mit leeren Händen.

Mittlerweile ermüdeten mich die vielen Leute im Einkaufszentrum. Nicht nur die Behinderten und Kranken, auch die Kleinwüchsigen und überschuldeten Diabetiker. Anfangs hielt ich sie noch für Ausnahmen. Ich redete mir ein, ich hätte zufällig die Negativauswahl erwischt und bald schon kämen mir die Jungen, Schönen und Gesunden entgegengerannt, barbusig, die jubelnden Arme unter seidenen Fahnen. Aber es kam immer nur dasselbe Pack: missgebildete Fettsäcke oder spindeldürre Rattengesichter mit ihrer reizlosen Brut, die in einen offenen Psychokrieg mit ihren stocktauben Eltern verstrickt war. Meine Landsleute. Trost spendete nur der Anblick einer einzelnen gutaussehenden Frau, die offenbar nach Schuhen oder einer Handtasche suchte, aber nichts Billiges. Sie bewegte sich zielgerichtet, frei von jeglichem innerem Hader, diesem ewigen Begleiter der Armen und Verlorenen, und war im nächsten Moment verschwunden. Ich gab auf und ging in einem T.G.I. Friday's essen.

Der Kellner, der meine Bestellung aufnahm, war von Kopf bis Fuß in Firmenklamotten gekleidet. Ganz Amerika mag über diesen Corporate-Design-Zwang spotten, aber ich freue mich an diesem Anblick, denn Firmenklamotten stehen bis heute für meine seltenen Besuche bei T.G.I. Friday's, damals mit Mom und Dad. T.G.I. Friday's war solch erlesener Luxus, dass aus Prinzip immer nur das Preiswerteste auf der Karte bestellt wurde. Jetzt, da ich Geld hatte, bestellte ich zwei Vorspeisen, das teuerste Steak und Nachtisch, dazu meistens noch zwei knallbunte Cocktails. Dabei hatte ich gar keinen Hunger. Ich war überhaupt nicht mehr hungrig. Und doch wurden meine Besuche bei T.G.I. Friday's nie alt. Pottery Barn und *Rubber Soul* waren alt geworden, aber meine Fähigkeit, mir bei T.G.I.

Friday's mehr zu bestellen als panierte Hähnchenstreifen mit Honigsenf, erfüllte mich immer wieder mit Stolz.

Während des Essens überlegte ich, ob das Alterungsprinzip, dem Pottery Barn und *Rubber Soul* unterworfen waren, auch für Menschen galt. Das war wohl der Fall, wie ich mir eingestehen musste. Sam und die Santacroces waren für mich einmal alles gewesen – jetzt waren sie nichts. Und was war mit Connie und den Plotzens? Ich mochte mir Connie nicht als abgenutzten Gebrauchsgegenstand vorstellen, und meistens gelang es mir auch, selbst unsere Trennung als höhere Stufe einer Beziehung schönzureden. Doch an jenem Tag im Einkaufszentrum, umgeben vom traurigen Überangebot so vieler Dinge, fragte ich mich, ob ich mich wirklich nach Connie sehnte oder nur nach dem Gefühl einer frischen Liebe, nach einer Familie, die mich von mir selbst erlöste, und nach einem Judentum, das nun für immer unerreichbar blieb – falls es je eine Option war.

Auf der Rückfahrt hielt ich an einem Getränkemarkt. In jedem Getränkemarkt suche ich nach Narragansett-Bier, der Sorte, die mein Vater bei den Red-Sox-Spielen trank. Auch jetzt begab ich mich gleich in den verstaubten Gang mit den Spezialbieren, und dort stieß ich rein zufällig auf einen warmen Sixpack Ulm's. Ulmer Bier, aus Ulm, Germany, und importiert von einer Firma in Hoboken. Es ist doch kein Hoax, war mein erster Gedanke.

»Hey, solche Sachen kommen vor«, schrieb er. »Dafür brauchst du dich nicht zu entschuldigen.«

Meinst du, du bist der Erste, dem Zweifel kommen, weil die Beweise ein bisschen dünn sind? Ich kann dir versichern, das bist du nicht. Wir alle haben schon einmal einen Rückzieher gemacht. Niemand lässt sich gern verarschen. Wir wären nur ein Haufen Idioten, wenn uns zuweilen nicht ein ungutes Gefühl überkom-

men würde. Betrachte es als Test, Paul. Dein Glaube wurde auf die Probe gestellt, und du hast bestanden, und das macht dich nur stärker. Wobei mir die Ironie nicht entgeht, dass ausgerechnet eine Religion, die auf dem Zweifel basiert, so viel Glaubensstärke verlangt.

Ich antwortete:

Wie viele gibt es denn von euch? Einhundert? Zweihundert?

Er schrieb:

Nach meiner Schätzung liegt unsere Gesamtzahl zwischen zwei- und dreitausend. Aber die Leute leben sehr verstreut.

Als Mrs. Convoy ins Wartezimmer ging, um Mr. McKinsey aufzurufen, wandte sich Connie zu mir und sagte: »Ich muss dir etwas beichten.«

Bei der Enge hinter dem Rezeptionstresen, wo Drehstuhl an Drehstuhl stand und man die Aktenschränke direkt im Kreuz hatte, reichte bereits eine kleine Körperdrehung, um Connie ganz nah zu sein. Sie saß an ihrem Arbeitsplatz und trug an diesem Tag Grau. Grauer Rock über schwarzgrauer Strumpfhose mit ersten lichten Stellen am Knie, graues T-Shirt mit einem anthrazitfarbenen Vogelmotiv. Einziger Farbtupfer war ein hauchzartes blaues Halstuch, das sie sich wild um den Hals geschlungen hatte. Dazu trug sie blaue Tennisschuhe, die nicht einmal vorgaben, je als Sportartikel gedacht worden zu sein, und eine Bobby-Pin-Frisur mit ungeordnet festgesteckten Strähnen, die von oben betrachtet der Luftaufnahme eines Rangierbahnhofs ähnelten.

Diese Haarklammern waren unnachahmlich. Eigentlich nur ein gebogener Draht, aber auf der einen Seite gewellt und glatt auf der anderen und an den Endpunkten mit tropfenförmigen Kunststoffperlen versehen. Haarklammern hatten sich nicht verändert, seit Krankenschwestern sie in ehrenwerten Kriegen entdeckt hatten, denn sie konnten alles sein, von altjüngferlich-streng bis hin zum hippen Fashion-Statement wie bei Connie. Ich erinnere mich noch, mit welchem Entzücken ich sie nacheinander aus Connies Haar löste (behutsam, damit nichts zog) und sorgsam zu einem kleinen Haufen auf den Nachttisch legte. Bis mir am Ende ein Katarakt duftender und immer noch leicht feuchter Locken entgegenstürzte.

»Okay«, sagte sie. »Ich glaube, ich muss es einmal sagen. Weißt du noch, als ich dir sagte, ich sei nichtpraktizierende Atheistin? Nun, das stimmt nicht ganz. Mag sein, ich war mal eine Weile so drauf, aber eigentlich trifft es die Sache nicht. Ich bin kein Atheist. Ich meine, ich bin einfach nicht hundertprozentig sicher, dass Gott wirklich nicht existiert. Von Zeit zu Zeit bin ich sogar davon überzeugt, *dass* er existiert.«

»Das heißt, von Zeit zu Zeit bist du gläubig?«

»Ab und zu, ja.«

Ich war sprachlos.

»Ab und zu?«

»Meistens.«

Ich konnte es nicht fassen. Wie oft hatte sie ihre Vorbehalte gegen jeden Gottesglauben ausgedrückt? Wie oft hatte sie die Augen verdreht, wenn im Fernsehen irgendein Idiot Frauen befehlen wollte, was ihrem Körper guttat und was nicht – und zwar im Namen Gottes! Und im Namen Gottes ebenso die Homoehe verdammte und die Evolutionstheorie und überhaupt die ganze hoffärtige Wissenschaft, die Gott ein Gräuel war! Kein Gräuel, sondern gottgewollt seien dagegen Sturmgewehre mit 100-Schuss-Magazinen. Wie oft hatte sie genickt, wenn ich wie ein zweiter Hitchens gegen die »geistige Sklaverei der Religion« wetterte?

»Also warst du immer schon gläubig?«

»Nicht immer.«

»Wann warst du denn nicht gläubig?«

»In der Zeit, als wir zusammenkamen.«

»Also hast du vorher an Gott geglaubt?«

»Du hattest ein paar Argumente, die mir zu denken gaben«, sagte sie. »Du kannst sehr überzeugend sein.«

»Du meinst, es lag an mir, dass du Atheist wurdest?«

»Sagen wir so, ich habe mich mitreißen lassen«, sagte sie. »Ich war verliebt. Was tut man da nicht alles, um sich zu ändern.«

»Also hast du mich angelogen!«

Heute kann ich gar nicht mehr sagen, *wie* verliebt wir in den ersten anderthalb Jahren waren. Tagaus, tagein, von morgens bis abends gab es nur uns und unsere Liebe. Liebe, Liebe, Liebe. Das Einzige, was mich irritierte, waren ihre Gedichte. Soweit ich es beurteilen kann, war sie nicht einmal eine schlechte Dichterin. Zwar ergaben ihre Gedichte nach meinem Verständnis nicht allzu viel Sinn, doch das war auch bei den publizierten Sachen so, aus denen sie mir im Bett, im Park, in Buchhandlungen oder an Winternachmittagen in leeren Bars vorlas. Als Dichter musste man nicht unbedingt verständlich schreiben. Für mich ging das in Ordnung. Doch während dieses einen, dieser anderthalb Jahre hörte sie plötzlich auf zu schreiben. Ich war davon ausgegangen, dass man als Dichter auch dichten musste. Ich hatte nichts dagegen, dass sie nicht mehr schrieb, denn wenn sie nicht mehr schrieb, hatte sie mehr Zeit für mich. Aber irgendwann fragte ich sie doch nach dem Grund. »Ich weiß nicht«, sagte sie. »Ich bin einfach glücklich.« »Heißt das, dass du nur traurig Gedichte schreiben kannst?« »Nein, glaube ich nicht. Ich weiß es nicht. Vielleicht ein bisschen. Denn wenn es mir gut geht, *muss* ich nicht schreiben. Es fehlt mir ja nichts.« »Das würde bedeuten, dass es dir schlecht geht, wenn du wieder Gedichte schreibst?« »Nein, aber ich wäre vielleicht ausgeglichener. Ich könnte wieder an Dinge denken, die nichts mit dir zu tun haben. Mir würden wieder Gedichte einfallen.« Das klang logisch. Trotzdem fragte ich mich, was sie war, wenn sie keine Gedichte schrieb. Eine Dichterin nicht. Dichter schreiben Gedichte. Eigentlich war sie nur Rezeptionistin in einer Zahnarztpraxis. Außerdem war sie die Freundin des Zahnarztes, ihres Chefs.

Überflüssig zu sagen, dass sie im Augenblick wieder viel schrieb. Damit stand fest, dass etwas mit ihr nicht stimmte, möglicherweise dasselbe, was mit mir nicht stimmte. Denn es war schon auffällig, wie sie im Stadium des Verliebtseins sowohl ihre Gedichte als auch ihre Familie vernachlässigte und als Connie-die-Paul-liebt ihr wahres Ich in den Hintergrund drängte. Arme Connie, auch sie steckte in der Mösenklemme. Sie liebte mich so sehr, dass sie sich gezwungen sah, mir etwas vorzulügen, genauso wie ich umgekehrt ihr etwas vorlog. Wie in den ersten Wochen nach unserer Trennung überkam mich eine bleischwere Traurigkeit, denn so gesehen waren wir füreinander wie geschaffen.

»Kein Wunder, dass du anfangs nicht mehr zu den Familientreffen gegangen bist«, sagte ich. »Du hast dir selber etwas vorgemacht.«

Keine Antwort.

»Warum sagst du mir das gerade jetzt?«

»Weil ich finde, dass man ruhig an Gott glauben darf«, sagte sie.

Sie drehte ihren Stuhl so nah an mich heran, dass sie problemlos meine Hand hätte ergreifen können. Erst dachte ich auch, sie tut es. Aber dann legte sie die Hände nur auf die Knie.

»An Gott zu glauben macht einen weder schwach noch dumm«, sagte sie.

»Nein, das glaube ich auch nicht.«

»Vorausgesetzt, man glaubt aus den richtigen Gründen.«

»Und die wären?«

»Das musst du mir sagen.«

Ich starrte sie an, denn ich merkte allmählich, worauf sie hinauswollte. Es ging nicht nur um ihre Beichte.

»Paul, was ist los mit dir?«

»Was soll mit mir los sein?«, fragte ich.

»Angenommen, man glaubt aus den richtigen Gründen …«

»Für mich gibt es überhaupt keine Gründe, an etwas zu glauben.«

»Und warum lässt du dich dann in diese Sache derart hineinziehen?«

»Welche Sache? Es ist keine Sache. Und es hat auch mit Gott nichts zu tun. Es geht um eine Tradition«, sagte ich. »Und um ein Volk, eine Population mit einem besonderen genetischen Profil. Aber ich lasse mich nicht in etwas hineinziehen.«

»Und warum ist dann deine Webseite noch online? Warum sagst du dieser Internet-Anwältin nicht, sie soll endlich etwas dagegen unternehmen? Sobald ich mich umdrehe, schreibst du die nächste Mail. Wenn du mit der Sache nichts zu tun hast, warum ist sie immer so viel wichtiger als deine Patienten?«

Ich wandte mich ab und ließ sie in der klaustrophobischen Enge allein. Ich ging durch den Flur ins Wartezimmer und wieder zurück zur Rezeption, wo ich den Kopf durch das kleine Fenster steckte. Sie hatte trotzig den Kopf zurückgeworfen, saß sonst aber genauso da wie zuvor.

»Okay, ich schlage Folgendes vor.«

Abrupt fuhr sie auf ihrem Stuhl herum.

»Ab heute kümmert sich jeder nur noch um seinen eigenen Kram. Es bringt eh nichts, sich dauernd in die Angelegenheiten des anderen einzumischen«, sagte ich. »Und wer weiß, vielleicht gelingt es uns dann auch, ehrlicher miteinander umzugehen.«

Dann ging ich wieder an die Arbeit.

»Warum überhaupt an Gott zweifeln?«, fragte ich. »Womit ich nicht sagen will, dass ich lieber an Gott glaubte. Ich würde ihn nur generell aus dem Spiel lassen wollen.«

Der Zweifel ist wichtig.

Aber warum? Ihr stellt ja nicht alle Götter infrage oder das Prinzip eines Gottes insgesamt. Euer Zweifel richtet sich gegen einen ganz bestimmten Gott. Nämlich den, der seinem Propheten erschien, mit der Maßgabe zu zweifeln. Aber wie kann man an einem geoffenbarten Gott zweifeln?

Was einst lediglich eine theologische Notwendigkeit war, ist mittlerweile überlebenswichtiger Imperativ. Wir verlieren jeden Tag Leute, Paul, selbst erklärte Rückanwärter. Die Gründe sind unterschiedlich: die Schönheit der Welt, der Flug eines Vogels, Angst vor dem Tod. Es spielt keine Rolle, warum, doch viele fallen vom Zweifel ab und werden gläubig. Wir selbst sind unser ärgster Feind. Sogar in diesem Moment schwindet unsere Zahl weiter. Alle Verfolgungen, die wir unter Christen, Juden und Moslems zu erleiden hatten, sind nicht so zerstörerisch wie unsere Abkehr vom Zweifel. Man hat uns wegen dieses Zweifels umgebracht, aber wir brauchen den Zweifel, um als Volk überleben zu können.

Aber wie kann man an einem Gott zweifeln, der sich gezeigt hat?

Das Paradoxon, dass Gott von seinem Volk den Zweifel fordert, wird in den Kantavetikeln aufgelöst, genauer gesagt in Liederung 240, bekannt als die Offenbarung des Ulmet.

Auf dem Donnerbalken stieß ich auf den vierten oder fünften Versuch, dem Wort »Ulm« einen eigenen Eintrag zu verschaffen. Anders als seine Vorgänger hatte dieser jedoch Gnade vor den Wikipedia-Redakteuren gefunden. Was war bloß mit trekkiesandtwinkies los, fragte ich mich. Trekkiesandtwinkies hatte doch bisher immer die schärfsten Einwände gegen einen Ulm-Artikel. Ich klickte ein wenig herum und fand Gegner und Befürworter auf der Diskussionsseite versammelt, wo sie sich mit unverminderter Heftigkeit um die Relevanz des Artikels stritten, was auf der Hauptseite jedoch nicht sichtbar werden sollte, da es der Autorität des Ganzen geschadet hätte. Aber es ging hoch her um »Ulm (oder Olm)«, und die Kontrahenten hatten so schöne Nicks wie EDurkheim, drpaulcorourkedds, BalSheTov, HermanTheGerman, abdulmujib, openthepodbaydoorshal, Jenny Looney und mehr und konnten sich hinsichtlich der Ulms so wenig einigen wie ich und Mrs. Convoy um das Wort »wissen« in religiösem Zusammenhang. Trekkiesandtwinkies, wenig verwunderlich, sprach der Seite jede Legitimität ab, doch andere ließen sich nur zu gern von der Tatsache beeindrucken, dass es in dem Artikel auch um die »aggressive israelische Siedlungspolitik« ging. Überhaupt zog das negative Israelbild ständig frische Foristen an, die sich nach kurzer Zeit in zwei Lager teilen ließen. Die Befürworter der Ulm-Seite waren meist auch Sympathisanten der Palästinenser, während sich die Gegner auf die Seite Israels schlugen, meist mit Argumenten, die zu den Ulms nicht den geringsten Bezug hatten. Die Pro-Ulm-Anti-Israel-Fraktion lieferte insgesamt siebzehn Fußnoten, die auf Artikel über die »aggressive israelische Siedlungspolitik« verlinkten. Opfer aggressiver israelischer Siedlungspolitik waren abwechselnd Palästinenser, Ägypter, Afrikaner, Araber, Europäer und Amerikaner, also mehr oder weniger alle außer denjenigen, um die es eigentlich gehen sollte. Zitat: »1947 wurden die Ulms endgültig aus Seir (Israel) vertrieben, sie sind damit ein weiteres Beispiel für die aggressive israelische Siedlungspolitik.« Und hier kamen dann die siebzehn Links.

Noch in den Artikel vertieft, verließ ich den Donnerbalken. Auch wenn um die Ulms primär politische Stellvertreterkriege geführt wurden, die Tatsache, dass sie auf Wikipedia existierten, war bedeutsam. Ich erledigte einen Patienten in Zimmer 1 und kehrte sofort zu meiner Ich-Maschine zurück, um weiterzulesen. So ging es den halben Morgen lang. Nach jedem Patienten holte ich mein Handy hervor, las den Artikel von neuem und versuchte, mir die Einzelheiten einzuprägen.

Über die Herkunft der Ulms informieren die Bücher des Alten Testaments (vom 1. Buch Mose bis hin zu den Psalmen), damals hießen sie noch Amalekiter. Die Griechen nannten sie Metöken, für sie waren sie *anthropoi horis enan noi* (»Menschen ohne Tempel«). Es folgte eine Liste der Verfolgungen, denen die Ulms seit dem Aufkommen des Christentums ausgesetzt waren: durch großherzogliche Ordonnanzen, Ratsverordnungen, aufgezwungene Bräuche, Kleidervorschriften, Geldstrafen, Folter, Tod. Die Kantavetikel galten bei diesem heimatlosen Volk daher als »tragbares Vaterland«. Ihr Initiationsritus bestand darin, dass man Jungen im Alter von dreizehn Jahren die Haare abschnitt. Ein spezieller Anlageplan zeigte, wo im Europa des Mittelalters das letzte ulmische Erbe zugrunde gegangen war. Letztmalig urkundlich erwähnt werden sie als Salzhändler in Oberschlesien.

Während ich in Gedanken noch bei den oberschlesischen Salzhändlern war, fiel mir auf, dass ich eine Sonde in der einen Hand hatte und den Bohrer in der anderen. Wie das? Warum beides? Wenn ich den Patienten untersuchen wollte, brauchte ich keinen Bohrer, und wenn ich bohren wollte, brauchte ich die Sonde nicht. Tatsächlich wollte ich bohren, und das Geräusch des angeschalteten Bohrers schreckte mich auf. Aber *was* wollte ich bohren? Ich saß über den geöffneten Mund meines Patienten gebeugt, und die dunkelsten Ecken des Rachens pulsierten im erbarmungslosen Licht der Lampe. Ratlos blickte ich auf die Gestalt im Behandlungsstuhl. Die Person trug ein Business-Kostüm, und am Ende der Strumpfhose waren flache Schuhe, die mal wieder geputzt werden könnten. Aha, eine Frau, sehr wahrscheinlich berufstätig. Als ich ihr Gesicht musterte, hatten sich ihre aufgeschreckten Augen nach rechts verdreht, womit sie mich an den Rand des Geschehens rückte. Ich blickte auf den Computerbildschirm, las »Merkle, Doris«. Mrs. Merkle war schon seit Jahren Patientin bei mir, aber ich konnte mich beim besten Willen nicht entsinnen, sie begrüßt zu haben (»Hallo allerseits!«). Ich sah zu Abby hinüber. Ihre Augensprache über der OP-Maske war diesmal ungewöhnlich aggressiv, eine Mischung aus Erschrecken und Argwohn, die ich so an ihr nicht kannte und die mich zwang, sofort wegzuschauen. Hallo, sind Sie noch bei uns?, schienen diese Augen zu fragen. Kleinen Aussetzer gehabt? Aber mit einem laufenden Bohrer in der Hand hat man besser keinen Aussetzer. Ich legte die Sonde zurück aufs Tray, hängte den Bohrer in seine Halterung, um Mrs. Merkles Patientenkarte zu studieren. Ich merkte schnell, dass Mrs. Convoy gar nichts notiert hatte. Vielleicht weil Mrs. Merkle gar nicht bei Mrs. Convoy gewesen, sondern direkt zu mir gekommen war, ohne vorherige professionelle Zahnreinigung. Also ein Notfall? Ich besah mir das Tray. Meistens gibt die Zusammenstellung der Instrumente schon Auskunft darüber, was bei dem Patienten anliegt. Aber was mir soeben passiert war, war wohl mehr als ein kleiner Aussetzer, denn ich verstand schon das Tray nicht. Ich hatte keinen Schimmer, was ich bei Mrs. Merkle machen sollte. So was passiert, wenn man mit seinen Gedanken ständig woanders ist, dachte ich. Wobei es egal ist, worüber man gerade nachdenkt, ob über oberschlesische Salzhändler, die beschissensten Spielereinkäufe bei den Red Sox oder die Frage, was mir eigentlich an Pornos mit Clowns so gefällt. Unkonzentriert war unkonzentriert, und es war meine Pflicht, mich auf den Patienten zu konzentrieren. Aber das Tray sagte mir nichts oder sagte vielmehr alles gleichzeitig, was mir auch nicht weiterhalf. Was geht hier vor?, hätte ich Abby beinahe gefragt. Kriege ich hier nicht mal mehr ein ordentlich bestücktes Tray? Seit wann sieht es auf einem Tray aus wie in Opas Werkzeugkiste? Klar, in dem Gerümpel findet man alles, man muss nur lang genug suchen. Aber das zu sagen, wagte ich schon gar nicht mehr, ebenso wie Abby in die Augen zu blicken. Wie viel Zeit war vergangen, seit ich den Bohrer ausgeschaltet hatte? Allmählich mussten sowohl Abby als auch Mrs. Merkle gemerkt haben, dass ich keine Ahnung hatte, was zu tun war. Und es machte es auch nicht besser, dass ich nochmals in Mrs. Merkles Mund schaute. Ein Schneidezahn und der benachbarte Eckzahn fehlten. Hatte ich die beiden gerade gezogen? Das wohl nicht, denn dann wären Blut und Gazestreifen zu sehen gewesen, außerdem merkt man die Anstrengung noch länger im Arm. Offenbar hatte ich für Mrs. Merkle rekonstruktive Maßnahmen geplant, die alten Lückenbüßer: Krone, Brücke oder Teilprothese. Falls dem so war, warum hatte ich dann einen Bohrer in der Hand? Und was hatten die Guttaperchaspitzen, das Kältespray und der Peeso-Erweiterer auf dem Tray zu suchen? Ich kann nur sagen, an solchen Tagen beglückwünsche ich mich zu meiner Ärztehaftpflichtversicherung. Was gäbe ich jetzt darum, Mrs. Merkle einfach nach Hause zu schicken. »Das war's, Mrs. Merkle, alles wieder gut!« Das war natürlich absurd, ihr fehlten nach wie vor zwei Zähne, so einfach kam ich nicht davon. Und da nach den ersten souveränen Schritten meinerseits (aber wann sollte das gewesen sein?) so viel Zeit verstrichen war, machten ihre schutzsuchenden Augen erneut an mir fest. Warum geschieht hier nichts?, schienen die Augen zu fragen. Und warum dieser dämlich-überforderte Ausdruck auf Ihrem Gesicht? Ich wusste ja nicht einmal, ob sich die Betäubung schon ausgebildet hatte. Ich hatte den Bohrer in der Hand und konnte nicht sagen, ob die Spritze schon wirkte. Über Mrs. Merkle hinweg signalisierte ich Abby, mir nach draußen zu folgen. Ich hatte keine Wahl, die Patientenkarte gab mir keine Information, das Tray gab mir zu viele Informationen, und der Blick in den Mundraum steigerte meine Verwirrung noch. Ich nahm Abby beiseite. »Hören Sie zu, Abby«, sagte ich, »unter uns: Ihnen kann ich es ja sagen. Ich habe keine Ahnung, was ich mit der Patientin anstellen soll.« Abby zog sich die OP-Maske vom Gesicht und sagte: »Ich bin nicht Abby.« War sie tatsächlich nicht. Sie hatte nicht einmal Abbys Augen, die Mundpartie war auch anders. Vor allem war sie viel kleiner als Abby. Mir war noch nie richtig aufgefallen, wie groß Abby eigentlich war. »Wie, Sie wissen nicht, was Sie mit ihr anstellen sollen?«, fragte sie. »Sind Sie nicht der Zahnarzt?« Mir war nicht daran gelegen, vor einer Fremden meine komplette Ratlosigkeit einzugestehen. »Und Sie, wer sind Sie?«, fragte ich. »Wo ist Abby?« »Wer ist Abby?«, fragte sie zurück. »Abby?«, rief ich. »Abby ist meine Assistentin!« »Oh«, sagte sie. »Abby ist bei einem Vorsprechtermin.« »Vorsprechtermin?« »So hat man es mir gesagt«, entgegnete sie. Mir tat allmählich der Hals weh, so streng starrte ich auf sie nieder. Diese Frau war einem Gremlin ähnlicher als Abby. »Was macht Abby denn bei einem Vorsprechtermin?«, fragte ich. »Woher soll ich das wissen?«, sagte der Gnom von der Zeitarbeitsfirma. »Ich arbeite doch nicht hier.« Mrs. Convoy kam vorbei. Ich gestand ihr meine Lage. Sie sagte: »Herrgott, wie machen Sie das bloß?« Ich sagte es ihr, worauf sie sagte: »Wechselt Bagwell mal wieder zu den Houston Astros? Wie oft habe ich Ihnen gesagt, nicht über diese alten Geschichten nachzudenken, wenn Sie einen Patienten behandeln! In welchem Zimmer ist sie denn?« Sie ging und kam zurück. »Also in meinem nicht«, sagte sie. Wenn Mrs. Convoy Mrs. Merkle noch nicht gesehen hatte, dann war sie wegen eines Notfalls hier. Aber welcher Notfall genau? »Ich fürchte, da müssen Sie die Patientin fragen«, sagte Abbys Vertretung, die Mrs. Convoy ebenfalls erst jetzt bemerkte, da die Kleinen immer übersehen werden. Wir beide sahen auf sie hinunter. »Die Spritze müsste mittlerweile wirken, aber ich bezweifle, ob sie sich verständlich machen kann.« »Wirklich?«, fragte ich. »Wer hat ihr denn die Spritze gegeben?« Dann kam auch noch Connie hinzu. »Was ist denn hier los?«, fragte sie. »Wer ihr die Spritze gegeben hat?«, fragte die Aushilfe, blickte zuerst auf Connie, dann auf Mrs. Convoy. »Sind Sie sicher, dass dies der Zahnarzt ist?«, fragte sie und sah mit kleinen bösen Gremlin-Augen zu uns hoch. Ich wandte mich an Connie. »Hast du Mrs. Merkle dazwischengeschoben?« »Sicher«, sagte sie. »Sie rief ganz früh heute Morgen an.« »Ach wirklich?«, sagte ich. »Was hat sie denn? Was soll ich bei ihr machen?«

Wie sich herausstellte, war Mrs. Merkle am Morgen spontan eine alte Brücke in ihre Frühstücksflocken geplumpst, denn nichts hält ewig. Jeder Anfänger hätte sehen können, dass die Brücke einfach nur wieder eingesetzt werden musste.

Nach dem Merkle-Debakel war mir klar, dass etwas geschehen musste, etwas Drastisches, nur ein Frustbesuch im Einkaufszentrum würde keine Abhilfe schaffen.

Ich begann, sämtliche E-Mails zu löschen. Erst die von »Paul C. O'Rourke«, gefolgt von sämtlicher Korrespondenz zwischen YazFanOne und neugierigen Followern, die mehr über die Ulms erfahren wollten. Dann alles von Connie und Sam Santacroce, die mir zwischendurch einmal geschrieben hatte. Sie war inzwischen verheiratet, zwei Kinder, und berichtete: »Wir sind sehr zufrieden in Pittsburgh.« Dann der Mailverkehr mit meinem Freund McGowan und schließlich alles, was noch übrig war.

Ich rief meine Telefongesellschaft an und kündigte den Vertrag. Dann nahm ich die SIM-Karte aus dem Handy und zerknickte sie bis zur Unbrauchbarkeit. Die Ich-Maschine selbst hielt ich mehrere Minuten lang unter den heißen Wasserhahn und zerstörte mit einem Exkavator sicherheitshalber das Innenleben. Die Trümmer entsorgte ich während der Mittagspause getrennt, teils in den Straßengully, teils in den East River.

Zurück in der Praxis, rief ich meinen Internet-Provider an und kündigte auch dort sämtliche privaten und betrieblichen Verträge. Binnen einer Stunde waren wir vom Netz, ich konnte es kaum fassen. Es gab also doch einen Weg, diesem Wahnsinn zu entrinnen, man musste nur wollen.

»Warum kann ich keine Internetverbindung mehr herstellen?«, fragte Betsy mit erbostem Blick auf ein Tablet.

»Hier funktioniert ja gar nichts mehr«, sagte Connie. »Ich gucke mal, ob der Router eingestöpselt ist oder so. Wenn das nicht hilft, muss ich die Hotline anrufen.«

Nach kurzer Zeit drehten alle am Rad. Mrs. Convoy hämmerte mit wütendem Finger auf dem Touchscreen herum und schüttelte den Kopf – nein, nicht über eine normale Fehlfunktion mangels Internetanschluss, sondern wie über eine moralische Verfehlung ihres Endgeräts. Mrs. Convoy war persönlich enttäuscht von ihrem Endgerät und ignorierte es zur Strafe. Aber nur, um fünf Minuten später zurückzukehren (nicht wahr, so müssen sich Kettenraucher fühlen!) und es verbiestert erneut zu versuchen. Immer lauter hackte sie auf dem armen Berührungsbildschirm herum, bis es sich anhörte wie das Pochen der Inquisition an der Tür des Häretikers. Connie ging systematischer vor und befand sich in der Warteschleife des Providers, doch auch sie, den Hörer in die Halsbeuge geklemmt, übte sich in Multitasking und klickte end- und fruchtlos auf gleichgültige Icons. Am Ende ließ sie sich resigniert in den Drehstuhl fallen und äußerte Sachen wie »Herrgott, warum passiert das immer nur mir?« oder auch »Fuck!«.

Davon abgesehen, war es ein angenehmer Nachmittag. Keine Mail zu verfassen. Kein Warten auf Antwort. Keine Ablenkung. Es gab nur mich und meinen Beruf und die Paraphernalien meines Berufs: Bohrer, Bohr- und Schleifeinsätze, Kompositkleber, Abdruckgips, Ätzmittel, Sprays, Kronen, diverse Amalgame und Kunststoffe, Nadeln für Wurzelbehandlungen, Sonden, Exkavatoren, Dentalspiegel, Haken, Scaler, Biegezange, Haftprofilzange. Ich entdeckte die Schönheit meiner Praxis neu. Die makellos polierten Edelstahlinstrumente zogen mich wieder in ihren Bann. Wie lange hatte ich, verführt von der Onlinewelt, keinen Blick mehr für *meine* Welt gehabt, mein Ordinationszimmer, meine geliebte Dentalzeile, die Behandlungsstühle, die gefliesten Flächen?

Eine halbe Stunde später, gerade als ich die beste Füllung seit zwei Monaten (oder zehn Jahren!) abgeliefert hatte, stellten sie mich in Zimmer 2 zur Rede. Wie tote Babys trugen sie ihre Tablets und Ich-Maschinen vor sich her und fixierten mich mit Mörderblick, als sei ich an deren allzu frühem Tod schuld.

»Das ist doch wohl ein Witz«, sagte Connie.

»Ist das wahr?«, sagte Mrs. Convoy, dem Ton nach wie zu jemandem, der eine kriminelle Vergangenheit verheimlicht hatte. »Sie haben uns vom Netz genommen?«

»Finden Sie das lustig, wenn wir uns zum Affen machen? Und ohne uns etwas zu sagen!«

»Das war nicht meine Absicht«, sagte ich und hob entschuldigend die Hände. »Ich wollte es euch mitteilen.«

»Ach ja?«

»Aber dann habe ich euch gesehen. Habt *ihr* euch auch gesehen? Ihr seid internetsüchtig, wisst ihr das? Alle beide. Es geschieht also nur zu eurem Besten. Erinnern Sie sich, Betsy, wie Sie mir einmal eine lange Predigt über die Schönheit der Welt gehalten haben? Seit wann haben Sie die reale Welt nicht mehr gesehen? Die Schönheit der Welt, sie entgeht Ihnen längst, Betsy. Man kann also sagen, ich tue Ihnen etwas Gutes«, sagte ich. »Auf dass Sie die Schönheit von Gottes Schöpfung nicht vergessen.«

»Entschuldigung!«, sagte sie. »Aber Gottes Schöpfung habe ich nicht vergessen.«

»Doch, Betsy, das haben Sie, leider. Ich habe Sie beobachtet. Nämlich als der Weg plötzlich versperrt war. Der Weg hinaus aus Gottes Welt und hinein in die virtuelle. Es hat Sie wahnsinnig gemacht.«

»Diese Unterscheidung gilt nicht«, sagte sie. »Egal, ob online oder offline, es ist Gottes Welt. Er hat die virtuelle Welt ebenso geschaffen wie alles andere.«

»So? Dann also auch ›Schokogirl klickt ihre Maus‹?«, fragte ich. »Das ist von Gott?«

»Was soll das heißen?«, fragte sie. Sie drehte sich zu Connie. »Was in Herrgottsnamen *meint* er?«

»Paul, warum haben wir keinen Internetzugang mehr?«

»Weil es nur ablenkt, und das können wir nicht gebrauchen«, sagte ich. »Seit 2004 habe ich nicht mehr so stressfrei gearbeitet wie heute.«

»Und wie sollen wir hier, bitte schön, unsere Arbeit machen?«

»Dentech funktioniert auch ohne Internet«, sagte ich. »Mehr brauchen wir nicht.«

»Da bin ich anderer Ansicht«, sagte Betsy. »Vielleicht können Sie noch einen Zahnstatus eintragen, aber für alles andere brauchen Sie Internet.«

»Na gut«, sagte ich. »Dann machen wir es eben wieder nach alter Väter Sitte.«

»Aber das haben wir noch nie gemacht«, sagte Connie.

»Nein«, sagte ich, »aber Betsy. Sie kennt das noch aus vormodernen Zeiten, stimmt's, Betsy?«

»Ich weiß Ihre geistreiche Bemerkung zu schätzen, Dr. O'Rourke«, sagte sie, »aber das ist absurd. In einer Praxis ohne Computer habe ich nicht mehr gearbeitet seit… seit ich weiß nicht mehr. Sie sind verrückt, wenn Sie meinen, wir könnten zurück. Dann können Sie auch gleich wieder zu Whiskey und Handbohrer greifen.«

»Aber was tun wir denn hier – eigentlich?«, fragte ich. »Wir reinigen und polieren, wir füllen Löcher. Wir nehmen alte Zähne raus und stecken neue rein. Wofür muss man da permanent online sein?«

»Zum Beispiel für das elektronische Patienteninformationssystem.«

»Und für die Abrechnung mit den Versicherern!«

»Und die Privatliquidation!«

»Und E-Mail!«

McGowan traf man am ehesten im Sportstudio. Er trainierte mit geradezu religiöser Inbrunst. Und obwohl ich mich dort seit anderthalb Jahren nicht mehr hatte sehen lassen, war ich immer noch Mitglied, weil ich es nie schaffte zu kündigen. Monat für Monat zogen sie meinen Beitrag ein, und jeden Monat nahm ich mir vor, endlich zu kündigen, brachte aber einfach die Energie nicht auf.

Ich wollte mich bei McGowan dafür entschuldigen, dass ich unsere Freundschaft hatte schleifen lassen. Früher einmal waren McGowan und ich richtig dicke Freunde gewesen. Beide waren wir Zahnärzte, und beide liebten wir die Red Sox. Ich sah mich im Trainingsraum um, als ich kam, aber er war nicht da, also ging ich erst einmal aufs Laufband. Die körperliche Aktivität tat gut. Anderthalb Jahre hatte ich nicht mehr trainiert. Ich war ziemlich außer Form, deshalb ließ ich es langsam angehen und steigerte das Tempo erst allmählich, bis ich die Meile in sieben Minuten lief. Es fühlte sich großartig an. Ich hielt 2 Stunden, 29 Minuten und 57 Sekunden durch und verbrannte dabei 3.119 Kalorien. Vielleicht war meine psychische Labilität ja auf Bewegungsmangel zurückzuführen, dachte ich. Wenn ich dranblieb, konnte ich meinen Körper mit Serotonin, Noradrenalin und Dopamin fluten, den »Three Stooges« des Gehirns, und es kam vielleicht alles wieder ins Lot.

Als ich vom Laufband stieg, war auch McGowan da und trainierte an den Freihanteln. Ich wusste nicht, ob McGowan mich noch kennen würde oder nicht, aber diese Sorge war unbegründet. Sein Neurotransmitter-Haushalt war stets ausgeglichen. Lächelnd gab er mir einen Jiveshake und wunderte sich nur über meine exorbitante Schweißproduktion. Er fragte mich, wie es mit dem Indoor-Lacrosse lief.

»Womit?«

»Sagtest du nicht, du wolltest Indoor-Lacrosse machen?«

»Richtig, ja«, sagte ich. »Aber das war nichts für mich.«

Wir unterhielten uns während seines gesamten Trainings weiter, als hätten wir uns erst letzte Woche gesehen. Ich war froh, dass er nicht sauer auf mich war, aber auch etwas verwirrt. Wusste er nicht mehr, dass ich ihn aus meinen Kontakten gelöscht hatte, hatte er die Kränkung verdrängt? Oder war die Löschaktion so unbedeutend wie unsere Freundschaft und kümmerte ihn deshalb nicht? Während wir redeten, klemmte ich mich in eine Maschine, die bei irgendeiner Muskelgruppe etwas bewirken sollte, und McGowan hob stählerne Gegenstände an und setzte sie wieder ab. Auf einmal beschlich mich das dumme Gefühl, dass ich McGowan völlig gleichgültig war, eben nur ein Typ im Sportstudio, der zufällig Kollege war und, wie er, zufällig Fan einer Baseballmannschaft von Boston. Mir fiel wieder ein, warum ich ihn einst aus meinen Kontakten gelöscht hatte, und das machte mich so traurig, dass ich anfing zu weinen. Da ich nicht wollte, dass McGowan meine Tränen sah, starrte ich so emotionslos wie möglich in seine Richtung und ließ die Tränen fallen wie Schweiß, während er weiter seine Eisen stemmte und gar nichts bemerkte. Nachdem ich mich etwas gefangen hatte, wollte ich aufstehen und gehen, doch das erwies sich als unmöglich. Die extreme Trainingseinheit auf dem Laufband hatte etwas in mir verändert, jede Bewegung blockierte schon im Ansatz. McGowan musste mich praktisch in die Umkleide tragen und mich auch später beim Hinausgehen stützen. Auf der Straße winkte er ein Taxi heran, fuhr bis Brooklyn mit und half mir sogar die Treppe hinauf. Erst da merkte ich, dass McGowan tatsächlich ein guter Freund war und dass es eigentlich gar nicht so schwer war, ein guter Freund zu sein, dass ich selbst hingegen nicht einmal diese einfachen Bedingungen erfüllte und bisher niemandem oder fast niemandem ein solcher Freund gewesen war.

Den ganzen nächsten Tag schleppte ich mich humpelnd von Behandlungszimmer zu Behandlungszimmer und von Patient zu Patient. Der Schmerz in den Beinen war plausibel, weniger hingegen, dass ich weder den Mund noch die Finger richtig schließen konnte. Ich vermochte kaum die Sonde zu halten und musste schließlich alle Nachmittagstermine absagen.

Sie war die letzte Patientin an diesem Tag, und sie trug eine Red-Sox-Kappe, unter der lange sandbraune Haare hervorquollen. Die Kappe sah alt aus und hatte bereits einiges mitgemacht, war vom Kopf gerissen und gezogen und getreten worden, war verlorengegangen, wiedergefunden, Dutzende Male in der Maschine gewaschen und an der Sonne getrocknet worden. Der Schirm war in Form geknautscht, das Schweißband starr vor Salz, der ganzen Mütze war schon übel mitgespielt worden. Leute hatten darauf herumgetrampelt, Autos hatten sie überfahren, Hunde daran gekaut. Regenspuren, Fett und Schmutz hatten sich im Gewebe festgesetzt, und die Naht rund um das B war lose. Kurzum, es war eine Kappe, von der man sich nicht mehr trennt, ein Familienerbstück, unbezahlbar. Die Frau, die eine solche Kappe trug, hatte sofort meine Sympathie.

Als ich das Behandlungszimmer betrat, drehte sie sich zu mir um und sagte: »Ich komme nicht wegen einer Untersuchung.«

Ich schloss die Tür.

»Weswegen kommen Sie dann?«

Sie trat vom Fenster weg und warf sich in meine Arme. Okay, das nicht. Sie blieb am Waschbecken stehen, auch wenn ich ihre Schuhe beschwor, sie weiterzutragen. Sie öffnete die beiden Schnallen einer Reisetasche, die auf meiner Dentalzeile abgelegt war, nahm die Sonnenbrille ab und löste dabei ein, zwei einzelne Haare, die sich im Scharnier des Bügels verfangen hatten. Sie bat mich, Platz zu nehmen, und ich zog mir den Arzthocker heran.

»Wer sind Sie?«, fragte ich.

Sie entnahm ihrer Ledertasche einen Stoß Papiere. »Ich bin Forschungsassistentin«, sagte sie.

»Von wem?«, fragte ich. »Wofür?«

»Für die allgemeine Sache.«

Sie war sehr groß, bestimmt über eins achtzig, und als ich so vor ihr oder vielmehr unter ihr saß, die von draußen so viel Licht und Luft mitgebracht hatte, und zusah, wie sie die Papiere in ihrer Hand sortierte, wusste ich bereits, dass es um mich geschehen war: Einmal mehr steckte ich unrettbar in der Mösenklemme. »Ich liebe dich«, sagte ich. Okay, das nicht. Ich konnte mich gerade noch beherrschen. Aber genau so geschieht es jedes Mal, ganz leicht, von jetzt auf gleich, und ich kann nichts dagegen tun.

»Okay, fangen wir hier an«, sagte sie.

»Was meinen Sie mit ›allgemeine Sache‹?«

Sie reichte mir meine Geburtsurkunde.

»So richtig?«, fragte sie.

»Ich verstehe die Frage nicht.«

»Kommt Ihnen dieses Dokument bekannt vor?«

»Das ist meine Geburtsurkunde«, sagte ich. »Aber wie kommen Sie an meine Geburtsurkunde? Wer hat das beglaubigt?«

»Und dies ist die Heiratsurkunde von Cynthia Gayle und Conrad James vom 5. November 1972.«

Sie gab mir die Heiratsurkunde meiner Eltern, mit Dienstsiegel und Namenszeichen der Kreisverwaltung.

»Das sind doch Ihre Eltern?«

»Ja«, sagte ich.

Danach kamen in rascher Folge die Geburtsurkunden meiner Eltern, der Totenschein meines Vaters, die Geburtsurkunden meiner vier Großeltern, die Heiratsurkunden und auch deren Totenscheine. Das waren Earl O'Rourke und Sandra O'Rourke, geborene Hanson, sowie Frank Merrelee und Vera Merrelee, geborene Ward. Diese Namen kannte ich noch, die davor nicht mehr. Sie gehörten, jedenfalls dieser Forschungsassistentin zufolge, meinen Urgroßeltern.

Von da an konzentrierte sie sich auf einen bestimmten Ast meines Stammbaums, dem meines Urgroßvaters väterlicherseits.

»Sie werden sehen, dass Sie nicht immer ein O'Rourke waren.«

Sie reichte mir ein Dokument.

»Wie heißen Sie?«

»Clara«, erwiderte sie.

»Clara?«

»Ja, Clara«, sagte sie. »Hier haben Sie die Geburtsurkunde von Oakley Rourke. Oakley war der Großvater Ihres Großvaters. Bitte beachten Sie, dass der Name damals noch R-o-u-r-k-e lautete. Im schriftlichen Urteil eines Distrikgerichts wurde daraus O'Rourke. Ihr Ururgroßvater war ein verurteilter Pferdedieb, wie Sie sehen können – hier.« Sie gab mir einen Haftbefehl des Staates Colorado. »Schon hier verwandelt sich O. Rourke in O'Rourke, wahrscheinlich durch Elision. So verändern sich Namen ja meistens, durch Hör- und Rechtschreibfehler, Auslassungen, Angleichungen. Oakley muss die Namensänderung akzeptiert haben, denn als er später nach Maine übersiedelte und ein Stück Land kaufte, unterschrieb er mit O'Rourke, hier…« Sie gab mir eine Grunderwerbsurkunde. »Vielleicht wollte er dort neu anfangen und hat deshalb den Namen O'Rourke bis an sein Lebensende behalten.«

Zum Beweis bekam ich seinen Totenschein.

»Das ist mein Stammbaum«, sagte ich. »Sie zeigen mir meinen Stammbaum.«

»Vor Oakley gab es einen Luther Rourke, das war sein Vater.«

»Ich bin ja so froh, dass Sie mir endlich meinen Stammbaum zeigen.«

»Und vor Luther Rourke kam James Rourke, sein Vater, Ihr Ur-ur-ur-urgroßvater. Doch er hieß nicht Rourke, sondern war der letzte Spross der Rourches. R-o-u-r-c-h, sehen Sie? Hier und… hier.«

Sie gab mir zwei weitere Dokumente.

»Machen Sie das beruflich?«

»Nein.«

»Was machen Sie denn beruflich?«

»Ich bin noch in der Ausbildung.«

»Was lernen Sie?«

»Forensische Anthropologie. Bitte schauen Sie sich genau an, was ich Ihnen gebe.«

Die letzten Dokumente sahen alles andere als neu aus. Es waren keine Computerausdrucke mehr, sondern spröde Schriftträger von antiker Beschaffenheit, auf denen in verschlungener Kurrentschrift immer wieder juristische Floskeln wie »von Todes wegen« oder »zur Bezeugung dessen« vorkamen.

»James' Großvater war Isaac Boruch, B-o-r-u-c-h, hören Sie mir zu? Isaac kam ursprünglich aus Białystok und war der Erste aus seiner Familie, der nach Amerika auswanderte. Bei der Registrierung wurde sein Name kurzerhand amerikanisiert, aus Boruch wurde Rourch, wie Sie hier… und hier erkennen können.«

Ich besah mir die beiden Urkunden. Vorher, nachher. Vorher Isaac Boruch, nachher Isaac Rourch. Familiengeschichte wie aus der Werbung für ein besseres Leben.

»Stamme ich also aus Polen?«, fragte ich.

»Wie diese Mutationen zustande kommen, lässt sich leicht vorstellen«, erklärte sie. »Der Wahnsinn der Einwanderungsprozedur, schlampige Schreiber, schwerhörige, bequeme Bürokraten.«

»Wie lange haben Sie dafür gebraucht?«

»Wie gesagt, ich bin nur die Assistentin«, sagte sie. »Und die Dokumente, die Sie heute gesehen haben, sind nicht einmal wichtig. Das heißt, alle sind natürlich wichtig, aber sie bilden sozusagen nur die Grundlage für die entscheidende Frage: nämlich wer Sie waren, *bevor* Sie ein Boruch wurden. Boruch war die Tarnung, unter der Sie in dieses Land kommen konnten. Amerika ließ nicht jeden herein.«

»Wir hätten auch abgewiesen werden können?«

»Wenn es herausgekommen wäre, ja.«

»Was hätte denn herauskommen können?«

»Ebendas: Was Sie waren, ehe Sie Boruch wurden.«

»Was waren wir denn vor Boruch?«

»Darüber habe ich kein Dokument.«

»Wer hat es?«

»Es wartet auf Sie. Aber Sie müssen sich schon selber hinbemühen.«

»Wo wartet es?«

»Seir.«

»In Israel?«

»Ja.«

»Und warum muss ich selber hin?«

»Er sieht es gern, wenn jemand seinen Glauben auch zeigt.«

»Wer?«

»Eigentlich wir alle.«

»Und das bedeutet, dass ich nach Israel muss?«

»Ja.«

Sie zog die Schnallen ihrer Reisetasche wieder zu.

»Sie gehen schon?«

Sie setzte sich die Sonnenbrille wieder auf. »Meine Aufgabe hier ist erledigt.«

»Kann ich Sie wiedersehen?«

»Wozu?«

»Es ist nur … das alles ist ein bisschen viel auf einmal.«

»Wenn Sie noch Fragen haben …«, sagte sie. »Sie wissen ja, wen Sie kontaktieren müssen.«

»Ich würde aber lieber Sie kontaktieren.«

»Nett von Ihnen«, sagte sie. »Hat mich gefreut, Sie kennenzulernen, Dr. O'Rourke.«

Sie streckte ihre Hand aus, und ich ergriff sie. Allein die Hand war alles, was ich mir darunter vorgestellt hatte – und mehr.

Kapitel 7

In einem gläsernen Außenaufzug schoss ich an der Wabenfassade aus Glas und Stahl hinauf. Oben trat ich ein in ein weitläufiges Penthouse, wo Trader mit weißen Oxford-Schuhen über das Schicksal der Welt befanden. Sie säten durchaus, aber die Ernte war gnadenlos und ließ nichts übrig. Eine exotische Schönheit bot mir Kaffee an. Und Wasser, in dem Gurkenscheibchen schwammen. Ich entschied mich aber für das *Forbes Magazine*, das auf einem Coffeetable lag. Das Titelbild zeigte Mercer, darunter die Schlagzeile: »Der Magier schweigt.«

Mercer machte sein erstes Geld im Goldhandel, das war Ende der siebziger Jahre. Die Inflation war hoch, der Goldstandard abgeschafft, die Leute befürchteten das Schlimmste. Und wenn die Leute Angst haben, so ein kolportiertes Mercer-Wort, wird ihr Denken primitiv, und sie suchen Halt in glänzenden Edelmetallen. Es war das ökonomische Äquivalent zur Anbetung des Sonnengottes, doch anders als der Sonnengott wurde auch Gold an der Börse gehandelt und hatte seinen Kurs, der wiederum von der Menge der umlaufenden Angst bestimmt wurde. Mercer hatte eine Witterung für Angst und verdiente schon früh in seiner Karriere Unsummen damit. Mit gut gefüllter Kriegskasse verlegte er in den frühen Achtzigern seine Aktivitäten auf den Handel mit Aktien, stieg jedoch Anfang 1987 überraschend wieder aus und konzentrierte sich erneut auf Gold – neun Monate vor dem Schwarzen Montag, dem ersten Crash seit Kriegsende. Eine Entscheidung, für die *Forbes* nur ein Adjektiv kannte: »übersinnlich«. Zu Jahresende war er nicht pleite, sondern hundert Millionen reicher, Geld, das er in den darniederliegenden Aktienmarkt pumpte. In den darauffolgenden zehn Jahren eilte er von Erfolg zu Erfolg. Dann, 1997, erneuter Rückzug wegen der asiatischen Währungskrise. Die Leute hielten ihn für verrückt, denn als sich die Krise gelegt hatte, stand plötzlich das Internet im Raum und sog gigantische Kapitalmengen an. Es war das erste Mal, dass Mercer etwas *nicht* kommen sah. Glück im Unglück, denn die Dotcom-Blase platzte nur wenige Jahre später, als Mercer sein Geld längst wieder auf Gold geparkt hatte. Spätestens ab diesem Zeitpunkt galt er als Prophet.

Eine weitere Schönheit geleitete mich durch einen langen Flur in Mercers Allerheiligstes. Er saß in einem Sessel am hinteren Ende des Raums und sah zu, wie zwei Männer und ein offiziell aussehender Herr einen verglasten Picasso von der Wand nahmen. »Hallo«, sagte er, als er mich bemerkte und klopfte auf den Sessel neben seinem. »Treten Sie ein und seien Sie Zeuge, wie unsere Freunde vom Metropolitan Museum ihr Präsent in Empfang nehmen.« Mit größter Vorsicht und in Zeitlupe lösten die Männer das Bild aus seiner Halterung. Der Museumsmensch in Anzug und Krawatte war ganz aufgewühlt und begleitete die Verpackung des Gemäldes mit zuckenden Gesten, die den Transporteuren nicht halfen. Aber es handelte sich auch um der Welt teuersten *Akt mit grünen Blättern und Büste*.

»Ihr Bild?«, fragte ich.

»Nicht mehr«, sagte er. »Wissen Sie, was man über Bilder sagt?«

»Nein, was?«

»Dass man es nie mehr sieht, nachdem man es *einmal* gesehen hat.«

Er lächelte, aber nur für sich und ohne echte Freude.

Dann stand er auf und verfolgte aus der Nähe, wie sorgsam die Männer das Bild vor seinem Blick verhüllten. Als alles verpackt war, wurde es auf einen hydraulisch gefederten Hightech-Transportwagen gesetzt und aus dem Raum gefahren wie ein Patient nach der OP. Anschließend drückte der Herr in Anzug und Krawatte mehrere Minuten lang im Namen des Museums seinen tief empfundenen Dank für diese außerordentliche Schenkung aus. Mercer hörte ihn mit Würde an. Erst als wir allein waren, setzte er sich wieder.

»Wer weiß, vielleicht breche ich hier bald meine Zelte ab«, sagte er. »Und da wäre es schade, wenn ausgerechnet der Picasso an der Wand vergessen wird.«

»Warum wollen Sie weg? Hier ist es doch schön.«

»Ich habe genug Geld verdient, ich mag nicht mehr«, sagte er. »Mich interessiert viel eher, was uns zusammengebracht hat.«

»Ich dachte, Sie halten das für einen Hoax.«

Abermals dieses nach innen gekehrte Lächeln.

Nach Claras Besuch in der Praxis hatte ich sofort wieder für ein funktionierendes Internet gesorgt, sowohl im Betrieb als auch privat. Ich stellte alle Mails wieder her, die in den Papierkorb verschoben waren, und kaufte mir eine neue Ich-Maschine. Bilder, Kontakte und Apps holte ich über Bluetooth von meinem Laptop zurück. Da trotz meiner Kündigung der Nachrichteneingang noch funktionierte, gelangte ich auch an Mercers Voicemail, worin er um ein Treffen in seinem Büro bat. Überhaupt war nach kürzester Zeit alles wie zuvor. Ich hatte der virtuellen Welt entfliehen wollen, aber das ging gar nicht, weil es mich aus der realen Welt aussperrte.

Allerdings wusste ich nicht, warum Mercer mich noch einmal sprechen wollte. Angeblich lebte er doch ganz zurückgezogen. Aber vielleicht war er nur nicht sicher, ob ich die Sache auch für mich behalten würde, und wollte mich zur Geheimhaltung verpflichten. Seltsam, im Park hatte er sich jedenfalls entschiedener angehört.

Aber so war das mit solchen Entscheidungen, ihre Halbwertszeit war bei ihm auch nicht höher als bei mir. Er war offenbar in seinem ganz persönlichen inneren Einkaufszentrum gewesen, und sein trauriges Lächeln zeigte, dass er jetzt einiges anders sah.

»Waren Sie schon einmal da?«, fragte er.

»Wo?«

»In Seir.«

»Das gibt's wirklich?«

»Ja, der Ort existiert«, sagte er. »Das heißt, es ist nur ein verstunkenes Drecksloch, in dem es nach Ziegenpisse riecht, aber es existiert.«

»Und es liegt tatsächlich in Israel?«

»Das klingt ziemlich skeptisch.«

»Ich kann mir nicht vorstellen, dass sie jeden ins Land lassen.«

»Tun sie auch nicht«, sagte er. »Zumindest hat dieser Staat klare Einreiseregeln.«

»Und wie ist es ihnen gelungen, sich dort niederzulassen?«

»Der Vorfall liegt schon eine Weile zurück«, sagte er. »Als ich letztes Jahr in Davos meinen alten Freund und unseren stellvertretenden Finanzminister sah, fragte ich ihn: ›Sag mal, ist an den Gerüchten über ein bevorstehendes Irredentismus-Abkommen für den Negev etwas dran?‹ Er guckt mich an wie ein kalter Fisch und sagt: ›Ich weiß wirklich nicht, wovon du redest.‹ Und jetzt meidet er mich, sooft er mich sieht. Kurz und gut, ob so ein Abkommen geplant ist oder nicht, ich weiß es nicht.«

»Was ist das, ein Irredentismus-Abkommen?«

»Irredentismus ist die Rückgabe von Land an ihre rechtmäßigen Besitzer.«

»Haben sie Anspruch darauf?«

»Sie sind Opfer des ersten Völkermords der Geschichte«, sagte er.

Das erinnerte mich an mein Gespräch mit Sookhart, auch er hatte den Kriegszug gegen die Amalekiter als Völkermord bezeichnet. Aber war es wirklich denkbar, dass eine Stammesfehde aus dem Alten Testament sich auf die aktuelle Politik auswirkte?

»Ist das nicht eher unwahrscheinlich?«, fragte ich Mercer.

»Dass sie dort siedeln, ist unbestreitbar. Die große Frage ist das Wie. Und wenn es ein Land auf Erden gibt, das dem Wunsch nach Entschädigung für einen Völkermord offen gegenüberstehen müsste …«

»Selbst nach so langer Zeit?«

»Ich sage Ihnen nur, was ich gehört habe«, sagte er.

Mercer zufolge war zwischen Grant Arthur und Vertretern der israelischen Regierungskoalition (seinerzeit noch etwas fortschrittlicher als heute) tatsächlich ein solcher Vertrag zustande gekommen. Danach erhielten die Ulms zwar keine offizielle Aufenthaltsgenehmigung für Seir, aber es wurde ihnen auch nicht verboten, sich dort niederzulassen. Soweit es den Staat Israel betraf, existierten sie schlicht nicht.

»Ich habe vor, dorthin zurückzukehren«, sagte er.

»In das Drecksloch?«

»Es ist seltsam, aber ich fühlte mich dort sofort zu Hause, und so etwas ist bei mir sonst eher selten. Ich meine, ich bin natürlich überall willkommen. Aber das ist eben etwas anderes, als an einem Ort wirklich zu Hause zu sein.«

»Und woher kommt dieses Gefühl?«

»Ich denke, es liegt an den anderen. Den Menschen.«

»Sie brauchen andere Menschen?«, fragte ich und dachte an die Kohorten von Leuten, die bei ihm auf der Lohnliste standen.

»Die richtigen Menschen«, sagte er.

Mercers Sekretärin klopfte an der Tür. Sie brachte zwei Tüten von McDonald's. Eine war für mich.

»Das ist zwar ungesund, aber was soll's?«, sagte er. »Damit wurde ich großgezogen. Sie müssen das übrigens nicht essen, wenn Sie nicht wollen.«

»Ich sage nie nein, wenn es etwas umsonst gibt«, sagte ich.

Er lachte. »Sie wissen doch, nichts ist umsonst. Sie schulden mir jetzt schon zwei.«

Wir raschelten in unseren Tüten und fingen an, schweigend zu essen. Dann sagte er: »Ich bin froh, dass Sie noch einmal gekommen sind. Ich möchte mich nämlich für unser erstes Treffen neulich entschuldigen.«

»Warum?«

»Ich neige stark dazu, das Ganze als Beschiss abzutun.«

»Sogar nachdem Sie schon da waren?«

»Na ja, ein bisschen Infrastruktur bedeutet noch keine alte Kultur«, sagte er.

»Haben sie Sie jemals um Geld gebeten?«

»Hätten sie es wenigstens getan! Dann hätte sich mein Verdacht bestätigt, und die Sache wäre erledigt. Ich hätte einfach nicht mehr darüber nachgedacht. Aber seit sie auf mich zukamen – und das ist jetzt über ein Jahr her –, haben sie nur eines von mir verlangt: absolute Verschwiegenheit.«

»Verschwiegenheit?«

»Sie vermeiden offenbar jeden unnötigen Wirbel, weil dies die Abmachungen mit ihrem Gastland gefährden könnte. Zumindest war es früher so. Wie es im Augenblick aussieht, weiß ich nicht. Da sie auf einmal im Internet präsent sind, hat sich wohl einiges geändert.«

»Was sind das denn eigentlich für Leute?«

Er biss von seinem Burger ab und kaute versonnen. »Ich nehme an, Pioniere. Wie die Juden, die Israel gegründet haben. Also bevor die Technik Einzug hielt und die Kibbuz-Idee zerstörte. Warmherzige, solidarische Menschen, Leute, die anpacken können, auch ein paar schwarze Schafe, aber nicht zu viele. Im Übrigen Leute mit ganz normalen Berufen, aber alle gewissermaßen Intellektuelle, Zweifler, Skeptiker. Menschen, die gern einer gottlosen Tradition angehören.« Er griff in seine Tüte und förderte eine Handvoll Pommes frites zutage. »Als ich Sie neulich im Park nach einem Gentest fragte, sagten Sie, sie hätten mit Ihnen offenbar etwas anderes vor. Was meinten Sie damit?«

Ich wiederholte, was Frushtick über die Anforderungen an neue Rückanwärter gesagt hatte. Dass Arthur und Dr. Lee sich auf lange Sicht selber überflüssig machen wollten, weil es vielleicht irgendwann genügend Leute gab, die sich einzig und allein auf die Botschaft in den Kantavetikeln bezogen.

Und ich erzählte ihm von der Forschungsassistentin namens Clara, von der ich erstmals etwas über meinen Stammbaum erfahren hatte. Die Tweets waren zwar nach wie vor nicht von mir, aber ein Stammbaum, selbst ein unvollständiger, war mehr als nichts und zeigte, dass ich zu ihnen gehörte.

»Ich bin froh, dass sie Sie nicht bloß benutzt haben«, sagte er. »Ich kann gar nicht sagen, wie froh. Denn man kann einen Menschen auch um mehr bringen als nur um ein bisschen Geld.«

Er wischte sich die Finger ab und warf die Serviette in den Mülleimer. Ohne den Picasso an der Wand wirkte das Büro mit dem leeren Schreibtisch völlig durchschnittlich. Zwar hatte es einen atemberaubenden Blick über New York, aber die Einrichtung war Standard und verströmte nichts von dem Hightech-Ambiente, in dem ich mir die Nummer 17 auf der *Forbes*-Liste vorgestellt hatte.

»Ich war beeindruckt von Ihnen«, sagte er. »Bei einer Kontaktaufnahme, wie Sie sie erlebt haben, hätte ich sofort das Weite gesucht. Aber Sie nicht, Sie blieben offen für das, was auf Sie zukam.«

»Na ja, ganz überzeugt bin ich immer noch nicht.«

»Vielleicht wird sich das auch nie ändern.«

»Aber auch Sie haben mich beeindruckt«, sagte ich. »Vor allem durch die Art, wie Sie mit den dreisten Manövern von Unbekannt gegen mich verfahren sind. Sie haben sie einfach vom Tisch gewischt.«

»Stimmt«, sagte er und nickte. »Und trotzdem sitzen wir hier.«

»Trotzdem sitzen wir hier«, sagte ich.

»Natürlich sind wir in Israel«, lautete die Antwort auf eine Mail, die ich unmittelbar nach dem Treffen mit Mercer geschrieben hatte.

Dachtest du, wir hocken in einem Hobbykeller in Tucson und warten auf deine geschätzte Mail? Ob du es glaubst oder nicht, wir haben anderes zu tun. Sonst würde ich auch einfach in der Praxis vorbeischauen und guten Tag sagen. Dir zeigen, was du – mit ein bisschen mehr Selbsterkenntnis – alles sein könntest.

Und was macht ihr da?

Was wir machen?

Ja, was ihr macht. Ich nehme an, ihr geht nicht gerade jeden Sonntag in die Kirche.

Nein, wir beten nicht. Aber wir feiern unsere Gemeinschaft. Ich weiß, das klingt übergeschnappt, doch das ist es nicht. Also eins nach dem anderen: Zunächst einmal gehen wir mit dir deine Familiengeschichte durch. Dann zeigen wir dir, was von unserer Geschichte übrig geblieben ist – es ist wenig genug. (Siehe Anlage.) Danach tun wir alles, dass du dich in unserer Gemeinschaft heimisch fühlst. Natürlich ist es nicht das Ritz. Viele kommen auch nur zu Besuch. Das geht in Ordnung, wir verlangen von niemandem, dass er sein ganzes Leben auf den Kopf stellt. Wir wollen nur, dass die Rückkehrer ein Bewusstsein für ihre Identität entwickeln. Es gibt eine ganze Reihe von Feiertagen, allerdings sind nur zwei davon wirklich wichtig, das Verkündigungsfest und das Fest des Paradoxons. Ansonsten betreibt unsere Kolonie Landwirtschaft, und unsere Besucher studieren. Wir leben für unsere Abende. Am Abend feiern wir unsere Rückkehr in eine Gemeinschaft, die uns unser ganzes bisheriges Leben gefehlt hat, auch wenn uns das nicht immer bewusst war. Wir zünden Kerzen an, wir singen und reden und genießen unser Zusammensein. Bei uns stehen die Menschen im Mittelpunkt, Paul. Bei uns sitzen die Menschen an einem Tisch und reden miteinander. Nichts anderes machen wir hier in Seir.

Aus späteren Liederungen gewinnt man den Eindruck, dass die Gruppe, die Safek (vormals Agag, König der Amalekiter) mit seiner Botschaft vom großen Zweifel schließlich zusammentrommelt, ein ziemlich abgerissener Haufen ist: Sonderlinge und Außenseiter, ehemalige Sklaven, Häretiker, Huren und Höhlenmenschen aus dem Neolithikum, dazu noch ein paar nicht ganz so unansehnliche Aussätzige. Auf halbverdursteten Kamelen schleppen sie sich durch die unheilige Landschaft. Das Sonderbarste aber ist, niemand hält sie auf, kein Schwein krümmt ihnen ein Haar. Und sie sind nicht gerade unsichtbar, reiten manchmal sogar direkt an anderen Lagern und Karawanen vorbei. Egal, ob Amoriter, Hittiter, Jebusiter, Perisiter, Girgaschiter, sie begegnen den übelsten Halunken und kränksten Psychopathen, die zu der Zeit im Lande Kanaan unterwegs sind, Leuten, die beim kleinsten Anzeichen von Schwäche den Dolch ziehen, und es passiert exakt: nichts. Safek und seine Jünger haben freies Geleit, ja, oft werden sie sogar freundlich begrüßt oder an fremde Feuer geladen, wo sie sich an biblischen Spareribs und ein, zwei Hin Wein laben. Das muss einem mit Safeks blutiger Vorgeschichte natürlich unheimlich sein, denn es entspricht so gar nicht seiner Erfahrung – bis er sich der göttlichen Verheißung entsinnt: »Und wir hatten keine Stadt, die uns einen Namen geben konnte, noch hatten wir einen König, der uns zu Feldherren machen konnte, zu Werkzeugen des Krieges; auch hatten wir keine Gesetze, denen wir gehorchen konnten, außer einem. Siehe, heilige dein Herz mit Zweifel; denn Gott, falls Gott, Gott allein mag es wissen. Und wir folgten Safek und brannten nicht, und die Flamme versengte uns nicht.«

Ein paar Liederungen weiter (im Anhang befand sich Nr. 42) gibt es eine Art Zwischenspiel. Einer der tapfersten Jünger Safeks erleidet plötzlich großes Unheil. Warum ausgerechnet eine der Stützen der zerlumpten Baggage erst Frau und Kinder verlieren muss und danach mit allerlei Krankheit geschlagen wird, versteht eigentlich niemand, aber es ist das volle Programm, mit Schwarzen Blattern, Fieber, Blindheit, suizidalen Tendenzen, manisch-depressivem Irresein und einer allgemein negativen Lebenseinstellung. Als er sich jedoch damit vor der Gruppe einbringen will (was zugegebenermaßen ziemlich unsachlich-emotional geschieht), reicht es offenbar. Er wird vom Blitz getroffen, von einem Löwen zerrissen, und sein Herz explodiert. Die Jünger trauen ihren Augen nicht und verlangen von Safek eine Erklärung. Hat man ihnen nicht versichert, wer des Bundes mit Gott gedenkt, ist im Prinzip auf der sicheren Seite? Doch nach dem, was soeben mit – erraten, er ist es – Hiob geschehen ist, kann es mit dem göttlichen Rundumschutz wohl nicht so weit her sein. Nun stehen sie alle in der Versuchung, vom rechten Wege abzukommen und wie verrückt zu beten, denn ganz offensichtlich bringt es das *Nichtbeten* auch nicht. Lieber mit Beten Sicherheit kaufen als zweifelnd zugrunde gehen, lautet die vorherrschende Meinung. Darüber ist Safek natürlich echt angepisst, nicht mal als König Agag nach dem Blutbad am Gebirge Seir war er so sauer wie jetzt. Er rennt wie ein Irrer durchs

Lager, und jeder, der sich nicht vom Gebet erhebt, muss sein Schwert schmecken. An diesem Punkt in der Geschichte kommt eine neue Figur ins Spiel, ein gewisser Eliphas, angeblich der Bruder von Safek. Richtig gehört, wie aus dem Nichts taucht plötzlich dieser Bruder auf. Und während Safek in seiner Raserei den Leuten weiter aufs Haupt schlägt, erläutert Eliphas ganz ruhig das Kleingedruckte im Bund mit Gott. Der Bund mit Gott, sagt er, biete zwar Schutz vor Dieben, Plünderern und Kriegsvolk aller Art, allgemeine Lebensrisiken jedoch wie Krankheit, Armut, Hunger, Leid, Kummer oder schlicht Pech seien damit nicht abgedeckt. Es sei auch zu keiner Zeit der Eindruck erweckt worden, die Absicherung ihres Privatvergnügens sei in irgendeiner Weise im Leistungsumfang enthalten. Im Gegenteil, wie alle Menschen seien auch sie dem allmächtigen Schicksal unterworfen, Punkt. Einziger Unterschied: Sie müssen es nicht mehr zu Gottes Willen erklären, was ohnehin eine Frechheit sei. Was wüssten sie denn von Gott, fragt Eliphas. Was wissen sie, außer dass er ganz offensichtlich nicht existiert? Denn sollte er doch existieren, warum hat er dann die ganze Scheiße mit Hiob zugelassen? Diese Gedanken rundet er sodann mit einer ganzen Latte verrätselter Sentenzen ab wie: »Kannst du dem Ross Kräfte geben oder seinen Hals zieren mit einer Mähne? Kannst du es springen lassen wie die Heuschrecken? Schrecklich ist sein prächtiges Schnauben.« Worauf sich erst einmal eine große Stille auf das Lager senkt, ganz so wie der Fliegenschwarm auf Hiobs Leichnam.

»Woher haben Sie das?«, fragte Sookhart und blickte vom Schreibtisch hoch. »Ich schaue jeden Tag auf Ihrer Bio nach, aber das hier ist neu.«

»Habe ich per E-Mail bekommen.«

»Von wem?«

»›Paul C. O'Rourke‹.«

Sookhart las sich den Anhang aus der letzten Mail durch, es war der Scan einer zweispaltigen vergilbten und vielfach angerissenen Pergamentrolle, die Sookhart zufolge auf Aramäisch verfasst war. Die Übersetzung dazu kam in einem separaten Anhang mit durchnummerierten Versen sowie Eigen- und Ortsnamen, die mit Aussprachezeichen versehen waren. Safek war jetzt Să-fĕk, die Amalekiter hießen Ă-măl-ė-kĭter.

»Interessant ist…«, sagte Sookhart, unterbrach sich aber sofort, um die vor ihm liegenden Ausdrucke noch einmal durchzugehen. »Interessant ist…«, sagte er ein zweites Mal und griff wie ein Friseur in die Wolle auf seinem Arm, was sich wiederholte, bis er fünf Minuten später die Lesebrille abnahm und mich ansah.

»Tja, über Hiobs Autorschaft wird ja schon länger diskutiert«, sagte er. »Bestimmte Wörter und Redensarten sind definitiv aramäisch im Ton, und der fehlende Bezug auf bestimmte historische Ereignisse führt viele Wissenschaftler zu der Annahme, das Buch Hiob sei eigentlich nichthebräischen Ursprungs. Der Autor lebte sehr wahrscheinlich vor Moses. Interessant ist jetzt dieser Eliphas. Neben Hiob ist er die einzige Figur, die auch in der biblischen Erzählung vorkommt. Was wir hier vor uns haben, weiß ich nicht so genau. Eliphas wird ganz anders charakterisiert als in der Bibel, auch wenn der Name derselbe ist.«

»Und was ist daran so interessant?«

»Nun ja, dieser Eliphas stammte aus Teman, das ist in Edom. Und Amalek war der Enkel von Esau, dem Häuptling der Edomiter. Edomiter und Amalekiter waren verwandt.«

Als ich nicht reagierte, versuchte er es anders.

»Die Schöpfungsgeschichte im ersten Buch Mose hat, wie Sie vielleicht wissen, große Ähnlichkeiten mit dem babylonischen Mythos Enuma elisch. Und die Sintflut kommt bereits im Gilgamesch-Epos vor und hat ihre Wurzeln vermutlich in einem Hindu-Mythos. Diese Geschichten sind nicht ganz so elaboriert wie in der Bibel, aber es sind eindeutig Vorläufer. Urtexte sozusagen, Prototexte.«

»Alles klar«, sagte ich. »Einer schreibt vom anderen ab, aber letztendlich ist es nichts als ein Haufen Bullshit.«

»Langsam, langsam«, sagte er und und schob sich den Stuhl mit seinem Hintern näher an den Schreibtisch heran. »Wenn das Buch Hiob ursprünglich auf Aramäisch verfasst ist, wie wir vermuten, und wenn es gleichzeitig ein edomitischer Text ist, wie wir annehmen dürfen, da Eliphas in einer edomitischen Stadt geboren wurde, und wenn Edomiter und Amalekiter so eng verbunden waren, wie wir denken, sowohl in ihrer Feindschaft zu den Kindern Israels als auch durch ihr Siedlungsgebiet im Gebirge Seir, dann … ich meine, dieser Scan ist zu schlecht, um sich direkt festzulegen … Aber falls die Schriftrolle echt ist und falls die Übersetzung tatsächlich so stimmt, dann könnte es sein …«

Pause.

»Was?«, sagte ich.

»Dann könnte es sein, dass wir hier die erste Fassung des Buches Hiob vor uns haben«, sagte er.

Eigentlich war Connie gar nicht so schön. Sicher, sie gebot über alle Fallstricke der Schönheit: ihre Haare, die glitzernden braunen Augen, Brüste, deren Ebenmaß sich unter jedem Kleidungsstück abzeichnete, egal ob Bluse, Blazer oder Wintermantel, nicht zu reden von sommerlichen T-Shirts und Bikini-Oberteilen. Ich durfte Connie einmal dabei fotografieren, wie sie oben ohne Spiegeleier briet, Fotos, die ich eigentlich löschen wollte. Aber noch heute enthalten sie für mich das Versprechen auf ein Happy End wie im Märchen. Glücklich und zufrieden bis an ihr Lebensende oder zumindest einen ganzen Nachmittag lang. Sie besaß geradezu klassische Model-Proportionen, so dass sie alles tragen konnte und keine Mode auslassen musste wie viele andere, die nicht ihre Figur besaßen. Da spannte nichts an oder über der Hüfte wie bei den anderen Presswürsten, und sie hatte es daher auch nicht nötig, andere als Bitches oder Schlampen zu bezeichnen, nur weil die in Größe 34 hineinpassten. Ihre Haut war faltenfrei und stets leicht gebräunt, und ihr Bauchnabel dehnte sich zum Oval, wenn sie sich streckte. Nur aus der Nähe oder wenn man ihr nachts beim Schlafen zusah, fiel auf, dass die Nase etwas zu nah an die Oberlippe heranrückte und diese optisch verkleinerte, wodurch wiederum die Nase zu groß erschien und die ganze Harmonie ihres Gesichts in Unordnung brachte. Für mich stellte das ein Problem dar. Ein Problem, das sich ignorieren ließ, solange wir zusammen waren, denn alles andere wäre mir wie ein Charakterfehler vorgekommen. Es hätte Äußerlichkeiten zu viel Gewicht verliehen und die wirklich wichtigen Dinge wie Achtung und Freundschaft kleingemacht. Außerdem konnte sie nichts für die Position ihrer Oberlippe. Leider kam sie in diesem Punkt zu sehr nach ihrem Vater. Howard Plotz besaß praktisch überhaupt keine Oberlippe.

Sobald ich merkte, dass ich mich zu sehr auf diese – fast maskuline – Eigenheit konzentrierte, musste ich schnell an etwas anderes denken. Und das bei aller Bewunderung, die ich sonst für Howard Plotz empfand. Ich dachte also an: ihre Brüste, ihren Witz, ihre Zärtlichkeit. Nach unserer Trennung jedoch waren ihre verkürzte Oberlippe und die breiten Nasenlöcher das Einzige, was ich überhaupt noch an ihr bemerkte. Sie sprangen mir in die Augen, sobald ich das Wort an sie richtete, und statt an etwas anderes zu denken, studierte ich sie eingehend, um mir schließlich selbst zu gratulieren, dass ich diesen Anblick nicht mein Leben lang ertragen musste.

Getoppt wurde ihre Oberlippe einzig davon, dass sie an Gott glaubte.

Nach der Zusammenkunft mit Sookhart kehrte ich in die Praxis zurück und setzte mich kurz in mein Wartezimmer, um Connie einer eingehenden Musterung zu unterziehen. Die Disharmonie in ihrem Gesicht war an diesem Tag besonders ausgeprägt.

Und ich fand es einst so anziehend! Aber das beweist wohl, dass sie am Ende auch nur ein Mensch ist, so wie wir alle. Hätte ich sie ebenso idealisiert, wenn ich gewusst hätte, dass sie an Gott glaubt? Hätte ich vielleicht gerade das idealisiert? Angenommen, sie wäre ehrlicher und ich wäre offener gewesen, meinetwegen so offen und verwundbar wie bei Sam und den Santacroces, hätte ich auch *mein* Herz geöffnet, wie es heißt, und Gott samt seiner Liebe in mein Leben gelassen? Wäre ich wie der eine Zöllner und Sünder, der zur Umkehr bereit ist?

Aber sie war nicht ehrlich gewesen, und ich hatte mir keine Blöße gegeben, und darüber war ich jetzt froh. Ich hatte mich zwar bei den Plotzens zum Narren gemacht, aber es hätte noch viel schlimmer kommen können. Ich hätte konvertieren, hätte es mit ausreichend Fleiß und Selbstverleugnung sogar zum Vorbeter in der Synagoge bringen können. Aber was bedeuteten mir die Plotzens jetzt, was das Judentum? Was war der biblische Hiob im Vergleich zum Original, dem Hiob der ersten Fassung? Und was war Connie im Vergleich zu Clara, der Frau mit der Red-Sox-Kappe, die mir so liebevoll darlegte, was sie an Familiendaten zusammengetragen hatte? Ich erinnerte mich an Clara nur unscharf, wie durch einen Traumnebel hindurch. Aber verglichen mit Connie an der Rezeption, Connie unter grellem Licht, vor grauem Aktenschrank und mit zu großer Nase, erschien mir Clara wie das perfekte Astralwesen. In diesem Moment wusste ich, dass ich Connie nicht mehr liebte. Ich konnte es beinahe nicht glauben, aber ich war über Connie hinweg, wusste nicht einmal mehr, wie ich mich bei unserer finalen Trennung gefühlt hatte. Geheult hatte ich, das wusste ich, ratlos, wie es nun mit mir weitergehen sollte. Aber sonst?

Jemand setzte sich neben mich und riss mich aus meinen Gedanken. Ich sah hin … es war Connie. Ich blickte hinüber zur Rezeption, sie war unbesetzt. Während ich sie beobachtete, war sie wie ein Geist aufgestanden und hergekommen. So etwas passiert mir zuweilen. Ich denke, ich bekomme noch alles mit, während ich mich in Wahrheit so sehr in mich selbst zurückgezogen habe, dass ich blind werde für das, was sich vor meinen Augen abspielt.

»Hey«, sagte sie.

»Hey«, sagte ich.

Dann tat sie etwas, womit ich nicht gerechnet hatte. Sie griff um meinen Ellbogen herum, der auf der Seitenlehne lag, und nahm meine Hand in ihre Hände. Ihre Knie waren so gedreht, dass ihr rechtes mein linkes Knie berührte, während sie sich mit dem anderen seitlich abstützte. Sie lächelte, aber ihr Lächeln erforderte größeren Aufwand, denn es fand gewissermaßen nur in einem Mundwinkel statt und hatte auch nichts Gutes zu sagen. »Ich glaube, es gibt da etwas, das du wissen solltest«, sagte sie. Wenn jemand sagt, dass man etwas wissen sollte, dann handelt es sich gewöhnlich um etwas, das man gar nicht wissen will. »Ich habe jemanden kennengelernt«, sagte sie.

Der Gesang des alltäglichen Zaubers verstummte sofort und für immer.

Er hieß Ben. Und er war Dichter. Und es war etwas Ernstes, irgendwie.

Erst sagte ich nichts, aber dann sagte ich: »Was darf ich mir unter etwas Ernstes irgendwie vorstellen?«

Erst sagte sie nichts, aber dann sagte sie: »Na ja, irgendwie etwas Ernstes eben.«

Erst sagte ich nichts, aber dann sagte ich: »Liebst du ihn?«

Erst sagte sie nichts, und gerade das zeigte mir, dass dies der Fall war. Aber dann sagte sie: »Ich weiß nicht, es geht noch nicht so lange.«

Erst sagte ich nichts, aber dann sagte ich: »Ist er Jude?«

Erst sagte sie nichts, und ich dachte bereits, dass sie die Frage ärgerte und sie gleich meine Hand loslassen würde, tatsächlich aber fasste sie sie noch fester und sagte: »Spielt das eine Rolle?«

Natürlich spielte es eine Rolle. Er war sehr wahrscheinlich sogar gläubig. Erst sagte ich daher nichts, aber dann sagte ich: »Da freue ich mich für dich.«

Erst sagte sie nichts, aber dann sagte sie: »Bist du okay?«

Erst sagte ich nichts, aber dann sagte ich: »Sicher.« Erst lächelte ich sogar, aber ich hatte keine Kontrolle über dieses Lächeln und all das, was es ihr verriet.

Ich wünschte, es wäre anders gekommen. Ich wünschte auch, ich wäre insgesamt ein besserer Mensch gewesen. Aber vor allem wünschte ich mir, dass ich mich wenigstens ein bisschen besser kannte, wenn ich der Meinung war, über sie hinweg zu sein.

An diesem Tag trug sie die Haare offen. Sie stürzten von hinten in zwei wirbelnden Strömen über ihre Schultern. Ich wollte diese Haare berühren. Kaum zu fassen, dass ich nicht gemerkt hatte, wie sie ihre Haare trug, obwohl ich sie so genau beobachtet hatte.

Kapitel 8

Einige Monate nach Eröffnung meiner ersten Praxis in Chelsea schrieb ich Samantha Santacroce einen altmodischen Brief, den ich an die Adresse ihrer Eltern schickte, im Vertrauen darauf, dass er sie so schon erreichen würde. Sehr wahrscheinlich wohnte sie ganz in der Nähe oder zumindest in derselben Stadt, wenn nicht sogar immer noch bei ihren Eltern. Ich rede mir gern ein, ich wüsste nicht, warum ich ihr damals diesen Brief schrieb, aber das ist natürlich Unsinn, ich weiß es sehr genau. Ich wollte ihr mitteilen, dass ich nun eine eigene Praxis besaß, mit anderen Worten, dass ich es geschafft hatte. Auch dass meine elende Kindheit endlich hinter mir lag und ich dem verschlafenen Maine den Rücken gekehrt hatte. Die eigentliche Botschaft des Briefs lautete also: Tja, all das wäre dein gewesen, hättest du nur den Gottesleugner an der Tafel der gottesfürchtigen Santacroces geheiratet, doch nun ist es zu spät. Die Antwort kam einige Wochen darauf per Mail an meine YazFanOne-Adresse, die ich noch aus den Tagen der piepsenden Modems hatte, und ich las sie so oft, dass man hätte denken können, ich wäre im Krieg und jeder Brief aus der Heimat unendlich kostbar. »Was soll das heißen«, schrieb sie, »du wolltest nur Teil von etwas sein? Du hattest jede Möglichkeit, Teil unserer Familie zu sein, ist dir das nicht klar? Du hättest nur meine Eltern akzeptieren müssen, aber daran warst du ja nicht interessiert. Sie wollten nur deinetwegen nicht aus der Kirche austreten, das war alles, Paul, aber damit kann man leben. Damit hättest auch du leben können. Aber du wolltest ja immer, dass jeder so denkt wie du. Überhaupt war die eigene Meinung immer das Allergrößte für dich, nachgeben, und wenn auch nur ein bisschen, ging gar nicht. Wenn ich mich richtig erinnere, war das immer wichtiger, als Teil von etwas zu sein. Außerdem bist du (oder warst es damals zumindest) auch nicht immer das reine Vergnügen, sondern oft ziemlich schwierig. Ich hoffe aber für dich, jetzt, wo du es geschafft hast, ist das anders.«

Da war ich mir keineswegs sicher. Ich verzichtete auf eine Antwort.

Während ich noch mit Connie im Wartezimmer saß, fiel mir der Aufmacher auf einem Promiblatt auf. Er lautete: »Für Harper und Bryn steht die Familie auf Platz 1«. Dazu muss man wissen, dass Harpers homosexuelle Neigungen kein Geheimnis waren und dass Bryn am Ende der letzten Staffel von *Bryn* wegen Drogenbesitzes und Fahrens unter Alkoholeinfluss das Sorgerecht für ihre ersten drei Kinder entzogen wurde. Aber jetzt waren sie wieder vereint und erwarteten laut einer »Quelle, die ungenannt bleiben will« freudig ihr nächstes Baby. Ich gönnte es ihnen, denn lange genug waren sie Amerikas zuverlässigste Skandalnudeln gewesen. Aber ich war auch ein bisschen neidisch. Sie kümmerten sich nicht mehr um Neider oder Paparazzi oder Gewichtsprobleme, selbst das LAPD konnte sie mal. Für sie war die Familie das Wichtigste, während ich mich von jeder Familie abgewendet hatte, der ich je begegnet war. Ich hatte Sam und die Santacroces aufgegeben und jetzt auch Connie und die Plotzens. Connie war mittlerweile mit Ben zusammen, und ich würde nie ein Plotz werden und hatte deshalb auch nie so etwas wie eine Plotz-Familie. Aber der Gedanke war ohnehin absurd, ich hatte auch vorher nicht dazugehört. Die Einzigen, die wirklich dazugehörten, waren die Mitglieder des Plotz-Clans, und daran hätte auch eine Heirat mit Connie nichts geändert, denn ich war ein O'Rourke. Und einen

O'Rourke würden die Plotzens nie akzeptieren. Nicht weil er kein Jude war, sondern weil er als ein O'Rourke immer Sachen machte, die irgendwie krank und verstörend waren. Und nun musste ich mich auch noch damit abfinden, dass ich nicht einmal ein O'Rourke, sondern ein Boruch aus Białystock war – was immer das sein sollte. Und damit nicht genug, laut der Göttin mit der Red-Sox-Mütze war ich auch kein Boruch aus Białystock, sondern noch etwas weit Entlegeneres, noch Abseitigeres. Harper und Bryn wussten, wer sie waren, nämlich Leute, für die die Familie auf Platz 1 stand. Aber wer war ich?

»Dr. O'Rourke?«

Connie stand in der Tür.

»Hast du eine Minute Zeit?«

Ich machte meinen Patienten zu Ende und ging zu ihr.

»Mein Onkel ist hier und möchte dich sprechen.«

»Dein Onkel?«

»Stuart«, sagte sie.

»Du meinst, *dein* Onkel Stuart?«, sagte ich und zog den Kittel aus. »Hier in der Praxis? Aber ich habe ihn – wie lange? – nicht gesehen. Was will er denn?«

»Hat er nicht gesagt. Aber er ist wohl dahintergekommen.«

»Dahintergekommen? Hinter was?«

»Ich habe schon versucht, es ihm zu erklären.«

Aber ich hörte nur noch halb zu, denn mich beschäftigte mehr, wie ich jetzt aussah. Halbwegs gelassen, halbwegs respektabel?

In seinen manischen Phasen hob mich mein Vater gern in die Höhe und drückte mich fest an sich. Das war auch mein erster Impuls, als ich Stuart von der Rezeption aus sah. Er saß, die Hände im Schoß gefaltet, allein im Wartezimmer und wartete geduldig. Also, keine Umarmung! Schau ihn dir an, so einen Mann umarmt man nicht, egal, wie groß die Versuchung ist. Ich wich sogar einen Schritt zurück, wobei ich Connie fast auf den Fuß getreten wäre, die mit mir durch das Fensterchen Stuart betrachtete und danach Stuart und mich beobachten würde. Das konnte sie auch. Sie war fein raus, sie war mich los und mit einem anderen zusammen und konnte gelassen verfolgen, wie ich jetzt reagierte und was diese Reaktion über mich aussagte. Nüchtern betrachtet war meine Panik absurd – und Stuarts Anwesenheit hier eigentlich nichts als ein weiterer Grund zur Trauer.

Er stand auf, als ich das Wartezimmer betrat. Gib ihm nur die Hand, nicht mehr, instruierte ich mich, ein einfacher Handschlag reicht. Aber so klug war ich nicht. Ich konnte nicht anders, ich ging auf ihn zu und umarmte ihn. Er hatte nicht den Körperumfang meines Vaters, und er umarmte mich auch so gut wie nicht zurück. Ich hingegen ließ nicht locker, umarmte ihn, so lange es gerade statthaft war, länger, sicher drei, vier Sekunden lang, und klopfte ihm am Schluss auch noch auf die Schulter, als sei er ein alter Golffreund und nicht der Mann, neben dem ich beim Sederabend zu Pessach sitzen wollte.

»Stuart«, sagte ich. »Schön, dich wiederzusehen.«

Er lächelte und das sogar offen und nicht so reserviert wie sonst. Offenbar war meine Herzlichkeit ansteckend.

»Was führt dich her?«

»Können wir irgendwo ungestört reden?«, fragte er.

»Natürlich!«

Während ich ihm im Flur vorausging, erklärte ich ihm (viel zu laut), dass ich seinerzeit, als ich mit meiner Praxis in diese Räumlichkeiten umzog, auf ein privates Büro verzichtet hatte, was ich bis heute bereute.

»Deshalb müssen wir uns hiermit begnügen«, sagte ich und bat ihn in unser Röntgenzimmer.

Ich stellte ihm einen Arzthocker hin. Er setzte sich schnell und faltete, nach vorn gebeugt, gemessen die Hände. Ich selbst lehnte mit verschränkten Armen am Patientenstuhl. Einmal mehr fiel mir auf, wie ernsthaft und Achtung gebietend seine stille Erscheinung war. Ich selbst sagte natürlich gleich wieder etwas Dummes.

»Du willst also mein Angebot annehmen?«

»Welches Angebot sollte das sein?«

»Nun ja, professionelle Zahnreinigung, Röntgenkontrolle des gesamten Kiefers, nachsehen, ob alles in Ordnung ist.«

»Nein«, sagte er.

Natürlich nicht. Er war hier, um über den Internetauftritt von Paul C. O'Rourke zu sprechen, der ich nicht war. Ich stellte mich anders hin.

»Ich hoffe, Connie hat dir bereits gesagt, dass nichts davon von mir stammt«, sagte ich. »Das bin nicht ich.«

»Ja, sie hat es mir gesagt.«

»Gut«, sagte ich. »Denn diese Texte sind wirklich nicht von mir.«

Unnatürlich reglos saß er auf dem Arzthocker, der eigentlich danach schrie, dass man darauf wenigstens ein bisschen rotierte.

»Weißt du, von wem sie sind?«

»Nicht genau.«

»Aber irgendjemand muss dafür verantwortlich sein«, sagte er. »Hast du denn gar keinen Anhaltspunkt?«

Es war vermutlich derselbe, von dem auch die Mails kamen, dachte ich. Aber der Betreffende benutzte meinen Namen, und dieses Detail musste Stuart nicht wissen. Ich hoffte, Connie hatte es ihm nicht gesagt.

»Nein«, sagte ich. »Von einem Tag auf den anderen war es da. Erst die Webseite, dann der Facebook-Account, dann Twitter.«

»Connie sagte auch, dass du … dass du dich von dem, was auf diesen Seiten behauptet wird … gewissermaßen hast einnehmen lassen.«

»Ich?«

»Zum Beispiel, dass die Amalekiter überlebt haben und in veränderter Form weiter existieren.«

»Ich bin Atheist«, sagte ich.

»Richtig«, sagte er. »Aber das schließt nicht unbedingt aus, dass du die Existenz eines solchen Volkes für möglich hältst. Weißt du eigentlich, wer die Amalekiter waren?«

»Ansatzweise«, sagte ich. »Aber nicht wirklich.«

»Wenn wir heute von Amalek reden«, sagte er, »meinen wir nicht nur den verfeindeten Stamm aus dem Tanach, sondern den ewigen Erzfeind. Amalek ist Antisemitismus in jeder Form, gleich ob er sich als Schmiererei auf einer Synagoge, als Selbstmordattentat oder in Hetzreden äußert. Amalek steht gewissermaßen für die ersten Nazis«, sagte er.

Er holte ein Taschentuch hervor, schnäuzte sich und steckte es wieder ein. Ich bewundere Leute, die sich in Gegenwart anderer so dezent die Nase putzen können.

»Amalek hat also überlebt, er existiert in Radikalen und Fundamentalisten. Der Name Amalek besitzt inzwischen metaphorische Bedeutung. Amalek kann die Versuchung sein oder der Abfall von Gott. Er kann aber auch schon der Zweifel sein.«

»Zweifel?«, fragte ich.

»Das soll keine Beleidigung sein«, sagte er. »Ich glaube nicht, dass du Juden hasst wie ein Amalek, nur weil du an Gott zweifelst.«

»Ich hasse Juden überhaupt nicht«, sagte ich.

»Davon bin ich auch nicht ausgegangen«, sagte er.

»Also glaubst du mir, dass diese Texte nicht von mir sind?«

»Wenn du es sagst, glaube ich dir.«

»Es ist wirklich so.«

»Trotzdem hat das, was unter deinem Namen geschrieben wurde, einige ziemlich aufgebracht. Mich auch, wie ich gestehen muss«, sagte er.

Er zückte seine Ich-Maschine und rief mein Twitter-Konto auf. Wortlos reichte er mir das Gerät.

> Das Problem des Juden besteht darin, dass er sich wegen seines Leidens vor einem abwesenden Gott verbiegt.

> Der Jude wehrt sich gegen die Aufklärung durch den Zweifel, weil sein Leiden ohne Gott sinnlos würde.

Ich gab ihm seine Ich-Maschine zurück. »Stuart, ich finde solche Äußerungen abstoßend.«

»Aber als Atheist müsstest du in der Sache zustimmen, oder nicht?«

»Nein, ich finde so etwas widerlich.«

»Warum?«

»Immer heißt es ›der Jude‹. Der Jude tut dies, der Jude tut das«, sagte ich. »Ich bin kein Jude, aber selbst mir schaudert bei solchen Gedanken.«

»Es gibt Leute, denen schaudert dabei keineswegs«, entgegnete er. »Die finden sogar, dass so etwas mal gesagt gehört.«

»Aber ich kenne sie nicht.«

»Glaubst du, dass du von ihnen abstammst?«

»Nein«, sagte ich. »Natürlich nicht. Dass ich zu ihnen gehöre, ist eher … unwahrscheinlich.«

»Weißt du noch, wie du zu mir ins Büro kamst?«, fragte er.

Ich zögerte mit der Antwort, fragte mich, ob Connie wieder lauschte. Natürlich lauschte sie, die nach oben hin offenen Wände luden ja dazu ein. Wahrscheinlich war sogar Mrs. Convoy mit von der Partie.

»Ja«, gestand ich leise.

»Als du mich über Ezra fragtest?«

Ich nickte. Von diesem Besuch hatte ich Connie nie etwas

gesagt. Ich wollte von Stuart wissen, ob ich nicht einfach so sein könne wie Ezra: im Prinzip Atheist, in der Praxis praktizierender Jude. Die Nachfrage hätte ich mir sparen können, es kam nichts dabei heraus als eine peinliche Situation, die zeigte, wie wenig ich vom Judentum begriffen hatte. Und nicht nur vom Judentum, sondern auch von den einfachsten Grundsätzen menschlichen Zusammenlebens. Wie hatte ich mir einbilden können, mir stünde dieser Weg offen? Am Ende konnte ich mich für mein Ansinnen nur entschuldigen und schnell das Weite suchen. Aber noch Monate danach schrak ich kurz vor dem Einschlafen wieder hoch und wurde rot vor Scham, wenn ich an die resignative Nachsicht dachte, mit welcher Stuart meine Frage quittiert hatte.

»Immerhin wusstest du schon das eine oder andere über das Judentum«, sagte er. »Weißt du noch, was eine Mitzwa ist?«

Plötzlich fühlte ich mich auf die Hochzeit von Connies Schwester zurückversetzt. Es war gegen Ende des Abends, die Musik war verstummt, die Lichter gingen allmählich aus, als sich Stuart zu mir an den verwaisten Tisch setzte und mich fragte, ob ich wüsste, was ein Philosemit sei. Danach wollte ich nie wieder von jemandem über das Judentum befragt werden, der darüber mehr wusste als ich.

»Ich denke schon«, sagte ich, »aber darf ich ehrlich zu dir sein, Onkel Stuart?«

Onkel Stuart! Das Wort war mir einfach so herausgerutscht, und jetzt ließ es sich ebenso wenig zurücknehmen wie das mit der Stuhlprobe. Diesmal konnte ich es auch nicht als Witz abtun. Ich merkte, wie ich rot wurde, und hielt den Atem an. Am liebsten hätte ich mich auf der Stelle verdrückt, wollte aber noch seine Reaktion abwarten. Würde er in irgendeiner Weise darauf eingehen oder Gnade walten lassen und es stillschweigend überhören?

»Bitte«, sagte er. »Ehrlichkeit ist immer das Beste.«

Er ließ also Gnade walten. »Danke, Stuart«, sagte ich. »Entschuldige, was sagtest du gerade?«

»Es ging um die Mitzwa«, sagte er.

»Richtig«, sagte ich. »Ja, ich glaube, ich weiß, was das ist, aber du weißt es sicher besser.«

»Eine Mitzwa ist ein Gebot«, sagte er. »Die Tora enthält insgesamt 613 Mitzwot, die wir sehr ernst nehmen, jedes einzelne, jeden Tag. Es sind moralische Gebote, aber es gibt auch göttliche Gebote, also solche, die allein auf Gottes Willen zurückgehen. Und drei davon«, sagte er und deutete die Zahl mit den Fingern an, »drei davon betreffen Amalek.«

Seine Finger blieben oben.

»Denke daran, was Amalek dir getan hat auf dem Wege, als ihr aus Ägypten zoget.« Er berührte seinen Daumen und danach sofort den Zeigefinger. »Vergiss niemals, was Amalek dir Böses angetan hat. Und rotte aus den Samen Amaleks.« Er war beim dritten Finger angekommen. »Das klingt erst einmal brutal, weswegen die Passage von vielen oft abgemildert, quasi als Metapher wiedergegeben wird. Andere glauben durchaus, dass Amalek eine konkrete, existentielle Bedrohung darstellt, und zwar für jede Generation neu. Daher muss sich auch jede Generation aufs Neue entscheiden, in welcher Form ihr Amalek diesmal entgegentritt, und sie mit allen Mitteln bekämpfen. Also, kannst du mir sagen, wer Grant Arthur ist?«

»Wer?«

»Den Namen habe ich von Connie. Kennst du ihn nicht?«

»Ich habe den Namen ein paarmal gehört.«

Er stand auf und kam einen Schritt näher, ließ sein Schweigen wirken, während ich noch darunter litt, dass ich ihn »Onkel« genannt hatte.

»Grant Arthur hat 1980 seinen Namen in David Oded Goldberg geändert«, sagte er.

»Woher weißt du das ?«, fragte ich.

»Aus dem Internet«, sagte er. »Woher sonst? Weißt du, warum er das tat?«

»Ich weiß ja nicht einmal, wer er genau ist«, sagte ich.

Stuart berichtete mir weitere Einzelheiten zu Grant Arthur, was ich schulterzuckend über mich ergehen ließ. Dann blickte er weg. Als er mich erneut ansah, lag wieder dieses unaufdringliche, nachsichtige Lächeln auf seinem Gesicht, und es war so still, dass sogar sein Atem bedeutsam schien. Dann reichte er mir die Hand, dankte mir und verließ den Raum.

»Ich weiß, wer du bist«, schrieb ich.

Freunde von mir haben recherchiert. Du heißt Grant Arthur und wurdest 1960 in New York geboren. Deine Familie hat Geld. 1980 zogst du nach Los Angeles, wo du dir einen neuen Namen zugelegt hast: David Oded Goldberg. Kurz darauf wurdest du erstmals wegen Belästigung eines orthodoxen Rabbi namens Osher Mendelsohn verhaftet. Mendelsohn erwirkte später ein Kontaktverbot gegen dich. Ich wüsste gern die Gründe. Warum hast du deinen Namen geändert? Weswegen musste sich ein Rabbi vor dir schützen?

Am selben Abend fuhr ich nach New Jersey zu einem Laden namens Seahorse. Ich war schon ein-, zweimal da gewesen. Ein fensterloser Bunker in einem Außenbezirk von Newark. Der stark befahrene Highway lag nur dreißig Meter weiter, und man parkte auf einem mit Glasscherben übersäten Parkplatz mit einem zerstörten Münztelefon. Drinnen Stammpublikum, dem die immergleichen drei Seepferdchen präsentiert wurden: die Dicke, die Schwarze und die mit den Tattoos. Ein einarmiger DJ mit POW/MIA-Kappe schlug sich nach jedem Song mit dem Mikro an die Brust und animierte die Gäste zum Trinkgeldgeben. »Die Ladys tanzen hier nicht die Cueca«, sagte er.

»Sie haben hungrige Mäuler zu füttern.« Wahnsinn, dachte ich. Stripperinnen, die Mäuler zu füttern haben.

Musikalisch ging es nach Gangster-Rap mit einem Sting-Solo weiter. Pektorale Laute entfuhren dem Mikro. Ich näherte mich dem Seepferdchen mit den Tattoos. Sie saß halbnackt an einem Tisch, das Gesicht weißlich beleuchtet vom Schein ihrer Ich-Maschine. Ich stellte mich vor. »Steve«, sagte ich. »Narcy«, sagte sie. Wir gaben uns die Hand. Einige Minuten später, als sie mit ihren SMS fertig war, kam sie an meinen Tisch, um mir einen Lapdance zu geben. Sie hatte einen Betty-Page-Pony und ein Bauchnabelpiercing. In der Michaelis-Raute am unteren Rücken hatte sie ein Tattoo in Form einer Schachfigur, einen schwarzen Springer. Im Verlauf des Tanzes bekam sie diesen starr-konzentrierten Blick, der vermuten ließ, dass ihr nächster Move für sie ein ebenso großes Rätsel war wie für alle anderen. »Woher kommst du, Narcy?«, fragte ich, und die Antwort bekam ich gesungen: *In the pines, in the pines, where the sun don't ever shine!* Sie warf den Oberkörper zurück und flashte ihre Titten. Den Busenansatz säumten Keltenmotive. Ich glaube, sie war erleichtert, dass der künstlerische Teil damit beendet und Ausziehen angesagt war. Sie streifte ihr Top ab und fing an, ihre Brüste zu quälen. Dass so etwas lustvoll sein sollte, konnte ich mir nicht vorstellen. Beinahe hätte ich sie gebeten, aufzuhören. »Also kommst du aus dem Wald?«, sagte ich. Sie presste mir ihr Sternum gegen die Nase und legte meine Hände auf ihren Hintern. Sie roch intensiv, aber weniger nach einem bestimmten Parfum als der ganzen Parfumabteilung im Drogeriemarkt. Mit einem anmutlosen Manöver trennte sie sich wieder von mir, um einen Strip hinzulegen, der so unprofessionell war wie Handentspannung durch eine Sehbehinderte, die dauernd danebengreift. »Aber woher kommst du wirklich?«, fragte ich. »Woher stammt deine Familie?« Sie hörte auf zu tanzen. »Willst du jetzt einen Lapdance oder nicht?«, sagte sie. Ich nickte, und sie wackelte mit ihrem Hintern vor meinem Gesicht, während ihre splissigen Haare den Betonboden fegten.

Den restlichen Abend verbrachte ich damit, abwechselnd den Mädchen auf der Bühne und der Kundschaft ringsum zuzugucken. Letztere bestand ausnahmslos aus Vollpfosten, die sorgfältig darauf achteten, wofür sie ihre hart erarbeiteten Dollarnoten in die Tangabündchen steckten. Schemen im Rotlicht, Überbleibsel eines absolut durchschnittlichen Genpools, die sich auf Mitternacht zutreiben ließen, ohne einen Gedanken an Sinn oder Religion zu verschwenden, bis die Ebbe sie irgendwann nackt und bloß unter einem gleichgültigen Mond aussetzte. Und ich war mitten unter ihnen und tat mir leid, denn ich kam immer noch nicht darüber hinweg, dass ich Stuart mit Onkel tituliert hatte.

Um drei Uhr früh meldete sich mein Handy, das war zehn Uhr in Tel Aviv. Grant Arthur.

Am nächsten Morgen stand ich an unserer Rezeption und sprach mit Connie über die Schlagzeile, die ich tags zuvor in dem Klatschblatt gesehen hatte.

»Ich wollte, ich wäre ein bisschen mehr wie Harper«, sagte ich.

»Wie wer, bitte?«, sagte sie.

»Harper«, sagte ich.

»Wer ist Harper?«

»Harper von Harper und Bryn.«

»Wer ist Bryn?«

»Harper und Bryn«, sagte ich. »Du kennst Harper und Bryn nicht? Bryn aus *Bryn.*«

Sie sah mich an, als sei ich nicht bei mir. »Ich habe keine Ahnung, was du meinst«, sagte sie.

»Harper war dieser schwule Paradiesvogel, kennst du doch. Und Bryn war der Pornostar, der zu Gott fand. Weißt du nicht mehr, die ›Porn-Again-Queen‹? Sag bloß, du hast noch nie davon gehört?«

»Offenbar lebst du in einem Paralleluniversum«, sagte sie.

»Ich zeige es dir, es steht in der Zeitung«, sagte ich. »Angenommen, ich wäre ein bisschen mehr wie Harper gewesen, jemand mit etwas mehr Familiensinn.«

»Harper ist ein Familienmensch?«

»Und was für einer. Für beide steht die Familie ganz oben, und wir sprechen hier nicht gerade von Musterbürgern. Eigentlich erwartet man doch, dass solchen Leuten die Familie am Arsch vorbeigeht. Kennst du Harper und Bryn wirklich nicht?«

»Wirklich nicht«, sagte sie.

»Ist ja auch egal, es geht ums Prinzip. Als ich las, wie viel den beiden ihre Familie bedeutet …«

»Und das glaubst du? Du glaubst, was in diesen Schundblättern steht?«

»Natürlich nicht.«

»Hört sich aber ganz so an.«

»Lässt du mich bitte ausreden?«

»Bitte.«

»Angenommen, ich hätte mir ebenfalls Kinder gewünscht, glaubst du, es hätte klappen können zwischen uns?«

»Moment, was hast du gesagt?«

»Wenn ich Kinder …«

»Aber was spielt das jetzt noch für eine Rolle?«, sagte sie. »Du wolltest keine, fertig. Und es sah auch nicht so aus, als ob du deine Meinung je ändern würdest. Die Frage ist also rein hypothetisch. Du hattest dich entschieden und wolltest auch nicht mehr darüber reden. Heute noch einmal damit anzufangen, das ist in etwa so wie … so wie zu fragen, ob es zwischen uns geklappt hätte, wenn du ein völlig anderer Mensch gewesen wärst. Aber du sollst deine Antwort haben: Ja. Wenn du ein anderer gewesen wärst, jemand, der bereit gewesen wäre, mit mir Kinder zu haben, ja, ich denke, es hätte klappen können mit uns.«

Ich ging, kam aber noch einmal zurück.

»Und, ja, Ben ist so ein Mensch«, sagte sie, als wäre ich gar nicht fort gewesen. »Er ist dir ziemlich ähnlich, außer dass er völlig anders ist. Zumindest kann man mit ihm über Kinder reden. Es könnte also funktionieren. Aber dieser Mensch heißt nicht Paul, sondern Ben.«

»Und ich soll dir glauben, dass du deinem Onkel nichts von diesen Tweets gesagt hast?«

»Habe ich auch nicht«, sagte sie. »Paul, ehrlich.«

»Ich habe dich extra darum gebeten, Stuart nichts zu sagen«, sagte ich. »Erst dachte ich, er will sich die Zähne durchsehen lassen, aber nein. Er kam, weil ihm jemand gesagt hatte, was ich auf Twitter für antisemitischen Scheiß verbreite.«

»Von mir hat er das nicht«, sagte sie. »Willst du wissen, was ich ihm sagte? Ich sagte, es gäbe da jemanden, der dich benutzt, das ist alles.«

»Und woher weiß er dann von Grant Arthur?«

»Das war natürlich ich. Aber nur, weil jemand dich benutzt, Paul. Und was mich gewundert hat, war, wie wenig du dich darüber aufgeregt hast, ganz anders als zu Beginn. Und wie lange du immer mit deinem Smartphone beschäftigt bist. Du konzentrierst dich nicht mehr auf deine Arbeit, du mailst nur andauernd, sogar die Red Sox sind unwichtig geworden. Ich wette, du weißt nicht einmal, auf welchem Tabellenplatz sie gerade stehen.«

Ich schwieg.

»Oder wie ihr Sieg-Niederlagen-Verhältnis aussieht?«

Schweigen.

»Nur deshalb habe ich den Namen weitergegeben, den ich Frushtick abgelauscht hatte. Aber Stuart stieß auf deine Seite nicht, weil wir zufällig verwandt sind – auch wenn es dir schwerfällt, das zu glauben –, sondern weil er zu den Leuten gehört, die aufpassen, wenn irgendwelche Verrückte im Internet gegen Juden hetzen. Und in diesem speziellen Fall hat der Verrückte leider eine gewisse Ähnlichkeit mit dir.«

Ich beugte mich zu ihr nieder. »Ich weiß alles über Grant Arthur«, sagte ich. »Ich weiß vor allem sehr viel mehr als dein Onkel. Ich weiß zum Beispiel, warum er nach Los Angeles zog und in wen er sich dort verliebt hat. Und auch, warum er zum Judentum konvertieren wollte. Und dass er aus lauter Liebeskummer ein paar Sachen machte, die ihm Ärger mit der Polizei einbrachten.«

»Und woher weißt du das alles?«

»Er war einfach jemand, der jeden Halt verloren hatte und nicht wusste, wer er war. Aber er ist bestimmt kein Krimineller. Er war nur ein kleiner dummer Junge, der sich in die Falsche verguckt hat. Ich kann das alles sehr gut nachvollziehen.«

Ich ging, kam aber noch einmal wieder.

»Und nur damit du Bescheid weißt«, sagte ich. »Auch ich habe jemanden kennengelernt. Sie heißt Narcy und ist Tänzerin.«

Danach ging ich wieder an die Arbeit. Bei einem Prothesepatienten diagnostizierte ich Candidabefall. Bei einer IT-Expertin löste ich das Rätsel griesartiger Schleimbildung in der Mundhöhle. Es lag an ihrem neuen Zahnweiß. Ich drückte die bonbonfarbene Taste des Mundspülbeckens und sah mit Befriedigung den kleinen Malstrom, der koaguliertes Blut in die Tiefe saugte.

Dann ging ich ins Wartezimmer und suchte nach dem Klatschblatt mit Harper und Bryn auf dem Cover, damit ich es Connie zeigen konnte. Aber irgendjemand hatte die Zeitschrift geklaut. Eine der unschönen Seiten des Zahnarztberufs: Dauernd klauen die Leute einem die Zeitungen.

Mercer hatte mir gerade erzählt, wie es für ihn in Seir war und dass er dorthin zurückkehren wollte. Wir saßen in einer stillen Bar ohne Fernseher, unsere Ich-Maschinen hatten wir weggesteckt. Vor uns nur die Drinks und der Barmann, und hinten aus der Ecke drang leise Jukebox-Musik. Kein Gast, der sich lauter bemerkbar machte als das Klingeln der Eisstückchen im Glas. Ich sagte, dass Grant Arthur mich angerufen habe, fragte, ob er mehr über die unglückliche Liebe zur Rabbitochter wüsste.

»Mirav Mendelsohn«, sagte er. »Die Geschichte kenne ich. Es ist immer das Erste, was er von sich erzählt.«

»Scheint offenbar ernst gewesen zu sein.«

»Ach, wer weiß. Er kannte sich ja selber nicht mal, wusste weder etwas von seiner Vergangenheit noch seiner Familie.«

»Hat es Sie schon einmal so heftig erwischt?«, fragte ich.

»Sie meinen mit jemandem, der absolut nicht passte?«

»Ja, eine, die Sie nur deswegen ausgesucht haben, weil sie mehr sein sollte als nur eine Freundin.«

»Und Sie?«

Ich erzählte ihm von Sam und den Santacroces, auch von Connie und den Plotzens.

»Das soll gar nicht so selten sein«, sagte er. »Aber was weiß ich? Und natürlich ist es auch mir schon passiert.«

Er war ganz neu in der Stadt gewesen, ohne Geld, ohne Freunde, und stand in Queens auf einmal vor einem Feuertempel.

»Einem Feuertempel?«

»Ein zoroastrisches Feuerhaus«, sagte er. »Wissen Sie, was Zoroastrismus ist?«

»Nicht mehr als die meisten«, sagte ich.

Er hatte ein Buch über die Weltreligionen gelesen und fand, dass sich der Zoroastrismus etwas Ursprüngliches bewahrt hatte, das ihn ansprach. Der zoroastrischen Lehre zufolge gab es nur Licht und Dunkelheit, die miteinander in ewigem Streit lagen. Zumindest war das sein damaliger Kenntnisstand. Er kam öfter, sprach mit dem Priester, einem Mann namens Cyrus Mazda, der das heilige Feuer hütete. Ihm gefiel sogar Mazdas Schnurrbart, der so gerade war wie die zwei Hälften einer Magnetnadel. Es dauerte nicht lange, bis er dort ein Mädchen entdeckte, das offenbar zur Gemeinde gehörte. Natürlich verliebte er sich sofort. Das Mädchen gehörte zur zweiten Generation persischer Einwanderer, die mit der Lebensart ihrer Eltern nichts mehr anfangen konnte und auf jede erdenkliche Weise dagegen rebellierte. Sie und Mercer trafen sich heimlich in der U-Bahn, schmiedeten Zukunftspläne, doch die Realität holte sie ein. Konservative Gemeindemitglieder hielten nichts von solchen Mischehen. Ehen wurden arrangiert, auch in der Neuen Welt, und Mercer musste im Alter von zwanzig Jahren mit ansehen, wie die Liebe seines Lebens verschachert wurde. Mit dieser bitteren Lektion wurde Mercer Geschäftsmann. Er startete nicht hoffnungsvoll, sondern desillusioniert. Aber diese Leute sollten noch von ihm hören. Sein großes Ziel war, eines Tages als Millionär zurückzukehren und eine Spende zu machen, die sie nicht ablehnen konnten. Der allmähliche Verlust des alten Glaubens war nämlich nicht das einzige Problem der zoroastrischen Gemeinde, vor allem fehlte ihr Geld für neue Projekte und neue Tempel außerhalb von Queens.

»Und? Haben Sie Ihren Vorsatz wahrgemacht?«

»Nicht nach der ersten Million«, sagte er. »Dazu war ich damals viel zu beschäftigt. Außerdem war mein Herz da schon geheilt. Oder nur verhärtet, wenn Sie so wollen. Aber nach hundert Millionen oder so kaufte ich ihnen tatsächlich einen Tempel in New Jersey. Allerdings anonym.«

»Die anonyme Rache. Macht auch nicht jeder.«

»Ach, was wollte ich denn noch? Ich musste nichts mehr beweisen, und auf ihren Dank legte ich keinen Wert. Aber wie ich schon sagte: Eigentlich verliebte ich mich nicht so sehr in das Mädchen als in das ganze Drumherum. Das Licht, das die Dunkelheit besiegt, den Priester mit dem schnurgeraden Schnurrbart, der das Feuer bewahrte, das weiße Gewand mit der goldenen Schärpe. Und Farsi, ihre Sprache«, sagte er. »Ich liebte den Klang von Farsi.«

Er winkte dem Barmann, und wir sahen zu, wie er wortlos eine Flasche aus dem Regal holte und flüssige Edelsteine nachschenkte. Danach zog er sich wieder hinter seine Ich-Maschine zurück.

»Dann nehme ich mal an, Sie sind kein Christ«, sagte ich.

»Oh doch«, sagte er. »Ich bin durchaus christlich erzogen.«

Es war das Übliche. Mit dreizehn Jahren war er getauft und im Namen Jesu Christi konfirmiert worden. Dazu gab es eine Bibel mit seinem Namen drauf. Dass er sie auch las, wurde nicht erwartet, deshalb verschwand sie bald in irgendeiner Schublade. Jesus Christus gehörte zur Grundausstattung, war Geburtsrecht und Freund. Jesus achtete persönlich auf Mercer und war immer zur Stelle, wenn Mercer sich ängstigte. Jesus tat alles, um Mercer zu beschützen. Wenn Mercer einmal etwas Böses angestellt hatte, dann war Jesus traurig und schämte sich für ihn. Und wenn Mercer Vergebung suchte, dann bekam er sie garantiert. Um Jesu Liebe zu erhalten, musste Mercer eigentlich nur eines tun: glauben. Kein Opfer, kein Ritual, keines der bekannten guten Werke bewirkte mehr als diese schlichte Absichtserklärung des Herzens. Durch den Glauben allein lag schon die ganze Gnade Gottes auf ihm. Es machte auch nichts, wenn er sein Herz noch gar nicht kannte und viele Jahre noch nicht kennen würde. Mit dem Bekenntnis zum Glauben kam sowohl die Vergebung der Sünden auf Erden als auch das ewige Himmelreich. Und es brachte Geschenke zu Weihnachten.

»Ich habe ein paar schöne Erinnerungen an die Kirche«,

sagte er. »Die Leute waren nett zu uns. Und ich erinnere mich, wie ich nach dem Tod meiner Mutter für sie beten wollte. Ich faltete meine Hände, beugte das Haupt. Aber dann dachte ich: Okay, nehmen wir mal an, es gibt diesen Jesus da oben wirklich. Wenn es ihn gibt, ist er garantiert nicht blöd. Er weiß alles, auch über mich. Also warum tue ich uns beiden nicht den Gefallen und lasse die peinliche Show einfach bleiben?«

Die Tür ging auf, und eine Gruppe Gäste drängte lautstark herein. Sie holten sich ihre Drinks an der Bar und verzogen sich dann in den Billard-Raum. Von da an war nur noch das trockene Klacken der Kugeln zu hören, ab und zu unterbrochen von Jubel oder theatralischem Aufstöhnen.

»Ich will ehrlich sein«, sagte er. »Ich habe schon so gut wie alles ausprobiert.«

»Was alles?«

»Alles, was es an Religionen gibt.«

Längere Zeit war er auch Zen-Buddhist gewesen und hatte sich alljährlich in ein Kloster in Kioto zurückgezogen, wo er bei einem Meister studierte, der noch im Zweiten Weltkrieg gekämpft hatte. Mercer, der über drei Jahrzehnte lang ein gigantisches Vermögen anhäufte, leistete sich jedes Jahr diese zehntägige Auszeit, um auf Tatami-Matten zu meditieren und in den Straßen der Stadt um Almosen für das Kloster zu betteln. Er sei auf der Suche gewesen, sagte er, immer auf der Suche und zwar derart verbissen, als wollte er ausschließen, jemals etwas zu finden. »Zwölf Jahre lang war ich immer wieder in Kioto. Es half, die größeren Zusammenhänge zu erkennen, aber innerlich ließ es mich kalt. Heute weiß ich: Der Buddhismus hat zwar ein paar gute Antworten parat, aber leider auf die falschen Fragen.«

Weitere Stationen waren der Jainismus, die Anthroposophie und Krishnamurti. Er unternahm Reisen nach Nepal, Tibet und quer durch den Himalaja. Auch dem Judentum konnte er einiges abgewinnen, und er bewunderte den Koran. Über

Ron Hubbards *Dianetik*, die Bibel der Scientologen, allerdings konnte er nur lachen, und für die, wie er es nannte, »Weltumarmer« wie Unitarier, Bahai, freie Christen und andere Gutmenschen hegte er sogar Verachtung. Er wollte keine Religion, die nur lieb war, ihn verlangte nach einer Religion, die das Böse herausforderte und Gnade nur kannte, wenn sie sich mit Gerechtigkeit verband, einer Religion, die den Tod weder verharmlosen noch überwinden wollte.

»Eigentlich kann mir auf dieser Welt nichts passieren«, sagte er. »Nichts von dem, worunter normale Menschen leiden, betrifft mich wirklich. Wenn ich will, kann ich sogar der kleinsten Unbequemlichkeit aus dem Weg gehen. Trotzdem, auch ich sterbe am Ende und das vielleicht sogar qualvoll. Und wer weiß, was danach kommt.«

Vor allem löste es nicht die Frage aller Fragen: Warum bin ich überhaupt auf der Welt?

»Ich wünschte, ich hätte Christ sein können«, sagte er. »Abends, wenn ich schlafen geh, vierzehn Engel um mich stehn ... das müsste doch für die drängendsten Fragen reichen. Und was dann noch übrig ist, kläre ich in einem Vier-Augen-Gespräch mit Jesus oder verneble es mit Amen und Halleluja, bis mir das ewige Licht leuchtet.«

Er deutete auf sein Glas, und der Barmann goss nach.

»Das Interessanteste, was ich mal gemacht habe, war so ein Fünf-Tage-Programm ... wie hieß es noch gleich? Es ging um eine Art generelle Umprogrammierung, obwohl sie es nicht so nannten.«

»Umprogrammierung?«

»Ja, irgendwann hatte ich die Nase voll davon, permanent Rechenschaft ablegen zu müssen. Das ist ein Zustand, in dem der Sucher zum Gesuchten wird. Damit wollte ich nicht länger meine Zeit verschwenden, wollte ihn loswerden, den kleinen Jesus in meinem Kopf. Ich meine natürlich Gott, Gottes

Stimme, aber da ich christlich erzogen wurde, war es Jesus. Jesus, der über alles ein Urteil abgab. Jesus, der mich beschützte. Jesus, der sagte: ›Willst du darüber nicht noch einmal nachdenken?‹ Egal, was war, Jesus stand immer hinter mir mit seiner Strichliste und zählte am Ende alles zusammen. Kennen Sie das auch, diese innere Stimme, die ihnen sagt, was richtig ist und was falsch?«

»Sicher«, sagte ich. »Aber meine liegt meistens daneben.«

»Rechanneling, so nannten sie es. Funktioniert wie eine Entzugsklinik. Sie sitzen in Kalifornien. Solche Läden sitzen entweder in Asien oder in Kalifornien, etwas anderes gibt es nicht. Dahin ging ich zum Rechanneln. Sie haben Fachleute für jedes Gebiet, Verhaltenstherapeuten, Neurowissenschaftler, sogar Philosophen und Atheisten. Man soll erkennen, dass diese innere Stimme nicht von Gott gegeben ist und in seinem Namen Handlungsanweisungen gibt, sondern sie als das sehen, was sie immer schon war: das gute alte Gewissen, das wir von der Evolution mitbekommen haben. Sie schließen dich an Monitore an, machen EEGs und CTs vom Gehirn. Man soll lernen, sich an Gottes Stelle zu setzen. Man kriegt Gräueltaten zu sehen oder verwesende Tiere im Zeitraffer. So sollte ›Co-Dependenz im Lebendigsein‹ hergestellt werden.«

»Das erfinden Sie jetzt«, sagte ich.

»Wie könnte man so etwas erfinden?«

»Keine Ahnung«, sagte ich. »Und? Hat es funktioniert?«

»Eine Zeitlang schon. Aber alte Gewohnheiten sind zäh. In der Regel dauert es nicht lange, bis man wieder in die alten Muster zurückfällt. Dann muss man wieder hin, zu einem Auffrischungskurs. Sie empfehlen: einmal jährlich. Schauen Sie im Internet nach, die Leute schwören darauf. Außerdem hat man einen wunderschönen Meerblick.«

Er winkte dem Barmann.

»Und wozu all die Mühe?«

Er sah mich kurz von der Seite an. »Wollen Sie das wirklich wissen?«

»Ja«, sagte ich.

Es war in der U-Bahn. Er wartete auf den C Train, als ihn plötzlich etwas auf die Knie warf. Er war achtzehn, studierte im ersten Jahr BWL an der Columbia. Ein Tag im Spätwinter, der Bahnsteig war voll, und es dauerte ewig, bis die Züge abfahren konnten. Die Umstehenden teilten sich, als er zu Boden ging, und bildeten einen Krater aus Menschen. Doch was eindeutig eine Abwärtsbewegung war, wurde von Mercer als Levitation empfunden. Nicht von unten, sondern von oben blickte er auf den Menschenkrater. Und das, was ihn emporgehoben und wolkenleicht gemacht hatte, befand sich immer noch hinter ihm, nur war er nicht in der Lage, sich danach umzudrehen. Ringsum nur gedämpftes Licht. Lächelnd blickte er auf die Menschen, die aus Angst, sie könnten die Nächsten sein, zurückgewichen waren. Aber sie sahen ja auch sein Lächeln nicht. Sie sahen einen jungen Mann, der zuerst auf die Knie und dann nach hinten auf den Rücken gefallen war. Doch Mercer in der Höhe wusste alles über sie, denn dort oben war Geist greifbar geworden. Er kannte ihre Gereiztheit, ihren Groll, ihre Hassgefühle gegen die Stadt, aber darüber lächelte er gnädig. Er kannte sogar ihre Namen und Adressen. Einerseits befand er sich auf einem kleinen schwarzen Punkt ohne eigene Ausdehnung, der in extremer Verdichtung die ganze Ewigkeit enthielt (wie er meinte, das Schönste an diesem Zustand: gar nichts sein), andererseits raste er durch Jahrhunderte aus Feuer, Eis und unendlicher Leere. Gemeinhin bezeichnet man derlei als Offenbarung, als religiöses Erweckungserlebnis. Er selbst hielt es jedoch für etwas ganz Alltägliches. Der Zug fuhr ein, die Leute diskutierten, was zu tun sei. Einen Rettungswagen rufen? Oder ignorieren und einfach einsteigen? Ein paar Beherzte trugen ihn erst einmal aus der Gefahrenzone. Die Kraft, die ihn hinterrücks berührt hatte, ließ allmählich von ihm ab. Er schwebte auch nicht mehr in der Luft, sondern lag mit dem Rücken flach auf dem Bahnsteig. Kälte drang von unten durch den Mantel. Züge fuhren ein und wieder aus. Von da an blieb Gott seinem Leben fern.

Er sagte: »Mit achtundzwanzig tat ich etwas, das ich seit diesem Tag auf dem Bahnsteig vermieden hatte. Ich fuhr nach Brooklyn zu einer Adresse, an der ich noch nie gewesen war. Ich rechnete gar nicht damit, die Frau zu finden, die ich suchte, aber auf dem Klingelschild stand tatsächlich ihr Name. Ich sagte zu ihr: ›Erinnern Sie sich an mich?‹ Sie nickte, konnte mein Gesicht aber nicht einordnen. Immerhin war es zehn Jahre her.«

»Was war zehn Jahre her?«, fragte ich.

»Dass wir uns auf dem Bahnsteig sahen. Sie war unter den Leuten, die damals um mich herumstanden.«

»Woher wussten Sie, wo sie wohnt?«

»Ich sagte ja, ich kannte plötzlich alle Namen und Adressen.«

Und das hätte ihm eigentlich genügen sollen. Er hätte guten Tag sagen und gehen sollen. Aber sie bat ihn herein, und er folgte ihr über die Treppe nach oben. Sie machte Kaffee und fragte ihn, ob man den Mann gefunden hätte.

»Welchen Mann?«, fragte er.

»Den Mann, der sie niedergeschlagen hat«, sagte sie.

Offenbar war ein halbnackter Mann über den Bahnsteig gerannt und hatte ihm mit einer Blechkanne eins übergezogen, worauf er zusammengebrochen war. »Sie standen nichtsahnend da«, sagte die Frau, »und er ging direkt auf Sie los.«

»Komisch, ich habe das ganz anders in Erinnerung«, sagte er.

»Wie haben Sie es denn in Erinnerung?«

»Zum Beispiel kenne ich Ihren Namen, oder nicht?«, sagte er. »Wie bin ich an Ihren Namen und Ihre Adresse gelangt? Haben Sie eine Erklärung dafür?«

»Vielleicht von der Polizei?«, sagte sie. »Ich habe ja meine Personalien hinterlassen.«

Als Grant Arthur zwanzig Jahre später von den Anfängen der Ulms berichtete, horchte Mercer auf. Gott hatte sich auch den Ulms nie wieder gezeigt, hatte ihnen weder gezürnt noch den Weg gewiesen, auch Trost oder Erlösung gab es von ihm nicht.

»Seit mehr als dreitausend Jahren hat Gott sich bei ihnen nicht mehr blicken lassen«, sagte er. »Bei mir sind es über dreißig. Bei solchen Zeiträumen wird der Zweifel etwas Natürliches. Dabei war die Gegenwart Gottes einmal eine Realität. Nur dass mir sogar die Erinnerung daran genommen wurde.«

Er sah weg.

»Das alles muss Ihnen völlig bescheuert vorkommen.«

»Na ja, es passieren komische Sachen.«

Mit schweren Augen sah er mich an. Aber er war auch schon vor mir gekommen, da war es schwer aufzuholen.

»Trotzdem war ich skeptisch. Ich heuerte sogar eine Privatdetektivin an, die Informationen über Grant Arthur einholen sollte, eine Asiatin. Wenn ich mich nicht irre, arbeitet sie heute noch für mich.«

»Aber wie kann man an Gott zweifeln, wenn er einem angeblich schon erschienen ist?« Meine alte Frage.

»Sie haben es noch nicht gelesen?«

»Was gelesen?«

»Liederung Nr. 240.«

»Nein.«

»Dann lesen Sie«, sagte er. »Dann erledigen sich solche Fragen von selbst.«

»Was geschieht denn da?«

Er trank aus und bestellte gleich den nächsten.

»Es lässt sich nicht nacherzählen, da wird man dem Text nicht gerecht«, sagte er.

»Nur in etwa.«

»Tut mir leid«, sagte er. »Das geht nicht. Ich will Ihnen dieses Erlebnis nicht nehmen, so etwas muss man im Original lesen. Sie müssen also nach Seir.«

Er ergriff sein Glas, schwenkte es sanft zwischen Daumen und Mittelfinger und blickte durch die bewegte Flüssigkeit.

»Ich persönlich habe keinen Bedarf mehr für solche Fragen«, sagte er. »Ich habe ohnehin schon viel zu lange gesucht. Es macht einen nur unglücklich.« Mit leicht wackligem Kopf sah er mich an. »Ich bin kein Christ, ich bin kein Buddhist, ich bin kein Zoroastrier, und ich bin kein Atheist. Ich warte nicht mehr auf das Mutterschiff.« Er kippte seinen Drink herunter. »Ich bin eine Hure, Paul«, sagte er. »Eine Hure, die ihren Kopf in jedes Wagenfenster steckte, das sich zufällig vor ihr auftat. Aber ich bin müde, ich will nur noch ich selbst sein.«

Er winkte dem Barmann.

»Beim Jüngsten Gericht von Gott übergangen zu werden muss schlimm sein«, sagte er. »Aber wenn man den Eindruck hat, dass Gott einen schon auf der Erde dauernd übergeht, das, mein Lieber, ist die Hölle.«

Am darauffolgenden Samstag traf ich mich mit McGowan. Wir gingen in eine Bar, tranken ein paar Bier, und er brachte mich in Sachen Red Sox auf den neuesten Stand. Dann erzählte ich McGowan, ich käme immer noch nicht über die Familienbilder von Harper und Bryn hinweg. Harper und Bryn beim Einkaufsbummel in der Mall. Harper und Bryn mit den Kindern an der Schaukel. Harper und Bryn, wie sie den Kindern Nudelauflauf kochen. Die Kinder in der Badewanne. Er wusste nicht einmal, wer Harper und Bryn waren. Ich tröstete ihn. Wie leicht verliert man heutzutage den Anschluss.

»Nein, im Ernst, wer zum Teufel sind Harper und Bryn?«

»Wenn man den Promistatus abzieht, sind es eigentlich ganz

normale Leute«, sagte ich. »Warum kann ich nicht so normal sein?«

»Weil du nicht normal bist«, sagte er. »Du bist total krank im Kopf.«

»Danke.«

»Das ist kein Witz, Paul. Du bist gestört. Du hast Depressionen. Dein Kontakt mit der Welt beschränkt sich auf ein Spiel der Red Sox – im Fernsehen! Außerdem nimmst du deine Arbeit zu persönlich.«

»Ich nehme meine Arbeit nicht zu persönlich, ich nehme sie, wie sie sich mir darstellt.«

»Aber du denkst zu viel über die Leute nach«, sagte er. »Das geht auf Dauer nicht. Du kannst dir nicht jedes Mal ihr Schicksal zu Herzen nehmen. Sieh sie als *ein* Operationsgebiet, einen großen körperlosen Mundraum.«

»Das versuche ich ja.«

»Du versuchst es, aber du schaffst es nicht.«

Ich fand das ein bisschen hart. Ich wollte mich doch nur für seine Hilfsbereitschaft im Sportstudio bedanken.

»Du hast recht«, sagte ich. »Gestört, das bin ich.«

Tags darauf, am Sonntag, fuhr ich hoch nach Poughkeepsie. Genauer gesagt zum Sarah-Harvest-Dodd-Altenheim, wo meine Mutter lebte. Wie gern würde ich von einem frohen Wiedersehen mit traulichen Gesprächen berichten, aber leider konnte seit fünfeinhalb Jahren von einer akzeptablen Hirnfunktion bei ihr keine Rede mehr sein. Weder konnte sie allein auf die Toilette noch ohne Hilfe essen. Sie summte nur vor sich hin und starrte auf den Fernseher. Sie sah jedes Mal gleich aus, nämlich sichtlich älter. Sie saß in ihrem Rollstuhl in einem Aufenthaltsraum mit Blümchengardinen und einer Tischtennisplatte ohne Netz. Ich setzte mich zu ihr und fragte die Sachen, die ich immer frage. »Wie geht es dir heute?«, fragte ich. Keine Antwort. »Sitzt du auch bequem?« Keine Antwort. »Soll ich dir ein Kissen bringen?« Keine Antwort. »Habe ich dir gefehlt?« Keine Antwort. »Was gab es heute zu essen?« Keine Antwort. »Was guckst du denn im Fernsehen?« Keine Antwort. »Behandeln sie dich hier gut?« Keine Antwort. »Kann ich etwas für dich tun, Mom? Egal was.« Keine Antwort. Dann erzählte ich ihr von mir. »Mir geht es gut«, sagte ich. »Die Praxis läuft auch gut. Alle sind zufrieden. Leider habe ich auch ein paar schlechte Nachrichten. Connie und ich haben uns getrennt. Wir hatten schon länger Probleme, aber diesmal ist es endgültig. Sie hat jemand anderen kennengelernt. Ich freue mich für sie, soweit es irgend geht. Das heißt, ich freue mich wie Bolle, Ma. Du erinnerst dich doch an Connie? Natürlich erinnerst du dich nicht«, sagte ich. »Du hast keinen Schimmer, wer Connie ist. Sie war aber schon mehrmals mit mir hier. Sie mochte dich, wirklich. Sie hat dir die Haare gekämmt und so. Solchen Scheiß macht sie nämlich gern, da werde ich selber ganz rührselig von.« Ich nahm ihre Hand. Keine Reaktion. »Mom?«, sagte ich. Keine Reaktion. Ihr Kopf war fast perfekt auf den Fernseher ausgerichtet. »Weißt du noch, wenn ich als Kind nicht schlafen konnte?« Keine Reaktion. »Nachdem Dad gestorben war und ich nicht einschlafen konnte?« Keine Reaktion. »Erinnerst du dich an den Abend, an dem du mir von den Chinesen erzähltest?« Keine Reaktion. »Ich hatte so eine Angst, dass ich der letzte Mensch auf der Welt sein könnte, der noch wach war. Keine Ahnung, warum mich der Gedanke so ängstigte, es war eben so. Aber du sagtest, das ginge gar nicht, ich könnte gar nicht der letzte Mensch sein, der jetzt noch wach war, weil sie auf der anderen Seite der Welt gerade aufstehen. Während sie bei uns schlafen, stehen die Chinesen auf der anderen Seite der Welt auf. Weißt du das noch?« Keine Reaktion. »Das hat echt geholfen«, sagte ich. »Habe ich dir das je erzählt?« Keine Reaktion. »Auch wenn ich die Chinesen ja für komische Leute hielt, schon wegen der Schlitzaugen. Ich kann nur hoffen, dass ich dir davon erzählt habe, bevor du so weich in der Birne wurdest«, sagte ich. Keine Reaktion. »Es tut mir auch leid, dass ich dich wachgehalten habe. Du wolltest ja, dass der Laden irgendwie weiterläuft«, sagte ich. »Und das ist dir auch gelungen. Das hast du gut gemacht, weißt du? Habe ich dir je gesagt, wie gut?« Keine Reaktion. »Oder dir je dafür gedankt?« Keine Reaktion. »Darf ich dir wenigstens jetzt dafür danken?« Keine Reaktion. »Darf ich dich küssen, Mom? Darf ich dich auf die Stirn küssen?« Keine Reaktion. Ich küsste sie. Keine Reaktion. »Es hilft sogar jetzt noch«, sagte ich, »wenn ich nicht schlafen kann. Dank dir brauche ich nur an die Chinesen zu denken und schlafe sofort ein. Dank dir schlafe ich wie ein Murmeltier, jede Nacht, Mom. Ich schlafe wie ein Stein.«

Kapitel 9

Sookhart meldete sich mit Neuigkeiten. »Ich habe ein Exemplar gefunden«, sagte er.

»Was? Von den Kantavetikeln?«

»Ich bin genauso überrascht wie Sie. Ja, geradezu perplex. Ich hätte nie gedacht, dass dieses Ding überhaupt existiert. Was daraus folgt, ist noch gar nicht … ich sage mal so, die Konsequenzen dürften weitreichend sein.«

»Wie haben Sie es gefunden?«

»Der Verkäufer hat sich mit einem Kollegen von mir in Verbindung gesetzt, der in dieser Sache recherchierte.«

»Wer ist der Verkäufer?«

»Er möchte anonym bleiben. Bei solchen Transaktionen ist das oft der Fall«, sagte er. »Sie verstehen das sicher.«

»Aber ist das Buch auch echt?«

»Es ist echt, und es ist sogar vollständig. Soweit ich verstanden habe, ist es ungarischer Provenienz und datiert etwa aus der Mitte des achtzehnten Jahrhunderts.«

»Und es ist auf Aramäisch?«

»Seltsamerweise nein«, sagte er. »Es ist offenbar auf Jiddisch verfasst.«

Das überraschte mich.

»Können Sie das lesen?«

»Mein lieber Freund«, sagte er. »Kein Mensch kann Jiddisch lesen. Aber keine Angst, wir tun alles, um die Authentizität des Buches zu verifizieren. Danach suchen wir einen jiddischen Sprachkundler, der, falls gewünscht, das Buch für Sie übersetzt.

Natürlich nur unter der Voraussetzung, dass Sie die Ergebnisse mit uns teilen.«

Stille in der Leitung.

»Also wie verbleiben wir jetzt?«, fragte er schließlich. »Soll ich das Buch kaufen?«

»Heute war ein schwerer Tag«, schrieb er.

Heute kam mich unser Hausmeister besuchen. Aber was sage ich – Hausmeister? Er sorgt in Seir ja nicht nur für Ordnung und Sauberkeit, kratzt nicht nur den Schimmel von den Wänden und legt neue Stromleitungen, sondern kann auch aus Kierkegaard und aus den Psalmen rezitieren. Sieben glückliche Jahre ist er nun schon bei uns. Aber neuerdings hat er beunruhigende Träume, in denen er seiner toten Frau begegnet. Sie berichtet ihm von Gott und vom Himmel. Diese Träume sind so lebendig, dass sie beim Aufwachen nachwirken. Dann hat er das Gefühl, dass seine Frau noch im Zimmer ist. Er fragt mich nach meiner Ansicht über die Toten. Ich sage ihm, was die Kantavetikel dazu sagen, nämlich dass die Toten tot sind. Er nickt, denn er ist ein bedächtiger Mensch, aber ich sehe, dass er nicht überzeugt ist. Auch er weiß, dass man in anderen Kulturen die Toten keineswegs für tot, sondern für höchst lebendig hält. Für so lebendig, dass sie über die Lebenden herrschen. Er fragt mich, ob es nicht besser wäre, wenn wir von den Toten nur durch eine dünne Membran getrennt wären, die für die Toten im Notfall durchgängig ist. Wenn es so etwas wie Wunder gäbe. Ich sage ihm, was in den Kantavetikeln steht: Es gibt nur Menschen, aber keine Wunder. Doch das hilft ihm offenbar nicht, der Traum ist stärker.

Ich ahne, dass er uns bald verlassen wird. So etwas kommt immer wieder vor.

Aber vielleicht willst du uns ja bald besuchen. Bitte betrachte das als Einladung.

Am selben Nachmittag hatte ich einen neuen Patienten, ein alter Knacker mit schlechtem Zahnfleisch. Er stellte sich als Eddie vor, ein eigenartiger Name für einen Achtzigjährigen. Doch wer mit zehn Jahren Eddie heißt, der heißt wohl auch mit achtzig so. Eddie sagte gleich, dass er über siebenunddreißig Jahre lang beim selben Zahnarzt war, einem Dr. Rappaport. Ich kannte Dr. Rappaport, der Kollege hatte einen guten Ruf. Er hatte aber auch (und nur deswegen kannten wir ihn alle) eine ziemlich unkonventionelle Zahnhygienikerin. Wenn diese Frau das Behandlungszimmer betrat, dann immer mit der Bitte an den Patienten, bei der professionellen Zahnreinigung bestimmte Instrumente zu halten. Mitten in der Arbeit sagte sie dem Patienten: »Bitte halten Sie das.« Was der Patient natürlich tat, auch wenn er den Grund dafür nicht verstand. Irgendwann hatte er alles einmal in der Hand gehabt: Sonde, Airflow, Kürette, Scaler. Aber erst beim Gehen merkte er, dass die Hygienikerin nur einen Arm hatte. Eine einarmige Hygienikerin, aber nach allem, was man hörte, sehr gut, sogar im direkten Vergleich. Wenn man mit einem Arm Golf oder Schlagzeug spielen kann, warum soll da eine PZR-Fachkraft mit einem Arm nicht funktionieren? Die Entschlossenheit mancher Menschen erstaunt mich immer wieder. Jedenfalls, drei Wochen vor dem vereinbarten Termin bei Dr. Rappaport bekam Eddie einen Anruf aus der Praxis mit der Nachricht, dass Dr. Rappaport verstorben sei. Mein neuer Patient musste sich einen neuen Zahnarzt suchen. Aber nach siebenunddreißig Jahren beim selben Zahnarzt hat ein einundachtzigjähriges Klappergestell von maximal fünfzig Kilo dazu verständlicherweise wenig Lust. Er war ja mit Dr. Rappaport immer zufrieden gewesen. Fast ein halbes Leben lang hatte sich Dr. Rappaport um seine Zähne gekümmert, wie konnte es sein, dass Dr. Rappaport plötzlich verstarb, dieser hochgewachsene, immer noch jugendliche, stets professionell gebräunte Mann im weißen Kittel? »Er war gut zwanzig Jahre jünger als ich«, sagte

Eddie. Ich diagnostizierte ihn gleich als einen jener Kandidaten, welche die halbjährliche Untersuchung dazu benutzen, sich einmal gründlich auszuquatschen. Solche Leute sind in jeder Praxis gefürchtet, zumal wenn man, wie ich an jenem Nachmittag, alle Hände voll zu tun hat. Dennoch, dieser vereinsamte Alte war vielleicht in einem halben Jahr tot, also legte ich die Sonde nieder und ließ ihn reden, warf Abby lediglich einen internen Blick zu, in dem ich um Nachsicht bat. Nur war es leider wieder nicht Abby, sondern der Gremlin von der Zeitarbeitsfirma, den ich nicht leiden konnte. Wo zum Teufel steckte Abby? Sie war doch noch am Morgen da gewesen. Sie kam nie zu mir, wenn sie etwas wollte, und sei es nur ein freier Nachmittag, sondern ging immer zu Connie. Für Abby war ich nicht der Boss, sondern ein lurchiges Faktotum mit Putzeimer und Schrubber, das ihr lüstern auf den Hintern glotzte. Mir war zwar egal, wie der Gremlin auf meinen Blick reagierte, der eigentlich für Abby bestimmt war, wahrscheinlich hatte ich auch nur die normale Gremlin-Mimik vor Augen, aber trotzdem fühlte ich mich irgendwie schuldig. Und warum trägt Gremlin-Girl eigentlich keine OP-Maske? Hat sie keine Angst, dass vernebelte Zahnschmelzsplitter und oraler Siff aller Art ihre Haut-Schleimhaut-Barriere überwinden? Abby würde niemals *keine* Maske tragen, dachte ich. Dann blickte ich wieder auf Eddie, der immer noch von Dr. Rappaport erzählte. Ein Gesicht, das sich zwar nicht in Ruhe befand, von dem aber eine eigenartig melancholische Schönheit ausging. Vor allem seine Augen waren viel größer und heller, als man es in diesem Alter vermuten würde. Dass einem der eigene Zahnarzt wegstirbt, sagte er gerade, sei eigentlich nur eine weitere Demütigung des Alters, vergleichbar mit Inkontinenz oder Chemotherapie. Aber man kann die Frage natürlich auch anders stellen. Wem sterben die Zahnärzte weg? Doch wohl in erster Linie alten Leuten. Aber nicht einmal alte Leute rechnen damit. Warum? Weil es zu den großen Garantieversprechen des Daseins gehört, dass das Leben weitergeht, immer. Und dass nach einem halben Jahr natürlich auch der langjährige Zahnarzt noch da sein wird, um einen in seiner Praxis willkommen zu heißen. Erst als mein Patient erfuhr, dass sein langjähriger Dr. Rappaport trotz seines jugendlichen Aussehens und seiner Vitalität an einem Herzinfarkt verstorben war, erst da wurde ihm klar, dass er genauso zum Sterben verurteilt war. Das hatte er zwar – irgendwie – gewusst, doch wenn es Dr. Rappaport traf, der so viel jünger war als er, eigentlich sogar unsterblich, soweit es ihn, Eddie, betraf, dann kam der Tod auch zu ihm. Ein Gedanke, einer von vielen, die depressiv machen können. Die Folge: Eddie vernachlässigte sich. Er suchte nicht mehr das beratende Gespräch beim Arzt, machte die Krankengymnastik gegen seine chronische Polyarthritis nicht und benutzte keine Zahnseide mehr. Nur auf den dringenden Rat eines befreundeten Arztes ließ er sich Antidepressiva verschreiben und versumpfte wenigstens nicht ganz. Aber da stand es mit seiner Gesundheit schon nicht mehr zum Besten. Seine Arthritis hatte sich so sehr verschlimmert, dass es ihm unmöglich war, Zahnseide um seine Finger zu wickeln und mit entsprechenden Bewegungen die Zahnzwischenräume zu reinigen. Selbst mit einem Zahnseide-Stick klappte es nicht. Vor Dr. Rappaports Tod hatte er fünfzig Jahre lang regelmäßig Zahnseide benutzt, und nun fehlte ihm dafür die nötige Fingerfertigkeit. Ein einfacher Blick auf seine Hände zeigte, warum. Seine Knöchel waren so dick wie das Ende eines Hockeyschlägers. Mir war schleierhaft, wie er mit solchen Fingern einen Wasserhahn oder ein Marmeladenglas aufkriegen wollte. Irgendwann, stellte ich mir vor, wären die Finger so geschwollen, dass sie wie miteinander verwachsen aussahen, ähnlich wie bestimmte Zahnfehlstellungen bei Hochbetagten. Solche Klumphände konnte man eigentlich nur noch in den Schoß legen. Ich hatte nicht übel Lust, Connie diese Hände zu zeigen und sie bei der Gelegenheit zu fragen, ob sie Eincremen immer noch für eine sinnvolle Prophylaxe hielt. *Lotion selbst fingerdick, zu diesem End' wir alle gehn.* Könnte auch Mrs. Convoy eine Lehre sein. Ich könnte sie fragen, was jetzt noch dagegenspricht, Kette zu rauchen, wenn der Schlusspunkt doch immer derselbe ist. Und nach den Händen zeige ich ihnen Eddies Zähne. Was nutzt ein halbes Jahrhundert Zahnseide, wenn einem am Ende der Tod eines Zahnarztes jeden Lebensmut raubt?

Als ich endlich dazu kam, mir seine Zähne anzusehen, konnte ich Mrs. Convoys Befund nur zustimmen: Kieferknochenschwund und Zahnfleischtaschen von sieben bis acht Millimeter Tiefe. Solchen Zähnen gebe ich normalerweise keine großen Chancen mehr, aber hier wollte ich alles unternehmen, um ihm Zahnseide wieder schmackhaft zu machen. Ich legte also die Sonde beiseite, fasste ihn an seiner Kinderschulter und meinte lächelnd: »Eddie, Eddie, Eddie, was sollen wir bloß mit Ihnen machen?«

Connie an der Rezeption war mit Aktenablage beschäftigt.

»Wo ist Connie?«, fragte ich sie.

»Ich? Ich bin hier«, sagte sie.

»Quatsch, was sage ich? Ich meine Abby. Wo ist Abby? Heute Morgen war sie doch da.«

Connie tat plötzlich *sehr* beschäftigt.

»Connie?«

»Was?«

»Wo ist Abby?«

»Sie hat gekündigt«, sagte sie.

»Sie hat was?«

»Sie hat gekündigt«, sagte sie. »Sie ist weg.«

»Aber warum?«

Connie vermied es, mich anzusehen.

»Connie, lass die Ordner in Ruhe und sieh mich an! Sofort!«

Sie unterbrach ihre Tätigkeit. »Man kündigt doch nicht einfach so. Hat sie etwas Besseres gefunden?«

»Ja«, sagte sie. »Sie sucht einen neuen Wirkungskreis.«

»Wirkungskreis?«, fragte ich. »Bei Abby?«

»Ja, bei Abby«, sagte sie. »So was soll es geben.«

»Und wie sieht er aus, ihr neuer Wirkungskreis?«, sagte ich. »Von Kündigungsfrist hat sie wohl auch noch nichts gehört. Die meisten Leute halten die Kündigungsfrist ein. Das sieht ihr gar nicht ähnlich.«

»Kündigungsfrist war ihre Mittagspause – die sie bereits nicht mehr bei uns machte.«

»Das soll wohl ein Witz sein!«

»Paul, nimm es zur Kenntnis: Sie hat gekündigt. Sie hatte genug.«

»Sie hatte genug? Moment mal«, sagte ich. »Genug haben ist etwas anderes als ein neuer Wirkungskreis, oder?«

»Das eine schließt das andere nicht aus«, sagte sie.

Wie von Connie zu erfahren war, machte Abby nun ernst mit ihrer Schauspielkarriere. Und dafür brauchte sie einen Job mit mehr Flexibilität. Aber solche Gerüchte gab es um Abby ja schon länger. Eigentlich hätte ich es dabei bewenden lassen können. Leute kündigen permanent unter irgendwelchen Vorwänden, und der weise Mann belässt es dabei, ohne allzu intensiv nachzubohren, denn wer weiß, was dabei herauskommt? Doch das ging diesmal nicht, denn ich begriff nicht, warum sie es so formlos tat. Ich meine, rechtzeitig Bescheid zu geben wäre nur höflich gewesen. Und Abby war zwar schweigsam, aber nicht unhöflich. Ich bedrängte Connie, mir die Wahrheit zu sagen, und erhielt schließlich zur Antwort, dass ich laut Abby nicht unbedingt das ideale Arbeitsklima schuf. Was nichts Neues war. Außerdem, so Connie weiter, hätte Abby meine Twitter-Posts gesehen, die ihr gar nicht gefallen hätten. Und eine solche »Online-Persönlichkeit« sei allemal Grund für eine fristlose Kündigung.

»Aber das war ich doch gar nicht! Weiß sie das nicht?«

»Offenbar nicht.«

»Hast du es ihr denn nicht gesagt?«

»Doch.«

»Wo ist denn das Problem?«

»Entweder sie hat mir nicht geglaubt, oder es war ihr egal.«

»Aber Abby ist nicht mal Jüdin!«, wandte ich ein.

»Was hat das denn damit zu tun?«

»Ich meine, wenn jemand Grund zur Kündigung hätte, dann du«, sagte ich, »nicht Abby. Abby ist Presbyterianerin oder Methodistin oder so was.«

»Presbyterianerin, Methodistin! Dass ich nicht lache!«, sagte sie. »Vor fünf Minuten wusstest du ja noch nicht mal, dass sie Schauspielerin ist.«

»Wie lange geht das denn schon so?«

»Und man muss auch kein Jude sein, um antisemitische Sprüche zum Kotzen zu finden. In Amerika ist diese Einstellung jedenfalls ziemlich weit verbreitet.«

»Aber wenn du die Beiträge insgesamt liest, geht es eher gegen Moslems«, sagte ich. »Oder sogar gegen Christen. Eben gegen Religion generell. Man muss sie nur mal alle in Ruhe lesen.«

»Das kannst du ja in der nächsten Stellenanzeige schreiben«, erwiderte sie.

»Was weiß Abby eigentlich von der Geschichte des Judentums? Weiß sie, wie echter Antisemitismus aussieht?«

»Echter Antisemitismus?«

Sie sah mich an, als hätte ich mich soeben verraten.

»Was?«, sagte ich.

»Weißt du, was ich aus deiner bizarren Identitätsgeschichte gelernt habe?«

Ich seufzte und bedeutete ihr dann, fortzufahren.

»Dass nur Juden darüber entscheiden sollten, ob etwas antisemitisch ist oder nicht. Was dich schon mal ausschließt.«

Ich ging wieder an die Arbeit. Zumindest Darla, die Gremlin-Aushilfe, hatte anscheinend nichts dagegen, für einen Antisemiten zu arbeiten. Wie sehr sich zwei Menschen doch missverstehen können. Abby und ich zum Beispiel. Da arbeiten wir Tag für Tag so eng zusammen und dann das? Es war mir unbegreiflich, wie sie einfach gehen konnte, ohne ein Wort. Heute Mittag war sie plötzlich verschwunden, sie hatte sich abgesetzt, und ich habe es nicht einmal gemerkt. Und nicht nur das, mir war es sogar recht, denn ich muss nicht auch noch in der Mittagspause ständig dieselben Gesichter um mich haben. Wer konnte denn ahnen, dass dies die letzte Gelegenheit war, mich für meine arschige Art zu entschuldigen? Meine arschige Art tat mir leid. Ich kann nur bedauern, dass ich ihrer Persönlichkeit immer so unfreundlich, kalt und abweisend, kurz so wenig menschlich begegnete. Kein Wunder, dass sie nie zu mir kam. Kein Wunder, dass sie jetzt weg ist.

Abby war weg!

Jetzt fürchtete ich, dass Mrs. Convoy die Nächste sein könnte. Auf Mrs. Convoy konnte ich überhaupt nicht verzichten, der ganze Praxisbetrieb ruhte auf ihr. Man konnte ohne Übertreibung sagen, dass sie die Seele unseres Ladens war.

Ich traf sie schließlich beim Sterilisieren an. »Betsy«, sagte ich, »ich möchte mit Ihnen über Abbys Kündigung reden.«

Sie ließ die Arbeit liegen und nahm mich bei der Hand. Ich konnte ihre erfahrenen Fingerknochen spüren: Phalanx media.

»Habe ich Ihnen je gesagt, was für ein hervorragender Zahnarzt Sie sind?«, sagte sie.

In ihrem ersten Jahr bei mir, als ihre übermenschlichen Leistungen mich noch beeindrucken konnten, hatte ich mir nichts sehnlicher gewünscht als eine positive Bewertung von Mrs. Convoy. Ich konnte damals nur hoffen, dass sie mich als würdigen Partner ansah, denn sie war die beste Zahnhygienikerin, die ich je erlebt hatte. Im Lauf der Zeit aber nahm ich ihre Erstklassigkeit für selbstverständlich, und aus der besten Hygienikerin der Welt wurde Betsy Convoy, die gläubige Katholikin und Ober-Schreckschraube. Doch jetzt, völlig unerwartet, schenkte sie mir das Kompliment, nach dem ich mich so lange gesehnt hatte.

Ich sagte: »Ich danke Ihnen, Betsy.«

»Mein Mann, er ruhe in Frieden, war ebenfalls ein guter Zahnarzt. Aber Sie sind ein ganz anderes Kaliber. Ich habe schon bei einer ganzen Reihe guter Zahnärzte gearbeitet, aber keiner hatte Ihr Format.«

»Ehrlich, ich fühle mich geehrt.«

Sie lächelte mich an.

Dann ließ sie meine Hand los und setzte ihre Arbeit fort.

»Und was ist mit Abby?«, fragte ich.

»Sie will weiterkommen«, sagte sie. »Sie wollte schon immer Schauspielerin werden.«

»Aber das war wohl nicht der einzige Grund für ihre Kündigung«, sagte ich.

Ich erzählte ihr, was wieder unter meinem Namen auf Twitter erschienen war. Ich nahm meine Ich-Maschine und las es ihr sogar laut vor.

»Sind Sie nicht neugierig, was es damit auf sich hat?«

»Warum sollte ich?«

»Weil mein Name darübersteht.«

»Haben Sie diese Sachen geschrieben?«

»Nein, aber ich könnte verstehen, wenn Sie das glauben.«

»Warum sollte ich das tun?«

»Warum? Weil vieles davon als antisemitisch ausgelegt werden kann. Was wiederum bedeuten würde, dass ich ein Antisemit bin.«

»Sind Sie ein Antisemit?«

»Natürlich nicht«, sagte ich. »Aber das Internet legt es irgendwie nahe. Wollen Sie nicht wissen, ob es stimmt oder nicht?«

»Aber Sie haben mir bereits gesagt, dass Sie keiner sind.«

»Ja, ich bin extra hergekommen, um es Ihnen zu sagen. Warum sind Sie nicht zu mir gekommen, als Sie hörten, weshalb Abby weg will? Solche Sachen kann man doch nicht einfach übergehen. Wir sprechen hier von einem der widerlichsten Vorurteile in der Menschheitsgeschichte.«

»Aber ich weiß doch, dass Sie nicht so sind.«

»Trotzdem, haben Sie sich denn überhaupt keine Gedanken gemacht? Vielleicht kennen Sie mich nicht so gut, wie Sie glauben.«

»Paul, ich weiß nicht, worauf Sie hinauswollen. Sind Sie jetzt Antisemit oder nicht?«

»Ich will darauf hinaus, dass es Ihnen offenbar ganz egal ist! Was wäre, wenn das Internet recht hätte?«

»Aber Sie sagten bereits, dass Sie kein Antisemit sind.«

»Aber können Sie das beweisen?«

»Paul, jetzt reicht's, ich habe zu tun«, sagte sie. »Die Instrumente müssen noch sterilisiert werden. Und wenn Sie mir sagen wollen, dass Sie doch Antisemit sind, bitte, tun Sie es, ich bin ganz Ohr.«

»Es ist das bösartigste Hass-System in der Geschichte der Menschheit!«, rief ich.

»Ja«, sagte sie.

»Und da muss ich erst zu Ihnen kommen!«

Ich ging. Mehr wurde zu diesem Thema nicht mehr gesagt.

Mein letzter Patient an diesem Tag war ein Marketingleiter mit drei Kavitäten, die dringend eine Füllung brauchten. Soweit hatte ich es dem Marketingleiter auch gesagt, wurde aber dann von Mrs. Convoy nach draußen gerufen. Als ich wiederkam, sagte der Marketingleiter: »Ich denke, das mit den Füllungen lassen wir lieber.«

Die Röntgenaufnahmen waren noch auf dem Bildschirm zu sehen. Die drei Zähne mit den dunklen Stellen musste auch er erkennen. Ich schaute auf seine Patientenkarte. Er war gut versichert, von daher gab es keinen Grund, die Füllungen nicht machen zu lassen. Und da er selber den Termin vereinbart hatte, ging ich davon aus, dass ihm gesunde Zähne zumindest nicht ganz egal waren.

»Okay«, sagte ich. »Aber ich rate dringend, die Löcher bald versorgen zu lassen, sonst wird alles nur noch schlimmer.«

Er nickte.

Ich sagte: »Haben Sie Angst vor den Schmerzen?«

Er sah mich verwirrt an. »Füllungen tun doch nicht weh, oder?«

»Eben«, sagte ich. »Deshalb frage ich ja. Es ist überhaupt nicht schmerzhaft. Sie bekommen eine Betäubung.«

»Darum geht es nicht«, sagte er. »Es sind nicht die Schmerzen.«

»Nur aus Neugier: Wenn es das nicht ist, weswegen wollen Sie dann Ihre Zähne nicht behandeln lassen? Karies kommt von selbst nicht zum Stillstand. Wenn erst einmal der Nerv erreicht ist, tut es richtig weh.«

»Aber jetzt fühle ich mich noch gut«, sagte er. »Ich denke also nicht, dass ich irgendwelche Löcher habe.«

»Aber die haben Sie«, sagte ich. »Ich habe sie Ihnen gezeigt. Schauen Sie sich das Röntgenbild an.«

Ich setzte an, ihm noch einmal alles zu erklären.

»Das können Sie sich sparen«, sagte er. »Sie haben mir die Löcher vorhin schon gezeigt. Ich glaube Ihnen.«

»Wenn Sie mir also glauben, wenn Sie wissen, dass da ein Problem ist, warum verweigern Sie dann eine Behandlung? Solche Löcher gehen nicht von selber weg.«

»Vielleicht. Aber nach meinem Gefühl habe ich keine Löcher.«

»Nach Ihrem Gefühl?«

»Richtig. Gefühlsmäßig habe ich keine Löcher.«

Das Spiel wurde mir langsam zu dumm.

»Na gut«, sagte ich. »Aber wenn Sie noch einmal kurz aufpassen wollen? Hier auf der Aufnahme, sehen Sie die dunklen Areale? Eins, zwei, drei. Drei Kavitäten. Das ist Karies.«

»Ja, aber nur auf Ihrer Aufnahme«, sagte er. »*Gefühlt* habe ich keine Karies.«

»Wie, *gefühlt* haben Sie keine?«

»Es fühlt sich nicht so an, als ob ich wirklich Karies hätte. Mir geht's gut.«

»Noch. Im Anfangsstadium verläuft Karies auch schmerzfrei. Deshalb machen wir ja die Röntgenuntersuchung. Auf diese Weise können Sie sehen, was Sie – noch – nicht spüren.«

»Das mag *Ihre* Ansicht sein«, sagte er, »und das ist ja auch in Ordnung. Aber ich sehe es anders.«

»Wie wollen Sie das anders sehen?«, sagte ich. »Sie haben doch das Röntgenbild vor Augen. Das ist keine Ansichtssache, sondern ein medizinischer Befund, Ende, aus.«

»Wie gesagt, dagegen habe ich ja auch nichts«, sagte. »Aber Ihr Befund entspricht nicht meinem Gefühl. Und rein gefühlsmäßig geht es mir gut.«

»Warum sind Sie überhaupt gekommen? Wenn Sie sich so klasse fühlen und das Röntgenbild ohnehin ignorieren, was wollen Sie dann hier?«

»Weil man jedes halbe Jahr zum Zahnarzt soll«, sagte er.

»Dr. O'Rourke?«

Connie stand in der Tür.

»Entschuldigen Sie mich einen Moment«, sagte ich zu dem Marketingmenschen.

Ich ging gleich zu ihr, denn das musste ich loswerden. »Wahnsinn, der Typ kriegt noch den Darwin-Award«, flüsterte ich. »Will sich keine Füllung machen lassen, weil er meint, *gefühlt* hätte er keine Löcher. Das Röntgenbild hält er für Ansichtssache. Er meint, wenn er mit der Zunge über die Zähne fährt, spürt er nichts, also kann er den ärztlichen Befund getrost vergessen. Und auf meine Frage, warum er dann überhaupt hier ist, sagt er: Weil man das eben so macht. Zweimal im Jahr muss man zum Zahnarzt, sagt er. Ist das zu fassen? Ich begreife nicht, wie solche Leute durchs Leben kommen.«

»Onkel Stuart ist hier«, sagte sie.

Ich verstummte. »Schon wieder?«

Das Wartezimmer war leer bis auf Stuart und eine asiatische Frau mit beigefarbener Hose und einer Sonnenbrille, die auf ihrem schwarzen Haar geparkt war. Sie standen auf, die Sonnenbrille wurde wieder aufgesetzt, und Stuart stellte die Frau vor. Sie hieß Wendy Chu und arbeitete für Pete Mercer.

»Du kennst Pete Mercer?«, fragte ich Stuart.

»Nicht persönlich«, sagte er. »Ich kenne nur Wendy.«

Die zierliche Wendy wirkte derart jugendlich, dass sie in einer siebten Klasse nicht aufgefallen wäre. Aber statt eines Fleißkärtchens reichte sie mir ihre Visitenkarte, und ich erinnerte mich, dass Mercer einmal eine Privatdetektivin erwähnt hatte. Auf der Karte stand »Chu Ermittlungen«. Ich blickte die Frau an. Die Zeiten von Schlapphut und verstaubten Detektivbüros hinter Milchglastüren waren wohl endgültig vorbei.

»Und woher kennst du Wendy?«, fragte ich Stuart.

Wendy antwortete selbst. »Wenn zwei Leute nach derselben Frau suchen, passieren seltsame Sachen.«

»Welche Frau?«

»Eigentlich wollten wir dich um einen Gefallen bitten, Paul«, sagte Stuart. »Würdest du uns heute Abend nach Brooklyn begleiten?«

»Weswegen?«

»Es gibt da jemanden, den Mercer Ihnen gern vorstellen würde«, sagte Wendy.

»Und wo ist Mercer?«, fragte ich.

»Er ist nicht mehr involviert«, sagte sie.

»Involviert worin?«

Hinter der Sonnenbrille blickte mich ihr kindliches Pokerface an.

»Ich habe noch einen Patienten«, sagte ich.

»Wir können warten«, sagte sie und nahm sogleich wieder Platz.

»Was geht hier vor?«, fragte ich Stuart.

»Ich bitte dich nur um einen persönlichen Gefallen«, sagte er. »Begleite uns nach Brooklyn.«

Ich kehrte zu meinem Marketingleiter zurück, der geduldig gewartet hatte. Ich setzte mich neben ihn und sah ihn länger an, ehe ich hilflos die Hände hob. »Was machen Sie denn noch hier?«

Die Frage schien ihn zu verwirren. »Sie haben gesagt, ich soll warten«, sagte er.

»Ich dachte, Sie hören nicht auf das, was ich Ihnen sage.«

»Aber Sie sind mein Zahnarzt.«

»Also *warten* können Sie, aber Ihre Karies wollen Sie nicht behandeln lassen?«

»Ich sagte doch, dass ich gefühlt keine Karies habe.«

»Glauben Sie mir, Sie haben Karies«, rief ich. »Sie haben drei Löcher in den Zähnen!«

»Aber nur auf dem Röntgenbild.«

»Genau! Und das Röntgenbild lügt nicht.«

»Mein Gefühl sagt mir etwas anderes«, sagte er.

In Wendys Auto fuhren wir nach Brooklyn, ins jüdische Viertel von Crown Heights. Hebräische Buchstaben prägten Schaufenster und Markisen. Frauen in identischen langen Röcken schoben Kinderwagen – keine Buggys, sondern hochrädrige Gefährte der Vorzeit. Männer mit schwarzen Anzügen, schwarzen Hüten und schwarzen Bärten entstiegen Minivans und redeten in ihre Handys. Allein die unzähligen Kinder ließen sich von Schläfenlocken und züchtiger Kleidung nicht bremsen und spielten wie andere Kinder auch auf Eingangstreppen und an Straßenecken. Die Sonne ging soeben unter, und alles in dieser Umgebung war sauber und ordentlich. Wäre nicht ab und zu ein übermotorisiert grollender SUV mit verdunkelten Scheiben vorbeigerollt, hätte man sich leicht ins siebzehnte Jahrhundert versetzt gefühlt.

Während der Fahrt erfuhr ich, wohin es ging: zu Mirav Mendelsohn, der Frau, die Grant Arthur seinerzeit den Verstand geraubt hatte. Der Zweck des Besuchs war mir aber weiterhin unklar. Ich sagte Stuart, dass ich über Mirav bereits Bescheid wusste. Sie kam aus L.A., war Tochter aus streng orthodoxem Hause, ehe sie wegen der Sache mit Grant Arthur aus der Gemeinde verstoßen wurde. Offenbar war der Kontakt zu einem Nichtjuden so verderblich, dass man sich ihretwegen sogar zum Schiwesitzen traf und sie quasi für tot erklärte. Aber Unheil drohte auch von anderer Seite. Denn je mehr Grant Arthur über seine Herkunft erfuhr, desto weniger, meinte er, passte seine Verbindung mit einer Jüdin dazu. Irgendwann war der Widerspruch zu groß, er verließ Mirav, stieg aus seinem gesamten bisherigen Leben aus und machte sich daran, versprengte Ulms zu einer ersten Gemeinde zu sammeln.

»Klingt ja ganz nett«, sagte Wendy. »Ist aber möglicherweise nicht die ganze Geschichte.«

Stuart sagte, dass Mirav später den jüdischen Glauben abgelegt und einen Rohstoffmagnaten geheiratet hatte. Mit ihm hatte sie zwei Kinder und, als diese erwachsen waren, eine Scheidung. 2007 nahm sie, einem inneren Bedürfnis folgend, ihren alten Namen wieder an und kehrte in den Schoß der Orthodoxie zurück. Heute lebte sie in einem chassidischen Zentrum und brachte weiblichen Konvertiten jüdische Traditionen und Bräuche bei.

Wir kamen zu einer Art Campus mit Synagoge, Schule und Wohnheim, wo die Frischbekehrten den letzten orthodoxen Schliff erhielten. Mirav hatte eine Abendklasse, und wie immer beschloss Gesang den Unterricht. Wir warteten draußen. Nie werde ich diese Stimme vergessen und diese weite Melodiegirlande, mit der sie ihre eher wackligen als wackeren Mitsängerinnen über alle Tonart- und Rhythmuswechsel hinweg zur Verherrlichung Gottes führte. Eine frohe Verherrlichung übrigens, die Gekicher über die eigenen Fehler nicht krummnahm und gerade deswegen Momente der vollkommenen Harmonie kannte. Es war Miravs Stimme, natürlich.

Als die Stunde zu Ende war, stellte uns Wendy vor, und Mirav führte uns in einen Gemeinschaftsraum. Dort roch es nach alten Büchern und ebenso altem Kaffee auf Warmhalteplatte. An den Wänden jüdische Volkskunst, Bilder von siebenarmigen Leuchtern, Dreideln, Torarollen mit bunten kindlichen Lettern, fröhlich hingemalte Szenen aus dem jüdischen Leben, Feste, Tänze, Gebetsmäntel, die wohl nur im mächtigen Odem Gottes so dramatisch flattern konnten. Mich beeindruckte vor allem die große Arche aus Buntpapier, auf der alle möglichen Tiere Platz gefunden hatten (sogar ein Drache) und die friedlich über eine karibikblaue See schipperte.

Mirav trug ein seidenes Kopftuch mit Paisley-Muster und einen langen schwarzen Rock. Erst sprach sie sehr ernst und offen mit uns, bis dann doch ihre Lebenslust durchbrach. Auf mich machte sie den Eindruck eines glücklichen Menschen, jemand, der gern lachte, obwohl er wusste, welche Katastrophen die Welt bereithielt. Solche Menschen berühren mich immer, und so mochte ich sie auf Anhieb, obwohl ich sie gar nicht kannte.

»Kann ich Ihnen einen Kaffee anbieten?«, fragte sie, als wir uns setzten.

Darauf verzichteten wir.

»Wir sind Ihnen aber dankbar dafür, dass Sie bereit sind, mit uns zu sprechen«, sagte Stuart. »Mir ist bewusst, dass Sie dies schon einmal für Mr. Mercer getan haben, aber Paul und ich benötigen diese Information auch.«

»Kein Problem«, sagte sie. »Das mache ich doch gern.«

Mit diesen Worten führte sie uns zurück ins Jahr 1979.

Ihr Onkel besaß einen kleinen Lebensmittelladen in Los Angeles, nicht weit vom Haus ihrer Eltern. Nachmittags ging sie oft dorthin, um Sachen für ihre Mutter abzuholen. Eines Tages wurde sie auf dem Rückweg von Grant Arthur angesprochen, der anbot, ihr die Einkaufstasche zu tragen. Er war nach der Mode der Zeit gekleidet, Schlaghosen und ein Hemd, das sich so nur ein John Travolta ausgesucht hätte. Er fragte, ob sie Jüdin sei, was sie bejahte. Er fragte, wie man als Jude so lebte, wo Juden zur Kirche gingen und ob es nicht schade sei, dass man als Jude kein Weihnachten hatte. Sie sagte, ihr Vater sei Rabbi im Tempel Shalom B'nai Israel, und das mit Weihnachten hätte sie nur als Kind ein bisschen gestört. Er fragte auch, warum Juden nicht dieselben Sachen äßen wie Christen. Was aßen Juden überhaupt?

»Anfangs dachte ich, er will sich über mich lustig machen«, sagte Mirav. »Aber das war gar nicht der Fall. Er war nur unendlich naiv in seiner Unschuld. Aber er war interessiert.«

Als sie das nächste Mal aus dem Lebensmittelladen ihres Onkels kam, wartete er schon auf sie. Mirav hatte ohnehin den Verdacht, dass er sie beobachtete, nur wusste sie nicht, wo und wie. Grant Arthur erzählte, er habe einen Rabbi gefunden, Rabbi Youklus von Anshe Emes, der sich bereit erklärt hatte, seinen Übertritt zum Judentum zu begleiten. Rabbi Youklus sollte ihm alles beibringen, was er wissen musste. Vom Sabbat hatte Grant schon gehört, das war der jüdische Sonntag, der aber samstags war und insofern ein großer Unterschied zum Christentum, wo man sonntags zur Kirche ging und am Abend zuvor auch kein opulentes Mahl auftrug, falls nicht irgendwo eine Dinnerparty oder ein Wohltätigkeitsessen stattfand. Aber Rabbi Youklus hatte versprochen, ihn zum nächsten Sabbat einzuladen. Wusste sie, was die Hausfrau beim Kerzensegen sagen musste? Und kannte sie all die anderen Lieder und Segnungen? Er, Grant, jedenfalls, war an all den »Riten, Gebeten und so« brennend interessiert, die Juden gemeinhin abhielten. Er konnte es kaum erwarten zu erleben, wie im Haus eines Rabbi Sabbat gefeiert wurde. Sie hörte ihn gern so reden. Er brachte Leben in ihren Alltag und vermittelte ihr erstmals das Gefühl, etwas Besonderes zu sein. Sie war siebzehn.

»Dass es primär gar nicht um mich ging, darauf kam ich überhaupt nicht«, sagte sie und sah mich dabei an. »Ich war wohl eher nur die Muse für sein höheres Interesse am Judentum. Wobei ich dahingestellt lasse, ob ich ihn am Ende wirklich inspiriert oder ganz… meschugge gemacht habe!« Sie lachte laut auf und wandte sich an Stuart. »Aber ist es nicht so, wenn man sich verliebt? Macht man den anderen nicht völlig meschugge?« Worauf Stuart auf eine Art lächelte, die ich bei ihm noch nie gesehen hatte. Mir schien, als wüsste auch er nur zu genau, wie meschugge man dabei werden konnte. »Trotzdem glaube ich nicht, dass das Judentum nur das Ticket war, mit dem er bequem an mich herankam. Oder dass ich umgekehrt eine nützliche Rolle bei seiner Gralssuche spielte. Ich glaube, es war viel einfacher: Er sah mich und hat sich in mich verliebt. Andererseits war er auch nicht zufällig in unserer Gegend. Er wollte Jude werden, so viel war klar.«

»Aber das weiß ich doch alles«, sagte ich. »Er selbst hat es mir gesagt.«

Mirav blickte von mir zu Stuart. »Soll ich weiterreden?«

»Bitte«, sagte er.

Dass er Mirav vom Laden des Onkels nach Hause begleitete, wurde bald zur Gewohnheit, und einmal machten sie sogar einen Umweg, damit sie länger reden konnten. Er sagte, es sei zum Verzweifeln mit dem Judentum, weil man so viel wissen musste. Man musste die Bibel kennen und den Talmud. Und die Gebote, Hunderte von Geboten und Gebeten und Segensformeln. Man musste die Geschichte kennen. Und wenn man es richtig machen wollte, musste man auch Hebräisch können. Bisher war er davon ausgegangen, Hebräisch sei bloß die Sprache der Bibel, also letztlich eine tote Sprache, aber vom Rabbi hatte er erfahren, das moderne Hebräisch sei Amtssprache des Staates Israel und letztlich *die* Sprache der Juden. Nicht zu vergessen Jiddisch. Er fragte Mirav, ob sie Jiddisch könne und wo der Unterschied zwischen Jiddisch und Hebräisch liege.

»Es sind zwei völlig verschiedene Sprachen«, sagte sie.

»Siehst du, was habe ich gesagt? Man muss gleich zwei Sprachen lernen *und* das Alte Testament lesen *und* sämtliche Feiertage kennen *und* wissen, woher sie kommen und warum sie so wichtig sind, das ist eine Menge.«

»Jiddisch musst du nicht unbedingt können«, sagte sie.

»Nein, das geht schon. Ich lerne Jiddisch.« Er deutete auf einen Bungalow an der Ecke. »Da wohne ich«, sagte er.

Das Haus stand leicht erhöht auf einem kleinen Rasenstück. Vor den Fenstern blühten Azaleen. Zwischen Tulpenrabatten führte ein Natursteinweg zum Eingang. Es war nicht gerade die typische Studentenunterkunft.

»Wohnst du noch bei deinen Eltern?«, fragte sie.

»Nein.«

»Wohnt sonst noch jemand hier?«

»Nein«, sagte er. »Nur ich.«

»Wie alt bist du eigentlich?«

»Neunzehn«, sagte er.

Erst nach drei Monaten brachte sie den Mut auf, an dieser Tür zu schellen. Aber da hing schon eine Mesusa am Türpfosten. In der Zwischenzeit wurden die Umwege länger und die Blicke ihrer Mutter misstrauischer, denn sie kam immer später nach Hause. Natürlich sagte sie darüber kein Wort zu ihr, sie wusste, dass sie sich für ihre Tochter einen anderen Jungen vorgestellt hatte. Auch ihr Vater würde nur jemandem den Segen geben, der südlich von West Hollywood, aber oberhalb des Wilshire Boulevard geboren war, falls er nicht gleich aus einem Kibbuz am See Genezareth kam. Allerdings waren ihre Cousinen eingeweiht, und deren geschickte Alibis halfen, die Sache länger geheim zu halten, als jeder gedacht hätte.

»Wir waren eine enge Gemeinschaft, wo jeder über jeden Bescheid wusste«, sagte sie. »Eng bis zur Engstirnigkeit. Also eher eine geschlossene Gesellschaft. Aber schauen Sie mich an«, lachte sie. »Ich komme offenbar nicht davon los.« Sie lachte erneut. »Trotzdem war damals alles anders. Man darf nicht vergessen, die Zeiten waren ganz andere. Die alte Generation der Schtetl-Juden lebte ja noch, und für die John Travoltas dieser Welt war dort kein Platz. Es gab den Grundsatz ›Einmal ein Goi, immer ein Goi‹, was wir heute, sogar hier in Crown Heights, etwas anders sehen. Sie wussten nicht, was sie von Konvertiten halten sollten, entsprechend groß war das Misstrauen.«

Aber Grant lernte. Irgendwann nannte er die Dinge auch bei ihrem richtigen Namen, sagte zum Beispiel Tempel, nicht Kirche, und Tora, nicht Altes Testament. Er tauschte seine poppige Freizeitkleidung gegen einen schlichten schwarzen Anzug mit Weste und ließ sich einen Bart wachsen. Er trug Kippa und später den Tallit. Nach der Highschool arbeitete sie bei ihrem Onkel, machte die Buchhaltung für das Geschäft, während er seine Tage dem Studium der Tora samt Kommentaren widmete. Und er lernte schnell. Eines Tages begrüßte er sie auf Hebräisch. Er studierte inzwischen bei Rabbi Repulski vom Tempel Elohim, der ihm besser gefiel als Rabbi Youklus und ihm von Israel erzählte. Grant war fasziniert von diesem Land, wollte es so bald wie möglich besuchen und sogar dort leben. Es ging fast über seinen Verstand, wie schnell sich diese Nation, quasi aus dem Nichts, erschaffen hatte. Aber das bleibt wohl nicht aus, meinte er, wenn man gerade sechs Millionen Menschen im Holocaust verloren hat.

Grant sagte: »Das ist so, als begegne man auf dem Highway einem Lkw mit dem Warnschild ›Schwertransport‹ – und traut erst mal seinen Augen nicht. Denn hinten auf dem Auflieger befindet sich ein ganzes Haus, und mit diesem Haus fahren sie durch die Landschaft. Nichts anderes ist Israel, ein Haus auf dem Highway.«

»Ich selber habe so etwas nie gesehen«, sagte sie, denn sie war in ihrem Leben noch nie auf einem Highway gewesen.

Ein paar Tage und etliche Bücher später kam er zu ihr und sagte: »Wusstest du, dass Israels Staatsgründung gar nicht auf den Holocaust zurückgeht, sondern schon viel länger diskutiert wurde? Und das auch nicht von einer religiösen Bewegung, sondern von säkularen Juden, Intellektuellen, die die Notwendigkeit eines eigenen Staates erkannt hatten. Weißt du, was Haskala ist? Obwohl selber Intellektuelle, wussten sie, dass jüdische Säkularisierung letztlich den Untergang des Judentums bedeuten würde. Männer wie Moses Hess, Leo Pinsker und Theodor Herzl waren die Vordenker dieses Staates.«

Den Namen Herzl hatte sie schon gehört, aber die anderen kannte sie nicht. Siebzehn Jahre hatte sie unter der geistigen Obhut von Osher Mendelsohn verbracht, aber Grant Arthur wusste bereits nach wenigen Monaten mehr als sie.

»Es ließ sich nicht leugnen«, sagte sie zu uns dreißig Jahre später in diesem Gemeinschaftsraum, »der Mann war brillant. Ein halbes Jahr später sprach er fließend Hebräisch. Ich fand das unglaublich, aber er meinte nur: ›Wenn ein Ben-Jehuda in einem Jahr eine Sprache neu erfinden kann, kann ich sie wohl in einem halben Jahr lernen.‹ Bis dahin war er erst bei einer einzigen Sabbatfeier zugegen gewesen.«

Natürlich konnte sie ihn nicht ins Haus ihrer Eltern einladen, geschweige denn ihn ihren Eltern vorstellen. Ganz gleich, wie intensiv er die Tora studierte oder wie gut er Hebräisch konnte, er würde nie ein echter Jude sein. Liberale Gemeinden ohne Geschlechtertrennung in der Synagoge mochten sich eines Konvertiten annehmen, aber Osher Mendelsohn entstammte einer Generation, in der der Gegensatz zwischen Nichtjuden und Juden unüberbrückbar war und die den europäischen Wahnsinn nie vergessen würde. Nach Meinung von Osher Mendelsohn, Rabbi am Tempel Shalom B'Nai Israel, konnte Grant Arthur schon deshalb nie Jude werden, weil er nicht als Jude geboren war.

Eines Tages sagte Grant Arthur zu ihr: »Ich will Rabbi werden.«

Inzwischen war sie sogar schon in seinem Haus gewesen, hatte – vom Flur aus – das Schlafzimmer gesehen, dessen ganze Einrichtung aus einer Matratze auf dem Boden bestand. Eine Matratze mit einem Laken darauf, dem einzigen übrigens. In einem Zimmer stand ein einsamer Gartenstuhl, in einem anderen ein Sitzsack. Geschirr war vorhanden, aber nur in nicht zueinander passenden Einzelstücken. Schränke und Kommoden waren leer. Sie konnte sich nur schwer an den Gedanken gewöhnen, dass ein Mensch ihres Alters so lebte, nicht nur ohne Mobiliar, sondern auch ohne jeglichen Anhang, der den ganzen Tag lang die Küche bevölkerte. Das Missverhältnis zwischen seinem erwachsenen Lebensstil mit eigenem Haus und der vollkommenen Unfähigkeit, dieses Haus auch wohnlich zu machen, konnte ihr in unbewachten Momenten die Tränen in die Augen treiben. Es war also an ihr, ihn heimlich mit dem Nötigsten zu versorgen, zunächst ein paar Gardinen, dann eine Menora für den Kaminsims, eine Bettdecke, eine Schüssel, zwei gleiche Weingläser. Hier wiederum kamen *ihm* die Tränen, und er küsste sie. Er sei eben nie geliebt worden, sagte er. Sie hätte gern mehr erfahren, aber für ihn war damit alles gesagt: Er war nie geliebt worden. Sie fing an zu weinen und küsste ihn ebenfalls. Und später, wenn sie ging, ihn in diesem Haus allein ließ, das kein Zuhause war, sondern nur eine Reihe leerer Zimmer, eine Klause mit Büchern, nahm sie den Rhythmus seines Atems mit sich. Bisher war sie noch keinem Menschen körperlich näher gewesen als ihm, und jetzt war ihr, als atme dieser Mensch aus ihr.

Es blieb auch weiterhin ein leeres Haus. Doch eines Tages hing ein kunstvoll gerahmtes Bild an der Wand. Es war ein Chagall. Darauf zu sehen: eine Kuh, eine Fiedel, Ziegenköpfe vor dunkelblauem Himmel, ein Mond mit Korona und eine Ansammlung verbogener, schiefer Häuser, ein umgefallener Stuhl, eine zusammengekauerte Frau auf einer Wolke. Sie hatte keine Ahnung von Malerei, aber den Namen Marc Chagall kannte sie von ihrem Vater. Sie wusste auch, dass solche Chagalls normalerweise im Museum hingen.

»Was macht das Bild hier?«, fragte sie.

»Gefällt es dir?«

»Ist es echt?«

»Natürlich ist es echt.«

»Woher hast du es? Was kostet denn so etwas?«

»Es ist von meiner Großmutter«, sagte er. »Na ja, nicht direkt, meine Großmutter ist tot. Aber sie hat mir etwas Geld hinterlassen. Davon habe ich es gekauft. Meinst du, deinem Vater gefällt es?«

Für Mirav war der Chagall ein Schock. Da lebte jemand in einem leeren Haus mit ein paar lieblosen Sachen im Gesamtwert von fünfzig Dollar, und plötzlich hing dieses unbezahlbare

Meisterwerk an der Wand. Dass Grant Arthur irgendwie anders war, wusste sie, nicht aber, dass er über Mittel in dieser absurden Höhe verfügte. Angeblich war sein Vater Anwalt in Manhattan und seine Mutter eine Society-Berühmtheit. Mit beiden hatte er seit einem Jahr kein Wort mehr gewechselt.

»Zu dieser Zeit begeisterte er sich für jüdische Geschichte«, sagte sie. »Das Schtetl, das Leben im russischen Ansiedlungsrayon, Kosaken und Tartaren. Dies alles berührte ihn auf eine Weise, die ich ehrlich gesagt nicht nachvollziehen konnte. Er aber war erschüttert und fasziniert zugleich, er empfand tiefes Mitleid mit den Verfolgten, aber er verklärte ihre Geschichte auch – als hätte sie etwas in ihm angestoßen. Deswegen hatte er auch den Chagall gekauft, glaube ich.«

Und natürlich auch, um bei ihrem Vater Eindruck zu machen. Er hatte bereits mit Rabbi Blomberg von Yad Avraham über das Rabbinerseminar gesprochen. Er aß nur koscher, hielt den Sabbat und die 613 Mitzwot, die für praktizierende Juden galten. Er glaubte tatsächlich, dass seine Bekehrung zum Judentum und seine intensiven Bemühungen, zu denen nicht zuletzt der Chagall zählte, den Mann zufriedenstellen würden, den er sich als künftigen Schwiegervater ausgesucht hatte. Es mochte ja sein, dass er nicht als Jude geboren war, aber selbst nach orthodoxer Gesetzesauslegung war ein Konvertit in den Augen Gottes einem Juden gleichgestellt.

»Es spielt keine Rolle, was im Gesetz steht«, sagte ihm Mirav. »Es ist auch egal, wie Gott die Sache sieht. Er wird unserer Hochzeit nicht zustimmen.«

Sie saßen an einem Ende des Esstischs aus Kirschbaum, der erst einige Tage zuvor geliefert worden war, ein Tisch, an dem sechzehn Personen Platz gefunden hätten. Auf diesem Tisch stand nicht nur die Menora, sondern auf ihm ruhten auch all seine Hoffnungen bezüglich künftiger Sedertafeln, die er mit seiner Frau im Kreise seiner Höflinge abzuhalten gedachte.

»Vor Gott und dem israelischen Staat wäre ich also ein vollgültiger Jude, nur für Rabbi Mendelsohn, Vater von Mirav, bin ich immer noch der Goi und werde auch als Goi sterben? Das ergibt keinen Sinn. Kennt er die Halacha nicht, oder will er sie nicht kennen?«

»Ach was, Halacha! Du hast mir nicht zugehört, Grant. Es geht nicht um Rechtsfragen. Du willst seine Tochter heiraten, *seine Tochter*! Die kann er nur einem Juden geben. Und wenn du ihm mit der Halacha kommst, kommt er dir garantiert mit der Mitzwa, die Mischehen mit Nichtjuden verbietet, das schwöre ich dir.«

»Aber ich bin kein Nichtjude mehr«, sagte er.

»Bevor das Beth Din nicht seinen Stempel daruntergesetzt hat, bist du Nichtjude«, sagte sie.

Ein Jahr ging es nun schon so. Er war zwar kein Jude, aber er trug einen Bart wie ein Ultrafrommer, bedeckte sein Haupt, wo immer er ging, und hatte auch schon die Beschneidung hinter sich. Vor allem redete er wie einer, der sein bisheriges Leben allein der höheren Sache gewidmet hatte.

»Es spielt also keine Rolle«, sagte er ruhig, »dass ich all das aus freien Stücken auf mich genommen habe und bereitwillig befolge? Es spielt keine Rolle, dass ich nichts und niemanden mehr liebe als die Juden, dass ich nirgendwo lieber bin als in der Synagoge und dass ich zum Judentum kam, weil ich darin so viel Weisheit und Schönheit erkannte, dass ich bis zum Ende meiner Tage danach leben will? Es spielt auch keine Rolle, dass ich zahlreiche neue Juden auf die Welt bringen will, allesamt seine Enkel, die ich traditionell erziehen werde? Trotz all dieser Vorleistungen soll ich mir von deinem Vater sagen lassen, irgendein dahergelaufener Nullachtfünfzehn-Jude sei besser für dich, nur weil ich kein geborener Jude bin?«

»Hast du mal einen Blick auf die Leute geworfen, vor denen er in der Synagoge spricht?«, fragte sie. »Ein paar von ihnen sind nur knapp vor dem Einmarsch der Nazis aus Europa entkommen, einer war sogar in einem Konzentrationslager. Diese Leute können nicht vergessen, wie ihre Dörfer verwüstet wurden, nur weil sie Juden waren. Mein Vater kommt aus Kiew …«

»Ich weiß, dass er aus Kiew ist.«

»Aber weißt du auch, was seinem Vater, was seinem Onkel angetan wurde? Was er als kleiner Junge mit ansehen musste? Ich weiß, dass du dich mit unserer Geschichte befasst hast, Grant, aber diese Leute, diese Leute haben sie am eigenen Leib erfahren.«

»Und das disqualifiziert mich jetzt für alle Zeiten?«

»Ja. In den Augen meines Vaters und der Männer in seiner Gemeinde tut es genau das.«

»Und in deinen Augen?«

»In meinen Augen nicht«, sagte sie. »Wir gehen nach Israel, dort können wir unsere Kinder großziehen.«

»Und deine Familie hier willst du nie wiedersehen?«

»Was macht das, wenn wir unsere eigene Familie haben?«

»Nun ja, es hieße keine Besuche zu Hause mehr, keinen Sabbat, kein Sederessen, keine Ferien mit deinen Onkeln und Tanten, kein Platz für mich in Shalom B'nai Israel.«

»Ich kenne ihn«, sagte sie. »Er wird nein sagen.«

»Und wofür habe ich dann das alles gemacht?«, fragte er. »Wenn wir genau darauf verzichten müssen?«

Sie wusste nicht so recht, was er meinte. Fürchtete er, dass sie ihre Familie verlieren könnte oder dass diese Familie nun für ihn verloren war? Aber wie konnte er etwas verlieren, das er nie besessen, nicht einmal gekannt hatte, wenn man von ihren zwei Cousinen, den Mitwisserinnen, absah?

Eines Nachmittags dann stand Rabbi Mendelsohn vor der Tür, klingelte und begehrte seine Tochter zu sehen.

Das kam nicht ganz unerwartet, dennoch war keiner von ihnen für die Konfrontation bereit. Rabbi Mendelsohn bat

Mirav, ihm den jungen Mann vorzustellen, der ihm die Tür geöffnet hatte. Darauf fragte er den jungen Mann, ob die Eltern daheim seien.

»Meine Eltern leben in New York, Sir«, sagte er.

»Sie wohnen hier ganz allein?«

Er nickte.

»Darf ich hereinkommen?«

»Bitte.«

Osher Mendelsohn stand in der Diele und lobte das Haus. Das mehr als dürftige Mobiliar und den auffälligen Chagall an der kahlen Wohnzimmerwand kommentierte er nicht. Wortlos verfolgten sie, wie er in das Zimmer mit dem Kamin spähte, den Sitzsack und die Bücher auf dem Boden musterte.

»Haben Sie etwas dagegen, wenn ich mich setze?«, fragte der Rabbi.

»Wollen Sie nur mich sprechen oder darf Mirav dabei sein?«

»Möchtest du dabei sein, junges Fräulein?«

»Wenn du willst, Papa.«

»Ja«, sagte er, »ich glaube, du solltest dabei sein.«

Sie setzten sich an den neuen Esstisch, während Grant Arthur in der Küche verschwand. Er wollte dem Rabbi mehrere Getränke zur Auswahl anbieten, denn so, wie Mirav den Kerzensegen kannte, wusste er, wie man ein guter Gastgeber war – das Vermächtnis seiner Eltern. Doch im Kühlschrank befand sich nur noch ein Rest Milch, daher verschwand er schnell durch die Hintertür und lief zum Laden des Onkels, wo er drei verschiedene Säfte, zwei Sorten Limonade, Tee und Kaffee einkaufte. Leider war bei seiner Flucht die Hintertür ins Schloss gefallen, so dass er schließlich zu beider Überraschung zur Vordertür hereinkam und fragte, was sie gern trinken würden. Offenbar schwiegen sich Mirav und ihr Vater schon seit geraumer Zeit an. Mirav wollte gar nichts, und der Vater bat lediglich um ein Glas Wasser.

»Wenn ich recht informiert bin«, begann der Rabbi, nachdem auch Grant Arthur sich gesetzt hatte, »kennen Sie Rabbi Youklus von Anshe Emes.« Grant Arthur saß am Kopf des Tisches, der extra für die neue Familie angeschafft worden war, der Rabbi zu seiner Rechten, Mirav links.

»Ja, Sir.«

»Rabbi Youklus hat mir erzählt, dass Sie Jude werden wollen.«

»Das stimmt, Sir.«

»Rabbi Youklus meint, Sie seien ein sehr aufgeweckter junger Mann. Vielleicht sogar ein Genie. Jedenfalls haben Sie Eindruck hinterlassen.«

»Ich habe Tag und Nacht gelernt, Sir. Und das soll auch künftig so sein. Ich hoffe, eines Tages dasselbe Niveau zu erreichen wie diejenigen jüdischen Gelehrten, die ich am meisten bewundere, Rabbi Akiba, Spinoza.«

»Ein ehrenwertes Ziel.«

»Ich habe bereits etwas Hebräisch gelernt und studiere täglich sechs Stunden lang die Tora. Und mein Lieblingsdichter ist Heinrich Heine. Er war zwar kein guter Jude, aber er schrieb wunderschöne Gedichte.«

»Wie man hört, haben Sie bereits Ihren Namen geändert, ist das richtig? Ich glaube, Rabbi Blomberg von Yad Avraham sagte so etwas.«

»Ich bin gerade dabei, Rabbi Mendelsohn.«

»Und bei wem studieren Sie jetzt?«

»Bei Rabbi Rotblatt, Sir, vom Tempel Israel.«

»Ach, richtig, ja. Rabbi Rotblatt sagte, dass Sie nach abgeschlossener Konversion das Rabbinerseminar besuchen wollen?«

»Ja, Sir, das ist mein Wunsch. Ich möchte Rabbiner werden, genau wie Sie.«

»Ein ehrenwertes Ziel«, wiederholte der Rabbi, nahm einen

Schluck Wasser und setzte das Glas wieder auf den Tisch. »Einen schönen Tisch haben Sie hier«, sagte er in Betrachtung der Kirschholzplatte.

»Danke, Sir.«

»Und auch das Bild an der Wand ist sehr schön, eine außerordentlich gute Reproduktion.«

»Oh, das ist keine Reproduktion, Sir.«

Der Rabbi ließ seine Augen noch einen Moment auf dem Bild ruhen, ehe er fragte: »Sie wollen also meine Tochter heiraten?«

»Ja, Sir. Das stimmt.«

»Hätten Sie etwas dagegen«, fragte er weiter, »wenn ich Ihnen ein, zwei Fragen zu Ihren Studien stelle? Verstehen Sie mich nicht falsch, das soll kein Verhör sein, wir sind in Ihrem Haus, und ich möchte keinesfalls unhöflich erscheinen. Ich würde mich nur gern persönlich davon überzeugen, was Sie wissen und was nicht. Immerhin möchten sie ja zur Familie gehören.«

»Sie können mich alles fragen«, sagte er.

»Wissen Sie, was ein Seder ist?«

»Als Seder wird der Vorabend von Pessach bezeichnet, wenn wir des Auszugs aus Ägypten gedenken und des Bundes von Gott mit dem Volk Israel.«

»Waren Sie je bei einem Seder?«

»Ich sollte vielleicht hinzufügen, das Wort Seder bedeutet eigentlich ›Ordnung‹, und diese Ordnung, dieses Ritual steht in der Haggada, was wörtlich ›erzählen‹ oder ›berichten‹ bedeutet. Ich war auf Einladung von Rabbi Greenberg erst bei einem einzigen Seder, aber ich muss sagen, es hat mich sehr verändert.«

»Rabbi Greenberg?«

»Vom Tempel Sinai in Long Beach.«

»Rabbi Greenberg kenne ich gar nicht«, sagte der Rabbi.

»Er war so freundlich, mich zu meinem ersten Sederabend

einzuladen. Wie viel mir das bedeutet hat, lässt sich mit Worten kaum beschreiben.«

»Und falls überhaupt, was bedeutet Ihnen Schawuot?«

»Schawuot markiert das Ende des Omer-Zählens, das mit dem Ende des Pessachfests beginnt und neunundvierzig Tage dauert. Es erinnert an den Empfang der zweiten Zehn Gebote und an das Wunder der Tora, womit Gott den Bund mit seinem Auserwählten Volk besiegelte. In diesem Jahr nahm ich zu Schawuot an einer Nachtlesung teil. Damit soll unsere Liebe zur Tora ausgedrückt werden, für mich eines der tiefsten spirituellen Erlebnisse meines Lebens.«

»War das auch bei Rabbi Greenberg?«

»Nein, Sir«, sagte er. »Das war bei Rabbi Maddox.«

»Sie kommen ja ganz schön rum«, sagte der Rabbi.

»Ja, Sir, das kann man sagen.«

Rabbi Mendelsohn lehnte sich zurück. »Nur noch eine Frage hätte ich«, sagte er.

»Bitte schön.«

»Glauben Sie an Gott?«

Mirav wäre nicht im Traum auf die Idee gekommen, ihm so eine Frage zu stellen. Grant Arthur hatte sich zu einem Juden gemacht. Wofür, wenn nicht für Gott?

»Nein, Sir, das tue ich nicht«, antwortete Grant.

»Du glaubst nicht an Gott?«, fragte sie.

»Sie sind also Atheist«, sagte der Rabbi. »Ist das richtig?«

»Haben Sie das von Rabbi Youklus?«

»Unter anderem«, sagte er. »Youklus, Blomberg, Rotblatt, Maddox, Repulski – nicht einer konnte Sie für ein Beth Din empfehlen, da Sie nicht an Gott glauben. Täten Sie es, wären Sie längst Jude und auf dem Weg ins Seminar.«

Dann war er still. Schweigend sahen sie sich an.

Dann sagte Grant: »Sir, wie können Sie noch an Gott glauben, wenn Sie die Geschichte Ihres eigenen Volkes betrachten?«

»Die Geschichte meines Volkes ist ein Ringen um den Bund mit Gott«, sagte der Rabbi. »Denn ohne ihn sind wir nichts.«

»Aber Gott hat Sie erst in diesen Schlamassel gebracht.«

»Ich könnte nicht einmal atmen ohne Gott«, sagte der Rabbi und verlor zum ersten Mal die Beherrschung, die er während der gesamten Unterhaltung bewahrt hatte. Wie kam Grant Arthur dazu, ihm weiszumachen, er stecke in irgendeinem Schlamassel, und schuld daran sei Gott? So erklärte es uns Mirav dreißig Jahre später. Den Rabbi hielt es nicht länger auf seinem Stuhl. »Eines weiß ich gewiss. Sie haben in einer Synagoge nicht das Geringste zu suchen«, sagte er und erhob sich. »Und die Tora machen sie zu einem Witzbuch.«

»Ich bin nicht der einzige ungläubige Jude«, sagte Grant.

»Sie sind überhaupt kein Jude«, sagte Rabbi Mendelsohn. »Und Sie werden auch nie einer.«

Und an seine Tochter gewandt, sagte er, wenn sie nicht in einer Stunde zu Hause sei, so sei sie dort ebenfalls nicht mehr willkommen.

»Es war meine erste Begegnung mit jemandem, der die Existenz Gottes infrage stellte«, sagte uns Mirav drei Jahrzehnte später. »Und das auch noch in Gegenwart meines Vaters. Für mich war das ein Gewaltakt, weit schlimmer, als wenn er ihn geschlagen hätte. Und ich selbst kam mir vor, als hätte er mich Schlampe oder Hure genannt. Sogar noch schlechter, noch schmutziger. Seltsam, nicht? Ich fühlte mich tief beschämt und geradezu entehrt, und trotzdem war ich immer noch verliebt und daher auch verletzt und betrogen und … einfach unendlich verwirrt!«

»Sie sind anschließend aber nach Hause gegangen?«, fragte Stuart.

»Ja, bin ich«, sagte sie. »Kaum hatte er sich als Atheist zu erkennen gegeben, sah ich ihn plötzlich ganz anders. Die Entfremdung kam sofort. Wissen Sie, ich bin schon einmal geschieden, ich weiß, was Entfremdung ist«, sagte sie. »In einer

Ehe braucht es Zeit, bis man sich auseinandergelebt hat, bei Grant war es von jetzt auf gleich. In meiner Welt ist Gott eine Tatsache, eine Gegebenheit des Lebens selbst. Wie will man ein guter Mensch sein, ohne an Gott zu glauben?«

Wider besseres Wissen suchte sie am nächsten Tag in der Mittagspause die Ursache ihrer ganzen Verwirrung auf. Er öffnete ihr äußerlich unverändert. Noch immer trug er Bart und Kippa und glich darin jedem anderen gläubigen Juden. Aber da nichts dahinter war, glich es eher einer albernen Kostümierung, und sie begriff auf einmal, was ihren Vater daran so aufgebracht hatte. Warum hatte er immer noch diese Sachen an? Er hatte kein Recht dazu.

»Bitte komm rein«, sagte er.

»Das geht nicht.«

»Bitte«, sagte er. »Ich habe die schlimmste Nacht meines Lebens hinter mir.«

»Warum bist du noch so angezogen?«

»Wie bin ich denn angezogen?«

»Wie ein Jude.«

»Mirav, bitte«, sagte er und machte die Tür noch weiter auf.

Sie fühlte sich wie Isebel vor dem Hause Satans, ein Fraß für die Hunde, wie geweissagt vom Propheten Elija, bis nur noch die Hände und Füße von ihr übrig sind.

»Ich will nur wissen, warum«, sagte sie. »Warum hast du so getan?«

»Glaubst du wirklich, ich hätte nur so getan?«

»Oder wie willst du es nennen?«

»Hingabe.«

»Hingabe?«, sagte sie. »Hingabe an wen?«

»An dich«, sagte er. »An deinen Vater. An die Juden.«

»Aber die Juden sind Juden, weil sie sich Gott hingeben.«

»Die Juden sind Juden, weil sie sich den Juden hingeben«, sagte er.

»Ich glaube, du bringst da etwas durcheinander«, sagte sie.

»Mirav, hast du überhaupt eine Vorstellung davon, was von mir alles verlangt wird, um Jude zu sein? Ich sage dir, es ist tausendmal mehr, als je von deinem Vater verlangt wurde. So viele Opfer musste ich …«

Da war es auch für ihre Instinkte zu viel, und sie stieß ihn von sich. Er taumelte zurück, fing sich jedoch.

»Er hat Kiew«, sagte er. »Er ist Jude nach dem Geburtsprinzip, er hat den ganzen jüdischen Hintergrund.«

»Und du hast einen Chagall an der Wand! Du kannst alles haben, was du willst!«

»Nicht alles«, sagte er.

Zum ersten Vorfall kam es ein paar Tage darauf gegen Abend, als er sich bei Mendelsohns in den Vorgarten stellte und laut rief: »Rabbi Mendelsohn! Rabbi Mendelsohn, hörst du mich? Gehorche ich nicht Gottes Geboten? Gebe ich nicht den Zehnten? Faste ich nicht? Feiere ich nicht das Wochenfest? Habe ich mich für dich nicht beschneiden lassen? Hebräisch gelernt für dich? Habe ich nicht meinen Namen geändert, mir einen Bart wachsen lassen? Ob er nun ist oder nicht, macht mich das nicht in den Augen Gottes zu einem guten und rechtschaffenen Menschen? Schau aus dem Fenster und sieh, Rabbi! Was siehst du? Was an mir ist kein Jude?«

Aber der Rabbi rief nur die Polizei.

»Warum weist du mich zurück, Rabbi?«, rief er weiter. »Was habe ich getan? Meinst du, du müsstest das Judentum beschützen? *Du* solltest mal Christ sein! Komm raus, Rabbi Mendelsohn, und stell dich neben mich, neben mich, den Christen. Und dann, Rabbi, schau auf die Juden. Schau dir an, wie die Kerzen angehen, sieh das Leuchten in den Gesichtern der Deinen. Und auf die Segenssprüche, die euch alle verbinden. Diese Gemeinschaft, die euch erst zu Juden macht. Dann erst, Rabbi, würdest du das Judentum wirklich lieben.«

Auf der Straße näherten sich Polizeisirenen. Er machte gar nicht den Versuch, wegzulaufen. Die Polizei erteilte ihm eine mündliche Verwarnung und einen Platzverweis.

»Aber warum hast du die Tora studiert?«, fragte sie ihn danach. »Ist das nicht Zeitverschwendung?«

»Meinst du, es bräuchte einen Gott, um die Schönheit der Tora zu erkennen? Glaubst du, ohne Gott löste sich ihre Weisheit in Luft auf?«

»Aber Gott ist in der Tora allgegenwärtig.«

»Allgegenwärtig ist die Güte der Juden«, sagte er. »Allgegenwärtig sind ihre Versuchungen und Torheiten, aber auch ihre Güte, ihre Klugheit, ihr Mitleid. Ihr ewiger Kampf. Ihre Barmherzigkeit. Für nichts davon braucht man einen Gott.«

»Aber Gott gibt ihnen den Impuls dazu.«

»Die innere Größe der Juden gibt den Impuls dazu. Gott selbst verbreitet nur Angst und Schrecken.«

Auf seiner nächsten Mahnwache vor dem Haus des Rabbi bat Grant Arthur zunächst um Verzeihung für alles, was vielleicht Anstoß erregt hatte. »Aber!«, rief er, so dass man ihn durchs offene Fenster klar und deutlich hören konnte. »Aber wo ist er jetzt? Soll er mich doch tot umfallen lassen, wenn ihm mein Tun nicht passt. Wenn ich kein Jude bin, soll mich der Blitz treffen.« Kurze Pause. »Okay, warum hat mich jetzt nicht sein Blitz getroffen? Vielleicht weil ich in seinen Augen doch ein Jude bin? Oder ist er einfach nicht zu Hause? Guckt er wieder nur zu, wenn die Juden von der Hand der Gojim den nächsten Schlag empfangen? Was willst du noch erdulden, ehe du dich von ihm abkehrst, Rabbi Mendelsohn? War William von Norwich nicht genug? Reicht euch eine Inquisition nicht? Die vielen Pogrome, die Gaskammern? Mich soll der Blitz treffen, wenn mir die Antisemiten nicht genauso zuwider sind wie dir. Möge mich Gott erschlagen, wenn ich dich nicht wie einen Bruder liebe. Siehst du denn nicht, warum ich dich liebe, Rabbi? Oder bist du blind dafür, weil du als Jude geboren wurdest?«

Diesmal kam die Polizei zu spät, er war schon weg. Die Beamten versprachen dem Rabbi, das Gespräch mit dem Störer zu suchen. Aber wenn er ganz sichergehen wollte, sollte er über einen Anwalt auf Unterlassung klagen.

»Dein ganzes Leben lang hat man dir den Glauben eingetrichtert«, sagte Grant zu Mirav. »Dein Vater ist Rabbi, ein frommer Mann. Du gehst zum Gottesdienst. Nur echtes Wissen hielt man in deinem Fall für entbehrlich. Man hat dir gesagt, du sollst den Herrn, deinen Gott, fürchten, lieben, achten und ihm gehorchen. Es überrascht mich nicht, dass du mich ansiehst wie einen Fremden oder wie ein verabscheuungswürdiges Monstrum.«

»Ich verabscheue dich überhaupt nicht«, sagte sie. »Sonst wäre ich gar nicht hier, oder?«

»Ich wette, du bist in zehn Minuten wieder weg.«

»Immerhin bin ich gekommen.«

»Und küssen willst du mich auch nicht mehr.«

»Ich kann dich nicht küssen, weil ich dich nicht mehr begreife«, sagte sie.

»Was ist daran so schwer zu begreifen?«, sagte er. »Gott ist ein Relikt der Vorzeit, das du nicht mehr brauchst.«

»Das sagst du. Aber was heißt das?«

»Wozu brauchst du Gott, wenn du das Judentum hast? Warum verdirbst du etwas so Schönes mit Gott?«

»Aber ohne ihn gäbe es gar kein Judentum!«

»Kennst du den wahren Grund hinter dem Schofarblasen?«, fragte er.

Sie hasste seine kryptischen Fragen.

»Na ja«, antwortete sie, »der Schofar wird zu hohen Feiertagen wie Rosch ha-Schana und Jom Kippur geblasen. Damit sich die Seele sammeln kann …«

»Nein«, sagte er. »Du lebst im Los Angeles des einundzwanzigsten Jahrhunderts. Dennoch hat das Schofarblasen im Los Angeles des einundzwanzigsten Jahrhunderts noch dieselbe Bedeutung wie damals in Gezer oder Dibon, zur Zeit des Ersten Tempels. Das ist der wahre Sinn der Schofar: die Juden von Los Angeles mit den Juden von Gezer zu verbinden. Es geht um die Menschen, nicht um Gott.«

»Nein«, sagte sie. »Das stimmt so nicht.«

»Aber warum sind Sie überhaupt noch zu ihm gegangen?«, fragte Stuart sie im Gemeinschaftsraum.

»Ich weiß nicht«, sagte sie. »Irgendetwas trieb mich zu ihm. Ich liebte ihn ja noch. Schön, er hatte mich belogen. Oder freundlicher ausgedrückt: Er hatte mir etwas vorgemacht. Aber ich wollte eben wissen, warum. Ich hatte etwas Angst vor ihm, aber ich hörte ihm gern zu. Alles, was er sagte, klang aufregend. Und jetzt, da er offen sprechen konnte, hatte er sogar noch mehr zu sagen. Ich war jung und naiv. Und nicht selten erschrocken über seine Äußerungen. Aber irgendwann war ich so weit und fragte mich selber: War es wirklich nötig, dass derjenige, den ich liebte, unbedingt auch an Gott glaubte? Warum? Nur weil ich es tat? Glaubte ich überhaupt an Gott? Was glaubte ich überhaupt? Oder reichte es schon, dass er Jude war? War er Jude? Er war anders, so viel stand fest. Und zu allem entschlossen. Er wollte mich, und ich ließ mich verführen. Ich war so behütet aufgewachsen und merkte nun, dass ich Menschen mochte, die frei entscheiden, frei handeln konnten. Warum also ging ich zu ihm?«, sagte sie. »Weil er wusste, wie man mich dazu kriegte.«

Sie arbeitete, genau wie ihre zwei Cousinen, nach wie vor bei ihrem Onkel, machte die Buchführung in seinem Lebensmittelladen. Eines Tages kam ihr Vater ins Büro, und die Cousinen standen sofort auf und verdrückten sich stumm. Schließlich ging auch ihr Onkel. Ihr Vater setzte sich auf einen Stuhl in der Mitte des Raums und sah sie lange an. Als er endlich sprach, war seine Stimme so laut, dass die anderen vor der Tür alles mitbekamen.

»Also: Du hast aus seinem eigenen Munde gehört, dass er nicht an Gott glaubt, und trotzdem gehst du noch zu ihm?« Er ließ die Frage im stillen Raum wirken. »Er kommt zu unserem Haus, stört unseren Frieden, stellt uns bloß, bedroht uns, als wären wir noch in einem Ghetto wie vor hundert Jahren, und du hast nichts Besseres zu tun, als noch mehr Schande über dich und deine Familie zu bringen?«

»So leicht ist das nicht, Papa.«

»Du gibst dich einem Mann hin, bevor du verheiratet bist?«

»Nein, Papa, wir haben nie …«

»Du gibst dich einem gottlosen Menschen hin, der nicht dein Ehemann ist«, sagte er. »Und du besuchst ihn sogar weiter, obwohl du weißt, was er für einer ist und was für Ansichten er hat? Sag mir, wer ist er, wenn nicht der leibhaftige Satan, der sich als Jude verkleidet hat?«

»Er ist nur verwirrt, Papa. Er weiß nicht weiter.«

»Er ist ein Schwindler, Mirav, wann erkennst du das endlich?« Er stand auf. »Du musst dich entscheiden«, sagte er. »Zwischen diesem Schwindler und deiner Familie.« Mit diesen Worten verließ er den Raum, und ein paar Minuten später klapperten wieder die Schreibmaschinen.

Sein dritter und letzter Besuch fand an einem Freitagabend nach dem Synagogengottesdienst statt. Die Mendelsohns waren schon bei Tisch, als sich von draußen abermals Grant Arthur bemerkbar machte. »Ich will dazugehören«, brüllte er. »Ich will auch zu den Erwählten zählen. Ich will mit den Mendelsohns das Brot brechen. Lass mich ein in dein Haus, Rabbi. Schenke mir deine Traditionen, und ich werde sie ins nächste Jahrhundert führen. Lass mich teilhaben an deinen Reichtümern, und ich werde sie beschützen mein Leben lang. Ihr Juden!«, rief er.

»Wie Gott euch beschenkt hat! Mit euren Frauen und Töchtern, mit euren Vätern und Söhnen! Gesegnet seid ihr mit Leben!« Während Rabbi Mendelsohn die Polizei rief, schauten die anderen aus dem Fenster und verfolgten das verstörende Schauspiel. Mirav sah, dass er den Chagall angeschleppt hatte. »Lasst mich die Challot kaufen! Lasst mich hinzutreten zu eurem Minjan! Lasst mich aus der Schrift lesen! Lasst mich ein! Oder wollt ihr mich verbannen um meiner zufälligen Geburt willen? Für andere war dies immer ein Grund, euch zu knechten und zu morden. Meine Geburt ist nichts als ein Zufall. Ich kann nichts dafür. Ich liebe die Juden!« In dem Stil ging es weiter, bis die Polizei erschien. Er hielt noch den Chagall in die Höhe und rief: »Das habe ich für dich gekauft, Rabbi Mendelsohn«, und lehnte das Bild vorsichtig an einen Baum. »Mir ist nicht entgangen, wie du dieses Bild bewundert hast.« Dann waren die Cops da und legten ihm Handschellen an, da er gegen die Unterlassungsverfügung verstoßen hatte, die ihm erst zwei Tage zuvor zugestellt worden war.

Während seiner fünfmonatigen Bewährungsstrafe wohnte Mirav bei ihm im Bungalow. Sie schmiss den Haushalt, kaufte ein, stattete die Zimmer mit dem Notwendigsten aus. Am Freitag, also nicht am Sabbat selbst, gingen sie in den Gottesdienst. Er hatte eine Ausnahmegenehmigung für eine Synagoge im San Fernando Valley. Dann kehrten sie in ihren Bungalow zurück, segneten einander, zelebrierten den Beginn des Sabbat mit einem Mahl und sangen anschließend Lieder aus dem Siddur.

Aber leicht war es nie, wie Mirav uns im Gemeinschaftsraum gestand. Eigentlich stand die Verbindung von Anfang an unter einem schlechten Stern.

Mit Logik, Überredung und mit seiner schieren Überlegenheit säte Grant in ihr den Zweifel an Gott. Und unter Hinzuziehung weiterer Argumente, dem Appell an ihren gesunden Menschenverstand, gepaart mit intellektueller Knebelung, demonstrierte er ihr in einem nächsten Schritt, wie brüchig ihr Glaube war. Die Menschheitsgeschichte diente ihm in erster Linie dazu, die Torheit ihres Gottesglaubens aufzuzeigen. Sieh dir diese ununterbrochene Kette von Gräueln doch an, befahl er. Hier ist die kritische Masse einer göttlichen Gegenwart aber deutlich unterschritten, meinst du nicht? Stück für Stück zerstörte er auf diese Weise zwanzig Jahre religiöser Weisheitslehre.

Aber ohne Gott gab es für sie noch weniger Grund zur Heimkehr. Einmal erwacht, kehrt man nicht zu Traum und Aberglauben zurück, sondern richtet sich in der kompromisslosen Realität ein. Doch es geschieht nie ohne Bitternis, und Bitternis verwandelt sich irgendwann in Verachtung.

»Ich habe meine Familie scheußlich behandelt«, sagte Mirav dreißig Jahre später. »Okay, sie mögen mich ebenso scheußlich behandelt haben, aber immerhin entsprach ihr Verhalten dem Brauch und kam also nicht unerwartet. Das mag keine Entschuldigung sein, aber vielleicht eine Erklärung. Für mein Verhalten ihnen gegenüber gibt es hingegen keine Erklärung.«

Ihre Säkularisierung vollzog sich rasch und brutal, und so war es nur eine Frage der Zeit, bis sich ihr Skeptizismus auch auf die äußere Ordnung ausdehnte, die seit Urzeiten für Juden bestimmend war. Warum sollte sie weiterhin lange Röcke tragen oder ihr Haar bedecken oder zum Gottesdienst gehen oder den Kerzensegen sprechen, die Lieder singen? In ihren Augen waren das nur noch leere Gesten von zunehmender Absurdität. Und wenn sie alles einstellte, was sie mit ihrer Vergangenheit verband, dann war es Grants Werk, er selbst hatte sie dahin gebracht, dass sie in diesen Riten weder Sinn noch Lohn fand. Nur hatte das nicht zu seinem Plan gehört. Als sie sich plötzlich nicht mehr züchtig anzog oder mit ihm nicht mehr in die Synagoge ging und auch nichts für das Sedermahl vorbereitete, fragte er sie: »Warum tust du uns das an?«

»Was tue ich denn? Ich tue nichts, das ist es ja.«

»Aber du hast Verpflichtungen.«

»Wem gegenüber habe ich Verpflichtungen?«

»Mir gegenüber«, sagte er. »Den anderen gegenüber.«

»Welchen anderen? Ich sehe hier keine anderen.«

»Du bist Jüdin«, rief er. »Du hast Verpflichtungen den Juden gegenüber!«

»Was macht mich auf einmal zur Jüdin?«

»Du bist als Jüdin geboren!«

»Genau, aber jetzt bin ich erwachsen«, sagte sie. »Also erkläre mir bitte, was mich jetzt noch zur Jüdin macht.«

Es war beileibe keine rhetorische Frage. War er als Atheist zum Judentum gekommen, weil die Gemeinschaft der Juden, ihre Rituale und Bräuche sein trostloses junges Leben bereicherten, so landete sie im Atheismus, um nichts mehr von dem vorzufinden, womit sie aufgewachsen war. Wo es früher feste Strukturen gab, gab es Haltlosigkeit, wo Regeln existierten, war jetzt grenzenlose Freiheit. Natürlich wusste sie noch, warum sie Jüdin war. Weil sie eine jüdische Mutter hatte. Aber ohne Gott bedeutete das Judentum in ihrem Leben nichts mehr.

Und wenn sie sich selbst nicht als Jüdin betrachtete, dann wusste sie noch weniger, warum *er* Jude sein sollte. Ein Jahr später sah sie ihn an, wie er mit Kippa, Tallit und Tefillin kopfnickend in der Tora las. Eigentlich ein gewohnter Anblick und das Selbstverständlichste von der Welt und so unhinterfragbar, dass sie es bisher kaum wahrgenommen hatte. Doch an diesem Tag war sie nur noch sprachlos. Wie bizarr, dieser nichtgläubige Nichtjude, versenkt im frommen jüdischen Gebet.

»Was machst du da? Was soll das?«, fragte sie voller Verachtung.

»Ich bete«, lautete die Antwort.

»Aber warum?«

Er ignorierte sie, das konnte er nämlich. Und sie war nie in der Lage, ihn auf dieselbe Weise in die Enge zu treiben wie er sie.

Er ließ sie einfach nicht. Trotzdem war ihr klar, dass er kein Jude war. Es gab überhaupt kein Wort für das, was er war, höchstens ein sprachliches Unding wie »jüdischistisch« oder dergleichen. Und weil er so jüdischistisch war, konnte er über vieles nicht mehr reden. Einsamkeit, Entfremdung, die verlorene Familie waren in diesem jüdischistischen Bunker einfach kein Thema. Es war abgehakt und erledigt, denn er hatte sich eine Kippa aufgesetzt und tat wie neugeboren. Ihr Vater hatte recht, auch wenn sie quasi aus der Gegenrichtung zur selben Erkenntnis gelangt war. Er war nichts weiter als ein Schwindler.

»Und als solcher stand er selber gehörig unter Druck. Man könnte fast sagen, er war ein verzweifelter Schwindler«, sagte Mirav.

»Hat Grant Arthur mit Ihnen jemals über den biblischen Volksstamm der Amalekiter gesprochen?«, fragte Wendy.

»Ja.«

»Auch über sogenannte Ulms?«

»Ja, und zwar nach dem Tod seines Vaters. Er fuhr nach New York, und als er zurückkam, war er kaum wiederzuerkennen und rührte die Tora nicht mehr an. Stattdessen verbrachte er viel Zeit in der Bibliothek, wo er sich mit seiner Familiengeschichte beschäftigte. Er hatte nämlich entdeckt, dass er zu irgendeinem angeblich verschollenen Volksstamm gehörte, aber so genau weiß ich das nicht.«

Es war aber der Tropfen, der das Fass zum Überlaufen brachte. Die einzige Cousine, die noch zu ihr hielt, lieh ihr zweihundert Dollar. Damit stieg sie in einen Bus und sah ihn nie wieder. In Jeans und einem Westernhemd mit falschen Perlenknöpfen (wie Debra Winger in *Urban Cowboy*) kam sie in New York an.

»Es gibt da etwas, das ich Sie heute Morgen schon fragen wollte, als Sie mit Pete sprachen«, sagte Wendy. »Warum sind Sie zum Judentum zurückgekehrt?«

»Ach Gott!«, rief Mirav, und ihr Lachen vertrieb die aufgestaute Spannung im Raum. »Das ist eine so lange Geschichte, damit langweilige ich Sie nur zu Tode. Okay, ich fasse mal zusammen: Ehemann, Scheidung, viele Fehler gemacht und bitter bereut. Im Ergebnis: dreißig Jahre spirituelle Ödnis. Reicht das?« Sie lachte wieder. »Wahrscheinlich habe ich am Ende einfach eingesehen, dass Grant recht hatte. Ein jüdisches Leben ist immer noch das beste.«

»Um noch einmal auf diese Sache zu kommen, in die du dich hast hineinziehen lassen …«, sagte Stuart.

»Ich habe mich in überhaupt nichts hineinziehen lassen«, sagte ich.

»Hast du nicht?«

»Du machst dir um mich hoffentlich keine Sorgen. Oder treibt ihr den ganzen Aufwand nur meinetwegen?«

»Zum Teil schon«, sagte er.

»Aber wieso? Ich hatte nicht den Eindruck, dass ich dir sonderlich sympathisch bin.«

»Irgendwann muss die Wahrheit ans Licht.«

»Und was ist die Wahrheit?«

»Hast du gerade nicht zugehört?«

»Ich habe Einzelheiten einer unglücklichen Liebesbeziehung gehört, die ich im Übrigen schon kannte. Wie Mirav schon sagte, er war neunzehn, ein kleiner dummer Junge, der keine Ahnung von der Welt hatte.«

»Na ja, so klein ist er heute nicht mehr«, sagte Wendy. »Und hat mittlerweile auch eine ganze Menge Ahnung von der Welt.«

»Wissen Sie überhaupt, von wem Sie reden?«, fragte ich sie. »Oder du, Stuart?«

»Er ist der Mastermind. Er steckt hinter der Sache«, sagte Wendy.

»Mastermind? Er verbringt seine Tage in Bibliotheken und staubigen Archiven, um irgendwelche Familienstammbäume zu rekonstruieren«, sagte ich. »Toller Mastermind, ich bin beeindruckt.«

»Er weiß jetzt jedenfalls Bescheid«, sagte sie zu Stuart. »Damit ist mein Auftrag für Mercer erledigt.« Mit diesen Worten verließ sie den Raum.

Stuart wandte sich an Mirav: »Haben Sie etwas dagegen, wenn ich kurz mit Paul allein rede?«, fragte er.

»Nein, überhaupt nicht«, sagte sie und ging ebenfalls. Ich hatte ein ungutes Gefühl, so allein mit Stuart im Gemeinschaftsraum eines orthodoxen Zentrums in Crown Heights zu sitzen.

»Was du soeben gehört hast, scheint dich nicht übermäßig zu beunruhigen.«

»Ich sagte doch schon, ich kenne die Geschichte.«

»Alles? So, wie sie es geschildert hat?«

Ich rutschte unruhig auf dem Stuhl hin und her. »Vielleicht nicht *exakt* so«, sagte ich. »Jede Medaille hat doch zwei Seiten.«

»Moment, die Wahrheit ist nicht bloß eine Seite der Medaille«, sagte er. »Die Wahrheit ist nicht Auffassungssache.«

»Und du hast die Wahrheit gepachtet? Weißt du, für mich kommt es nicht überraschend, dass du automatisch ihre Version für die allein wahre hältst.«

»Worin unterscheiden sie sich denn?«

»Zum einen, er hat *sie* verlassen, nicht sie ihn. Und alles andere, was sie erzählt hat, geschah vor dem Tod seines Vaters und seinem Vermächtnis auf dem Totenbett. Arthur war Mirav vollkommen verfallen, erst nach ihrer Trennung entdeckte er die Wahrheit über sich selbst.«

»Und das glaubst du?«

»So hat er es mir erzählt, er macht ja aus Mirav kein Geheimnis.«

Er sah mich an, aber die Enttäuschung war ihm ins Gesicht geschrieben. »Du kannst natürlich glauben, was du willst«, sagte er. »Aber das Leid gehört nicht ihnen. Es gehört den Juden, denen es widerfuhr. Es gehört den vielen namenlosen Toten, die in keinem Geschichtsbuch vorkommen und die von der Welt vergessen worden sind. Diese Leute können sich dieses Leid nicht einfach ausborgen und damit nach Belieben verfahren, sie verwandeln es nur in eine Farce.«

»Tut mir leid, wenn das jetzt eine Enttäuschung für dich ist«, sagte ich.

»Ich glaube, ich muss hier eines klarstellen: Es geht nicht um dich. Diese Sache ist viel größer als du. Dieser Mann hat sich von der Realität verabschiedet, er hat eine alte Geschichte aus der Bibel genommen und sich daraus einen Mythos gebastelt, den er als Wahrheit verkauft. So fängt es immer an.«

Ich war erst im fünften Inning wieder zu Hause. Ich bestellte mir etwas zu essen, goss mir einen Drink ein, wartete auf das Ende des Spiels, damit ich das Band zurückspulen und von Anfang an sehen konnte. Ich rief Mercer an, nicht zum ersten Mal an diesem Tag, aber keiner ging dran.

Nach dem Spiel nahm ich die Flasche mit auf den Balkon, setzte mich in den Liegestuhl und sah auf die Brooklyn Promenade hinunter. Es gibt fast nichts Besseres gegen Wochenend- und Partyzwang als den Anblick von Spaziergängern, Bankdrückern und Liebespärchen. Ich goss mir nach und prostete ihnen zu. Der ganzen Stadt prostete ich zu. »Auf euch, ihr Picknicker und Sonnenhungrigen«, sagte ich. Ich blickte hinüber auf die Skyline von Manhattan, diese glitzernde Riesenkulisse auf der anderen Seite des East River. Viele dort arbeiteten noch. »Auf euch, ihr War-Rooms und Herzinfarkte.« Ich prostete den Leuten in diesem emsigen Bienenkorb zu. »Auf euch, ihr schwarzen Socken und Scheidungspapiere.« Überhaupt, an diesem Abend hatte ich einen Trinkspruch für alle und jeden. »Auf dich, du junges Pärchen, das so verträumt über den Fluss schaut«, sagte ich. »Auf euch und eure Frittatas und Sex-Tapes. Auf dich, Bilderknipser und ewiger Hochlader, möge dein Marken-Ich mit jedem Upload wachsen. Auf dich, du hübscher Emo, der du dein Leben an der Ich-Maschine vergeudest«, sagte ich. »Auf dich und deinen Echoraum und deine Reflexionsfläche.« Ich trank und wünschte allen alles Gute. »Auch auf dich, du Yankees-Fan mit dem Derek-Jeter-Trikot«, sagte ich. »Auf dich, deine Aftershaves und deine Freisprüche vom Vergewaltigungsvorwurf.« Ich goss nach und trank. »Auf dich, du Leistungsträger und Highperformer, der du nie die Scheiße deiner überzüchteten Dreckstöle wegmachst«, sagte ich. »Und auf euch, ihr Börsenkasper, Bankster und Raubtierkapitalisten ohne Eintrag im Telefonbuch, und auf eure Visagen, die aus Datenschutzgründen nie zu sehen sind«, sagte ich. »Glückwunsch, bald habt ihr Amerika endgültig zugrunde gerichtet, ihr Arschlöcher. Ich wünsche euch eine kalte Zelle, wo die Ratten zum Sterben hingehen. Und auf dich, Mrs. Convoy«, sagte ich. »Mögen dein Katechismus und dein Rollkragenpullover immer mit dir sein. Und auf dich, Abby. Danke für die rechtzeitige Kündigung und viel Glück in deinem neuen Wirkungskreis. Und auf dich, Connie. Auf dich und deinen Poeten, deinen Ben, und deine künftigen glücklichen Babys.« Nur Onkel Stuart bekam keinen Toast. Ich wollte nicht an ihn denken und auch nicht an Mirav oder Grant Arthur. Ich trank und prostete der Welt zu, um zu vergessen. Ich trank, bis nur noch ein letzter Toast übrig blieb. »Und natürlich auch auf dich, du Arschloch auf dem Balkon, auf deine giftige Flatulenz vom Inder und deine nicht unbegründete Angst vor autoerotischer Strangulation. Auf dich und deine Sehnsucht nach menschlicher Nähe, wofür du bekanntermaßen alles, wirklich alles geben würdest. Cheers!«, sagte ich. Ich prostete mir zu und trank. Offenbar hatte ich vieles davon laut gesagt, denn meine Nachbarin, die ebenfalls auf dem Balkon stand, guckte herüber. Ich prostete ihr ebenfalls zu. Sie ging in ihre Wohnung zurück. Da ich die Flasche geleert hatte, war es auch mit dem Trinken und den Toasts vorbei. Danach starrte ich längere Zeit über den East River und auf den hellen Zacken des VERIZON-Zeichens – das einzige Gebäude mit Werbeaufdruck in Manhattan und ein Schandfleck, der die ganze Skyline versaute. Ich dachte: Warum hatten diese Wichser nicht in diesen Kasten fliegen können? Dann dämmerte ich weg, und als ich erwachte, war da niemand mehr. Kein Mensch mehr auf der Promenade, so intensiv ich auch Ausschau hielt. Irgendwann musste doch mal einer vorbeikommen. Doch nichts geschah. Warum erwachte ich gerade zur entsetzlichsten, zur totesten aller Nachtstunden? Wo waren all die Unbekannten, denen ich vorhin noch zugeprostet hatte? Natürlich war es absurd, sich von Fremden im Stich gelassen zu fühlen, aber genauso fühlte ich mich. Niemals zuvor hatte die Promenade derart verwaist dagelegen, so endgültig leer. Statt der beliebt-belebten Touri-Meile in einer der größten Städte der Welt lag da eine aufgegebene Mondkolonie mit mir als ihrem letzten Bewohner, die für alle Zeiten durchs All raste. Der Eindruck traf mich bereits im Moment des Erwachens und war schlicht nicht auszuhalten. Ich kam mir so vergessen, so übergangen vor, völlig mir selbst überlassen. Ich war nicht nur sicher, dass ich alles, was sich je zu tun lohnte, verschlafen hatte, sondern auch, dass es jetzt für mich nichts Lohnendes mehr gab. In solch verzweifelten Momenten muss ich mich dringend beschäftigen, und zwar so schnell wie möglich, sonst hört es nie auf. Mein erster Impuls war meine Ich-Maschine, denn die Ich-Maschine stellte augenblicklich eine Verbindung zur Welt her und gab mir einen Lebenssinn zurück. Vielleicht hatte Connie ja angerufen oder im Posteingang lag eine SMS oder Mail von ihr. Oder von Mercer oder … Aber nein. Nichts. Niemand hatte angerufen, niemand hatte gemailt, keiner hatte eine SMS geschrieben. Was hätte ich in diesem Moment für die Spaziergänger und Liebespaare gegeben, die wenige Stunden zuvor noch alle da waren. Sie waren mir immer wie eine offene Einladung der Welt, es ihnen gleichzutun, hinauszutreten auf unsere romantische Promenade, Manhattans Silhouette zu bestaunen, vielleicht ein Eis zu essen und dann entweder früh zu Bett zu gehen oder tatsächlich dieses eine lebenswichtige Ereignis zu finden, diese eine Sache, die man nicht vermissen darf und die mir die Nacht verschönert und mich nicht dem blanken Horror aussetzt. Und am nächsten Morgen könnte ich ganz normal aufstehen, wieder über die Promenade spazieren, mir ein Plunderteilchen und einen Kaffee to go kaufen und mich damit auf eine Bank setzen und den Sonnenaufgang über dem gleißenden Wasser genießen. Also kommt zurück, Leute, die ihr an die Dunkelheit verloren gingt! Kommt zurück, ihr Gespenster! Der Tag ist schon hart genug. Lasst mich mit der Nacht nicht allein. Irgendwann war ich sogar in der Lage, mich zu rühren. Ich setzte mich auf und horchte. Vom Fluss kam ein verhaltenes Brummen, und auf der Insel gegenüber floss der letzte Verkehr müde über den Expressway ab. Ich kann nur andeuten, welche Wirkung das alles auf mich hatte. Es war ein Gefühl, als sei mein Leben und das Leben in dieser Stadt und jeder einzelne schöne sorglose Moment auf der ganzen Welt völlig ohne Bedeutung.

Kapitel 10

»Da ist das große Werk«, sagte Sookhart und reichte mir das Buch.

Ich nahm es in die Hand und betrachtete es von allen Seiten. Der abgegriffene Ledereinband wies nirgendwo einen Autor oder den Titel aus, das Buch war vollkommen unverdächtig. Ich schlug es auf, der alte Rücken brach knackend wie dünnes Holz. Allem Anschein nach war das Buch tatsächlich so alt wie von Sookhart behauptet. Selbsttätig schlug es sich auf Liederung 240 auf – oder irgendwo in der Nähe von 240. Unbekannte Lettern schlängelten sich vor meinen Augen. Mit dem Finger fuhr ich an der Bindung entlang, was mich einem Verständnis aber nicht näher brachte. Dieses Ding war unentzifferbar.

»Na, was sagen Sie?«, fragte er.

»Woher wissen Sie, dass es echt ist?«

»Mein Lieber, schauen Sie es sich doch an. Das ist das eigenartigste Kuriosum, das mir in meiner ganzen Laufbahn begegnet ist. Man erkennt nicht einen Eigennamen, weder Safek noch Ulmet oder Rivam und wie sie alle heißen. Man könnte meinen, es hätte sich von selbst aus den Tiefen der Erde ins Freie gebuddelt.«

»Ist das Jiddisch?«

Er nickte.

»Und Sie können mir das wahre Alter bestätigen?«

»Ja. Es ist ziemlich genau hundertfünfzig Jahre alt«, sagte er.

»Was macht Sie da so sicher?«

»Zweifeln Sie an meiner Fachkenntnis?«, fragte er beleidigt.

»Na egal«, sagte ich. »Was spielt das für eine Rolle?«

Aus irgendeinem Grund, vielleicht aus alter Gewohnheit, bat ich ihn beim Gehen um eine Tüte. Dafür musste er sein Frühstück auspacken, eine Banane und einen Joghurt, und ich trug mein Buch in einer Plastiktüte von Whole Foods hinaus.

»War ich nicht immer ehrlich zu dir?«, fragte er.

Habe ich dir auf deine Frage nicht in aller Offenheit von Mirav erzählt? Habe ich dir nicht erklärt, dass diese Beziehung existierte, bevor ich die Wahrheit über meine Geschichte erfuhr, unsere Geschichte? Ja, ich liebte sie, und, ja, ich wollte Jude werden. Aber das war ein Fehler, Paul, eine fehlgeleitete Leidenschaft.

Komm her, Paul, und sieh selbst. Lass den Gentest machen, er ist das letzte Puzzleteil. Nimm deine Familiengeschichte wieder in Besitz. Trau ihnen nicht mehr als uns.

Am darauffolgenden Montag – es war Mitte September – begann die Abwicklung von PM Capital, und Pete Mercer zog sich ganz vom Finanzmarkt zurück. Seine Holdings wurden verkauft, die Anleger bekamen ihr Geld zurück – laut *Wall Street Journal* mit einer ordentlichen Rendite. Zugleich berichtete die Zeitung, dass seit Beginn der Weltfinanzkrise die Hälfte des Anlagevermögens auf Goldwerten geparkt war.

Auf die zwölf Nachrichten, die ich auf seinem Anrufbeantworter hinterlassen hatte, gab es keine Antwort.

Was wird er jetzt machen?, fragte ich mich, als ich diese Neuigkeiten in der Zeitung las. Jetzt, da die Models abgebaut, die Portfolios liquidiert, die Händler abgefunden und nach Hause geschickt, die Schreibtische leergeräumt und die Computer ausgeschaltet sind. Was macht so ein Mann dann?

Die Information im *Journal*, derzufolge sein persönliches

Vermögen auf 4,9 Milliarden Dollar geschätzt wurde, legte zumindest *eine* Antwort nahe: Er kann machen, was immer er will. Er hatte ein beträchtliches Vermögen zu verwalten. Will er das von zu Hause aus tun, umgeben von Bildschirmen, die alle nach Aufmerksamkeit schreien? Dann kommt er nie wieder nach draußen und wird vom Exzentriker endgültig zum Einsiedler. Oder er macht es wie unsere Hightech-Milliardäre, engagiert sich in mehr oder weniger noblen Kampagnen und macht sein Hobby zum Beruf. Dann gehören ihm morgen Baseballclubs oder Rennyachten mit Mannschaft oder eine Hilfsorganisation, die sich die Ausrottung der Malaria zum Ziel gesetzt hat. Oder er entschleunigt sein Leben radikal. Dann bräuchte er nur einen Rucksack und ein Paar Trekking-Stiefel und könnte auf den Spuren früherer Seelensucher wandeln, quer durch Indien, Nepal, Tibet. Säße zu Füßen von Lotos-Heiligen, und im Hintergrund sind schneebedeckte Gipfel zu sehen. Sprachkenntnisse wären nicht erforderlich, denn der innere Frieden, der ihn am Schreibtisch floh, er stellt sich im Morgengrauen eines neuen Lebens auch so ein. Und dass er einmal der reichste Hedgefonds-Manager der Welt war, gilt nur noch als Tiefpunkt im Kreislauf der Wiedergeburten. Vielleicht heiratet er auch, gründet eine Familie und verbringt seine Tage mit Kleinscheiß, der das Leben vieler Menschen bestimmt: Windeln, Kindergeburtstage, Playdates. Und indem er es ernst nimmt, findet er zu seiner eigenen Überraschung einen Platz im Leben, der zu ihm passt und der ihn trägt. Oder er geht nach Israel und lebt wie geplant in Seir. Vielleicht gilt das ja noch. Er wird den Ort bewohnbar machen, vielleicht sogar in ein Luxusquartier verwandeln. Mit fünf Milliarden lässt sich einiges erreichen. Er könnte buchstäblich die Welt verändern.

Aber da ich ihn kaum kannte, hatte ich keine Ahnung, was er wirklich tun würde. Zwei Fastfood-Mittagessen und ein Barbesuch qualifizieren mich nicht gerade als engen Freund. Und dennoch öffnete er sich jedes Mal ein bisschen mehr. Was mich am meisten an ihm überraschte, war die tiefe Verzweiflung, die nach und nach an ihm sichtbar wurde. Dabei war er jemand, der nur zu befehlen brauchte, der sich alles nehmen und auch alles herausnehmen konnte, da er mit so viel Geld auf niemanden angewiesen war. In Wirklichkeit aß er sein Mittagessen aus einer McDonald's-Tüte, träumte von einem verstunkenen Drecksloch in der Wüste und gab mit leichter Hand einen Picasso her. Und er war sich auch nicht zu fein, sich mit jemandem wie mir in einer Bar einen anzusaufen. Er glaubte allen Ernstes, wir beide, er und ich, hätten etwas gemeinsam. Wer weiß, vielleicht stimmte das sogar. Doch falls es so war, dann zog mir das, was er nach meiner Begegnung mit Mirav und dem Abbruch seiner Geschäfte tat, vollends den Boden unter den Füßen weg. Er entschied sich weder für ein Eremitendasein, noch gründete er eine Familie. Er kaufte sich eine Pistole, ging in den Wald und schoss sich in den Kopf. Das mochte nicht produktiv oder gemeinnützig oder phantasievoll oder auch nur spaßig sein, aber es zeigte das ganze Ausmaß seiner Verzweiflung. Kinder, die dem Knall gefolgt waren, fanden ihn schließlich.

Zwischen zwei Patienten las ich die Nachricht von seinem Tod auf meiner Ich-Maschine. Ich ging nach vorn zur Rezeption und setzte mich neben Connie. Sie sortierte gerade die Stifte in unserem Kaffeebecher, indem sie jedem wieder die korrekte Kappe aufsetzte und alle diejenigen rauswarf, die entweder keine Kappe hatten oder vertrocknet oder verklebt waren. So, wie sie es machte, war es eine rigorose Aktion. Connie erweckte immer den Eindruck vollkommener geistiger Gesundheit, doch unter der gepflegten Oberfläche waren unentwegt pathologische Kräfte am Werk. Jede Wette, gleich würde sie mich fragen, was ich hier zu suchen hatte. Wollte ich ihr etwa wieder auf die Nerven gehen? Ich hielt meine Ich-Maschine in der Hand und war unfähig, etwas zu sagen. Die Meldung von Mercers Selbstmord musste ich erst sacken lassen. Noch vor zwei Wochen saßen wir gemeinsam in einer Bar. Er saß genau so neben mir, wie ich jetzt neben Connie saß, und erzählte mir von der Hölle, die sein Leben gewesen war, ehe Grant Arthur auftauchte und ihm den Grund für seine Ruhelosigkeit erklärte. Es dürfte ihn nicht gefreut haben, als Wendy Chu ihn mit Mirav Mendelsohn zusammenbrachte. Aber warum? Er wusste doch längst von dieser Beziehung. »Es ist immer das Erste, was er von sich erzählt«, das hatte er mir in der Bar selber gesagt, als ich ihn nach der Rabbitochter fragte. Grant Arthur hatte nie versucht, diese *amour fou* unter den Teppich zu kehren. So eine große, leidenschaftliche, unvernünftige Affäre war ein Zeichen für die innere Entwurzelung, der Männer wie er zum Opfer fallen konnten. Wartete ein ähnliches Schicksal nicht auch auf Mercer, als er etwas mit einem zoroastrischen Mädchen anfing? All das wollte ich mit Connie besprechen, aber ich brachte kein Wort hervor. Sie wiederum tat ihr Möglichstes, um mich nicht wahrnehmen zu müssen, indem sie sich zu einhundert Prozent auf die Sortierung unserer Stifte konzentrierte. Ich beobachtete sie, aber dann auch wieder nicht. Mercer hatte Wendy klare Anweisungen gegeben, was mein Gespräch mit Mirav Mendelsohn betraf, doch danach hatte ich nichts mehr von ihm gehört. Glaubte er, mir einen Gefallen zu tun? Hielt er mich für einen Mitbetrogenen, dem dringend die Augen geöffnet werden mussten? Und was sollte ich mit dieser sogenannten Wahrheit anfangen? Ihm in den Wald folgen?

»Was ist los?« Zumindest *das* hätte Connie sagen können. Gefolgt vielleicht von einem zweiten, gereizten »Was ist lo-hos?«. Spätestens dann hätte sie sich zu mir drehen, hätte sehen müssen, in welchem Zustand ich war, und leise fragen müssen: »Was hast du denn?« Aber nichts von alledem geschah, und ich sagte auch nichts. Genauso wie die Großstadt soll die

Arbeitswelt ja ein Garant gegen die Einsamkeit sein, aber in diesem Moment, unbeachtet neben Connie, noch überwältigt von der Nachricht über Mercers Selbstmord, fühlte ich mich nicht anders als in der Nacht, in der ich auf die verwaiste Promenade blickte. Ohne Vorwarnung war etwas nicht mehr da, das hätte da sein sollen, und warf mich auf mich selbst zurück. Vielleicht war dies dieselbe Verlassenheit, die auch Mercer spürte, als er sich die Pistole in den Mund steckte, dieser Idiot. Wahrscheinlich hat er sich noch gefragt, wer ihn am Ende vermissen würde, und da die Antwort »niemand« lautete, drückte er ab. Hat mein Vater in der Badewanne dasselbe gedacht? Hätte ich Mercer noch helfen können? Hätte ich ihn, als wir uns vor der Bar verabschiedeten, packen, ihm mit meiner Alkoholfahne ins Gewissen reden sollen? »Zweifel, das ist es! Zweifel an allem. Es ist egal, wie er an diese metaphysische Wahrheit gelangte, aber es ist die Wahrheit. Schnapp sie dir und lass sie nie wieder los. Welche Alternative hast du denn? Selbstmord?«

Aber es war egal, was ich tat. Selbst wenn ich unmittelbar neben ihr saß, würde sie mich nicht mehr beachten, vielleicht weil ich es auch nicht länger verdiente. Ich wollte nicht nur mit ihr reden, ich wollte bei ihr sein. Trost und Bestätigung fand ich doch bei keinem anderen Menschen auf der Welt. Schön, da war noch Mrs. Convoy, aber sie würde nur auf den Todesumständen herumreiten, in ihren Augen eine Todsünde, welche die ewige Verdammnis nach sich zog. Dieser Strafpredigt mochte ich Mercers Andenken nicht aussetzen. Und noch aus einem anderen Grund trieb es mich zu Connie. Connie war der personifizierte Widerstand gegen den Tod. Ihr Charisma, ihre Lockenpracht, die kleine pulsierende Vene an ihrer linken Schläfe – man brauchte sie nur anzusehen und wusste instinktiv, dass Mercer eine große Dummheit begangen hatte. Allein ihre Nähe wirkte beruhigend, denn alles an ihr war so unverkennbar real und lebensnah, ihre Gliedmaßen, ihre wilden Haare, sogar ihr Duft sagte etwas über sie aus, erst recht wenn sie den Mund aufmachte und mich mit ihren Gedanken konfrontierte. Ich wollte mit ihr ja nur über Mercers Selbstmord reden, wollte diesem brutalen Faktum in ihrer Gegenwart etwas von seiner Schärfe nehmen. Ich konnte nicht wissen, dass ich noch lange dort sitzen würde, stumm, weil sie mich komplett übersah. Weil die Stifte wichtiger waren. Denn es gab nicht nur einen Becher, wir hatten gleich zwei Becher voller Stifte, deren Ordnung wiederhergestellt werden musste. Und ich muss auch gestehen, dass mir Connies Schönheit so kurz nach Mercers Selbstmord keinen Trost bieten konnte. Ihre Schönheit war unwichtig geworden, jedenfalls reagierte ich nicht mehr darauf, denn Schönheit ist keine Waffe gegen den Schmerz. Zumindest hatte sie bei mir ihre Wirkung verloren, so schien es. Konnte es wirklich sein, dass er in den Wald gegangen war und sich das Leben genommen hatte, wenn es noch so viel zu tun gab? Nun mach schon, dachte ich, du bist doch der Macher. Du kannst etwas bewegen, du musst dir nicht alles zu Herzen nehmen, du hast so viel Geld, dass du bestimmte Dinge getrost ignorieren kannst. Nur tu etwas. Aber das wollte er wohl nicht mehr, er hatte genug getan und genug vom Tun. *Sein* wollte er: Buddhist, Christ, Ulm, alles, nur um sich mit Gleichgesinnten zu verbinden, gleich Verlorenen, gleich Erretteten. Und als er nur noch Pete Mercer sein konnte, allein war mit seinem gigantischen Vermögen und dem Talent, es fast beliebig zu vergrößern, ging er mit einer geladenen Pistole in den Wald. Mich wunderte, dass es nicht schon früher passiert war. Warum gerade nach Mirav Mendelsohn und nicht schon nach dem zoroastrischen Mädchen, der Enttäuschung in Kioto oder diesem idiotischen Rechanneling? Vermutlich war es am Ende die Summe der Enttäuschungen, die er nicht mehr ausgleichen konnte. Was nutzte Geld, was nutzten alle Lebensmöglichkeiten, was nutzte alle Zeit der Welt, wenn der Wille nicht mehr da war. Der Wille war im Grunde alles, und er hatte keinen mehr.

Connie hatte noch nichts gesagt und auch ich noch nicht, obwohl wir im Augenblick einfach still nebeneinandersaßen, ähnlich wie Mercer und ich in der Bar. Die Freundschaft zwischen Mercer und mir hatte gerade erst begonnen und war bereits wieder verstummt, es war sogar das gleiche Verstummen wie zwischen Connie und mir. Nur ich, nur ich war noch übrig und wartete auf ein Zeichen, eine Geste, ein Wort gegen den selbstgewählten Untergang. Und vielleicht steckte sogar noch etwas viel Primitiveres, Grundsätzlicheres dahinter – was mir wie so oft im Moment des Geschehens aber nicht bewusst war. Ich meine die Notwendigkeit, einen anderen Menschen in meinen Orbit zu lassen, der einfach durch seine Gegenwart bewies, dass ich überhaupt existierte. Eine Frau, die man im Notfall anfassen konnte, die man meinetwegen auch ärgern, der man schmeicheln und verzeihen und die man umgekehrt um Vergebung bitten konnte. Ich hielte es sogar aus, wenn sie mit mir schimpfte, ich hielte alles aus nur um der Bestätigung willen, dass ich noch am Leben und nicht allein war. Trotzdem, in den fünf, sechs Minuten, die ich neben Connie saß, wurde kein einziges Wort gewechselt. Irgendwann ließ sie sogar von den Stifte-Bechern ab, doch sie rotierte auf ihrem Stuhl nur nach hinten, um laut in ihren Ellbogen zu niesen. Dann wartete sie ab, denn mit einem Mal war es bei ihr nicht getan. Nach dem zweiten Niesen suchte sie vergebens nach einem Taschentuch, stand auf, ging auf die Toilette. Ich sah, wie sich die Tür hinter ihr schloss. Kurz darauf war ich bei meinem nächsten Patienten, aber die Frage, ob sie meine Gegenwart überhaupt bemerkt hatte, beschäftigte mich weiter. Was hatte sich in diesen fünf Minuten zwischen uns gedrängt? Wie hatten wir uns so weit auseinanderentwickelt? Plötzlich hielt ich die Vorstellung für gar nicht mehr so abwegig, dass das, was die Lebenden trennt, so unüberwindlich sein kann wie die Grenze zwischen den Lebenden und den Toten.

Doch dann geschah etwas, das mich aus meinen düsteren Gedanken riss, und ich wäre beinahe direkt zu Connie gerannt, um auch uns ins Leben zurückzuholen.

Meine Patientin informierte mich schon bei meinem Eintritt, dass sie schwanger war. Sie war noch in ihrem ersten Trimenon, direkt sah man noch nichts, aber ihre vollen Backen und ihre rosige Gesichtsfarbe waren ein deutlicher Hinweis. Ein neues und dickeres Blut ließ ihre Halsvenen hervortreten. Sie leuchtete wie ein praller Apfel.

Ich kann mir nicht helfen, aber ich finde schwangere Frauen anziehend. Das heißt, falls sie nicht unterernährt sind. So etwas sieht man manchmal in der U-Bahn. Schwangere Frauen mit dickem Bauch, aber mit abgemagerten Armen und rattigen Haaren. Solchen Frauen würde ich am liebsten einen Infrarotheizer kaufen. Oder die Eltern zur Sau machen. Ich weiß noch, wie ich einmal im G Train so eine unterernährte Mutter ansprach. Eigentlich fragte ich nur, ob sie bei Junior's etwas essen wolle, aber sie dachte sofort, ich wollte sie aufreißen. Ganz entsetzt war sie – im G Train, eine schwangere Frau mit Ehering am Finger? Der Ring war mir gar nicht aufgefallen, obwohl es wirklich ein protziges Ding war. Jedenfalls versuchte ich sie davon zu überzeugen, dass dies kein Anmachversuch war. Vergebens. Und dass ich ihr fünfzig Dollar anbot, damit sie sich Speiseöl kaufen konnte, machte alles nur noch schlimmer. Es stellte sich heraus, sie war Model – ich selbst hatte sie schon auf Werbeplakaten gesehen.

Ich fragte meine Patientin nach dem voraussichtlichen Geburtstermin. Sie sagte April. Dann bat ich sie, den Mund weit aufzumachen. Ein Perkussionstest ergab den Verdacht auf Initialkaries.

»Tut das hier weh?«, fragte ich.

»Nein«, sagte sie.

»Hier entwickelt sich ein Loch«, sagte ich zu ihr. »Aber ich denke, das kann bis April warten, bis das Baby da ist. Wenn Sie keine Schmerzen haben, brauchen Sie sich auch weiter keine Sorgen zu machen.«

Wow, wer hätte gedacht, dass ich einmal so etwas sagen würde? Wenn kein Schmerz, dann alles paletti. Für den blöden Zahn ist später auch noch Zeit. Werfen Sie die blöden Sorgen über Bord und genießen Sie die Zeit. Sie haben so viel, worauf Sie sich freuen können. Sie sind kerngesund, und ein neues Leben ist unterwegs. Kein Grund, sich wegen jedem Scheiß das Leben schwer zu machen.

Genau das war die Denkweise der meisten Leute, dachte ich. Und plötzlich dachte ich das Gleiche wie ebendiese Leute. Ich war damit auf der richtigen Seite, *ihrer* Seite. Ich war nicht mehr ihr natürlicher Feind, der ewige Außenseiter, sondern ihr Freund, denn ich dachte wie sie. Das Gefühl war so schön, dass ich gleich wieder die Sonde nahm, um angeblich noch einmal nachzuschauen. In Wirklichkeit wollte ich nur das schöne Gefühl etwas verlängern, ihnen ganz nahe zu sein, den Leuten, die so dachten. Normale Leute, die mit ihrem Hund Gassi gingen, ihre Updates posteten und den nächsten Zahnarzttermin auf die lange Bank schoben, weil ihnen das Unangenehme und Unvermeidliche mal den Buckel runterrutschen konnte. Manche wie mein Marketingmensch ließen sich nicht einmal von nachweisbaren Befunden beeindrucken. Wenn es sich nicht anfühlte wie ein Loch, war da auch kein Loch, basta. Und wenn eine Patientin in der zehnten Woche schwanger war, wartete sie eben bis April. Wer keine Lust auf Zahnseide hatte, sagte sich: Leck mich, das kann ich auch noch morgen machen. Wie, es interessiert Sie nicht, wie sehr Sie Ihrer Gesundheit schaden? Scheiß drauf, lassen Sie einfach den Untersuchungstermin aus. Gehen Sie einen trinken. Gehen Sie ins Kino. Streicheln Sie den Hund. Bringen Sie ein Baby zur Welt und gucken ihm beim Schlafen zu. Mein Gott, dachte ich, so denken die wirklich. Deswegen fällt es ihnen auch so leicht, entsprechend zu handeln. Das ist das ganze Geheimnis.

»Würden Sie mich einen Moment entschuldigen?«, sagte ich zu meiner Patientin.

Ich stand auf in der Absicht, zu Connie zu gehen, aber sie stand bereits vor der Tür und sah mich an.

»Brauchst du mich?«, fragte ich.

»Nein.«

»Was machst du dann hier?«

»Nichts.«

»Aber wegen nichts steht man nicht vor der Tür«, sagte ich.

»Reden wir später darüber«, sagte sie.

»Worüber? Was gibt es denn, worüber wir reden müssen?«

»Später«, sagte sie.

»Nein, jetzt.«

»Du hast eine Patientin. Das andere kann warten.«

»Mit der Patientin bin ich fertig. Noch nie war jemand in dieser Praxis so gesund wie diese Frau. Das wollte ich dir eigentlich nur sagen. Ich weiß, du magst es nicht, wenn ich dir einen Patienten zeige, aber diesmal heißt das Thema auch nicht Alter, Krankheit oder Tod. Schau sie dir an«, sagte ich. »Hast du jemals jemanden gesehen, der so gesund und glücklich ist wie sie?«

Sie warf einen Blick in den Behandlungsraum. »Ich sehe nichts.«

»Wirklich nicht?«

»Ich sehe eine Frau im Behandlungsstuhl«, sagte sie.

»Ja, aber sie ist schwanger«, sagte ich. »Siehst du das nicht? Auch gut, dann musst du mir einfach glauben. Entscheidend ist aber etwas anderes. Entscheidend ist ihre Vorgehensweise. Sie hat beginnende Karies, aber mit der Behandlung will sie warten, bis das Baby da ist.«

»Macht man das nicht immer so?«

»Ja, bei Schwangeren, die keine Schmerzen haben, schon. Aber nicht bei dem Rest von uns.«

»Ich kann dir nicht folgen.«

»Ich meine, warum machen wir es nicht ebenso?«, fragte ich. «Warum können wir das nicht genauso locker sehen? Statt sich aufzuregen, könnte man so viele andere Sachen machen. Mit dem Hund spazieren gehen, twittern, in Seelenruhe Scones essen und mit dem Hamster spielen, Rad fahren, den Sonnenuntergang genießen, sich Filme in Internet ansehen … Bis vor kurzem wusste ich noch gar nicht, dass es so einfach sein kann, aber für mich klingt es ziemlich gut. Ich glaube sogar, dass ich es ebenfalls könnte. Die anderen können es doch auch. Ich meine, nur ein Wahnsinniger macht so etwas nicht, und ich bin nicht wahnsinnig.«

Sie sah mich an.

»Wirklich, ich bin nicht wahnsinnig«, sagte ich. »Hör zu, tu mir einen Gefallen: Geh noch einmal mit mir aus. Gib mir eine zweite Chance. Oder, je nachdem, eine sechste Chance. Ich habe mich verändert. Ich bin nicht mehr derselbe wie früher. Diesmal meine ich es ernst. Von mir aus musst du auch nicht mit mir ausgehen, wir könnten heiraten. Hast du Lust? Ich schon. Ich mache es sofort. Jetzt guck mich nicht so an. Was soll dieser Blick, Connie? Ich will dich wirklich heiraten. Ich will, dass wir Kinder haben. Ich weiß, ich habe mal gesagt, ich will keine, aber das war vorher. Ich hab's kapiert. Ich will, dass du genauso gesund und glücklich bist wie diese Frau hier.«

»Paul, ich kündige«, sagte sie.

»Du tust was?«

»Kündigen.«

Es war totenstill geworden.

»Kündigen? Weswegen?«, sagte ich.

»Da fragst du noch?«

»Aber du bist die Büroleiterin«, sagte ich. »Und ich liebe dich.«

Sie antwortete nicht.

»Also das glaube ich einfach nicht«, sagte ich. »Besonders nach dem, was ich gerade gesagt habe. Du willst mir gar keine Chance mehr geben?«

Sie schenkte mir ein flüchtiges Soziallächeln, das einen sogar rückblickend noch wahnsinnig machen kann. Ebenso die Art, wie sie jetzt meinen Arm ergriff. So zart – und so berechnend.

»Ich räume noch meinen Arbeitsplatz auf«, sagte sie. »Dann suche ich eine Nachfolgerin.«

Den Rest des Tages bewegte ich mich wie ein Zombie durch meine Praxis. Eine Stunde nach ihrer Kündigung setzte Connie eine Stellenanzeige ins Internet, und gegen Ende der Woche hatte sie ein halbes Dutzend Kandidaten. Umstimmen ließ sie sich nicht mehr, ihre Entscheidung stand fest. Sie zog mit Ben nach Philadelphia, wo dieser einen Job als »Teaching Artist« für Lyrik ergattert hatte.

»Meinst du nicht, dass du gerade einen schweren Fehler machst?«, fragte ich.

»Nein«, sagte sie. »Willst du dir nicht die Lebensläufe ansehen?«

»Ich meine, ist es wirklich das, was du willst? Mit einem Dichter leben?«

»Ja«, sagte sie.

»Mit einer Kochplatte und überall Kakerlaken?«

»Was meinst du mit Kochplatte?«

»Ich frage nur, ob er die Miete bezahlen kann.«

»Willst du dir jetzt diese Lebensläufe ansehen oder nicht?«

Am Abend ging ich nach Hause und sah mir die Spiele an. Ich hatte den gesamten August und den halben September verpasst. Wer sechs Wochen Baseball nachholen und zugleich die aktuellen Spiele verfolgen will, kann das nur mit Engagement tun. Ich trank und bestellte mir etwas zu essen und sah mir bis in die frühen Morgenstunden unentwegt Spiele an.

»Ich kann nicht noch länger bleiben«, sagte sie gegen Ende September. »Ich habe gekündigt, Paul. Ich muss irgendwann gehen. Würdest du dir endlich mal die Lebensläufe ansehen oder soll ich das tun?«

»Ich mache es«, sagte ich.

Aber das tat ich nie.

Wir hatten einen ganz ordentlichen Sommer und lagen im Juli und bis in den August hinein vor den Yankees. Pedroia und Ellsbury lieferten einige heroische Zweikämpfe ab, und auch ihre Strikes konnten sich trotz Verletzungspech sehen lassen. Im September bestand eigentlich kein Zweifel mehr, dass wir – nicht zum ersten, nicht zum zweiten, sondern zum dritten Mal in sieben Jahren – in die World Series einziehen würden. Aber dann holte uns der Fluch der Vorzeit ein.

Am 1. September lagen wir noch ein halbes Spiel vor den Yankees. Am 2. September verloren wir diesen Vorsprung, ohne ihn je zurückzuholen. Dank der Wildcard hatten wir aber trotzdem einen sicheren Platz in den Playoffs und standen vom 3. September an sicher auf Platz 2 in der American League East. Wir lagen neun Spiele vor den luschigen Tampa Bay Rays, und vor ihnen mussten wir auch bleiben. Falls wir in den letzten drei Wochen der Saison hinter ihnen landen sollten, dann nur, wenn wir das größte Fiasko der Baseballgeschichte hinlegten – und ich spreche hier von über einhundert Jahren Profi-Spielbetrieb.

Die Schönheit von Baseball entfaltet sich stets langsam. Es ist die Akkumulation unbedeutender, fast langweiliger Momente zu einer Oper der Spannung. Manche Begegnungen scheinen kein Ende zu nehmen, und dann, plötzlich, fragen sich alle, wie es so weit kommen konnte und wie weit es noch gehen soll. Es ist die mähliche Metamorphose des Öden in etwas Unbeschreibliches.

Bis Ende September spielten wir tatsächlich derart grottig, dass der Vorsprung gegenüber den Rays, diesen Oberluschen, weg war. Am letzten Spieltag der Saison kämpften Red Sox und Rays um den zweiten Platz. Ich bin immer noch fassungslos über diese Performance. Bei jeder neuen Niederlage überkam mich beinahe körperlicher Ekel. Aber das war nicht meine einzige Reaktion. Ich war auch überglücklich, dass die Red Sox ihrem Ruf treu blieben und endlich wieder spielten wie die Red Sox, nämlich wie ein verlorener Haufen. Natürlich wünschte ich mir nicht, dass meine Mannschaft verlor, aber ich wollte auch nicht, dass sie nur nach Punkten gewann, denn so eine Mannschaft gab es schon. Angeber, die immer nur nach Punkten gewannen, anderen Mannschaften die Spieler wegkauften und am Ende die Fahne abräumten. Als Red-Sox-Fans war es nicht unsere Aufgabe, Boston die Daumen zu drücken, sondern dafür Sorge zu tragen – und das meine ich durchaus in moralischer Hinsicht –, dass wir niemals und unter keinen Umständen je so wurden wie die New York Yankees. Dieser tiefe menschliche Anstand war unsere Verpflichtung als Red-Sox-Fans. Und dazu brauchte es die Zitterpartien und herben Enttäuschungen. Erst im Desaster bewährt sich der wahre Fan, und davon hatte es in jüngster Zeit nicht allzu viele gegeben. Und da ich der bestmögliche, wahre Fan sein wollte, feierte ich – wenn auch still und verzweifelt – unsere höchst unyankeemäßige Vernichtung im September 2011.

Zur selben Zeit besuchte ich allabendlich meinen neuen Patienten. Jeder, auch Sie und ich, kann mal einen Tag die Zahnseide vergessen. Das ist zwar nicht gut, aber Sie verlieren deswegen nicht gleich alle Zähne. Nicht so bei Eddie. Ich konnte kaum glauben, dass er immer noch am Leben war, so klapprig, gebeugt, kraftlos, altersfleckig und zittrig, wie er war. Jedes Mal begrüßte er mich voller Dankbarkeit an der Tür, und ich glaube, er mochte mich mittlerweile fast so gern wie seinen alten Dr. Rappaport. Wir gingen immer in die Küche, wo er sich auf eine Trittleiter setzte. Ich stellte mich hinter ihn, zog mir die Latexhandschuhe an, nahm Zahnseide, wickelte die Enden um meine Finger und befreite seine Zahnzwischenräume von allen Rückständen. Danach stand er auf und machte uns zwei Martinis. Es war fast so wie in einer Bar, nur dass der Barmann kein Trinkgeld bekam, sondern einen sauberen Mund.

Nach sechs Wochen Zahnseide hatte das Zahnfleischbluten aufgehört, der Knochenschwund war zum Stillstand gekommen, und die Zähne saßen wieder fester.

Ich wusste nicht, worauf ich mich einließ, als ich ihm diese Hausbesuche versprach. Nicht nur, dass seine Versicherung diese Leistung nicht bezahlte, das letzte Spiel der Saison fing in zwanzig Minuten an. Wenn ich den Anfang verpasste, musste ich bis zum Ende warten, zurückspulen und es dann angucken, aber das Spiel war zu wichtig, die Direktübertragung erste Fan-Pflicht. Ich war spät aus der Praxis rausgekommen, die U-Bahnen hatten gebummelt, und um zehn vor sieben war ich immer noch in Eddies Wohnung in der Lower East Side.

Er reichte mir meinen Martini. »Cheers«, sagte er.

Wir stießen an, und ich beobachtete, wie er trotz Tremor das Glas an die Lippen führte und trank.

»Ich bin ein bisschen in der Klemme, Eddie«, sagte ich. »Ich bin Baseball-Fan, genauer gesagt Fan von diesem komischen Verein ...« Ich tippte mir an die Red-Sox-Kappe. »Also ich verpasse praktisch kein Spiel. Ich weiß nicht, ob Sie auch Baseball-Fan sind, aber falls ja, dann wissen Sie ja, dass noch keine Mannschaft in der Geschichte dieses Sports gegen Ende der Saison so leichtfertig eine komfortable Führung hergegeben hat wie die Red Sox in diesem Jahr. Es eine historische Pleite zu nennen wäre noch eine Untertreibung. Erst standen sie noch vor den Yankees auf Platz 1, aber als es darauf ankam, ließen sie die Yankees vorbei. Nun, wer Baseball kennt, der weiß auch, dass dies gute alte Red-Sox-Tradition ist. Davon geht die Welt nicht unter, und mir persönlich ist es beinahe egal, denn ich finde es immer am schönsten, wenn wir die Yankees schlagen und *nicht* in der Favoritenrolle waren. Okay, aber immerhin lagen wir noch neun Spiele vor den Tampa Bay Rays, und wer Baseball kennt, der weiß, das ist wirklich ein Scheißteam. Wir müssten in der Schlussphase der Saison also so oft verlieren wie … mir fallen jetzt nur die Chicago Cubs von 1969 ein. Sie waren damals praktisch von Anfang an auf Platz 1, zeitweise sogar mit neun Spielen Vorsprung. Wer hätte ahnen können, dass sie im September siebzehn Spiele verlieren? Siebzehn, Eddie! Und am Ende auf Platz 2 landen. Wer Baseball kennt, der weiß, so schlecht können nur die Cubs spielen. Aber ich will es kurz machen. Wir spielen zurzeit auch nicht besser als die Cubs im Jahr 1969. Sogar noch schlechter, denn allein im September haben wir bisher neunzehn Spiele verloren. Neunzehn, Eddie! Während sich die luschigen Rays langsam aus ihrem Sumpf erheben und uns Platz 2 streitig machen. Man muss sich das mal vorstellen, wir liegen mit diesen Versagern gleichauf. Und heute Abend, Eddie, spielen wir das letzte Spiel der Saison gegen die Orioles aus dem Tabellenkeller, während die Rays gegen die erstplatzierten Yankees antreten müssen. Wenn wir gewinnen und die Rays verlieren, sind wir in den Playoffs. Wenn wir verlieren und die Rays gewinnen, sind sie in den Playoffs. Das heißt, wenn es ganz schlimm kommt, dann war es das, dann spielen wir heute Abend das letzte Spiel der Saison. Und weil die U-Bahn mal wieder so lahm war, bin ich immer noch hier und schaffe es bis zum Beginn des Spiels vielleicht nicht mehr nach Hause. Es ist aber wichtig, dass ich das Spiel live sehe, denn alles andere bringt Unglück.«

Trotz eines leichten Zitterns sah er mir aus seinen kreisrunden Augen fest ins Gesicht.

»Kann ich Sie um einen Gefallen bitten?«, fragte ich. »Haben Sie Kabel? Und wenn ja, welches Paket? Könnte ich, wenn es das richtige Paket ist, das Red-Sox- und das Yankees-Spiel bei Ihnen sehen? Aber Sie müssen mir garantieren, dass ich beide Spiele zu Ende sehen kann, und zwar egal, was passiert, Wohnungsbrand oder auffälliges Verhalten, alles egal, Sie schmeißen mich nicht raus, sondern lassen mich in Ruhe zu Ende gucken. Dasselbe gilt auch für Extra-Innings, was im Extremfall bis drei, vier Uhr morgens dauern kann.«

»Ich habe Premium-Kabel«, sagte Eddie mit bebender Stimme, »und ich wäre erfreut über Ihre Gesellschaft.«

»Egal, was passiert?«

»Ganz egal.«

»Okay«, sagte ich. »Dann bleiben mir noch zwanzig Minuten Zeit, um uns etwas gebratenen Reis mit Hühnchen zu holen.«

Während ich das Essen besorgte, bereitete er uns zwei weitere Martinis. Wir aßen schnell. Kurz vor Spielbeginn setzte sich Eddie in seinen Fernsehsessel, während ich, um näher am Geschehen zu sein, auf dem Boden Platz nahm. Irgendwann im zweiten Inning hörte ich das Knistern von Bonbonpapier. Kaum hatte er das Bonbon im Mund, nickte er ein. Es war entmutigend anzusehen, wie er nach Wochen erfolgreicher Zahnseidepflege seine Zähne mit reinem Zucker glasierte. In der nächsten Werbeunterbrechung zog ich mir erneut Latexhandschuhe an und entfernte das Bonbon aus seinem Mund, ohne dass er das Geringste mitbekam.

Ich setzte mich wieder hin und versuchte, mich mit den unbekannten Fernbedienungen vertraut zu machen. Ich musste immer zwischen den beiden Spielen hin und her schalten, Red Sox gegen Orioles und Yankees gegen Rays. Es zerriss mich innerlich, aber diesmal hielt ich zu den Yankees, es ging nicht anders. Die Yankees mussten die Rays schlagen, ebenso wie die Red Sox die Orioles schlagen mussten, sonst war nach diesem Spiel Schluss, und es gab für uns keine Playoffs mehr. Fans wie ich sehen zwar auch Siege kritisch, denn der Sieger braucht keine Getreuen, aber wenn es hart auf hart kommt, stehe ich natürlich zu den Red Sox. Ein Sieg für die Red Sox war ein Sieg für meinen Vater, auch wenn die Zauberkraft des Siegens gering war. Selbst die World Series von 2004 hatte ihn nicht zurückbringen können. Doch zumindest kam wieder etwas ins Lot. Wir hatten das Unmögliche vollbracht und den Bann gebrochen. Wir waren – nach sechsundachtzig Jahren – wieder Champions … und nichts änderte sich. Mein Vater war tot und blieb tot. Worauf hoffte ich eigentlich? Warum hielt ich seit so vielen Jahren zu den Red Sox?

Im dritten Inning erzielten die Red Sox einen Run. Mein Jubelschrei weckte Eddie. Er blickte mich verständnislos an, fragte sich vermutlich, wer ich war und was ich in seiner Wohnung zu suchen hatte. Aber nur Minuten später stand es 2:1 für die Orioles. Wie ein Verhaltensgestörter schwankte ich auf dem Fußboden hin und her. Aber dann war Boston am Zug. Im vierten Inning gelang Scutaro ein Run und Pedroia sogar ein Homerun. Neuer Spielstand 3:2. Geht doch. Unterdessen wurden die Rays von den Yankees nassgemacht. Zumindest im Augenblick sah alles gut aus.

Wenn mein Vater noch am Leben wäre, würde er den Spielverlauf auf einer Punktekarte eintragen. Damit hatte er schon als kleiner Junge angefangen, als er vor dem kleinen Zenith-Radio die Baseball-Reportagen von Jim Britt verfolgte. Bei manchen Spielen holte ich die alten Karten hervor und fuhr mit dem Finger die mit kindlichen Zahlen ausgefüllten Rauten entlang. Die alten Scorecards stammten aus einer Zeit vor seiner Krankheit und erzählten Baseballgeschichte in den Hieroglyphen eines Toten.

Gegen Ende des fünften Innings (wir waren Schlagmannschaft) ging ich zu Eddie. Er redete im Schlaf, und ich horchte näher hin. »Sonya …«, sagte er immer wieder. »Sonya …«

»Eddie«, sagte ich. »He, Eddie.«

Eddie schlug die Augen auf und sah mich verwirrt an.

»Gleich kommt das sechste Inning«, sagte ich. »Ich muss in ein anderes Zimmer gehen, da ich mir das sechste Inning nie angucke. Deshalb müssen Sie das für mich tun und mir später sagen, wie es gelaufen ist. Würden Sie das machen?«

»Wer ist da?«, sagte er.

»Dr. O'Rourke«, sagte ich. »Ihr neuer Zahnarzt. Würden Sie sich für mich das sechste Inning ansehen, Eddie?«

Ein paar Minuten später stand ich hinter seiner Schlafzimmertür.

»Eddie, sind Sie noch wach?«

»Wie?«

»Sie müssen die Augen offen halten, Eddie«, sagte ich. »Sie müssen mir später alles erzählen, beide Hälften.«

Im siebten Inning wurde die Begegnung wegen Regens unterbrochen. Ich lauschte Eddie, der im Schlaf nach seiner Sonya flüsterte. Als ich zum Yankees-Spiel umschaltete, der Schock: Statt Logan stand nun Ayala auf der Home Plate, und die Rays hatten Aufwind. Nicht mehr lang, dann hatten sie den Ausgleich geschafft. Nach einem Homerun von Evan Longoria hatten sie den Durchgang im Sack. Jetzt *mussten* wir gewinnen, oder es war Feierabend.

Ich schaltete zurück zur Red-Sox-Partie. Papelbon traf dreimal, Jones war out. Dasselbe bei Reynolds. Dann steht Davis auf der Home Plate. Papelbon ist bereits in Wurfposition auf dem Mound, sein entschlossener Blick verschattet vom Schirm seiner Kappe. Papelbon erhält das versteckte Handzeichen seines Fängers. Wir sind in der zweiten Hälfte des neunten Innings. Nicht mehr weit vom Sieg entfernt. Der Schläger von

Davis rührt nervös in der Luft, in Erwartung des Wurfs. Das ganze Stadion hält die Luft an.

Wenn Papelbon gegen Davis kein Strike Out gelingt, wäre das Desaster komplett, dann hätten wir das beschissenste Saisonende aller Zeiten hingelegt. Das stellte zwar die alte Ordnung wieder her und beendete die Ära der Arroganz, aber eine Niederlage blieb eine Niederlage, und meine Fan-Seele würde weinen. Schlimmer als eine Niederlage war eigentlich nur noch ein Sieg, ein Sieg führte geradewegs in die Depression. Über einen Sieg kann sich kein echter Red-Sox-Fan freuen, denn er bedeutete immer auch die Erosion jeder Moral, und meinen Vater brachte ein Sieg auch nicht zurück. Das war die Situation: Ich verlor, wenn wir verloren, ich verlor aber auch, wenn wir gewannen. Ich hatte mein Leben lang jeden Aberglauben befolgt – wofür? Ich trug die Kappe, aß vor dem Spiel immer nur Hühnchen, ließ das sechste Inning aus, nahm jedes Spiel auf Video auf – wofür? Für das Recht, entweder auf die eine oder die andere Weise zu leiden. Aber so konnte kein Mensch leben. Es musste auch Hoffnung geben, egal, wie hoffnungslos sie war. Es konnte doch nicht sein, dass jede Anstrengung gleich zum Scheitern verurteilt war. Nichts war mir geblieben. Der Santacroce-Traum: geplatzt. Die Heimat bei den Plotzens: verspielt. Meine Eltern waren weg. Connie hatte mich verlassen. Meine Patienten benutzten keine Zahnseide, einige verweigerten sogar die Behandlung. Mir blieb nur noch mein Wille. Der Wille, Mercer und meinem Vater nicht ins Loch zu folgen. Mein Wille, mehr zu sein als ein Fuchs.

Es war ein Full Count. Langsam hob Papelbon das Knie zu seinem nächsten Windup. Ich schaltete den Fernseher aus und verließ Eddies Wohnung.

Epilog

Im Jahr darauf war ich drei Wochen lang in Seir, auf einer Anlage ganz im Süden Israels. Dort versuchte ich, für alles offen zu sein, wogegen ich mich bisher gewehrt hatte. Mehrmals las ich die Kantavetikel, erfuhr von der Flucht meiner Familie aus Polen und war regelmäßig mit Küchendienst dran. Ich schlief auf einer einfachen Pritsche und besuchte das Tote Meer. Mir wurde eine Speichelprobe entnommen, um festzustellen, inwieweit ich ulmischer Abkunft war.

Morgens wie abends sah man in der Ferne Beduinen auf ihren Kamelen vorbeiziehen. Eingehüllt in viele Lagen dunklen Tuchs, langsam wie ein Uhrwerk und vollkommen lautlos rückten sie in die Wüste vor. Mir erschienen sie wie die einsamsten Menschen der Erde.

Ich war dort nie allein und musste es auch nicht sein. Morgens gab es Seminare in weiß gekalkten Gebäuden, und abends diskutierte man am Esstisch weiter. Die anderen Gäste waren weder Verrückte noch Fanatiker, nicht einmal versponnen, sondern gepflegte, politisch aufgeschlossene Leute und im Schnitt sogar jünger, als ich erwartet hatte. Aber sie glaubten an die Sache: ihre verschüttete Geschichte und die vertrackte Religion des Zweifels. Sie ließen sich auch nicht ausreden, dass sie nach wie vor von Ausrottung bedroht waren, trotz Seir. Manche konnten den ganzen Abend fast über nichts anderes sprechen. Nach drei Wochen hatte ich genug gesehen und gehört, und mich überkam derselbe Überdruss wie nach hundert Kirchenbesichtigungen mit Connie. Ich vermisste meinen gewohnten Espresso und klimatisierte Räume. Ich wollte nach Hause.

Das erklärt natürlich nicht, warum ich im Folgejahr wiederkam – und im Jahr darauf auch.

Vermutlich wollte ich mich einfach verwundbarer machen. Ich war der nackten wissenschaftlichen Fakten müde. Nun sagte ich: Schaut mich an, ich suche die Wahrheit im Fragwürdigen. Ich mache etwas vollkommen Bekloppptes, hart an der Grenze zum Irrsinn. Schaut mich an, ich gehe das Risiko ein, einmal völlig danebenzuliegen.

Israel ist ein Reiseland. Es ist überhaupt kein Problem, einen Führer zu buchen, der einem die berühmte Oase Ein Gedi zeigt. Oder Khirbet Qumran, die »graue Ruine«, wo die Schriftrollen vom Toten Meer gefunden wurden. Oder die ehemalige Festung Masada, wo jüdische Rebellen sich einer römischen Belagerungsarmee widersetzten, bis sie nicht mehr konnten und freiwillig in den Tod gingen. Man kann sich aber auch mit Grant Arthur auf Tour begeben und in seinem Mazda CX-7 Orte besuchen, von denen noch kein Mensch gehört hat. Allzu gutgläubig sollte man allerdings nicht sein, denn Grant Arthur weiß an jeder Straßenkreuzung, an jedem Sicherheitszaun von Schlachten zu berichten, die dort einmal geschlagen wurden. Keine Verteilerstation, die angeblich nicht schon Schauplatz großer Wunder war. Manche glauben ihm diesen Kram Wort für Wort und scheren sich nicht um die Fakten. Aber jeder, wie er kann.

Grant Arthur entschuldigte sich übrigens nie dafür, dass er mein Leben auf den Kopf gestellt hatte. »Du wärst nicht hier, wenn dir an einer Entschuldigung gelegen wäre«, sagte er. »Aber du bist hier, und du bist glücklich. Wofür soll ich mich also entschuldigen?« Mir ging das etwas zu schnell, aber er tat sein Möglichstes, unser Verhältnis zu normalisieren. Seines Erachtens hatte ich keinen Grund, eingeschnappt zu sein. Und wenn ich ihn fragte: »Warum gerade ich?«, kam prompt seine Antwort: »Wenn ich mich recht erinnere, hast *du* die erste Mail geschrieben.« Womit er wohl insinuieren wollte, dass ich an der Webseite mit Auszügen aus den Kantavetikeln selber schuld war. »Die Botschaft kommt, wenn die Botschaft gebraucht wird«, sagte er. »Ich habe deine Identität nicht gestohlen, Paul, ich habe sie dir zurückgegeben.« Und: »Wenn du daran zweifelst, bist du auf dem richtigen Weg.« Er hatte einen gepflegten kleinen Bart und amerikanische Oberschichtzähne, trug immer eine beigefarbene Outdoor-Weste und Cargohose. »Die meisten Menschen verbringen ihr Leben unentschlossen zwischen Hoffnung und Angst«, sagte er immer. »Sie hoffen einerseits auf einen Himmel, ängstigen sich andererseits vor dem Nichts. An dieser Stelle kommt der Zweifel ins Spiel. Siehst du nicht, wie viele Probleme durch Zweifel gelöst werden, sowohl für den Menschen als auch Gott?«

Auch im Internet entwickelten sich die Ulms prächtig. Ich war durch die mysteriösen Vorgänge seinerzeit derart abgelenkt gewesen, dass ich gar nicht merkte, was sich ansonsten alles tat. Zum Beispiel erschien ein Buch mit dem Titel *Eine unvollständige Geschichte der Entrechteten*, verfasst von Tomas Stover, einem emeritierten Professor der Uni Auckland, mit einzelnen Kapiteln über Juden, Maori, Indianer, aber auch über solche Volksgruppen, die bisher wenig Beachtung gefunden hatten wie die Akuntsu, die Chagos-Insulaner von Diego Garcia und natürlich die Ulms. Andere Forscher widersprachen zum Teil vehement, wodurch sich der Schwerpunkt in dem entsprechenden Wikipedia-Artikel veränderte. Plötzlich war nicht mehr von Amalekitern und Völkermord und israelischer Siedlungspolitik die Rede, sondern gestritten wurde über das Recht bestimmter Leute, für sich ein geschichtliches Erbe in Anspruch zu nehmen, für das es wenige oder gar keine Beweise gab. Die Debatte hielt die Seite am Leben, und mittlerweile gab es sogar, wenn schon keine gesicherten, so doch halbwegs dauerhafte Informationen. Im Kampf um die absolute Wahrheit hatten sich die Kontrahenten gegenseitig so blockiert, dass ihnen irgendwann nichts anderes übrig blieb, als sich irgendwo in der Mitte zu treffen. Das bedeutete zwar nicht, dass sie Ruhe gaben, das Korrigieren und Besserwissen, das Einfordern von Netiquette (nur bei anderen, wohlgemerkt) ging munter weiter, es blieb aber alles in einem zivilen, um Neutralität bemühten Rahmen.

Der Eintrag hatte nun folgenden Wortlaut: »Ulmismus bezeichnet vornehmlich die religiöse Tradition der Ulms, welche mit den Offenbarungen von Grant Arthur (1960–2022) begann.«

Wahrscheinlich denken die Plotzens immer noch, ich stecke selbst hinter all den Tweets und Postings in meinem Namen. Ich kann es nicht mit Bestimmtheit sagen, denn von Onkel Stuart habe ich seit dem Besuch in dem chassidischen Zentrum und dem Gespräch mit Mirav Mendelsohn nichts mehr gehört. In gewisser Weise fehlt er mir. Er bedeutete mir immer sehr viel mehr, als ich ihm umgekehrt bedeuten konnte. Aber das geht in Ordnung, denn solchen Menschen begegnet man nicht oft im Leben. Egal ob Tom Belisle, Bob Santacroce oder Stuart Plotz, jeder von ihnen hätte einmal beinahe alles sein können – wenn es nur ein kleines bisschen anders ausgegangen wäre.

Ab und zu mailt mir Connie sogar. Sie und ihr Dichter sind mittlerweile verheiratet, sie haben einen Sohn. Ein Universitätsverlag hat in einem Leseheft einige ihrer Gedichte veröffentlicht, die ich schon mehrmals gelesen habe, immer auf der Suche nach irgendeiner Anspielung auf mich. Aber nichts. Ich tröste mich damit, dass ihre Gedichte auch früher nicht autobiographisch geprägt waren. Sie lehrt inzwischen in Kentucky und schreibt: »Uns allen gefällt es in Lexington sehr gut. Wie geht es dir und Betsy?«

Betsy schafft es jedes Jahr aufs Neue, mich auf eine Art Sinnvolles-tun-im-Ausland-Mission zu schleppen. Wir fliegen nach Kathmandu und verbringen unseren Urlaub im nahen Bodhnath, wo wir die Zähne der Armen und Unterernährten reparieren, Personen, die oft nicht mehr zu beißen haben als einen Zweig des Banyanbaums. Nirgendwo auf der Welt sieht man mehr Männer in langen Gewändern, allesamt kahlgeschoren im Namen Gottes. Sie tun im Wesentlichen nichts anderes, als ihre Gebetsmühlen am Laufen zu halten und Yakbutter zu verkaufen. Und das mit Grund, denn überall in Bodhnath verfolgen einen aus goldüberzogenen Stupas die allsehenden Augen von Buddha. Auf meine Bemerkung sagt Mrs. Convoy: »Erstens ist Buddha kein Gott, sondern eher ein Ratgeber-Guru. Und zweitens sieht jeder, dass die Augen nur aufgemalt sind.« Aufgemalt? »Gütiger Himmel, Sie glauben aber auch alles.«

Nach Dienstschluss am frühen Abend wandere ich durch die heißen, staubigen, huckeligen, müllstarrenden und von verkrüppelten Bettlern bevölkerten Straßen von Kathmandu. Ich fotografiere mit meiner Ich-Maschine die abgeschlagenen Ziegenköpfe auf dem Fleischmarkt, die einen mit verkohlten Hörnern und lüsternem Grinsen anstarren. Sie werden auf den Tischen der Händler präsentiert wie die Köpfe enthaupteter Verbrecher. Ich komme an ganzen Familien vorbei, die in Toreingängen hausen. Ich begegne Rucksacktouristen und Sinnsuchern und Reisegruppen, Männern auf Fahrrad-Rikschas, räudigen Hunden. Die Häuser mit ihren nackten oder vernagelten Fenstern sehen aus, als laste auf ihnen ein Fluch. Überall ist Werbung.

An meinem letzten Tag in Kathmandu, damals im Jahr 2014, entdeckte ich beim Abendspaziergang etwas, das ich noch nie im Leben gekauft hatte. Nein, es war nichts Exotisches oder Seltenes wie ein Tierhorn oder irgendein Buddha-Accessoire, das man so nur am Geburtsort des Erwachten erhält. Ich meine etwas, das auch in jeder Einkaufsstraße der USA zu finden ist, etwas, das in China hergestellt und weltweit vertrieben wird. Zwar hatte ich schon einmal etwas Ähnliches gekauft, aber dieses spezielle Ding wäre für mich nie in Frage gekommen. Und jetzt wusste ich von der ersten Sekunde an, dass ich es nicht nur kaufen, sondern auch aufsetzen konnte. Ein radikaler Schritt, gewiss, aber ich war plötzlich auf eine tiefe, existenzielle Weise frei und ganz trunken von dem Gefühl, all den Aberglauben und die Riten, meine ganze perverse, angeborene Stammesloyalität sausen zu lassen. Kleine Schauer liefen mir über den Rücken. Das fragliche Objekt, eine verblichene Chicago-Cubs-Kappe, lag hinter dem schmierigen Schaufenster eines Trekkingausrüsters unweit des Garden of Dreams. Über dem Schirm das große rote C auf blauem Grund – das C stand für chancenlose Chaotentruppe. In 105 Jahren hatten die Cubs kein einziges Mal die World Series gewonnen, eine längere Durststrecke gab es nirgendwo, nicht nur im Major-League-Baseball, sondern allgemein im professionellen Mannschaftssport. Allein die Vorstellung! Da betet man im März für eine gute Saison, verfolgt die ersten Spiele mit echter Spannung und hofft und hofft trotz der heraufziehenden schwarzen Wolken, dass doch der Himmel einmal aufrisse. Mein Gott, wie schön muss eine solche Qual sein! Dieser verzweifelte Wunsch nach Erlösung! Die Welt wie neu erschaffen! Ich ging in den Laden und verließ ihn mit der Cubs-Kappe auf dem Kopf, der all die Jahre nur die Red-Sox-Kappe kannte. Sie saß noch nicht richtig, aber das würde sich geben. Ich ließ einen Toyota-Kleinlaster mit Reissäcken vorbei und stürzte mich wieder ins Gewühl.

»Mista, Mista!«

Plötzlich lief ein kleiner Junge in schmuddliger Jeans und Fila-Trikot neben mir. An so etwas war ich mittlerweile gewöhnt, gleich würde er die Hand nach Rupien ausstrecken.

»Wollen Sie schlagen?«

»Was?«

Er hatte eine Art Latte in der Hand und lächelte mich an. Ich sah ihn mir näher an. Unvermittelt ging ich vor ihm in die Knie und ergriff seine Arme. Es war ein dunkler nepalesischer Junge mit vollen Backen und einem armdünnen Hals. Aber er hatte dieses Lächeln, das man nur als gottgegeben bezeichnen konnte. Mit großen weißen Zähnen strahlte er mich an, auch sein Zahnfleisch war rosig und fest.

»Wer ist dein Zahnarzt?«, fragte ich.

»Sie.«

»Ich?«

»Sie sind der Zahnarzt.«

»Das habe ich gemacht?«

»Immer Aaah machen. Mund ganz weit auf. Jetzt ausspucken.«

Er drehte sich um und spuckte auf die Straße, worauf die anderen Kinder lachten.

»Das ist gute Arbeit«, sagte ich.

»Jetzt Sie schlagen. Okay?«

Die Latte in seiner Hand sollte offenbar ein improvisierter Kricketschläger sein. Ich stand wieder auf.

»Ich weiß nicht, wie das geht«, sagte ich.

»Ist okay! Ich zeige Ihnen.«

Er gab mir den Schläger, und die anderen Kinder verteilten sich auf ihre Positionen. Hinter mir baute ein kleiner Knirps aus zerbeulten Bierdosen eine torartige Konstruktion auf, die Wickets oder wie sie heißen. Ich habe keine Ahnung von Kricket.

Der kleine Junge lief an, um zu werfen, und schob die anderen dabei zur Seite. Ich war derjenige mit der Cubs-Kappe, sie erwarteten große Dinge von mir.

»Was muss ich hier machen?«, rief ich dem Jungen zu.

»Wie Baseball. Einfach schlagen.«

»Nur schlagen?«

»Nur Ball schlagen.«

»Okay«, sagte ich.

Ich ging auf meine Position.

»Auf die Plätze, fertig, los«, sagte der Junge.

Er lief los, beschleunigte, holte aus, alles in kürzester Abfolge, und schleuderte seinen Arm nach vorn, was seinen ganzen Körper in eine Linksrotation versetzte. Tief und schnell kam der Ball angeflogen. Ach, was soll's, dachte ich, was soll's, und drosch, ohne mir große Chancen auszurechnen, einfach in die ungefähre Flugbahn, ein Auge auf den Ball, das andere zum Himmel gerichtet.

Joshua Ferris

Ins Freie

Roman

352 Seiten, btb 74399
Aus dem Amerikanischen von Marcus Ingendaay

Vor allem kann man davonlaufen.
Nur nicht vor den Dämonen des eigenen Ichs.

Der Anwalt Tim Farnsworth hat alles, was man sich wünschen kann im Leben: Er ist glücklich verheiratet, liebt seine pubertierende Tochter, hat ein schönes Haus und ziemlich viel Erfolg in seinem Beruf. Und doch steht er eines Tages auf und geht fort. Nicht, weil er möchte, sondern weil er muss, weil ihn etwas treibt, das stärker ist als sein Körper, sein Geist und sein Wille. Er macht sich auf den Weg hinaus ins Freie, ohne Rücksicht auf Wetter, Familie oder Job, läuft oft meilenweit, bevor er wieder zu sich kommt. Und er kann sich nicht erklären, was ihn antreibt – und warum er zerstört, was er am meisten liebt.

»Dieses Buch ist wirklich stark.«
Amelie Fried, »Die Vorleser«, ZDF

btb